AF177288

Serena Vitales neuer Chef legt der ebenso mutigen wie rebellischen Staatsanwältin Steine in den Weg: Sie soll lieber gegen afrikanische Schlepperbanden ermitteln als gegen die Mafia, denn in Palermo macht sich die Flüchtlingskrise bemerkbar, und am Elend der Menschen wollen viele verdienen. Als dann ein deutscher Staatsanwalt auf dem Straßenstrich der Transvestiten ermordet wird, wendet sich ein Kollege hilfesuchend an Vitale, immerhin hat sie deutsche Wurzeln. Sie will nichts mit dem Fall zu tun haben, Ärger hat sie selbst genug, doch schnell wird klar, dass es sich keinesfalls um ein Verbrechen aus Leidenschaft handelt, denn der Staatsanwalt ermittelte in Deutschland gegen die Mafia. Ihr bleibt nichts anderes übrig, als sich selbst in die Ermittlungen zu stürzen …

Petra Reski, geboren 1958 im Ruhrgebiet, lebt in Venedig. Seit 1989 schreibt sie über Italien – für *Die Zeit*, *Geo*, *Merian*, *Focus* und *Brigitte* – und immer wieder über das Phänomen Mafia. Für ihre Reportagen und Bücher wurde sie mehrfach ausgezeichnet, in Deutschland unter anderem als »Reporterin des Jahres«.

Petra Reski

Bei aller Liebe

*Serena Vitale ermittelt
auf Sizilien*

Roman

Atlantik

Das Zitat auf Seite 149 stammt aus:
Roberto Alajmo, *La città amante*.

*Atlantik Bücher erscheinen im
Hoffmann und Campe Verlag, Hamburg.*

1. Auflage 2018
Copyright © 2017
by Hoffmann und Campe Verlag, Hamburg
www.hoca.de   www.atlantik-verlag.de
Umschlaggestaltung: Sarah M. Hensmann © Hoffmann und Campe
Umschlagabbildung: © Davide D'Amico/shutterstock
Satz: Pinkuin Satz und Datentechnik, Berlin
Gesetzt aus der Palatino
Druck und Bindung: C. H. Beck, Nördlingen
Printed in Germany
ISBN 978-3-455-00461-8

Ein Unternehmen der
GANSKE VERLAGSGRUPPE

Ah, you loved me as a loser
But now you're worried that I just might win
You know the way to stop me
But you don't have the discipline
How many nights I prayed for this
To let my work begin
First we take Manhattan
Then we take Berlin

Leonard Cohen

1

Wahrscheinlich wollte er etwas von ihr. Ganz bestimmt wollte er etwas von ihr. Deshalb rückte sie den Stuhl zurück und setzte sich erst hin, nachdem sie den gebührenden Abstand geschaffen hatte. Der Abstand ist das Wichtigste. In jeder Hinsicht, im Ton, im Raum und überhaupt. Sie wollen mit der Justiz zusammenarbeiten? Ja? Dann muss ich Sie auf dies und das und jenes aufmerksam machen.

Und, ja, es wäre ihr lieber, mit einem Mafioso hier zu sitzen, als mit ihrem Kollegen Jerry Sutera, der die widerwärtige Angewohnheit hatte, Zigarillos zu rauchen, sizilianische, was die Sache nicht besser machte.

Vor ihr ein überquellender Aschenbecher, daneben vergilbte Aktenbündel. In der Ecke ein Ventilator, der seinen Geist schon zu Zeiten Garibaldis aufgegeben hatte. Das Büro stank wie die Pest, von Jerry ganz zu schweigen. Sie fragte sich, wie seine Frau das aushielt. Falls er überhaupt eine hatte.

Bis vor kurzem hatte Jerry mit ihr in der Antimafia-Staatsanwaltschaft gearbeitet, jetzt war er abgezogen worden und kümmerte sich um Einbrüche in Discount-Supermärkte in der Via Tasca Lanza, Schwarzbauten in Brancaccio, sexbesessene Lehrerinnen (eine hatte einen sechzehnjährigen Schüler verführt, in der Tiefgarage ihres Hauses, tolle Frau, fand Jerry) und Touristinnen, die in Capo Gallo von den Klippen fielen, während sie das Panorama fotografierten. Bereitschaftsdienst Tote, Bereitschaftsdienst Lebende, *business as usual*.

»Spuck's aus, Jerry«, sagte sie und griff nach einer der Mappen, die auf seinem Schreibtisch lagen, um sich etwas Luft zuzufächeln.

»Ich wollte dich nur fragen …«

»Lass mich raten: Ob ich dich vertreten kann?«

Er blickte auf. »Immer direkt. Liegt wohl an deinen deutschen Genen.« Er leckte an einem neuen Zigarillo und suchte in dem Aktenberg auf seinem Schreibtisch nach einem Feuerzeug.

»Soll ich dir meine Abstammungsurkunde zeigen? Wir Vitales sind Sizilianer bis ins zehnte Glied«, sagte Serena.

»Dann bist du genmanipuliert. Man hat dich mit den Deutschen geklont. Ich finde jedenfalls nichts Sizilianisches an dir.«

»Weil das Erbgut durch die Luft manipuliert wird?«, fragte sie.

»Wenn man dafür anfällig ist, schon.«

Alter Witz. Kursierte in der Staatsanwaltschaft Palermo, seitdem bekannt geworden war, dass sie in Deutschland aufgewachsen war. Nicht nur die Mafiosi nannten sie *La crucca*, die Deutsche. An schlechten Tagen wurde ihr vorgeworfen, unflexibel, phantasielos und pedantisch zu sein. An guten Tagen galt sie als aufrichtig, tiefgründig und verlässlich. Heute war definitiv ein guter Tag. Gleich würde Jerry »Du bist meine einzige Hoffnung« säuseln, »*stellina mia*, du bist die Einzige hier, auf die ich mich verlassen kann, meine Mutter wird fünfundachtzig, und es würde ihr das Herz brechen, wenn ich auf ihrem Geburtstag fehlen würde, nur weil ich Bereitschaftsdienst habe.«

Und dann müsste sie am Abend auf den Wein und den Spätfilm verzichten, sich eine Hose, einen Pullover und eine Jacke auf den Stuhl neben ihrem Bett bereitlegen, daneben die Liste der diensthabenden Gerichtsmediziner und das auf volle Lautstärke gestellte Diensttelefon des »Bereitschaftsdienstes Tote«, und außerdem hoffen, dass die Polizisten nicht wieder die falsche Nummer wählen würden:

Die Telefonnummer des »Bereitschaftsdienstes Tote« unterschied sich von der des »Bereitschaftsdienstes Lebende« lediglich durch die letzte Zahl, weshalb sie, wenn das Telefon klingelte, immer gleich »Tot oder lebendig, *ispettò*?« rief, woraufhin der Polizist sich darüber beschwerte, wie fließend die Grenze zwischen Leben und Tod sei: »Und welche Nummer, verdammte Scheiße, sollen wir im Fall eines irreversiblen Komas anrufen, die für die Toten oder die für die Lebendigen?«

Und am Ende würde sie in den Zen gerufen, und das bedeutete verfaulte Matratzen, zersplitterte Asbestplatten und umgestürzte Müllcontainer. Daneben die verkohlten Gerippe geklauter Autos und auf der Erde benutzte Spritzen, weshalb sie feste Schuhe tragen müsste, denn der Zen war in Palermo keine Spielart des Buddhismus, sondern die Ausgeburt der Hirne durchgeknallter Stadtplaner der siebziger Jahre: Die *Zona Espansione Nord* bestand aus endlosen Reihen sandfarbener Betonkästen, von denen der Putz abfiel und die bis heute über kein vernünftiges Abwassersystem verfügten.

Wer hier lebte, knipste sich den Strom von Straßenlaternen ab und versorgte ganz Palermo mit Kokain, Heroin, Crystal Meth und Marihuana.

Weshalb man, wenn man in den Zen gerufen wurde, in der Regel tote Pusher fand. Oder einen, der einen anderen *cornuto e sbirro* genannt hatte, denn »gehörnter Spitzel« war im Zen eine tödliche Beleidigung, ausreichend, um vor der Haustür abgeknallt zu werden. Neulich hatte es hier eine Schießerei zwischen zwei Familien gegeben, nur weil sich die Kinder um einen Ball gestritten hatten.

»Jetzt sag schon, was willst du?« Sie drehte sich auf dem Stuhl etwas weg, um dem Geruch zu entgehen, den Jerry ausdünstete, wenn er sich bewegte. Dieser Hauch von Elefantendung, kalter Zigarillorauch, der seiner ungelüfteten Kleidung entströmte.

Aus der Mappe, mit der sie sich Luft zufächelte, fielen

Fotos. Von einer Leiche. Nicht unbedingt überraschend hier.

Ein Toter, umgeben von Absperrbändern, den Beinen des Gerichtsmediziners und den Koffern der Frontschweine von der Spurensicherung. Sie raffte die Fotos schnell zusammen und warf sie auf den Schreibtisch.

Jerry schob die Fotos wieder zu ihr zurück. »Den haben wir neulich im Parco della Favorita gefunden. Nichts davon gehört? Er lag in der Nähe vom Transenstrich.«

Sie schob die Fotos von sich weg. »Nein, habe ich verpasst, bis gestern war ich auf Levanzo.«

»Und da liest du keine Zeitungen? Klickst nicht mal im Netz herum, Facebook oder so?«

»Ich pflege meine Ferien in einem Funkloch zu verbringen, Jerry. Die Sekretärinnen haben meine Festnetznummer. Ich wollte mich entgiften.«

»Oh, *la dottoressa* begibt sich ins Funkloch, um sich zu entgiften! Dann hast du das Riesending natürlich verpasst. Aufmacher im *Giornale di Sicilia*. Endlich hatten sie einen Vorwand, um die Hintern der Afrikanerinnen auf die erste Seite zu setzen. Nach dem Motto: Prostitution bei Tageslicht, vor den Augen unschuldiger Kinder, und die Behörden unternehmen nichts.« Er schob die Fotos wieder zu ihr hin. »Kannst du mal kurz …«

»Du bist wirklich penetrant, Jerry.«

»Sei doch nicht so herzlos. Schau dir die Bilder doch wenigstens mal an.«

Der Tote trug eine Krawatte, dunkelblau, mit kleinen grünen Punkten. Nicht ungewöhnlich, viele Freier kamen nach Büroschluss bei den Transen vorbei: Rechtsanwälte, Steuerberater, Professoren. Aber auch Gemüsehändler in der Mittagspause, Elektriker nach Feierabend und von der Familie ausgehaltene Muttersöhnchen, die den ganzen Tag Zeit hatten.

Regelmäßig wallte Empörung gegen den Straßenstrich auf, regelmäßig rebellierten die afrikanischen Prostituierten gegen diese Scheinheiligkeit, regelmäßig wurden Selbsthilfegruppen für sie gegründet. Und dann kam Nachschub aus Benin oder Nigeria, und alles ging weiter.

»Und?«

»Keine Ahnung.«

»Schau dir die Bilder doch mal genauer an.«

Unter dem Vorwand, die Fotos bei Tageslicht besser sehen zu können, riss sie das Fenster auf und sog frische Luft ein. Die Punkte auf der Krawatte entpuppten sich beim näheren Hinsehen als kleine, grüne Elefanten.

»Mach's nicht so spannend, Jerry.«

»Wir hatten ihn noch nicht identifiziert, aber ziemlich schnell eine Spur. Jemand hatte das Opfer kurz zuvor mit einem Afrikaner gesehen, mit einem Somalier. Wie sich herausstellte, wohnte der im Zen, zwei Kollegen vom Kommissariat San Lorenzo sind also hin, nur um ihn zu überprüfen, aber der Typ ist völlig durchgedreht, und wenn der Kollege nicht so schnell reagiert hätte …«

»Das heißt?«

»Der hat sofort auf den Beamten gezielt.«

»Verletzt?«

»Tot.«

»Wer?«

»Der Somalier.«

»Ach«, sagte Serena.

»Was heißt hier ›ach‹? Der hatte die Pistole in der Hand, mit der der Typ im Parco della Favorita erschossen wurde. Und Schmauchspuren auf der Hand. Serena, nein, wirklich, der Kollege trägt keine Schuld. Der ist so traumatisiert, dass er psychologisch betreut werden muss.«

Er schob ihr ein weiteres Foto zu. Ein Zimmer wie eine Müllkippe. Der Afrikaner lag vor einem Flachbildschirm in einer Blutlache inmitten eines Bergs verkrusteter Teller. Ein muskulöser Oberkörper. Und rosa Strapse. Mit rosa Samtschleifen, die den Toten verletzlich, fast kindlich wirken ließen, trotz des muskulösen Oberkörpers.

Es hieß, dass Männer, die Sex mit einer Transe hatten, latent schwul seien und sich das nur nicht eingestehen wollten. Dabei waren viele Transen weiblicher als jede Frau. Obwohl – der hier hatte außer rosa Strapsen gar nichts Weibliches an sich.

Jerry blickte sie erwartungsvoll an. Wahrscheinlich wollte er gelobt werden. Männer wollten immer gelobt werden. Die einen dafür, den Müll heruntergebracht zu haben, die anderen dafür, an toten afrikanischen Transen Schmauchspuren festgestellt zu haben. *Che palle*, was für ein Scheiß.

»Jerry, ich muss jetzt los, ich habe noch zu tun.«

»Sei doch nicht so unflexibel.«

»Ich bin nicht unflexibel, sondern unter Zeitdruck. Ich muss noch zweihundert Seiten Abhörprotokolle lesen. Operation Thaumas.«

Jerry stöhnte entrüstet auf. So als hätte sie gesagt: Und was ist deine tote afrikanische Transe gegen dreihundertsechsundsechzig tote afrikanische Flüchtlinge? Ersoffen vor Lampedusa, weil die gierigen Schleuser tausend Menschen in ein Boot gequetscht hatten, in das mit Mühe fünfhundert gepasst hätten?

Und, Gott ja, genau das hatte sie gedacht.

An toten Afrikanern hatte es ihnen in den letzten Jahren wirklich nicht gemangelt. Sie hatten hier schon so viele Ermittlungen gegen Schleuserbanden durchgezogen, dass ihnen langsam die Namen von Meeresgottheiten ausgingen. »Thaumas« hatte »Nereide 1« und »Nereide 2« abgelöst. Davor hatte es »Poseidon 1«, »Poseidon 2« und »Proteus« gegeben. Einer der Schleuser von Nereide 2 war in Deutschland festgenommen worden, ein Eritreer. In Göttingen verhaftet und nach Palermo ausgeliefert. Und nachdem sich ein libyscher Schleuser entschieden hatte, auszupacken – über die guten Beziehungen zur Präfektur von Agrigent, die ihnen falsche Papiere für Flüchtlingsfamilienzusammenführung verkauft hatte –, hätte daraus eine schöne runde Sache werden können. Wenn der Prozess nicht nach Rom verlegt worden wäre. Wo alles versickerte. Jedenfalls alles, was die Präfektur von Agrigent betraf.

Sie hatte es schon fast bis zur Tür geschafft, als Jerry triumphierend rief: »Der Tote von La Favorita ist übrigens ein Deutscher. Wir haben ihn gestern identifiziert.«

»Sextourist?«, fragte Serena boshaft.

»Staatsanwalt.«

»Und was hat der hier gemacht?«

»Das wollte ich von dir wissen«, sagte Jerry und grinste.

»Nur weil ich Deutsch spreche, kenne ich noch lange nicht alle deutschen Staatsanwälte.«

»Nein, aber du kennst dich mit Deutschland besser aus als ich.«

Jetzt war alles klar. Jerry sah eine Lawine aus Rechtshilfeersuchen, kryptischen Vorschriften über grenzüberschreitende Zusammenarbeit und endlosen Besuchen des deutschen Konsuls aus Neapel auf sich zurollen. Alles müsste übersetzt werden. Interpol aus Rom würde sich einschalten. Und zu allem Überfluss würden irgendwelche deutsche Beamte hier aufkreuzen, die versuchen würden, mit ihm auf Englisch zu kommunizieren.

Dabei war das einzig Englische an Jerry sein Vorname. Und an den war er nur gekommen, weil Calogero zu lang war und ein amerikanischer FBI-Kollege seine Mails immer an Jerry statt an Geri gerichtet hatte. Die einzige Fremdsprache, die Jerry jemals erlernt hatte, war Italienisch, ansonsten sprach er nur *palirmitanu*.

»Wobei das eine das andere ja nicht ausschließt. Ich meine: Sextourist und Staatsanwalt«, sagte Jerry. »Seine Frau hat die Polizei alarmiert, nachdem er sich seit zwei Tagen nicht mehr gemeldet hatte. Sie wollte nach vier Tagen nachkommen, sie hatten vor, auf Sizilien Urlaub zu machen, Selinunt, das Tal der Tempel, Taormina. Eine Rundreise, das Übliche. Er war früher gefahren, weil er etwas ermitteln wollte. Sagte seine Frau. Sie wusste aber nicht, was. Sie wusste auch nicht, wo. Palermo, Agrigent oder Trapani, sie hatte keine Ahnung.

Sie wusste eigentlich nichts, nur dass er für eine Woche eine Wohnung gemietet hatte, in der Via Emerico Amari.«

Er schob ihr weitere Fotos hinüber. Aufnahmen aus der Pathologie. Der Tote lag auf dem Stahltisch, der Kopf war abgestützt, das Gesicht voller Totenflecken, die Haare nass, die Lippen weiß vertrocknet.

Sie legte das Foto wieder hin und suchte nach dem Bild mit der Krawatte.

Der Polizeikongress in Köln »Safety first«. Der Umtrunk. Da war dieser Typ gewesen, der eine ähnliche Krawatte getragen hatte. Mit fliegenden Schweinen oder so. Staatsanwälte hatten gelegentlich einen Hang zu solchen idiotischen Krawatten. Sie hielten das für Ironie.

Sie hätte diesen blödsinnigen Kongress vergessen, wenn sich unter den Vortragenden nicht ein völlig irrer Journalist befunden hätte, der, um die allgemeine Aufmerksamkeit zu erregen, sich allen Ernstes dazu verstiegen hatte, die Existenz der Mafia in Deutschland zu leugnen. Und in dem Moment, sie erinnerte sich jetzt wieder ganz genau daran, hatte sie kurz in die Augen dieses Staatsanwalts mit der bescheuerten Krawatte geblickt. Er hatte ihren Blick erwidert. Und den Kopf geschüttelt.

Wie lange war das her? Zwei, drei Jahre? Beim Umtrunk hatten sie sich über den Journalisten lustig gemacht. Und schon nach dem ersten Glas Wein hatte der Staatsanwalt – verdammt, wie hieß der denn noch? Irgendwas mit K, so ein typisch deutscher Name – ihr gestanden, wie sehr er Italien liebte. Nichts Ungewöhnliches. Alle Männer gaben in ihrer Gegenwart vor, Italien zu lieben, Norditaliener gaben sogar vor, speziell Sizilien zu lieben, und wenn sie erfuhren, dass sie in Palermo lebte, gerieten sie völlig außer Rand und Band.

Sie hatte ihn und sogar seine Scheißkrawatte lustig gefunden. Bis dieser Arsch ihren Rechtshilfeantrag abgelehnt hatte, nur einen Monat nach dem Kongress.

»Und, kennst du ihn wirklich nicht?«

»Wie heißt er?«

»Gregor Kampmann. Oberstaatsanwalt aus Köln.«

Sie erinnerte sich noch daran, wie sie jedes Blatt abgezeichnet hatte. ALLA COMPENTE AUTORITÀ GIUDIZIARIA DELLA GERMANIA, Staatsanwaltschaft Köln, z. Hd. von Herrn OSTA GREGOR KAMPMANN.

Sie wollte die Güter eines Mafiosos beschlagnahmen, der in Solingen lebte, und da war es tatsächlich Kampmann gewesen, der die Beschlagnahmung abgelehnt hatte.

Solche Typen hatte sie gefressen: auf Kongressen auf Antimafia-Kämpfer machen, sich aber bei der nächsten Gelegenheit hinter Paragraphen verstecken. Die Welt war voller Heuchler. Ging ein Schlauchboot unter, waren alle Flüchtlinge. Näherte sich der Todestag von Falcone und Borsellino, waren alle Falcone und Borsellino. Und wenn es darum ging, Haltung zu zeigen, knickten sie ein. Es kotzte sie an.

Und jetzt lag er hier auf dem Seziertisch, dieser Erbsenzähler mit Doppelleben, dieser Biedermann, der nach Palermo gekommen war, um mit einer afrikanischen Transe zu vögeln, genau wie die Bosse, die ihren Söhnen, wenn sie zum ersten Mal ein Bordell besuchten, mit auf den Weg zu geben pflegten: *U feto si fa fuora*, die schmutzigen Dinge erledigt man woanders.

Sie hatte die Erinnerung an ihn verdrängt, bis jetzt. Bis der alte Ziegenbock von Jerry Sutera ihr diese Fotos unter die Nase gehalten hatte.

»Und? Kennst du ihn?«

»Nein«, sagte sie. »Nie gesehen.«

»Gut, lebendig wird er natürlich etwas besser ausgesehen haben als auf diesem Foto. Aber der Name, den hast du auch noch nie …?«

»Nicht dass ich wüsste.«

»*Deutscher Staatsanwalt tot auf Transenstrich* ist natürlich eine Schlagzeile, auf die jede Zeitung scharf ist«, sagte Jerry und grinste.

Natürlich spürte Sutera, diese alte Ratte, dass sie anders

reagierte. Anders, als wenn sie sich die Bilder von toten Pushern oder durchgeknallten Familienvätern ansah, die sich von unten ins Kinn geschossen hatten, oder von Mafiosi, die für einen *sgarro*, eine Verfehlung, die sie nicht mehr gut machen konnten, mit dem Leben bezahlen mussten und mit einem dünnen Stahlseil stranguliert worden waren.

In Serena stieg Wut auf. Wut auf diesen Zwangscharakter von deutschem Oberstaatsanwalt. Wut auf Jerry Sutera, dieses Frettchen, das sich vor der Arbeit, die mit dem Fall verbunden war, drücken und gleichzeitig groß herauskommen wollte: sein Foto – getwittert, gepostet und auf allen Titelseiten. Nicht unter Folter würde sie zugeben, dass sie Kampmann gekannt hatte.

Und noch während sie dies dachte, meldete sich ihr schlechtes Gewissen. Verdammtes katholisches Unterbewusstsein. Wurde sie es denn nie los? Gnade, Vergebung und Mitgefühl – ausgerechnet mit diesem Paragraphenreiter von deutschem Staatsanwalt? Was in ihr sagte, seine einzige »Verfehlung« habe letztlich nur darin bestanden, latent schwul gewesen zu sein? Wobei es sie, ehrlich gesagt, wunderte, wie man in einer Stadt wie Köln überhaupt noch *latent* schwul sein konnte. Aber andererseits war das vielleicht der besondere Kick. Verheiratet zu sein und Sex mit einer afrikanischen Transe in Palermo zu haben, war auf jeden Fall aufregender, als offen schwul zu sein und Sex mit einem Oberstudienrat in Köln zu haben, mit dem man sich schon vor fünfzehn Jahren verpartnert hatte. Was wusste sie denn schon von diesem Kampmann? Vielleicht hatte er durch den Sex mit der Transe seinem strengen Über-Ich entkommen wollen? Seinem Hang zur Paragraphenreiterei?

Meldete sich da etwa ihre innere Mutter Teresa? Egal. Jerrys geifernde Frettchenhaftigkeit war auf jeden Fall noch schwerer zu ertragen.

»Denn das erwartet man ja wirklich nicht: ein deutscher Staatsanwalt, der nach Palermo kommt, um …«

»Weißt du, Jerry, wenn du einfach die Klappe halten würdest, wäre das schon mal ein guter Anfang.«

»Wieso? Was ist das Problem? Kanntest du ihn doch? Oder hast du am Ende plötzlich dein Herz für Freier entdeckt?«

»Nein, ich kannte ihn nicht. Aber du auch nicht.«

»Wird schwer, das unter der Decke zu halten.«

»Oh, Palermo ist wohl der beste Ort, um etwas unter der Decke zu halten«, sagte Serena. »Immerhin hat man es hier hingekriegt, die Existenz der Mafia hundert Jahre lang zu leugnen, da wirst du es wohl schaffen, die sexuellen Neigungen eines deutschen Staatsanwalts mit einer gewissen Diskretion zu behandeln, oder?«

Jerry Sutera lehnte sich zurück und zog an seinem Zigarillo. Stieß den Rauch aus.

Ja, Serena ist eine interessante Frau, dachte er. Auch wenn sie eine Nervensäge war, wenn es um Dinge ging, die ihr wichtig waren. Etwa die Zusammenhänge zwischen Politik und Mafia, was viel zu oft dasselbe war, klar, aber die Hingabe, mit der Serena ihre Ermittlungen führte, fand Jerry Sutera extrem anstrengend. Und manchmal auch ein bisschen unheimlich. Auch weil man ihr diese Hartnäckigkeit nicht ansah, so zierlich wie sie war. So blond. So frisch gebügelt. Ihr Äußeres täuschte natürlich. Man traute ihr keine Schlechtigkeit zu, dabei konnte keine so dreist lügen wie die Vitale. Er hatte das selbst erlebt, sie hatte sogar den Bischof von Monreale angelogen, weil sie ihn im Verdacht hatte, für Saruzzo Greco Geld zu waschen.

Anders als die Vitale hatte er Familie, nicht alle konnten so durchs Leben gehen wie sie, der es immer um das Große und Ganze ging, auch wenn es nur ein Einbruch in die Lagerhalle eines Supermarkts war. Es musste doch auch mal Ruhe sein. Da war er ganz der Meinung von Rizzo, dem neuen Chefankläger der Antimafia-Staatsanwaltschaft. Als Rizzo der Vitale vor die Nase gesetzt wurde, hatte sie die alte Fabel von dem amerikanischen Boss zitiert, der die Mafia erklärt: »Angenommen, ein neuer Chefankläger soll ernannt werden. Drei stehen zur Auswahl. Einer hat die besten politischen Verbindungen, einer ist superintelligent und einer ist ein Dummkopf. Am Ende wird der Dummkopf zum Chefankläger ernannt. Das ist Mafia.«

Und wenn er nur an die Ermittlungen zu Dino Greco dachte, Saruzzo Grecos Sohn. Die schlimmste Zeit seines Lebens. Da hatte ihn Rizzo ausgerechnet der Vitale zugeteilt. Monatelang hatte er kaum ein Auge zugemacht. Die Vitale hatte jede Ausschreibung, jedes Firmengeflecht und jedes Konto der Vertrauten von Dino Greco überprüft. Kein Wochenende auf Alicudi mehr, kein einziger Segeltörn, er war nicht mal mehr dazu gekommen, sonntags zum Essen zu seiner Mutter zu fahren. Und während sie im Justizpalast gesessen hatten und versuchten, Schaubilder von Grecos Geldströmen zu erstellen, war Dino Greco auf dem Antimafia-Tag des sizilianischen Unternehmerverbands aufgetaucht, praktisch an der Seite des Innenministers. Jeder Idiot hätte spätestens da kapiert, dass es sinnlos war, weiterzumachen. Nur nicht die Vitale. Die verwanzte jeden Schafstall zwischen Palermo und Mezzojuso und sah in jedem Meckern, jedem Blöken, jedem Furz einen Beweis. Bis Rizzo sie gezwungen hatte, den Fall Dino Greco zu archivieren.

Gott sei Dank hatte sie jetzt mit den Schleusern genug zu tun. Angeblich war Greco in Deutschland, und so Gott wollte, war er da vor ihr sicher. Ja, so weit hatte sie ihn getrieben, dass er Solidarität mit einem Mafioso empfand.

Durch den blauen Dunst seines Zigarillos hindurch sah er, wie Serena Vitale aufstand. Sie murmelte etwas von ihren Abhörprotokollen, die sie noch zu lesen hatte, für die Thaumas-Ermittlung, ja klar, ihre superwichtigen Antimafia-Ermittlungen waren natürlich dringlicher als seine Schmuddelgeschichten.

Eine Stunde danach ließ er Serena wissen, dass er eine hübsche Germanistikstudentin gefunden habe, die für ihn dolmetschte.

Zwei Tage später gab es in Palermo keine Zeitung mehr, die nicht über den Fall berichtet hatte: »Deutscher Staatsanwalt in Palermo von afrikanischer Transe ermordet«. Nachzulesen in *Il Giornale di Sicilia, La Sicilia, Il Quotidiano della Sicilia* und auf den Palermo-Seiten der *Repubblica* und des *Corriere della Sera.* Und online natürlich auch. Jemand hatte daraufhin getwittert: »Zum #Sextourismus nach #Palermo: Deutscher Staatsanwalt von #Transe ermordet«. Danach waren deutsche Reporter in Palermo aufgetaucht. Die *Bild*-Zeitung hatte getitelt: »Bizarres Doppelleben des Gregor K. Afrikanische Transe erschießt deutschen Staatsanwalt in Palermo. Mord in Ekstase?«

2

Was er an den Deutschen bewunderte, war ihr Ordnungssinn. Und ihren Rechtsstaat, den bewunderte er natürlich auch. Und wenn man das miteinander vermischte, also den Rechtsstaat mit dem Ordnungssinn, kam ein Gefängnis heraus, das dekoriert war wie ein Pfarrgemeindesaal für einen Kindergeburtstag. Fehlten nur noch die Luftballons.

Dino war auf dem Weg in den Besucherraum der *Justizvollzugsanstalt* (irre, dieses Amtsdeutsch!) Düsseldorf in Ratingen. Er ging durch einen unterirdischen Gang, der in optimistisch stimmenden Farben gestrichen war, diagonale Streifen in Grün, Blau, Rot und Gelb. Kurz vor dem Besucherraum standen Automaten mit Süßigkeiten, man hatte ihm ausgerichtet, dass 'Ntoni am liebsten Marsriegel und Ritter-Sport-Schokolade aß, zur Not auch Weingummi und Lakritz. Also zog Dino süßes Zeug für zwanzig Euro aus dem Automaten, mehr war nicht gestattet. Er wurde durch einen weiteren Flur geführt, an dessen Ende ein Lebensbaum aus Keramik hing. Ob die hier dachten, dass so eine Deko Aggressionen abbaute? Weil die Gefangenen komplett debil waren? So wie die Familie am Nebentisch, die in ihren ausgebeulten Trainingshosen alle so aussahen, als kämen sie gerade von einem Bankraub? Kaum hatten sie sich hingesetzt, fraßen sie dem Häftling die mitgebrachten Süßigkeiten weg. Die zahnlose Mutter fiel über die Kekse her, der Bruder, ein Fettsack mit Hasenscharte, stopfte sich Marshmallows in den Mund, die großflächig tätowierte

Schwester kaute auf Weingummi herum. Der Häftling wirkte noch am normalsten, trotz Basecap und verfaulten Zahnstümpfen.

Der Besucherraum war ein großer Glaskasten, bewacht von einem Wärter, der auf einer Empore saß. Als 'Ntoni hereingeführt wurde, wirkte er mit seiner Krawatte und den Manschettenknöpfen aus Perlmutt wie ein Bankdirektor, der Opfer eines Justizirrtums geworden war.

'Ntoni saß wegen Versicherungsbetrugs, er hatte allen Ernstes einen Autounfall fingiert (mal kurz die Handbremse angezogen, als keiner damit rechnete – Gutachter, Werkstatt und Rechtsanwalt waren mit zehn Prozent am Umsatz beteiligt). Und das, obwohl 'Ntoni sich jederzeit drei Ferrari hätte leisten können und nur noch rumänische Zigeuner auf das Geschäft mit dem Autobums setzten. Kalabrier blieben eben Bauerntölpel, die aus Erdlöchern gekrochen waren. Hatte Dinos Vater immer schon gesagt.

Dino stand auf, küsste 'Ntoni auf die Wangen, ekelte sich vor dem süßlichen Geruch seines Rasierwassers und schob die Süßigkeiten über den Tisch. 'Ntoni musterte sie kurz und legte sie kommentarlos beiseite.

»Siehst gut aus, wie immer«, sagte Dino. »Hast du abgenommen? Steht dir gut.«

'Ntoni war eitel, das hatte sein Vater oft betont, und sein Vater hatte immer recht gehabt. Jedenfalls, was die Schlichtheit und den Geiz der Kalabrier betraf. Im Gefängnis hatte 'Ntoni einen Gitarrenkurs belegt und sich an der Hüfte operieren lassen, nur weil es umsonst war.

»Hier ist es besser als in den Thermen von Acireale«, sagte 'Ntoni und kicherte. »Einzelzimmer mit viel Tageslicht, endlich kann ich mich etwas ausruhen. In einem Monat geht es ja schon wieder los.«

Seitdem Dino in Köln angekommen war, hatte er sich um eine gute Zusammenarbeit mit den Kalabriern bemüht, er hatte 'Ntoni sogar gelegentlich Kokain abgenommen, erst fünf Kilo hier, zehn Kilo da, dann mehr, obwohl es ihm am

Arsch vorbeiging, aber was tut man nicht alles um des lieben Friedens willen. Die Kalabrier trieben wie Fettaugen auf der deutschen Suppe, mit ihren Eisdielen und Hotels, den Pizzerien und Feinkost-Importen. Alleine das: Feinkost. Um zu begreifen, dass da etwas nicht stimmen konnte, musste man kein OK-Ermittler sein. Feinkost aus Kalabrien war so was wie trockener Regen. Ein Oxymoron, wenn er sich recht erinnerte. Er schickte einen kurzen, liebevollen Gedanken an seinen alten Italienischlehrer, dem Einzigen in Corleone, der Dinos Vater an Weihnachten keinen Präsentkorb geschickt hatte. Und den man eines Tages verbrannt in einem Feld bei Bisacquino gefunden hatte. Friede seiner Asche.

In jüngster Zeit waren zu den kalabrischen Eisdielen, Pizzerien, Hotels und Feinkost-Importen noch Immobilien gekommen, in Ziegelstein zu investieren war die Devise der Kalabrier, im Osten gehörten ihnen ganze Innenstädte. In Stuttgart war ihnen ein Neubaugebiet von hundert Hektar in bester Lage in den Schoß gefallen, ein Gottesgeschenk, hatte 'Ntoni gesagt, Stuttgart 21, das größte Bauprojekt Deutschlands.

'Ntoni musterte die Süßigkeiten. Lange würde es nicht dauern, bis er die Tüten aufreißen und alles in sich hineinstopfen würde, die Marsriegel, die Ritter-Sport-Schokolade, das Haribo-Konfekt. Er würde alles auffressen, nur weil es umsonst war.

»Wie geht es deinem Vater?«, fragte 'Ntoni.

»Er hatte eine schwere Bronchitis, aber wir hoffen, dass es jetzt endlich wieder aufwärts geht, ich habe gestern mit meiner Mutter telefoniert, sie hat ihn vorgestern besucht, mit meinem Bruder.«

Jetzt würde 'Ntoni wieder die Freundschaft zu seinem Vater beschwören, das gehörte zum Ritual. Dino lächelte. Sein Vater war schwer krebskrank. Im Grunde warteten alle nur darauf, dass er endlich krepieren würde. Seit Jahren vegetierte er vor sich hin – hinter Panzerglas im Hochsicherheitsgefängnis von Opera bei Milano. Das war nicht so ein Freizeitparadies wie das Gefängnis hier. Sein Vater hatte sich geopfert, für alle. Für seine Söhne, seine Frau, für die Cosa Nostra, für alle. Nachdem Saruzzo Greco festgenommen worden war, nach dreiunddreißig Jahren im Untergrund, hatte sich alles bestens gefügt. Die Idioten glaubten wieder an den Staat, der den Antistaat besiegte, Alessio Lombardo war immer noch untergetaucht und spielte überzeugend seine Rolle des Ungreifbaren, Unsichtbaren, Absoluten. Dank ihm konnte jeder dieser Ministerpräsidentendarsteller alle drei Monate ankündigen, dass seine unmittelbare Festnahme bevorstand, Journalisten füllten mit den Alessio-Lombardo-Starporträts ihr Sommerloch, die Antimafia-Gläubigen arbeiteten sich auf ihren Facebook-Seiten in Großbuchstaben an ihm ab, und ein paar Vollidioten konnten immer noch an den großen Cosa-Nostra-Traum glauben: heute Sekundenkleber in die Schlösser der Gemüseläden von Albergheria spritzen und morgen in einer Stretchlimousine durch New York fahren.

»Dein Vater ist ein großer Mann«, sagte 'Ntoni. »Wir werden nie vergessen, was er für uns alle getan hat.«

»Danke, 'Ntoni«, sagte Dino heiser.

Gott, ja. Sie hatten allen Anlass, seinem Vater dankbar sein. Nach den Attentaten hatte er Mühe gehabt, die Dinge wieder ins Lot zu bringen. Nach den *attentatuni*, wie sie sein Vater immer halb ehrfürchtig, halb abfällig genannt hatte, hatte die ganze Welt auf Sizilien gestarrt und jeden Gemeindepolizisten zum Antimafia-Heiligen aufgeblasen. Jahrzehntelang hatte die Cosa Nostra unter einem Vergrößerungsglas gelebt, es war schwere Arbeit gewesen, aber es hatte sich gelohnt. Nicht nur für die Cosa Nostra, sondern für alle. Die Kronzeugenregelung war praktisch abgeschafft. Es gab so gut wie keine Aussteiger mehr. Die Antimafia-Bewegung war unter Kontrolle gebracht. Berlusconi hatte sich sein Gehirn weggevögelt und war durch einen Jüngeren ersetzt worden. Im Parlament saß nicht mehr die alte Garde, deren Vergangenheit von den Schmutzfinken zur Genüge durchwühlt worden war, sondern ihre unbelasteten Kinder, blank wie Babypopos. Ohne Vorstrafen, ohne Skandale, die die Alten hinter sich hergezogen hatten wie eine Ölspur. Alles war wie geleckt.

Und während sein Vater sich den Arsch aufgerissen hatte, waren die Kalabrier im Windschatten der Cosa Nostra aufgestiegen, hatten den Kokainhandel weltweit unter ihre Kontrolle gebracht und waren so reich geworden, dass sie ihr Geld in Einmachgläsern vergraben mussten, in denen es verfaulte, wenn sie es nicht schnell genug waschen konnten. Solchen Vollidioten durfte man das Geschäft nicht allein überlassen.

Draußen schien die Sonne. Wenn man hier aus dem Fenster blickte, sah man grünen Rasen ohne einen einzigen Papierschnipsel, zierliche Ahornbäume und azurblauen Himmel. Sein Vater schaute aus seinem Fenster auf Natodraht, Betonmauern und Wachtürme mit MG-Schützen. Wenn er denn auf den Tisch kletterte.

»Ich habe gehört, dass du in letzter Zeit ein paar Probleme hattest, in Palermo«, sagte 'Ntoni. »Irgendwas mit Touristen.«

»Ach, ist das hier auch angekommen?«

»Buschtrommeln«, sagte 'Ntoni und leckte sich Schokolade vom Finger.

»'Ntoni, ganz ehrlich, ich möchte nichts anderes, als ein ganz normales Leben führen. Aber du weißt ja, in Italien ist das nicht möglich.«

»Wem sagst du das.«

»Und der Tourismus ist für Sizilien ein wichtiger Wirtschaftsfaktor. Ich habe immer daran geglaubt. Einer meiner Freunde veranstaltet Rundreisen. Er hat mich überzeugt, dass es eine gute Idee wäre, den Touristen etwas vom wirklichen Sizilien zu erzählen. Ich meine, sie kommen nach Palermo und sehen nichts anderes als Antimafia-Staatsanwälte, die in gepanzerten Limousinen mit Blaulicht durch die Stadt rasen. Also habe ich mich bereit erklärt, zweimal pro

Woche deutschen Reisegruppen in einem Hotel in Palermo die Mafia zu erklären. Mein Freund führte kurz in die Geschichte der Cosa Nostra ein, und dann habe ich eine Stunde lang erzählt. Meine Kindheit in Corleone, das Leben auf der Flucht, die Rückkehr nach Corleone.«

»Auf Deutsch?«, fragte 'Ntoni.

»Klar, auf Deutsch. Und ich sage dir, die haben Augen gemacht. So etwas haben sie noch nie gehört. Etwa, wie man sich fühlt, wenn man als Sohn eines Mafiabosses in Sippenhaft genommen wird. Das hat sie richtig mitgenommen. Sie haben so konzentriert zugehört, dass sie kaum zu atmen wagten.« Dino schluckte. Machte eine Pause. Seufzte. Und sagte: »Weißt du, 'Ntoni, es war für mich sehr stimulierend, mich mit Menschen auseinanderzusetzen, die aus einem anderen Kulturkreis stammen.«

'Ntoni nickte. Auf die Deutschen ließ er nichts kommen. »Ich verstehe dich, Dino. Das ist auch der Grund, weshalb ich hiergeblieben bin.«

»In Italien wird alles, wirklich alles, was ich sage, gegen mich verwendet. Auch diese Mal dauerte es nicht lange, schon ging es wieder los mit dem Jüngsten Gericht. Die Antimafia-Apostel haben losgeheult, von wegen: Greco-Sohn lässt sich von Touristen bezahlen.« Er knackte mit den Fingergelenken. »Die Geschichte ist durch die gesamte Presse gegangen. *Repubblica*, *La Stampa*, *Corriere.* Wurde wie besessen geteilt, getwittert, gepostet. Mein Vater: das personifizierte Böse. In Italien bin ich ein Bürger zweiter Klasse, 'Ntoni.«

'Ntoni nickte wieder. Wie gut, dass er in Deutschland geblieben war. Und eine Deutsche geheiratet hatte. Inzwischen war die Ehe zwar geschieden, aber sie war die Mutter seiner Söhne und hatte ihn nie verraten. Er hatte ihr nach der Scheidung das Haus in Oberhausen überlassen.

»Mein Vater hat mich natürlich auch dafür kritisiert, dass ich mich mit den Touristen getroffen habe, 'Ntoni. Du kennst ihn ja. Ganz die alte Schule: Schafskäse, Zichorien und ›die Ehre des Schweigens‹. Aber für mich und meine

Geschwister war es auch nicht leicht. Wir sind die meist-
kontrollierten Personen Italiens. Wir führen ein Leben im
Big-Brother-Container, wir spielen mit in der großen Cosa-
Nostra-Reality-Show.«

»Ich verstehe dich, Dino«, sagte 'Ntoni mitleidig und riss
mit den Zähnen die Tüte mit den Marsriegeln auf.

Dino blickte wie ein waidwundes Reh und sagte: »Aber
ich will mich nicht beschweren. Wer hätte mehr als du unseren Schmerz geteilt?«

Er bemerkte, dass in 'Ntonis Mundwinkel kleine, mit Ka-
ramell verklebte Krümel hingen, und dachte daran, wie sein
Vater bei seinem letzten Besuch im bleichen Neonlicht im
Besucherraum des Hochsicherheitsgefängnisses hinter Panzerglas gesessen und unsicher nach dem Hörer der Gegensprechanlage getastet hatte. Sein Bruder hatte alles mit seinem Smartphone gefilmt. Das Video sollte den körperlichen
Verfall seines Vaters dokumentieren, der Anwalt kämpfte
dafür, seinen Vater unter Hausarrest stellen zu lassen. War
es nicht ein Menschenrecht, in Würde zu sterben? Zur Not
würden sie sich bis zum Gerichtshof für Menschenrechte
in Straßburg hochklagen. Und während sein Vater in der
Hochsicherheitshaft verkümmerte, hatte sich dieser Kalabrier in Deutschland eine Fettleber angefressen.

»'Ntoni, ich leide wie ein Hund, wenn ich meinen Vater
sehe. Er hat immer alles den anderen gegeben. Sein ganzes
Leben. Alles. Das letzte Mal hat er mich gefragt, ob es mir
gut gehe, ob ich auch genügend essen würde. Mein Herz
hat geblutet, 'Ntoni. Da sitzt dein Vater vor dir, klein und
schmächtig in diesem viel zu weiten Trainingsanzug, hinter
Panzerglas, und fragt dich, ob es dir gut gehe. Und wiegt
vielleicht noch fünfzig Kilo. Mein Vater, fünfzig Kilo, 'Ntoni! Und du weißt doch, wie wichtig die Mahlzeiten für ihn
immer waren, *Sfincione* nur aus Palermo, mit Schafskäse
und Provola und Petersilie, bei der *focaccia* nur die *maritata*:
Milz, Lunge, Schmalz und Ricotta, und wehe, wenn der *Caciocavallo* fehlte!«

»Ich weiß, Dino, ich weiß.«

»Und jetzt darf meine Mutter ihm nicht mal Süßigkeiten schicken, wir haben alles versucht, wir haben darum gebettelt, ihm ein paar verdammte gebrannte Mandeln, getrocknete Feigen oder wenigstens die *dolci della martorana* zukommen zu lassen. Aber sie haben ein Theater gemacht, als könnte er mit ein paar Weintrauben, Kirschen und Auberginen aus glasiertem Mandelteig ein Hochsicherheitsgefängnis in die Luft jagen. Nicht mal das gönnt man ihm. Mein Vater, der alles den anderen gegeben hat. Ich musste nach Deutschland gehen. Sonst hätten sie alles beschlagnahmt.«

'Ntoni schluckte. Nickte. Und glaubte Dino kein einziges Wort. Der alte Greco saß im Knast und würde keine Leiche aus dem Keller ziehen, keinen Staatspräsidenten, keinen Ministerpräsidenten, nicht mal einen Gemeinderat. Von dem ging keine Gefahr aus. Er würde schweigen bis zum Tod. Und falls sein idiotischer Sohn nicht so irre war auszupacken, würde es in ganz Italien niemand wagen, sich in die Geschäfte der Grecos einzumischen. Ganz im Gegenteil. Die Familie Greco war in Italien so sicher wie in Abrahams Schoß. Und genau das war das Problem. Schließlich hatte Dino sogar erfolgreich in die Trans-Adria-Pipeline investiert, ohne dass ihm dabei Steine in den Weg gelegt worden waren. Selbst die harten Hunde der Antimafia-Staatsanwaltschaft Palermo hatten sich an den Grecos die Zähne ausgebissen. Der Form halber waren nur Peanuts beschlagnahmt worden, der Rest florierte. Aber offenbar kriegten die Grecos den Hals nicht voll. Strebten nach Höherem. Er würde nicht hinnehmen, dass sie den mühevoll erreichten Frieden gefährdeten. Schließlich war es ihm, 'Ntoni, zu verdanken, dass wieder alles ruhig war, nach den Morden von Duisburg. Allein das Geld für die Anwälte. Jeden verfluchten Mistkratzer hatten sie in Grund und Boden geklagt. In Düsseldorf, in München, in Leipzig. Da war es schnell aus der Mode gekommen, ehrbare italienische Unternehmer in den Dreck zu ziehen. Es herrschte Frieden. Keine Rede mehr von Mafia, nur noch von Pizza Romana mit oder ohne Oregano. Und da konnten sie diesen verhätschelten Cosa-Nostra-Prinzen so gut gebrauchen wie eine Fistel am Arsch. 'Ntoni brach sich ein Stück von der mitgebrachten Ritter-Sport-Schokolade ab. Marzipan. Er hasste Marzipan. Er steckte sich die Schokolade in den Mund und schloss genießerisch die Augen. Als er sie wieder öffnete, schob er den Rest der Schokolade zu Dino hinüber.

Dino schüttelte den Kopf und schob die Schokolade wieder zurück. Offenbar war 'Ntoni von seinen Worten so ergriffen, dass ihm nichts anderes eingefallen war, als ihm etwas von seiner Marzipanschokolade anzubieten.

»Alles, was ich vom Leben erwarte, 'Ntoni, ist etwas Respekt. Für meine Mutter, meine Geschwister und für mich.«

Dino lehnte sich zurück. Das konnte er: auf Knopfdruck die ganz große Oper. Er und sein Bruder hatten früh gelernt, unterwürfig zu sein. Ehrerbietungen, Wertschätzungsfloskeln und Hochachtungsschwulst konnten sie auf Knopfdruck absondern. Und ansonsten schweigen: Jedes Mal, wenn die anderen Bosse gekommen waren, um ihrem Vater Reverenz zu erweisen, eine Investition zu besprechen, hatten sie daneben gestanden wie Marmorstatuen.

'Ntoni schluckte. »Niemand versteht dich besser als ich, Dino. Genau deshalb bin ich in Deutschland geblieben. Hier werde ich nicht diskriminiert, nur weil ich in San Luca geboren wurde.«

Jetzt fehlte nur noch die Kirsche auf der Torte, dachte Dino. »Weißt du, 'Ntoni, was der einzige Moment war, als mein Vater bei meinem letzten Besuch wieder auflebte? Als ich ihm gesagt habe, dass ich nach Deutschland gehen würde. Da war er wieder ganz der Alte.«

Was er 'Ntoni nicht sagte, war, wer ihm dazu geraten hatte. Nachdem er die Deutschen an einem sonnendunstigen Nachmittag getroffen hatte, auf einer Hotelterrasse in der Via Roma mit Blick auf die Kathedrale von Palermo. Nachdem er in ihre Gesichter geblickt hatte. In ihre blauen Augen.

Am Tag darauf war er nach Düsseldorf geflogen. Und hatte sich mit Don Rosario getroffen, den er noch aus der Zeit kannte, als er mit seinen Geschwistern bei seinem Onkel in Leverkusen den Sommer verbracht hatte.

Don Rosario stammte aus Montelepre, von ihm hatte Dino die erste heilige Kommunion empfangen, und er kümmerte sich um sämtliche italienischen Gemeinden zwischen Sauerland, Niederrhein und südlicher Eifel. Dank Don Rosario waren schnell diskrete Verhandlungen gelaufen, Schaltstellen besetzt und erste Investitionen getätigt worden. Denn die Flüchtlinge waren wirklich ein Gottesgeschenk.

'Ntoni versuchte ein Lächeln. Er zog kurz die Oberlippe hoch und sagte: »Wir alle verdanken deinem Vater viel.« Er machte eine Pause. Und fügte hinzu: »Umso mehr freut es mich, dass du dich hier gut eingelebt hast.«

Wie gut Dino sich eingelebt hatte, war dem fetten Kalabrier natürlich nicht entgangen. Vor allem nicht, dass Dino ein paar Schrottimmobilien aufgekauft hatte, in Köln, am Niederrhein, im Ruhrgebiet. Auch eine ehemalige Reha-Klinik in Paderborn hatte er gekauft. Kleinigkeiten. Viel mehr aber interessierten ihn die ehemaligen Luftwaffenkasernen im Weserbergland und in der Eifel, auf die 'Ntoni seine dicken Finger gelegt hatte.

Dino hatte gerade angesetzt, das heikle Thema endlich anzusprechen, als der auf der Empore sitzende Wächter aufstand und »Kommen Sie jetzt bitten zum Ende« sagte. Die Addams Family vom Nebentisch hatte sämtliche Süßigkeiten aufgefressen und schüttelte sich die Krümel von den Trainingshosen.

'Ntoni streckte sich und fing an, seine Süßigkeiten zusammenzupacken, die restlichen Marsriegel, die halbe Tafel Ritter Sport.

Dino umarmte ihn zum Abschied. Wieder stieg ihm das widerlich süße Rasierwasser in die Nase. Er flüsterte: »Wir haben vergessen, über die Kasernen zu reden.«

'Ntoni küsste ihn auf die Wange. »Wer bin ich, dass ich

dem Sohn von Saruzzo Greco einen Wunsch abschlagen könnte?«

Dino umarmte ihn und sagte: »Der Herr sei mit dir.«

Er lief den Gang mit den diagonalen Streifen in optimistischen Farben entlang. Ließ sich von den Wächtern seine Geldbörse, die Rolex und die Goldkette mit dem kleinen Kruzifix aushändigen. Unterschrieb das Besucherprotokoll beim Verlassen des Gefängnisses.

Und dachte: Es geht doch nichts über Freundschaft.

3

Du siehst aus wie einer, der gerade aus Syrien zurückgekommen ist«, sagte Erkan und versuchte mit dem Kamm ein paar Zotteln aus Wienekes Bart zu entfernen.

»Ich sehe aus wie mein alter Chemielehrer«, sagte Wieneke.

»Hör auf zu jammern, glaubst du denn, ein Bart wächst einfach von allein, ohne dass du dich um ihn kümmern musst?«

Wieneke schloss die Augen und versank etwas tiefer in seinem Frisierumhang. Wahrscheinlich würde jetzt wieder ein längerer Vortrag zum Thema »Aufzucht und Pflege von Vollbärten« folgen.

»Benutzt du nie das Seidenöl, das ich dir letztes Mal mitgegeben habe?«

»Doch, aber manchmal vergesse ich es«, sagte Wieneke schuldbewusst.

Wenn er geahnt hätte, dass Bartpflege eine Lebensaufgabe ist, hätte er nie damit angefangen. Spliss in den Haarspitzen, Haarbruch, Bartschuppen – es gab alles.

»Und das Shampoo? Welches benutzt du?«

»Francesca kauft mir immer Apfelshampoo. Das mag ich am liebsten.«

»Apfelshampoo? Bist du wahnsinnig? Das wirkt wie DDT. Davon fallen dir nicht nur die Haare aus, davon fällt dir alles ab.«

Erkan begann seinen Bart zu trimmen, kämmte, glich die Seiten aus und kontrollierte den Anblick im Spiegel.

»Dabei kannst du nur von Glück reden, mit deinem Bartwuchs. Was meinst du, wie viele Männer mit Problembärten hier sitzen, erst gestern dein ehemaliger Kollege von *FAKT*.«

Wieneke richtete sich kurz auf. »Wer?«

»Na, dieser Lohmeyer.«

Ach, Lohmeyer, der alte Schleimer. Chef vom Dienst. Gott, wie weit weg das alles war.

»Was der für Löcher in seinem Bart hat, kannst du dir nicht vorstellen. Da ist nix zu kaschieren. Ein Riesenloch auf der Oberlippe direkt unter der Nase, und die Unterlippe sieht auch scheiße aus. Er hat alles versucht, Knoblauch mit heißer Butter, Hautarzt, Joggen, nichts hilft.«

Tja, man konnte nicht alles haben. Eine feste Stelle bei *FAKT* und einen Bart ohne Löcher. Erkan hatte ihn darauf aufmerksam gemacht, welch Potenzial in seinen Haarwurzeln schlummerte. Testosteron pur. Und ein Wunder der Natur dazu, denn sein Schädel war blank. Und da kam auch nichts mehr nach. Aber was ihm oben fehlte, wuchs unten: In nur drei Monaten war Wieneke ein Vollbart gewachsen, kein Ziegenbärtchen, kein Ludenbart, kein Henri-Quatre-Schwuchtelbärtchen, sondern ein Eins-a-Vollbart. Nur Francesca hatte wieder mal was zu meckern gehabt: Mit seiner Glatze und dem Vollbart sehe er aus wie ein albanischer Türsteher. Eifersucht, nichts anderes. Denn seitdem Wieneke Bart trug, schauten die Frauen ihn anders an.

»Ein Bart, das heißt: Du darfst hart sein und schmutzig«, hatte Erkan erklärt. Sein Eimsbütteler Friseursalon glich neuerdings nicht mehr einer Kifferhöhle in Istanbul, sondern wollte ein Barbershop in Little Italy sein. Zu Zeiten von Lucky Luciano. Keine Wasserpfeifen mehr, keine glitzernden Ansichten der Hagia Sophia, stattdessen antike Friseurstühle aus Wurzelholz, Friseurkommoden aus den dreißiger Jahren, abgegriffene *Playboy*-Hefte (Sammlerstücke, behauptete Erkan) und blinde Spiegel, die irgendein anatolischer Onkel in seinem Keller liegen gehabt hatte. An der Wand vergilbte Schwarz-Weiß-Fotos von Herrenfrisuren mit viel Pomade, auf dem Boden schwarz-weiße Fliesen. Alles voll retro. Nur die Preise nicht. Die hatten sich verdoppelt.

Trimmen zehn Euro, Trimmen plus Rasur dreißig Euro, was bei Wienekes außergewöhnlichem Bartwuchs zu einem Kostenfaktor geworden war. An seinem letzten Artikel hatte er drei Tage gefummelt und ganze dreihundert Euro verdient.

Er arbeitete praktisch für seinen Bart.

Und deshalb war er das letzte Mal zu einem anderen Friseur gegangen, aber da hatte man ihn in einen pinkfarbenen Kittel gezwängt und neben Frauen gesetzt, die Tonnen von Alufolie auf dem Kopf trugen. Von dem Geruch des Wasserstoffperoxyds wäre er fast ohnmächtig geworden. Reumütige Rückkehr zu Erkan. Und zu den Männern mit den Problembärten.

Erkan zwirbelte mit einem Faden in seinem Gesicht herum, eine speziell anatolische Technik, um einzelne Haare aus dem Gesicht zu zupfen. Dann wickelte er etwas Watte um ein Holzstäbchen, tränkte es mit Spiritus, zündete die Watte an und strich damit an Wienekes Ohr entlang, um die kleinen Härchen abzufackeln. Wieneke erstarrte und wagte nicht zu protestieren. Zum Schluss legte ihm Erkan ein heißes feuchtes Tuch auf das Gesicht. Zur Entspannung.

Und als Wieneke ihm so ausgeliefert dalag, hörte er, wie die Tür aufging und jemand »Guten Tag, Erkan, hätten Sie Zeit für mich zwischendurch?« rief. Es war nicht zu fassen. Diese Kastratenstimme. Tillmann. Sein alter Chefredakteur. Ließ der sich jetzt etwa auch einen Bart stehen?

Und schon wanzte sich Erkan an Tillmann heran: »Aber für Sie doch immer.«

Wieneke wagte kaum zu atmen. Bei seiner letzten Begegnung mit Tillmann war er kurz davor gewesen, ihm auf den Schreibtisch zu pinkeln. Auf seine der Größe nach geordneten Bleistifte. Auf seine Unterschriftenmappe. In seinen Kamillentee. Stattdessen hatte er gekündigt. Mitten in der

Medienkrise. Ja, ihr Weicheier da draußen: Noch nie versucht, mal antizyklisch zu leben?

Aber warum zum Teufel musste der Sack jetzt hier aufkreuzen? Wieneke fiel ein, dass seine Kuriertasche neben ihm stand. Mit dem *FAKT*-Logo. Die hatte er aus reiner Anhänglichkeit nicht weggeworfen. Er versuchte, sie mit dem Fuß zu erreichen, um sie weiter unter den Frisiertisch zu schieben, kam aber nicht an sie heran. Er rutschte noch tiefer in seinen Frisierstuhl und stellte sich tot. Vielleicht ging es ja schnell bei Tillmann, vielleicht wollte er sich nur ein paar Haare von den Ohren abflammen lassen.

Erkan schlug Schaum. Aus der Rasierseife.

»Alles bestens bei *FAKT*?«, fragte er, ganz die alte türkische Honigbiene.

Der Frisierstuhl ächzte unter Tillmanns Gewicht.

»Ach, wir können uns nicht beklagen, unsere Zahlen sind gut. Was mich viel mehr bedrückt, ist der Vertrauensverlust der Menschen gegenüber seriösen Medien.«

Natürlich genoss einer wie Tillmann nicht einfach seinen Erfolg. Nein, er grämte sich um die Branche.

»Verschwörungstheorien verdrängen seriösen Journalismus«, sagte Tillmann. »Und das, obwohl die deutschen Medien zu den besten der Welt gehören. Und zu den unabhängigsten.«

Erkan, der außer seiner türkischen Sportzeitung *Fanatik online* gar nichts las, in dem kein Funke Moral steckte, dem Rassismus, Islamismus, Klimawandel, Globalisierung und die Medienkrise scheißegal waren, weil es ihm nur um Rasieren und Trimmen, Waschen und Legen ging, sagte: »Ja, das ist wirklich erschreckend.«

Wieneke schnaufte unter seinem Tuch.

»Versteh mich nicht falsch, natürlich begrüße auch ich es, wenn sich Menschen über Plattformen im Internet Gehör verschaffen. Aber uns Journalisten zu unterstellen, wir würden Nachrichten unterdrücken, ist bösartig.«

Das feuchte Tuch auf Wienekes Gesicht wurde langsam

kalt. Diesem Sackgesicht bei seinem Wort zum Sonntag zuhören zu müssen, hatte ihm gerade noch gefehlt. Wer kroch denn jedem Unternehmer in den Arsch? Wer ließ sich denn auf Segeljachten mitnehmen?

»Meinungsfreiheit ist doch keine Lizenz, andere Menschen an den Pranger zu stellen. Nein, mein lieber Erkan, ich lasse nicht zu, dass unsere Integrität infrage gestellt wird.«

Beim Wort »Integrität« riss sich Wieneke das Tuch vom Gesicht und sprang von seinem Stuhl auf. Erschrocken richtete sich Tillmann auf. Erkan wäre fast das Rasiermesser aus der Hand gefallen.

»Ach, Wieneke«, sagte Tillmann, nachdem er sich wieder gefasst hatte. »Ich hätte Sie fast nicht erkannt, mit diesem Bart.«

»Oh, Wiwi, sorry, ich hatte dich vergessen«, stammelte Erkan.

»Kein Problem, ich hab's nur etwas eilig, ich habe noch einen Termin.«

Wieneke ging zur Kasse und suchte in seiner Brieftasche nach Geld. Hatte er nicht gestern erst hundert Euro abgehoben? Er blätterte in zerknitterten Taxiquittungen, Tankbelegen, Restaurantrechnungen. Belege für Briefmarken, Bücher, Batterien. Den Papierkram hatte er unterschätzt, als er sich dazu entschlossen hatte, frei zu arbeiten. Diese Sammelwut, der er sich neuerdings zu unterwerfen hatte, war erniedrigend. Andererseits konnte er es sich nicht leisten, seine mühsam erschriebenen Kröten dem Fiskus in den Rachen zu werfen. Kleinvieh macht auch Mist. Die Quittung für das Parfüm für Francesca konnte er als Geschenk an einen Geschäftsfreund absetzen. Neuerdings konnte er sogar Staubsaugerbeutel, Wischtücher und Haushaltsreiniger einreichen. Betriebsausgaben für sein Arbeitszimmer. Aber wo zum Teufel waren die hundert Euro geblieben?

Während Wieneke in seiner Brieftasche kramte, rief Tillmann aus dem Hintergrund: »Und wie läuft das Geschäft so als Freier?«

»Kann mich nicht beschweren«, stieß Wieneke mit zusammengebissenen Zähnen hervor. Mit der EC-Karte konnte er nicht bezahlen, sein Konto war hoffnungslos überzogen. Seitdem die Säcke von der Bank gerochen hatten, dass er nicht mehr fest angestellt war, hatten sie seinen Dispo um die Hälfte gekürzt. Er zog seine Kreditkarte hervor. Bis zur nächsten Abrechnung würde es noch etwas dauern. Erkan starrte auf die Kreditkarte und verzog sein Gesicht. Dann schluckte er und zog seufzend unter der Ladentheke ein verstaubtes Kreditkartenlesegerät vor.

»Mensch, Wieneke, nichts für ungut, aber warum machen Sie uns nicht mal einen Themenvorschlag?«, rief Tillmann. »Gute Freie können wir immer gebrauchen.«

Ohne sich umzudrehen, sagte Wieneke: »Im Moment bin ich leider ausgebucht. Aber wenn ich mal eine Lücke habe, gerne.«

Seit seiner Kündigung hatte sich seine Finanzlage so verschlechtert, dass er ernsthaft darüber nachdachte, das Angebot von Onkel Helmut anzunehmen, dessen Schrebergarten-Kneipe zu übernehmen, die »Blumenkohl-Bar«, oder besser: das Vereinslokal der Kleingartenanlage »Glück auf« in Bottrop-Süd. Eine Goldgrube, hatte sein Onkel ihm versichert, weil zu den Stammgästen die Fans des VfB Bottrop gehörten, die sich nach jedem Spiel betrinken mussten, weil ihr Verein inzwischen in der siebten Bezirksliga Niederrhein spielte.

»Jedes Wochenende volles Haus«, hatte sein Onkel gesagt. »Du verdienst dein Geld im Schlaf.«

»Ich bin Journalist, kein Wirt«, hatte Wieneke geantwortet.

»Ja und?«, hatte sein Onkel eingewandt. »Was spricht gegen eine solide Mischkalkulation?«

Und eigentlich hatte er recht.

Wieneke tippte seinen Code ein. Und spürte Tillmanns Blick im Rücken wie glühende Messerklingen. Erkan starrte auf das Display des Kreditkartengeräts. Wieneke tat unbeteiligt und trat auf der Stelle. Warum spuckte das Ding nicht endlich den Beleg aus?

»Falscher Pincode«, sagte Erkan.

Seufzend reichte er Wieneke erneut das Gerät. Verfluchter Mist. War der Pin der Kreditkarte nicht derselbe wie der seiner EC-Karte, nur dass die letzten beiden Zahlen seinem Geburtsdatum entsprachen? Er tippte erneut einen Code ein.

Erkan sagte: »Wieder falsch. Nur noch ein Versuch.«

Das durfte doch nicht wahr sein. Konnte sich die Erde nicht unter ihm auftun und ihn verschlingen? Wieneke grübelte über Zahlendreher nach und hörte, wie Tillmann sich räusperte. Ja, das war es doch: neun sieben statt zwei drei. Wenn das wieder der falsche Pin war, war er geliefert. Kreditkarte gesperrt, erniedrigt – vor den Augen des größten Opportunisten der an Opportunisten reichen Medienbranche. Über sein Telefon gebeugt, fing Wieneke an zu beten. Rette mich! Währenddessen beklagte Tillmann sich weiter über den Zynismus seiner Branche.

Und ein Wunder geschah. Knarrend gab das Gerät den Beleg frei. Und Wienekes Telefon klingelte. Auf dem Display leuchtete auf: »Jesus online«. Gott lebte.

»Hallo, Herr Widukind«, sagte der Redakteur.

»Wieneke«, sagte Wieneke.

»Haben Sie Lust, für uns ein Porträt zu schreiben?«

Natürlich hatte er Lust. Und wie. Auch wenn *Jesus online*, das christliche Magazin für den Mann mit Werten, nur ein Kirchenblättchen war. Er war so abgebrannt, dass er für *Jesus online* sogar Gemeindebriefe verfasst hätte.

»Ein Porträt?«, rief Wieneke Richtung Tillmann. »Sind Sie in der Redaktion? Die Verbindung ist hier so schlecht. Einen Moment, ich gehe nach draußen.«

Online wurde man wenigstens gelesen. Er machte sich keine Illusionen mehr. Als er neulich in alten Artikeln geblättert hatte, hatte er das Gefühl gehabt, Papyrusrollen in der Hand zu halten. Seine Sudan-Geschichte. Seine Reportage über Lockerbie. Seine Afghanistan-Reportage. Sie fingen langsam an, zu zerfallen.

Mit dem Telefon am Ohr stürmte Wieneke zur Tür, er riss

Erkan im Laufen den Kreditkartenbeleg aus der Hand und versuchte zu überhören, wie Tillmann ihm nachrief: »Kommen Sie doch in der Redaktion vorbei, wenn Sie das nächste Mal auf Akquise sind.«

Endlich stand Wieneke vor der Tür. »So, jetzt können wir sprechen«, sagte er.

»Es geht um eine Koptin«, sagte der Redakteur.

»Ah, spannend«, antwortete Wieneke. Und hatte keinen blassen Schimmer, was der Redakteur meinte. Was sollte das sein? Eine Rasse, eine ethnische Minderheit, eine Rockband?

»Ja, es ist wirklich eine interessante Geschichte. Wir haben eine ägyptische Koptin ausfindig gemacht, die jetzt in Köln lebt. Sie sollen mit ihr über ihre Erfahrung sprechen, als Christin in Ägypten von den Moslembrüdern verfolgt zu werden.«

So eine Betschwester interessierte ihn zwar so wenig wie Dreck unterm Fingernagel, aber heutzutage war jeder Artikel ohne Flüchtling oder Islamisten unverkäuflich. Auf jeden Fall schrieb er lieber über eine Koptin als über Homo-Ehen. Oder über häusliche Gewalt bei Akademikern. Oder über Sex im Altersheim. Und wer weiß, vielleicht konnte er den Artikel danach noch weiterverkaufen.

Wolfgang W. Wieneke schrieb jetzt also für ein Kirchenblättchen, aber immerhin war er nicht so tief gesunken, Geschäftsberichte schreiben zu müssen wie die Kollegen, mit denen er einst die faulen Kredite des Berliner Bankenskandals aufgedeckt hatte und die jetzt Geschäftsberichte für die Commerzbank schrieben.

Gott sei Dank hatte ihn noch niemand von *Jesus online* gefragt, ob er noch in der Kirche war. Aus der war er schon mit sechzehn ausgetreten. Und ehrlich gesagt, fand er Leute, die an Gott, Buddha oder an den großen, schwarzen Karton glaubten, immer etwas anstrengend. Aber um ein Kotelett zu beurteilen, musste man ja auch kein Schwein sein. Die Frage war nur, welche Sprachen die traumatisierte Koptin beherrschte. Arabisch, klar, aber sonst? Nicht dass sie ihre Erlebnisse nur auf Englisch mitteilen konnte. Das Interview zu übersetzen, wäre ein Riesenaufwand, und außerdem konnte er es sich nicht leisten, länger als einen halben Tag mit dieser Scheißkoptin zu vergeuden.

»Sie heißt Demiana Schneider.«

»Also spricht sie Deutsch?«

»Fließend. Ihr Vater ist Deutscher.«

»Und was ist Ihnen die Geschichte wert?«

»Zweihundert Euro. Mehr können wir leider nicht zahlen.«

»Fünfhundert.«

»Glauben Sie mir, Herr Widukind …«

»Wieneke«, sagte Wieneke.

»… Herr Wieneke, Sie sind unser bestbezahlter Autor, aber leider können wir Ihnen …«

»Vierhundert.«

»Ich würde Ihnen von Herzen gerne mehr zahlen, aber wir finanzieren uns ausschließlich über Spenden, und Sie wissen ja …«

»Dreihundert.«

»Das freut mich, Herr Wieneke, dass Sie unserer kleinen Redaktion entgegenkommen. Gut, also dreihundert, ich muss das zwar noch mit dem Chefredakteur absprechen, aber ich denke, dass er nichts dagegen haben wird, Sie sind ja ein renommierter Autor.«

Für dreihundert Euro wäre er früher gar nicht erst aufgestanden. Die hatte er bei *FAKT* alleine für ein Bewirtungsgespräch ausgegeben.

Andererseits: Es gab kein andererseits.

4

Tolle Stadt, Hamburg. Totò hörte gar nicht auf zu schwärmen.

»Beeil dich«, sagte Dino nur, der im Heck saß und auf die Alster blickte, die gerade noch wie eine graue Stahlplatte gewirkt hatte und sich plötzlich, als die Sonne durch den Dunst drang, in ein gigantisches blaues Auge verwandelte. Wasser mitten in der Stadt, wohin man blickte. Es zog ihn an und beunruhigte ihn gleichzeitig, was er natürlich nie zugegeben hätte. Vor allem nicht vor Totò Amato, der am Steuer dieses 7er BMWs saß und für den jede Stadt toll war, die größer war als Corleone. Der BMW war neu und roch wie eine Frau beim ersten Rendezvous. Mokkabraune Ledersitze, Wurzelholzfurnier, Automatikschaltung. Totòs Hände waren zu groß für das kleine, sportliche Lenkrad. Außerdem waren die Ärmel seines Jacketts an den Kanten leicht abgewetzt. Wahrscheinlich Synthetik. Dino nahm sich vor, Totò bei der nächsten Gelegenheit einen vernünftigen Anzug zu kaufen.

»Wir sind gleich da. Pünktlich wie die Deutschen.«

»Wenigstens das hast du hier gelernt«, sagte Dino.

Totò hatte es hingekriegt, seit zehn Jahren in Deutschland zu leben, ohne ein einzigs Wort Deutsch zu sprechen.

»Vielleicht haben wir später noch Zeit, du weißt schon, diese Mädchen in den Schaufenstern, ich wollte sie dir zeigen, Dino.«

»*Basta*, Totò, konzentrier dich.«

»Ich muss gar nichts machen, der Wagen fährt von alleine.«

Totò war ein Zweimetermann mit schlichtem Gemüt. Bei Liedern von Lucio Dalla fing er an zu weinen. Als Dino nach Deutschland gekommen war, hatte Totò als Erster davon erfahren. Totò hätte sich für ihn geopfert, das wusste er. Wie ein großer Bruder.

Dino hatte ihm das Leben gerettet, damals, als sein Vater ihn mit heruntergelassenen Hosen erwischt hatte. Bei der Frau, mit der sein Bruder gelegentlich gesehen worden war, dieser Hure, von der sein Vater von Anfang an nichts gehalten hatte. Das hätte aber nichts daran geändert, dass Totò fällig gewesen wäre – wenn Dino sich nicht für ihn verwendet hätte.

»Du bist wie ein Sohn für mich, Totò. Aber wenn ich dich hier noch einmal sehe, bringe ich dich um«, hatte sein Vater gesagt.

Am nächsten Tag saß Totò im Zug nach Deutschland und war seitdem nicht mehr nach Sizilien zurückgekehrt. So waren die Regeln. Und da er gelernt hatte, sich an die Regeln zu halten, bremste er jetzt etwas abrupt vor einer Ampel, weil die Deutschen, was rote Ampeln betraf, keinen Spaß verstanden. Dino wäre fast gegen den Vordersitz geknallt.

»*E che cazzo!* Was soll der Scheiß!«

»*Perdonami*, Dino. Wir sind da.«

Harvestehuder Weg. Eine großbürgerliche Villa mit kiesbestreuter Auffahrt, im Garten ein griechisches Tempelchen. Bevor Dino die Treppen hochstieg, ermahnte er Totò, während der Wartezeit nicht zu rauchen. Die Empfangsdame hatte ihn das letzte Mal auf die Kippen aufmerksam gemacht, die Totò in den Blumenrabatten hinterlassen hatte. Er glitt an der Empfangsdame vorbei, die gerade aufstehen und ihn führen wollte. »Nicht nötig«, rief er und sprang die Treppen hinauf. Inzwischen kannte er sich hier aus.

Im ersten Stock, dritte Tür rechts, erwartete ihn James Gossler. Rechtsanwalt und Notar. Don Rosario hatte ihn empfohlen. Gossler gehörte zu einer alten Hamburger Kaufmannsfamilie, was auch seinen englischen Vornamen erklärte: Wie sizilianische Adlige hatten auch die feinen Hamburger einen Tick für alles Englische. Gossler galt als bester Finanzberater Deutschlands. Er war mit allem verwandt, was Rang und Namen hatte, seine Frau war Römerin, eine Ruspoli, aus päpstlichem Adel.

Gossler begrüßte ihn mit »*Carissimo*«, wobei er das R im Rachen zerdrückte, wie es norditalienische Adlige, Industrielle oder Gewerkschaftsführer zu tun pflegten, die zu den Eliten gehören wollten.

Carissimo un corno, mein Lieber am Arsch, dachte Dino und grüßte mit einem knappen »*Avvocato, tutto bene?*«. Schließlich ging es hier nicht um Freundschaft, sondern um Dienstleistung. Gossler hatte die Verträge aufgesetzt, als Dino Altenheime, Kliniken und Hotels aufgekauft hatte, um sie an die Kommunen zu vermieten. Er hatte deutsche Strohmänner gefunden, die Kaufverträge für die alten Luftwaffenkasernen wasserdicht gemacht und die Formalitäten erledigt, als Dino Sicherheitsdienste, Reinigungsfirmen und Catering-Unternehmen gegründet hatte, die Eintragungen ins Handelsregister waren einwandfrei.

Deutschland stehe vor einer logistischen und organisatorischen Herausforderung, hatte es geheißen, als die ersten Flüchtlinge gekommen waren. Die öffentlichen Aufträge liefen fast immer ohne Ausschreibung. »Wegen Eilbedürftigkeit«, wie es auf Behördendeutsch so schön hieß. Es war ein Angebot, dass Dino nicht hatte ablehnen können. Sein Unternehmen nannte sich »Homeland & Comfort GmbH«.

Gossler trug wie immer ein Tweedjackett samt Einstecktüchlein, die Haare silbergrau, etwas länger als üblich und mit Gel zurückgekämmt, sie ringelten sich leicht über dem Kragen, ein kleiner, ironischer Wink, dass er sich leisten konnte, mit Distinktionsmerkmalen zu spielen.

»Ich bin froh, dass es mit den Kasernen geklappt hat«, sagte Gossler und fügte hinzu: »Einmal besenrein durchfegen und alte Bundeswehrbetten rein, billiger geht's nicht. Den Kaufpreis«, Gossler nahm das Wort *Geldwäsche* nie in den

Mund, »haben Sie schon nach einem Monat wieder drin. Und die Miete ist Reingewinn. Mehr Rendite geht nicht!«

Gossler hatte ihm Vertrauenspersonen besorgt: Rechtsanwälte, Notare, Immobilienhändler und Vorstände diverser deutscher Banken, er war bei der Gründung und Verschachtelung mehrerer Finanzholdings behilflich und machte sich bei den Offshore-Geschäften auf den Britischen Jungferninseln, in Singapur und auf den Cookinseln nützlich. Kurz: Er hatte einen gewissen Anteil daran, dass Dino Greco zu einem der größten Player im Flüchtlingsbusiness aufgestiegen war. Dafür war er mehr als gut bezahlt worden. Und deshalb erinnerte er Dino an eine fette Katze. Er wartete darauf, dass Gossler irgendwann zu schnurren anfangen würde. Einmal hatte er ihn dabei beobachtet, wie er – ungeachtet des Protests seiner römischen Ehefrau – am Ende eines Mittagessens allen Ernstes einen Cappuccino bestellt, ihn fast in einem Zug ausgetrunken und sich am Ende den Milchschaum aus den Mundwinkeln geleckt hatte, mit einer kleinen rosa Zunge.

Jetzt schob Gossler eine Unterschriftenmappe zu Dino, beschwor das schöne Hamburger Wetter und fragte fast beiläufig: »Schon von dem Mord in Palermo gehört?«

»Was für ein Mord?«

»Ein deutscher Staatsanwalt. Aus Köln. Wurde tot auf dem Transenstrich gefunden. Stand in der *Bild*-Zeitung.«

»Ich lese keine Zeitungen.«

»Natürlich nicht. Ich gehe davon aus, dass Sie über bessere Kommunikationsmittel verfügen. Deshalb meine Frage.«

Dino blickte verwundert auf. Gossler hatte sich bislang immer wie der alte sizilianische Anwalt seiner Familie verhalten, der die Wahrheit wusste, auch ohne Fragen zu stellen. Der die Unschuldsvermutung wie ein Schutzschild vor sie hielt, an dem alle Zweifel abprallen sollten. Der sich hinter Paragraphen, Absätzen und Kommata wie in einem Hinterhalt verstecken konnte.

»Er heißt Gregor Kampmann«, sagte Gossler.

»Nie gehört«, sagte Dino und blätterte weiter durch die Verträge. Las das Kleingedruckte. Und die Anhänge. Und sagte zerstreut: »Falls es Sie interessiert, kann ich mich natürlich erkundigen.« Er schaute Gossler an.

Gossler wich seinem Blick aus. »Nein, nein, so dringend ist es nicht, ich dachte nur ...«

»Dass ich etwas damit zu tun haben könnte? Weil ich Sizilianer bin?«

»Nein, das habe ich natürlich nicht gemeint.«

»Doch, genau das haben Sie gemeint. Kein Problem, Herr Doktor Gossler. Ich bin seit frühester Kindheit an Vorurteile gewöhnt.«

»Ich dachte nur, dass so ein Mord selbst in Palermo sicher nicht alle Tage passiert.«

»Was meinen Sie mit ›selbst in Palermo‹?«

»Signor Greco, ich glaube, es handelt sich hier um ein Missverständnis, ich wollte Ihnen nicht ...«

»Sie sind nicht zufällig Rassist?«

Gosslers Gesicht schimmerte mit einem Mal so stählern bläulich wie die Pistole, die einst auf den Spaghetti auf dem berühmten *Spiegel*-Cover gelegen hatte. Der Rassismus-Vorwurf verfehlte nie seine Wirkung. Damit konnte Dino jeden Deutschen zum Schweigen bringen, selbst solche feinen Pinkel wie Gossler. Er mochte mit allem verwandt sein, was Rang und Namen hatte. Aber er hatte keine Eier.

»Bitte verstehen Sie mich nicht falsch.«

»Keine Sorge, ich habe Sie schon richtig verstanden. Kannten Sie den Toten denn persönlich?«

»Persönlich wäre zu viel gesagt. Kampmann war mir nur vom Namen her bekannt.«

»Also handelt es sich hierbei nicht um einen Ihrer Freunde?«

»Nein, um Gottes willen.«

»Sonst hätte ich Ihnen mein Beileid ausgesprochen.«

»Nein, nein, ich kannte ihn kaum, es geht eigentlich nur darum, dass es schon ein wenig ungewöhnlich ist, also ein deutscher Staatsanwalt, ermordet auf dem Transenstrich in Palermo …«

»Die Wege des Herrn sind unerfindlich. Würde Don Rosario sagen«, bemerkte Dino.

»Kampmann arbeitete in der Abteilung für organisierte Kriminalität«, sagte Gossler und blickte Dino in die Augen.

Dino hielt seinem Blick stand.

»*Avvocato*, vor gewissen menschlichen Schwächen ist niemand gefeit. Das muss ich Ihnen doch nicht sagen.«

5

Wieneke fuhr nach Köln. In seinem alten Ford, in dem es immer etwas zugig war.

Die Koptin hatte ihn gebeten, nach Köln zu kommen, weil irgendein Bischof hier eine Freiluftmesse abhielt. In der Nähe der Rheinwiesen suchte er nach einem Parkplatz. Bei seiner letzten Recherche war ihm das Auto abgeschleppt worden. Hundertfünfundsiebzig Euro, die Hälfte seines Honorars.

An einem Zeitungsbüdchen kaufte er sich ein Päckchen Tabak. Neuerdings musste er sich die Zigaretten wieder selbst drehen. Im Vorbeigehen sah er die Schlagzeile der *Bild*-Zeitung: *Mord in Ekstase?* Es ging um eine afrikanische Transe und einen deutschen Staatsanwalt in Palermo.

Ach, Palermo. Wie lange war das her? Gefühlte Jahrhunderte. Heute käme keine Sau mehr darauf, ihn nach Palermo zu schicken, viel zu teuer. Er konnte schon froh sein, wenn sie ihm die Benzinkosten für die Fahrt nach Köln erstatteten. Palermo interessierte kein Schwein mehr, nicht mal, wenn es dabei um Sex ging. Obwohl das bis vor kurzem eine todsichere Kiste gewesen wäre, also Palermo und Sex und deutscher Staatsanwalt. Früher wäre das so viel wert gewesen wie die Überschrift: Deutscher Schäferhund leckt Frau den Brustkrebs weg. Aber heute funktionierte eben nichts mehr ohne Islamismus.

Auf dem Weg über die Wiese sprang er über eine Pfütze. Und spürte sein Knie. Verdammter Mist. Nein, keine Alterserscheinung, sondern der Preis für seine lang zurückliegende Karriere als Profifußballer, wie er Francesca erst vor kurzem erklärt hatte. Wieneke kämpfte sich humpelnd weiter über die nasse Wiese. Die Messe hatte offenbar schon begonnen. Von weitem klang das Gesinge wie Hare-Krishna-Jünger, die samstagsvormittags mit Zimbeln und Triangeln durch die Kölner Fußgängerzone tingelten. Gott sei Dank fand das Ganze im Freien statt, von Weihrauch wurde ihm immer schlecht. Hare Krishna, Hare Krishna, Krishna, Krishna, Hare, Hare. Je näher er kam, umso penetranter klangen die Zimbeln.

Gut, es war Recherche, aber zwei bis drei Stunden Gottesdienst schienen ihm doch etwas übertrieben. Seit seiner Kindheit hatte er keinen Gottesdienst mehr besucht. Kaum zu glauben, aber Wolfgang W. Wieneke war ein frommes Kind gewesen, er war regelmäßig zur Beichte gegangen, wo er für seine Sünden sogar eigene Kategorien erfunden hatte. Er sagte nicht: »Ich habe mein Pausenbrot weggeworfen«, sondern: »Ich habe eine Brotsünde begangen.« Woraufhin der Pfarrer gefragt hatte: »Was soll das denn sein?« Das hatte erste Zweifel in ihm aufkommen lassen: Gott sieht alles, und jetzt musste er ihm den Unterschied zwischen einer Brotsünde und einer Todsünde erklären?

Die Messe wurde auf einer Bühne zelebriert, über die sich ein Regendach wie eine gigantische Muschelschale wölbte. Überall Männer, Männer, Männer. Das hatte ihn an der Kirche auch schon immer gestört. Männer mit Dutt, mit Zopf und mit Haaren wie ein Sitzpuff, junge Männer, alte Männer. Glattrasierte Männer und Männer mit Rauschebärten. Er könnte hier glatt als Kopte durchgehen.

Ein Vorbeter murmelte etwas auf Arabisch. Erst nach ein paar Minuten bemerkte Wieneke, dass es Deutsch war, das sich wie Arabisch anhörte. Hoffentlich war die Koptin nicht verschleiert, er fand verschleierte Frauen etwas beängstigend. In der Mail hatte er als Erkennungszeichen seine Umhängetasche mit dem *FAKT*-Logo angegeben. Er hielt sie vor sich, als er endlich ein paar Frauen entdeckte. Einige von ihnen trugen Kopftücher, keine Schleier, Gott sei Dank. Er zog seinen Block hervor und machte sich ein paar Notizen.

Oben auf der Bühne wurde Weihrauch geschwenkt. Er spürte, wie ihm schwindlig wurde. Zu niedriger Blutdruck. Er wollte sich kurz hinsetzen und die Beine hochlegen, hinter der Bühne, wo ihn niemand sehen konnte. Aber da kam dieses Wunder auf ihn zugelaufen, blond und hochbeinig wie ein seltener Vogel. Er fühlte noch, wie sein Herz wie ein aus dem Takt geratener Motor klopfte. Und ihm der Schweiß ausbrach.

Als er wieder aufwachte, lag er im nassen Gras und blickte in türkisfarbene Augen.

»Hallo, ich bin Demiana, wie geht es Ihnen?«, sagte eine raue Amy-Winehouse-Stimme, die zugleich traurig und ein wenig spöttisch klang.

Er versuchte sich aufzurappeln.

»Nein, nein, machen Sie nur langsam.«

Er schnaufte. »Alles in Ordnung.«

»Ich hatte Ihre Tasche gesehen und wollte Sie gerade ansprechen, aber da sind Sie in sich zusammengesackt.«

»Ich bin allergisch. Gegen ... Pollen.« Als er sich aufzurichten versuchte, griff sie ihm mit diesem Altenpflegergriff unter den Arm, mit dem man alten Damen hilft aufzustehen.

»Dieses Jahr ist ein Mastjahr«, sagte er entschuldigend.

»Mastjahr?«

»Wenn besonders viele Pollen unterwegs sind.«

»Ah. Also ist das hier auf der Wiese für Sie sicher anstrengend.«

»Ja, es wäre vielleicht ganz gut, wenn wir in einen geschlossenen Raum gehen könnten. Gibt es hier ein Café in der Nähe?«

»Ja natürlich, gleich hier drüben.« Sie deutete auf die Uferstraße. Als sie sich drehte, ließ der Wind ihre blonden Haare flirren. Wieder schwankte alles.

»Geht es? Können Sie laufen, oder soll ich Sie stützen?«

»Danke, geht schon.« Wolfgang W. Wieneke, der Pflegefall. Er hielt sich an seiner Kuriertasche fest wie an einer Rettungsboje. Inzwischen war er sich nicht mehr sicher, ob es wirklich der Weihrauch gewesen war oder nicht doch dieses blonde Wunder, das ihn weggekickt hatte.

»Demiana, es tut mir leid, dass Sie meinetwegen nicht bis zum Ende an der Messe teilnehmen können. Ich fand das alles wirklich mitreißend, allein dieser kehlige Gesang. Es hat mich an eine Reportage erinnert, die ich mal in der Ukraine gemacht habe, ja, und auch an eine in Russland, an diese kuriose orthodoxe Kirche, das letzte Mal habe ich eine orthodoxe Messe in Sibirien gesehen, in Irkutsk, die haben da diese Holzkirchen, von denen man sich gar nicht vorstellen kann, dass man es darin bei minus dreißig Grad aushalten kann.«

Er versuchte wieder Herr der Lage zu werden. Und verließ sich dabei auf die alleinige Kraft seiner Worte. Alter Trick: Frauen betäuben durch kleine, beiläufig wirkende Injektionen aus der großen, weiten Welt. Auch damit sie kapierte, dass sie keinen Gemeindebrief-Apostel vor sich hatte, sondern einen Reporter, der anderen schon die Welt erklärt hatte, als die noch glaubten, dass sie eine Scheibe sei. Wobei: Die Aluhüte im Netz waren davon auch noch heute überzeugt. Auf Facebook gab es die von Kreationisten betriebene Seite »Die Erde ist eine Scheibe«. So viel zum Informationszeitalter. Die Frage war natürlich auch, wie diese Koptin das sah. Am Ende war Demiana eine christliche Fundamentalistin, die in der Evolutionstheorie Teufelswerk sah. Aber glücklicherweise war Demiana noch beim Gesang.

»Ja, in katholischen oder evangelischen Kirchen singt man natürlich anders«, sagte sie lachend. »Sind Sie katholisch oder evangelisch?«

»Also, ich bin … ja, katholisch getauft.« Nicht, dass sie seine Bibelfestigkeit prüfen wollte. Und um zu zeigen, dass er hier derjenige war, der die Fragen stellte, schob er gleich noch hinterher: »Findet die Messe hier immer im Freien statt? Oder ging es um einen bestimmten Feiertag?«

»Die Messe hier war die Idee des Bischofs von Höxter.«

Der Bischof von Höxter. Unfassbare Kopten. Am Ende gab es sogar noch einen Bischof von Mönchengladbach.

»Er wollte diese Messe feiern, um an den Massenmord an den koptischen Christen aus Ägypten am Strand von Tripolis zu erinnern.«

Voll auf die Zwölf. Damit hatte das Gespräch eine ernste Wendung genommen, in der er sich nur behaupten konnte, indem er gnadenlos die Investigativreporter-Nummer fahren würde. »Ja, ich habe das Video im Netz gesehen.«

Und das war nicht mal gelogen. Beim Herumklicken im Wikipedia-Artikel über Kopten war er auf den Link gestoßen. Er hatte begonnen, sich das Video anzusehen, das zeigte, wie Kopten enthauptet wurden. Aber dann war ihm schlecht geworden.

»Wissen Sie, ich habe mich als Reporter lange Jahre mit der Mafia beschäftigt, und da habe ich mir, was Grausamkeiten betrifft, eine gewisse Hornhaut zugelegt. Aber das hier übertrifft die Mafia bei weitem«, sagte er und blickte in ihre türkisblauen Augen, in denen sich Ratlosigkeit spiegelte. Und sie hatte ja recht: Seitdem sich in Europa Islamisten fast im Stundentakt in die Luft sprengten, redete keine Sau mehr über die Mafia.

Endlich hatten sie das Café erreicht. Wieneke ließ sich erschöpft auf einen Stuhl fallen. Als er seinen Notizblock in der Hand hielt und das Aufnahmegerät einschaltete, ging es ihm gleich besser.

Demiana sprach druckreif. Sie beschrieb, wie sie in Kairo in einer deutsch-ägyptischen Familie aufgewachsen war, es war ihnen gut gegangen, bis die Islamisten angefangen hatten, koptische Kirchen anzuzünden und auszurauben und auch das Hotel ihrer Familie geplündert worden war. Sie erzählte von einem koptischen Taxifahrer, der gelyncht worden war, weil er aus Versehen in eine Demonstration der

Muslimbruderschaft geraten war, und erklärte, wie koptische Männer in Ägypten systematisch gesucht, verfolgt und ermordet und koptische Frauen nicht nur auf offener Straße attackiert, sondern auch entführt und vergewaltigt wurden. Und Wolfgang W. Wieneke, der Investigativreporter, war zu nichts anderem in der Lage, als auf ihren Mund zu starren und sich zu überlegen, wie er es hinkriegen würde, diese schöne Frau zu verführen.

»Geht es Ihnen gut?«, fragte sie.

6

Der Pfarrer lief mit wehender Soutane und vom Wein glühenden Wangen durch die Tischreihen und rief: »Brüder und Schwestern! Ein Applaus für Ciccios Sohn! Danken wir unserem Herrn, dem gütigen! Gesegnete Ostern.« Serena hoffte, dass Jerry Sutera sie nicht bemerken würde. Er saß an einem Tisch vor der Tür zur Terrasse, durch die er hin und wieder verschwand, um einen Zigarillo zu rauchen. Jedes Mal, wenn er aufstand, machte sie sich klein.

Der Pfarrer hatte Ciccio den Wunsch erfüllt, sein Kind ausnahmsweise am Ostersonntag zu taufen, am Tag des Herrn. Was ihm, wie Ciccio hatte durchblicken lassen, großzügig entlohnt worden war. Ciccio hatte bis vor kurzem als Serenas Leibwächter gearbeitet, also praktisch sein Leben für sie aufs Spiel gesetzt. Wenn das bei Ciccios Phlegma überhaupt möglich war.

Das Hotel lag im Süden von Palermo, eine Mischung aus Sahnetorte und römischem Tempel, beliebt für Hochzeitsfeiern und Taufen. Serena saß im Neonlicht eines tanzsaalgroßen Speisesaals und nippte am Wein, der inzwischen lauwarm war. Am Eingang hatte man zwei meterhohe Ostereier aufgestellt, eins in Grün und eins in Gelb. Dazwischen stand ein Klavier, auf dem ein Pianist Chopin-Etüden in Endlosschleife spielte. Alles war falsch hier, der Stuck an den Wänden, die Lüster, der Marmor, und der Pianist bewegte wahrscheinlich nur die Finger.

Ein schneller Blick auf ihr Telefon. Menschen, die sie bislang für normal gehalten hatte, schickten ihr Fotos von hoppelnden Osterhasen und Videos mit singenden Küken. Sogar längst vergessene Liebhaber glaubten plötzlich an die Auferstehung. Einer war poetisch aufgelegt und schrieb: »Ich hätte heute gerne ein Lämmchen geopfert«.

Weil ihr die zwei Stunden Osterliturgie noch in den Knochen saßen, antwortete sie mit einem »Lamm Gottes, du nimmst hinweg die Sünden der Welt«.

»Aber die Freuden nicht«, konterte er.

»Erbarme dich unser«, erwiderte sie.

»Hätte dich nicht für so bibelfest gehalten.«

»Ich bin für die Sünder zuständig, da muss man bibelfest sein«, antwortete sie.

Sie waren erst beim dritten Gang von sieben. Nudelauflauf mit Lammfleisch. Sie hasste Lammfleisch.

Als die Einladungskarte zur Taufe von Ciccios jüngstem Sohn auf ihrem Schreibtisch gelegen hatte, hellblaues Büttenpapier, hatte sie gewusst, dass eine Zusage sie zweieinhalb Stunden Messe und fünf Stunden Mittagessen (gekochtes, gesottenes und gebackenes Lamm, undefinierbares Gedärm im Naturdarm und unverdauliche Ricotta-Torten) kosten würde. Eine Absage aber hätte bedeutet, dass Ciccio ihr jedes Mal, wenn er ihr im Justizpalast begegnete, die Krätze an den Hals gewünscht hätte. Eine Absage wäre als *porta sfiga*, als böses Omen für das spätere Leben des armen Kindes gedeutet worden. Und weil sie nicht dafür verantwortlich sein wollte, dass dieser mehlwurmfarbene Täufling, der in einem spitzendurchwirkten Kleid wie in einer Gewitterwolke steckte, später ein drogenabhängiger Psychopath werden würde, hatte sie zugesagt. Nicht ohne alles noch mal durch den Computer laufen zu lassen: den Besitzer des Hotels, seine Ehefrau, den Vorbesitzer, die gesamte Gästeliste. Eigentlich überflüssig, dachte sie. Ein *Maresciallo dei carabinieri* war doch wohl umsichtig genug, die Taufe seines Kindes nicht in einem Hotel zu feiern, das nicht sauber ist. Andererseits: Man wusste nie.

Tosender Applaus. Es folgte der vierte Gang. Pasta mit

Lammragout. Das halbe Polizeipräsidium war in diesem Hotel versammelt. Die Ehefrauen steckten in bonbonfarbenen Kostümen wie in Rüstungen. Serena trug ein schlichtes schwarzes Kleid, das sie in letzter Minute aus dem Schrank gezogen hatte, weil das violette Kleid (die Farbe des Leidens und des Sterbens, der Buße und der Passion, die Farbe der Kreuzigung Christi und der 500-Euro-Scheine, die sofort eine Geldwäsche-Ermittlung nach sich zogen) für den Täufling ein schlechtes Karma bedeutet hätte.

Unter normalen Umständen hätte sie jetzt probiert, sich über drei Tische hinweg allein durch Blicke mit einem Mann zu verabreden, ohne dass seine daneben sitzende Ehefrau etwas davon mitbekam. Nur so, zum Aufwärmen. Aber das hier waren keine normalen Umstände, hier saß die halbe Belegschaft des Polizeipräsidiums.

Etwas Abwechslung würde ihr gut tun. Sie hatte die letzten Monate im Justizpalast verbracht – wo sie bis tief in die Nacht die Übersetzung von Abhörprotokollen in Sprachen gelesen hatte, von deren Existenz sie bis vor kurzem nichts geahnt hatte (Tigre, nicht zu verwechseln mit Tigrynia, außerdem gab es noch Afar, Somali und Saho – in der Questura arbeitete ein ganzes Heer von Übersetzern). Der Haftbefehl für die Schlepper war jetzt raus: Libyer, Eritreer, Somalier, Äthiopier und Sudanesen, die ein florierendes Geschäftsmodell aufgebaut hatten. Sie brachten Flüchtlinge von Nigeria bis nach Stockholm. Oder von Somalia nach Stuttgart. Oder von Ghana nach Kopenhagen. Hingen vor den Aufnahmelagern herum und gaben die Tarife für die Weiterreise durch.

Für tausend Dollar von Catania nach Mailand.

Für zweitausend von Porto Empedocle nach Wuppertal. In den Norden wollten alle. Nach Schweden, Dänemark – und nach Deutschland. Selbst die, die keine Ahnung hatten, wo Deutschland lag.

Sie saß am Tisch mit Antonio Romano. Immerhin. Seine Schläfen schimmerten grau. Oder lag das am Neonlicht?

Eine kleine Narbe an seiner Stirn erinnerte daran, dass er seinen Beruf ernst genommen hatte. So ernst, dass man ihn von der Leitung des mobilen Einsatzkommandos suspendiert hatte. Vorübergehend, hieß es. Aus gesundheitlichen Gründen. Zusammen mit Paolo de Luca, der zwei Tische weiter saß, bildeten sie den kümmerlichen Rest der Sondereinheit *Tempesta*. Fast so etwas wie ein Veteranentreffen, dachte Serena.

Rizzo hatte die Fahndung nach Alessio Lombardo einem stromlinienförmigen Kollegen übergeben, von dem nichts zu befürchten war. Am wenigsten eine Festnahme. Romano behauptete zwar, dass er seine Arbeit im mobilen Einsatzkommando bald wieder aufnehmen würde, aber Serena war skeptisch. Paolo kümmerte sich zusammen mit ihr um die Schlepper, jedenfalls soweit er in der Lage war, in dem Rosenkrieg, in dem er sich seit Monaten befand, einen klaren Gedanken zu fassen: Seine Frau, eine Brasilianerin, hatte ihn verlassen und war zurück nach Neapel gezogen, wo sie sich kennengelernt hatten. Palermo deprimiere sie, hatte sie behauptet – »*Che cazzata*, was für ein Scheißdreck!«, hatte Paolo erwidert und ihr vorgeschlagen, das nächste Mal besser einen Sambatänzer zu heiraten, statt einen Antimafia-Staatsanwalt.

Hinter dem Umzug nach Neapel vermutete er einen perfiden Plan (»Am liebsten würde ich sie in kleine Stücke schneiden und ins Meer werfen«), um ihm seine Söhne vorzuenthalten. Seine Bemühungen, sich nach Neapel versetzen zu lassen, waren zu Serenas Erleichterung bislang vergeblich geblieben – auch wenn Paolo de Luca seit der Trennung von seiner Frau noch pessimistischer, abergläubischer und eigensinniger war als sonst.

Als Jerry Sutera mal wieder aufstand, aber nicht wie erwartet zur Terrasse ging, sondern Richtung Toilette, versteckte sie sich hinter Romanos Rücken. Sollte Sutera doch sehen, wie er mit seinem Fall alleine fertig wurde.

Während sie weiter Nachrichten mit Liebhabern austauschte, klickte sich Romano durch die Facebook-Profile der Mafiosi. Ein Polizist ist auch im Dienst, wenn er nicht im Dienst ist. Er deutete auf das Display seines Telefons. Dino Greco, Saruzzo Grecos ältester Sohn, hatte die letzten Attentate der Islamisten zum Anlass genommen, statt »Frohe Ostern« eine neutralere und vor allem islamkompatible »Frohe Auferstehung« zu wünschen, weil nicht Religion, Geschlecht oder die Nationalität von Bedeutung sei, sondern allein der Glaube.

»Bibelfest und scheinheilig wie sein Vater«, sagte Romano mit Blick auf Serena. Und weil sie nicht reagierte, fügte er hinzu: »Kommt dir das nicht bekannt vor?«

»Nicht mein Problem«, sagte Serena.

»Klar, Greco interessiert dich nicht mehr. Du musst ja jetzt Afrika retten.«

»Hör bloß auf, ich will nichts davon wissen«, fauchte sie. Sobald sie nur den Namen Greco hörte, war alles wieder da. Dieser Tag im Mai. Dieser Tag im Juni. Ihr Richter und sein Freund, die isoliert, diffamiert und langsam auf ihre Ermordung vorbereitet worden waren. Der Geruch von verbranntem Fleisch. Die Nacht am Sarg ihres Richters. Die Wut, nein, der Hass. Der so groß war, dass der Präsident und der Polizeichef auf der Beerdigung vor dem aufgebrachten Volk geschützt werden mussten, das »Schande über euch« skandierte und »Ihr habt unsere Brüder umgebracht«, »Ihr kotzt uns an«, »Die Mafia raus aus dem Staat« und »Schande, Schande«.

Wenn sie an die Ermittlungen zu Dino Greco dachte, bekam sie Magenschmerzen. Wie lange war das her, als die junge Frau, die als Geliebte von Saruzzo Grecos jüngstem Sohn gegolten hatte, über Nacht verschwunden war? Zusammen mit ihrer kleinen Tochter? Zehn Jahre?

Lupara bianca, hatte es geheißen, wie immer, wenn jemand verschwand und nicht mal die Knochen übrig blieben. Später hatte ihr ein Abtrünniger gesteckt, dass Saruzzo Greco die Frau zusammen mit Totò erwischt habe, dem

Faktotum der Familie Greco. Und dass Dino, Saruzzo Grecos ältester Sohn, dafür gesorgt hatte, die Ehre der Familie wiederherzustellen. Ein Schuss in den Bauch und einer in den Kopf.

Dumm war nur, dass sie ihre Tochter auf dem Arm gehalten hatte. Ein kleines Mädchen, zwei Jahre alt. Es wurde von einer Kugel am Fuß getroffen, blieb die ganze Nacht neben der Leiche seiner Mutter sitzen und heulte wie ein Hund.

Deshalb war Dino später noch mal zusammen mit Totò hingefahren. Der das kleine Mädchen an den Beinen nahm und es vier, fünf Mal gegen die Mauer schlug. Danach hatten sie die Leichen verbrannt. Der Abtrünnige hatte später die Knochenreste ins Meer geworfen.

Aber weil die Aussage eines einzelnen abtrünnigen Mafiosos so belastbar war wie ein Grashalm im Wind, hatte sie versucht, Dino Greco über das Geld zu kriegen. Über seine Müllgeschäfte in Kalabrien. Über die Bestechung der Richterin, die für die Beschlagnahmung der Mafiagüter zuständig war. Und zuletzt über seine Investitionen in die Trans-Adria-Pipeline.

Alle ihre Ermittlungen waren archiviert worden. Und Dino Greco nahm am Antimafia-Tag des sizilianischen Unternehmerverbandes teil, wo er verkündete: »Wer so wie ich die Tragik Siziliens miterlebt hat, will den Wandel. Wir müssen in die Zukunft blicken.«

Der Ministerpräsident twitterte: »Die Schuld der Väter geht nicht automatisch auf die Söhne über«.

Der Generalstaatsanwalt erklärte: »Was kann er dafür, dass er der Sohn von Saruzzo Greco ist?«, und wurde kurz darauf zum Justizminister ernannt.

Und Dino Greco hatte bis heute keine Vorstrafen.

»Er soll jetzt übrigens in Deutschland sein«, sagte Romano.

»Mir scheißegal«, sagte Serena, verschwand unter dem Tisch und tat, als würde sie etwas in ihrer Tasche suchen, weil Jerry Sutera wieder seine Runde machte.

»Was hast du mit Sutera?«, fragte Romano.

»Nichts. Ich will nur nichts von seiner scheiß Transenge-schichte hören. Soll er selber damit fertigwerden.«

»Aber das war keine Transengeschichte.«

»Woher weißt du das?«

»Weil ich den Afrikaner gekannt habe.«

»Weil du was?«

»Ich kannte ihn. Er hieß Said Samatar. Kam aus Somalia. Arbeitete hier an der Universität und gelegentlich als Über-setzer in der Questura. Sprach fünf Sprachen. Nicht nur Somali, sondern auch Arabisch, Englisch, Deutsch und Ita-lienisch. War ein feiner Kerl.«

»Und weiß Jerry Sutera das?«

»Nein, und er wird es auch nicht erfahren.«

»Weil?«

»Weil ich Said *en femme* getroffen habe.«

»Du hast ihn was?«

Romano wandte sich ab. Klar, ein Speisesaal voller Poli-zeibeamter samt Ehefrauen war nicht unbedingt der richti-ge Ort, um über sexuelle Vorlieben zu sprechen. Vor allem nicht so ausgefallen wie die von Romano. *En femme.* Ohne ihn hätte sie bis heute nicht gewusst, was das bedeutete.

Seit Romanos Unfall (wenn man es denn Unfall nennen wollte, dass ein Kollege auf dich schießt, um die geplante Verhaftung eines Mafiabosses zu vereiteln – aber das war eine andere Geschichte), der die Narbe auf seiner Stirn hin-terlassen hatte, wussten alle, die hier saßen, dass sich Anto-nio Romano als Frau verkleidet hatte, um einen Informanten zu treffen. Einige von ihnen vermuteten, dass Romano sich nicht nur aus dienstlichen Gründen verkleidete.

Sie hingegen wusste es. Seit jener Nacht.

Sie fand das nicht befremdlich, aber ungefähr so erotisch wie Männer in Tiger-Unterhosen.

Und für einen hochspezialisierten Antimafia-Ermittler war es vielleicht ein kleines Handicap. Andererseits sollte es sogar der legendäre FBI-Chef J. Edgar Hoover geliebt haben, Frauenkleidung zu tragen und sich mit »Muriel« anreden zu lassen.

Auf jeden Fall wusste sie seitdem, dass es mit Crossdressern glücklich verheiratete und verständnisvolle Ehefrauen gab, die ihren Männern beim Kauf von Dessous und beim Schminken behilflich waren (»Die Lippenkonturen etwas zu spitz, aber wenn es dir gefällt«) und die über ihre Erfahrungen ganze Bücher geschrieben hatten (*My husband Betty*). Mit Romano hatte sie nie mehr darüber gesprochen. Weil es so intim war und sie ihm nicht zu nahe treten wollte. Er hatte so verletzlich gewirkt, als er ihr sein Geheimnis anvertraut hatte. Was sie lustig gefunden hatte, war für ihn bitterer Ernst. Damals hatte er ihr fast wütend erklärt, dass er keineswegs schwul war, nur eben diese Lust verspürte, sich ab und zu als Frau zu verkleiden.

Deshalb wagte sie jetzt auch nicht nachzufragen. Der Eros war eine übermenschliche Macht, waren nicht schon die Philosophen in der Antike an der Frage gescheitert, wie vom Eros angetriebenes Streben ethisch zu beurteilen ist?

»Ich habe mich mit ihm zum Essen getroffen«, sagte Romano plötzlich. »Um Erfahrungen auszutauschen.«

»Ah«, sagte Serena. »Und woher wusstest du, dass er sich, ich meine … du wirst dich mit ihm doch nicht in der Questura darüber unterhalten haben …»

Ja, über was? Die schärfsten Frauenkleider?

»Wir haben uns nicht in der Questura kennengelernt, sondern über die Crossdresser Community im Netz.«

An den Tischen trieben rosa, lila und rote Tüllwolken vorbei, kleine Mädchen in Petticoatkleidern.

»Wir haben über die üblichen Themen gesprochen. Perücken, Schminken, Cocktailkleider, solche Dinge eben.«

»Habt ihr euch in Palermo getroffen?«

»Natürlich nicht. Bist du wahnsinnig? In Rom. Er war zu einem Kongress da, und ich hatte einen Termin im Innenministerium. Er sah phantastisch aus, als Frau. In Somalia war das natürlich nicht möglich gewesen.«

»Natürlich.«

Und als alle applaudierten und Fotos machten, weil eins von den beiden am Eingang stehenden riesigen Schokoladeneiern vom Geschenkpapier befreit und mit einer Machete geköpft wurde, dachte Serena an den Afrikaner, der so verletzlich ausgesehen hatte in seinen rosa Strapsen.

»Er war keine Transe«, sagte Romano. »Er war auch nicht schwul. Er war so wie ich.«

7

Schön, dieses Grün«, sagte Totò, der am Steuer saß.
»Kein Wunder, bei dem Regen«, sagte Dino.

Nach weniger als einem Jahr in Deutschland hatte er bereits einen Widerwillen gegen das allgegenwärtige Grün entwickelt. Sizilien war um diese Jahreszeit saharabraun vertrocknet, hier befand man sich in der grünen Hölle. Egal, wohin man auch blickte. Grün, grün, grün. Bald würde er hier Moos ansetzen.

Er hatte gar nicht gewusst, dass es so viele unterschiedliche Grüntöne gab. Dieses grüne Wuchern hatte etwas Beängstigendes. Selbst Industriestädte waren hier grün und makellos. In Leverkusen, einer Chemiestadt, sah er keine rauchenden Schlote, keine Kühltürme, keine Abflussrohre, er sah nur einen Park mit einem Rasen wie grüner Samt. Diese Perfektion war bedrückend.

»Wie weit ist es noch?«

»Halbe Stunde, sagt *la Signorina*.«

Totò hatte sich in die Stimme des Navis verliebt. Sie gab die Richtungen auf Sizilianisch an. Er fand sie sinnlich und versuchte sich vorzustellen, wie die Frau, der sie gehörte, aussehen würde. So rührend wie ein Pudel, der versucht, ein Stofftier zu ficken.

'Ntoni hatte zur Pressekonferenz in sein mittelalterliches Wasserschloss am Niederrhein geladen. Schloss Niederrinkeln. Ehrlich gesagt hätte Dino ihm das nicht zugetraut. Weder die Pressekonferenz noch das Wasserschloss. Einer, der kaum in der Lage war, einen Stift in der Hand zu halten.

Einer, der auch nach dreißig Jahren in Deutschland nichts als Spaghettifresser-Deutsch sprach wie alle, die aus Nestern wie Platì oder Africò oder San Luca gekrochen waren, wird aus dem Gefängnis entlassen und lädt zur Pressekonferenz.

Von wegen Bauerntölpel. Dino hatte seinen Ohren nicht getraut, als 'Ntoni ihn angerufen hatte, glücklich wie ein Kind, das zur Geburtstagsparty lädt.

Als er auf dem Parkplatz stand, erinnerte er sich daran, wie ihm 'Ntoni von den gigantischen Blutbuchen erzählt hatte, die unter Naturschutz und 'Ntonis Terrasse im Weg gestanden hatten. Ein paar Kanister Unkrautvernichtungsmittel später war der Niederrhein um ein paar Naturdenkmäler ärmer.

Als Dino eintrat, saß 'Ntoni bereits auf einer Empore im Festsaal des Schlosses, erleuchtet von der milden Nachmittagssonne, und zwinkerte ihm zu. Ganz der graumelierte Grandseigneur, dem Unrecht widerfahren war. Neben ihm der teuerste Presseanwalt Deutschlands. Hornbrille, Oberlippenbärtchen und Glencheckkaro.

»Der hat schon den Papst verteidigt«, flüsterte 'Ntoni, nachdem er ihn dem Anwalt vorgestellt hatte.

'Ntoni im Glück. Inmitten von glänzenden Mahagonitischen, silbernen Kerzenleuchtern, falschem Stuck und einer Plastikwand, auf der die Sponsoren der letzten Schlossrunde verzeichnet waren: Vom Chemiekonzern bis Coca-Cola war so ziemlich alles dabei. 'Ntoni habe dem Niederrhein gesellschaftlichen Glanz verliehen, hieß es. Auch Don Rosario war da, wie immer, wenn es etwas zu feiern gab. Er nickte Dino huldvoll zu.

Zu Recht hatte 'Ntoni darauf gesetzt, dass die Journalisten allein wegen seines Staranwalts kommen würden: Sie hingen an den Lippen dieses Glencheckkaroträgers, als er ihnen mit eindrucksvollem Bariton den Justizirrtum in den Block diktierte, dem der Unternehmer Antonio Romeo zum Opfer gefallen sei.

»Hinter einem Urteil, demzufolge der Unternehmer Antonio Romeo einen Autounfall allein aus Gründen der persönlichen Bereicherung inszeniert haben soll, um eine Versicherung zu schädigen, kann sich nur ein Justizirrtum verbergen«, sagte er, machte eine Pause, nahm die Hornbrille ab, klappte sie umständlich zusammen und legte sie auf den Mahagonitisch. »Antonio Romeo hat in seiner Laufbahn als Unternehmer schon oft die Erfahrung machen müssen, aufgrund seiner Herkunft diskriminiert zu werden. Deshalb ist die Vermutung, dass sich hinter diesem Urteil ein Generalverdacht gegen erfolgreiche italienische Unternehmer in Deutschland verbirgt, nicht von der Hand zu weisen.«

Als Beweis zählte der Anwalt alle von ihm eingereichten Klagen gegen Journalisten auf. Keinem Journalisten war es je gelungen, 'Ntoni mit Schmutz zu bewerfen, betonte der Anwalt voller Stolz.

Nachdem er sein Plädoyer beendet hatte, war 'Ntoni an der Reihe. Er nuschelte ein paar Sätze, wobei ihm das Kunststück gelang, die deutschen Gesetze zu loben und sich gleichzeitig als Opfer der Rechtsprechung darzustellen. Bevor sich 'Ntoni in seinem Spaghettifresser-Kumpel-Deutsch um den Verstand haspeln konnte, ergriff der Anwalt wieder das Wort.

»Ich möchte Sie an dieser Stelle darauf aufmerksam machen, dass Herr Romeo Sie zu dieser Pressekonferenz nicht eingeladen hat, um erlittenes Unrecht zu beklagen. Im Gegenteil. Antonio Romeos Kampf für Legalität ist Ausdruck von – erlauben Sie mir an dieser Stelle etwas Pathos: Nächstenliebe. Wir haben Sie heute hier nach Schloss Niederrinkeln eingeladen, weil …«

Er drehte sich um und blickte auf die Wand hinter sich. Dort hing ein mit einem roten Tuch verhängtes Bild. 'Ntoni stand auf und zog an einer Kordel. Das rote Tuch fiel herab und gab ein Foto frei.

Dino zuckte zusammen.

Es war das berühmte Foto. *L'attentatuni.*

Die beiden Richter, die miteinander flüstern und lachen. Und kurz danach in die Luft gesprengt wurden. In den Tagen nach den Attentaten hatte es fast jede Tageszeitung auf die Titelseite genommen. Die Antimafia-Ikone schlechthin. Heute gab es keinen Antimafia-Staatsanwalt, keinen Carabiniere, keinen Finanzgeneral mehr, der das Bild nicht über seinem Schreibtisch hängen gehabt hätte. Es schmückte die Titelbilder von Antimafia-Büchern, hing in den Aulen von Schulen, Bürgermeisterbüros, Ratssälen, Kommissariaten und Redaktionen. Wie ein Heiligenbildchen, das man sich ins Gebetbuch legt.

Nach kurzem Zögern fingen die ersten Journalisten an zu applaudieren, einige standen sogar auf und jubelten. Der Anwalt erhob sich auch und zollte 'Ntoni seine Anerkennung, wobei er so sparsam applaudierte wie ein Parteifunktionär am Ende des voraussehbaren Wahlausgangs.

'Ntoni stand nun auch auf, verbeugte sich in alle Richtungen und wischte sich Tränen der Rührung aus den Augenwinkeln. Um den Applaus zu unterbrechen, machte der Anwalt eine Geste wie ein Opernsänger nach der dritten Zugabe und tippte auf den Kopf seines Mikrophons, um sich die Aufmerksamkeit zu sichern.

»Wir haben Sie auf Schloss Niederrinkeln eingeladen, damit Sie Zeuge werden, wie Herr Romeo hier heute die erste Antimafia-Organisation des Niederrheins gründen wird.«

Anerkennendes Gemurmel unter den Journalisten und Beifall.

»Die Vereinigung wird den Namen ›Casa Nostra e. V.‹ tragen.«

Jubel und tosender Applaus.

»Casa Nostra steht für unser gemeinsames europäisches Haus«, erklärte der Anwalt, machte eine kurze Pause und fügte hinzu: »Casa Nostra will der tiefen Verbundenheit der italienischen Gemeinschaft zu Deutschland Ausdruck verleihen.« Er deutete auf einen im Publikum sitzenden Mann. »Und deshalb möchte ich jetzt den Europaparlamentarier

Michael Maier in unsere Mitte rufen. Er gehört zu den Gründungsmitgliedern von Casa Nostra. Ich nehme an, dass ich Ihnen Michael Maier nicht vorstellen muss, seine Lebensleistung, den engagierten Kampf für die Menschenrechte, sollte Ihnen bekannt sein. Ich übergebe jetzt das Wort an dich, Michael.«

Ein dünner Mann mit kahlrasiertem Schädel und silberner John-Lennon-Brille betrat unter Beifall die Empore und setzte sich zwischen den Anwalt und 'Ntoni.

»Ich muss Ihnen ehrlich sagen: Ich war bewegt, als Antonio Romeo, den ich, wie viele Anwesende hier, nicht nur als großzügigen Gastgeber, sondern auch als Freund schätze, mit seiner Idee an mich herangetreten ist. Wir alle fordern den Schutz von Minderheiten, viele von uns engagieren sich für ein multikulturelles Zusammenleben und für die europäische Integration – wir übersehen dabei aber oft, dass es in unserer Mitte Minderheiten gibt, die als integriert gelten und dennoch Diskriminierungen ausgesetzt sind. Antonio Romeo hat in aller Stille ein beschämendes Gerichtsurteil ertragen. Und anstatt dem deutschen Staat nun den Rücken zuzuwenden, hat er sich vorgenommen, mit uns zusammen für eine gerechtere Welt zu kämpfen. Casa Nostra e. V. haben wir als eine kulturelle Organisation gegründet, die sich der Aufklärungsarbeit und der Sensibilisierung der deutschen Öffentlichkeit zum Thema Legalität widmen wird. Der Kampf gegen die Mafia ist immer auch ein Kulturkampf. Wir müssen die Antimafia-Kultur in unsere Mitte tragen.«

An dieser Stelle stand jemand auf und rief: »Bravo!«

»Als Gründungsmitglied von Casa Nostra möchte ich an dieser Stelle betonen, dass wir die Oberbürgermeister von Oberhausen, Krefeld, Mönchengladbach und Viersen als Schirmherren haben gewinnen können.«

Standing Ovations, als wäre gerade die Miss Italia gekrönt worden.

»In der vor Ihnen liegenden Pressemappe befinden sich alle wesentlichen Informationen. Falls Sie noch Fragen

haben, gibt es bei unserem anschließenden geselligen Bei-
sammensein Gelegenheit, sie zu stellen«, sagte der Anwalt.

'Ntoni verbeugte sich unter Beifall.

Respekt, dachte Dino. Nun würde es EU-Gelder wie Ka-
ramellbonbons regnen. Für Antimafia-Konferenzen, Anti-
mafia-Flyer und Antimafia-Schlüsselanhänger waren Millionen nach Süditalien geflossen.

Casa Nostra e. V.

Nicht schlecht.

Don Rosario küsste 'Ntoni, besprengte die Gründungs-
urkunde mit Weihwasser und erteilte der ersten niederrheinischen Antimafia-Bewegung Casa Nostra seinen Segen.

'Ntoni beendete die Pressekonferenz mit dem Hinweis
auf das Spendenkonto von Casa Nostra e. V., das allen of-
fenstehe. Dann lud er zum Abendessen.

Dino hatte sich extra einen Platz ganz hinten im Saal gesucht, in der Nähe des Ausgangs, sodass er unauffällig verschwinden konnte.

*Wenn du wirklich zählen willst, darf dich niemand sehen.
Schicke andere vor. Lass sie deine Sätze sagen, lass sie ihr Gesicht
für deine Sätze zeigen.*

Das hatte ihn sein Vater gelehrt, und er hatte sich stets daran gehalten. 'Ntoni machte genau das Gegenteil und hatte
Erfolg damit.

Wir Sizilianer haben die Kalabrier immer unterschätzt,
dachte Dino. Nicht die Kalabrier, nein, wir Sizilianer sind
die Vollidioten. Von 1943 an war es stetig aufwärtsgegangen,
die Landung der Alliierten, die Angst vor den Kommunisten, die Democristiani, das Heroin, die Pizza Connection …
Wir, die Corleonesen, haben immer gesiegt. In Sizilien und
in Italien. Berauscht von der Macht, haben wir Berlusconi
ins Amt gebombt und uns am Ziel geglaubt – und erst spät
begriffen, dass jemand anderes die Fäden zog.

Mächtiger als der König ist derjenige, der ihn zum König
gekrönt hat. Wir sind benutzt worden. Erst geschützt – und
dann geopfert. Das Schicksal der Cosa Nostra.

Sein Vater hatte das geahnt. Kurz nach den Attentaten hatte er seinen größten Widersacher verraten. Um die Cosa Nostra zu retten. Und doch war es nie wieder so geworden wie vor den *attentatuni*. In der Welt bestimmten andere. Die Kalabrier waren an ihnen vorbeigezogen.

Die Bauerntölpel.

Die Ziegenficker.

Dino war aufgestanden, um zu gehen, als er eine Hand auf seiner Schulter spürte.

»Dino, ich möchte dir unseren Freund Michael Maier vorstellen. Michael ist ein echter Grüner, der nicht nur für die Rechte der Menschen, sondern auch der Frösche kämpft«, sagte 'Ntoni lachend.

»*Stai scherzando*«, sagte Dino.

»Nein, Dino, kein Witz. Wir haben uns kennengelernt, als wir hier um das Überleben der beiden Blutbuchen gekämpft haben. Leider vergeblich«, sagte er lachend und legte seinen Arm um den Grünen. »Michael hat mich dazu gebracht, zur Laichzeit der Frösche auf dem ganzen Grundstück Froschzäune aufzustellen, damit die Frösche nicht auf der Straße überfahren werden. Ja, Dino, das ist Deutschland! Woanders werden Frösche gefressen, hier werden Frösche über die Straße getragen.« Er lachte irre und schob den Grünen wie ein Kind, das ein Gedicht aufsagen soll, zu Dino. »Michael, mein Freund Dino ist ein echter Sizilianer. Also, wenn du etwas über die Mafia wissen willst, muss du nur Dino Greco fragen … Dino ist ein alter Freund, der sich seit einiger Zeit hier in Deutschland … in der Flüchtlingshilfe engagiert.«

Dino blickte kurz auf und bemerkte in 'Ntonis Augen ein kleines, amüsiertes Funkeln.

»Es freut mich, Sie kennenzulernen«, sagte Michael Maier. »Wir können in dieser angespannten Lage wirklich jeden gebrauchen.« Er reichte Dino die Hand, sie war schlaff wie ein Salatblatt. »Die Sizilianer waren ja die Ersten, die von der Flüchtlingskrise betroffen waren. Ich kann Ihnen dafür nur meine Hochachtung aussprechen. Auch aus diesem Grunde konnten wir uns in Deutschland nicht weiter um unsere Verantwortung drücken. Schon aufgrund unserer Geschichte.«

»Dino, setz dich zu uns«, sagte 'Ntoni.

Dino nickte und setzte sich resigniert neben Maier.

Lange Tische, lauter Männer in schlecht sitzenden Anzügen. Er hatte in Deutschland noch keinen eleganten Mann gesehen, nur Karohemdenträger.

Abende unter Männern hatte er schon in Sizilien unerträglich gefunden. Die Zeremonien, die Haltung, die Schulterklopferei. Die Frauen in der Küche und die Männer am Tisch. Wie in Sizilien. Auch hier war weit und breit … doch, dahinten saß eine Frau. Eine Blondine. Wie auch anders. Die waren hier ja alle blond. Er schickte ihr einen kurzen, verheißungsvollen Blick zu. Sie errötete wie eine Klosterschwester. Sexy. Vor Jahren hatte er mal eine Geschichte mit einer Nonne angefangen, eine, die für Don Rosario arbeitete.

Die Gesichter der Männer röteten sich auch, allerdings lag das daran, dass sie schon beim dritten Bier waren. Dino nippte an seinem Wasser.

'Ntoni erläuterte die Menüfolge – *panzerotti* mit Walnüssen und Salbei, *Involtini* vom Kalb und zum Nachtisch Mascarponecreme – und begrüßte die Gäste. Außer den Journalisten waren all diejenigen zum Gründungstreffen von Casa Nostra geladen, die immer zu den Schlosstreffen kamen: der Chef der Landesbank Nordrhein-Westfalen, der persönliche Referent des nordrhein-westfälischen Ministerpräsidenten, ein Talkmaster, ein alter Sportreporter, ein Parlamentarier, der dafür gefeiert wurde, seine Hodenkrebserkrankung in der *Bild*-Zeitung öffentlich gemacht zu haben, rechte und linke Abgeordnete, Bürgermeister. Namen rauschten an Dino vorbei, deutsche Namen konnte er sich nie merken. Egal, Gossler würde sie alle kennen.

'Ntoni hatte eine kalabrische Sängerin engagiert, ihre Stimme erinnerte Dino an sizilianische Klageweiber. Als sie zwischen Aperitif und erstem Gang sang, liefen 'Ntoni Tränen über das Gesicht.

Kurz darauf trafen sie sich in der Toilette.

»Na, wie war ich?«, fragte 'Ntoni.

»*Eccellente*«, sagte Dino. »Du solltest Miss Italia moderieren.«

»Wenn es in meinen Terminkalender passt«, sagte 'Ntoni lachend und zielte ins Pissoir.

Dino wendete sich angewidert ab. Er verabscheute es, neben anderen Männern im Stehen zu pinkeln. Er hasste diese erzwungene Intimität. Erst recht mit diesem kalabrischen Schafhirten, der jetzt natürlich wieder von dem Koks anfing, das er Dino geliefert hatte, damit die Armenier es verkauften. Dino hatte sich auf den Deal mit den armenischen Sicherheitsleuten nur deshalb eingelassen, weil er keinen Ärger mit 'Ntoni wollte. Der jetzt, wie Dino sah, einen kleinen Urinfleck auf der Hose hatte.

»*Tutto bene*«, sagte Dino. »Mach dir keine Sorgen.«

»Weißt du, Dino, heute Abend hier, das sind alles Leute, auf die ich mich verlassen kann. Was soll ich sagen: Diese deutsche Zielstrebigkeit, Dino, davon können wir nur lernen. Was die sich vornehmen, das ziehen die durch.«

»Hat man ja gesehen. Sechs Millionen Juden durch den Schornstein gejagt.«

»Von den Deutschen lernen, heißt siegen lernen«, sagte 'Ntoni und kicherte. »Du hast das doch schon ganz gut verstanden. *Grande*, wie deine Leute den Auftrag für die Röntgengeräte an Land gezogen haben.«

Dino wusste, wie sehr es 'Ntoni schmerzte, dass er dank Gossler diesen Großauftrag an Land gezogen hatte. Aber andererseits: Wer, wenn nicht Dino Greco? Sein Vater hatte bereits am Gesundheitswesen verdient, da war er noch gar nicht geboren. Die Cosa Nostra war der größte Klinikbetreiber Siziliens.

»*Cazzate*«, sagte Dino beschwichtigend. »Peanuts.«

Er wusste, dass er 'Ntoni zuvorgekommen war. Nicht nur

bei den Röntgengeräten, sondern auch bei sieben Großaufträgen für den Bau von Flüchtlingswohnheimen in Essen, Hannover und Jena. Dafür hatte er 'Ntoni die Sicherheitsdienste abgetreten. Mit den Armeniern hätten die Kalabrier schon in Erfurt gute Erfahrungen gemacht, wo sie ihnen den Verkauf von Kokain überlassen hatten. Armenier seien gute Leute fürs Grobe, hatte 'Ntoni gemeint.

»Und von wo genau aus Sizilien kommen Sie?«, fragte Maier, als Dino wieder am Tisch saß und das Klageweib von Sängerin aufgehört hatte zu singen.

»Aus der Nähe von Palermo.«

»Oh, also kennen Sie sich sicher mit der Mafia aus«, sagte Maier und lachte. Guter Witz.

»Es war der Grund, weshalb ich nach Deutschland gekommen bin«, sagte Dino ernst. »In Deutschland fühle ich mich freier. Auch in unternehmerischer Hinsicht. Ich hoffe nur, dass die Geschichte mit 'Ntoni ein Missverständnis war. Ein unglücklicher Einzelfall ... Auch angesichts der deutschen Geschichte ... Es wäre traurig, wenn uns italienischen Unternehmern nun auch in Deutschland Steine in den Weg gelegt würden. Dann wären wir Opfer in Italien und Opfer in Deutschland.«

»Ich gebe Ihnen völlig recht. Deshalb bin ich auch so froh«, sagte Maier und senkte die Stimme ein wenig, »dass Toni die Idee zu Casa Nostra hatte. Auch um sich vor weiteren Angriffen zu schützen. Die Geschichte mit der Gefängnisstrafe wegen seines angeblichen Versicherungsbetrugs ist ein Justizskandal. Dahinter verbirgt sich garantiert die Mafia – oder was meinen Sie dazu ... als Fachmann?«

Dino zuckte resigniert mit den Schultern, schnalzte mit der Zunge und sagte lächelnd: »Die Mafia ist schließlich dafür bekannt, unsichtbar zu sein. Kennen Sie die Geschichte von dem Mafiahuhn?«

Maier schüttelte den Kopf.

»Das ist eine sehr schöne Parabel von Luigi Malerba. Sie geht so: Ein kalabrisches Huhn beschloss, Mitglied der Ma-

fia zu werden. Es ging zu einem Mafiaminister, um ein Emp-
fehlungsschreiben zu bekommen, aber dieser sagte ihm, die
Mafia existiere nicht. Es ging zu einem Mafiarichter, aber
auch dieser sagte ihm, die Mafia existiere nicht. Schließlich
ging es zu einem Mafiabürgermeister, und auch dieser sagte
ihm, die Mafia existiere nicht. So kehrte das Huhn in den
Hühnerhof zurück, und auf die Fragen seiner Mithühner
antwortete es, die Mafia existiere nicht. Da dachten alle
Hühner, es sei Mitglied der Mafia geworden und fürchteten
sich vor ihm.

»Haha!«, sagte Maier. »Schöne Geschichte.«

»Ja«, sagte Dino, »eine sehr schöne Geschichte.«

8

Wieneke parkte seinen Ford vor einem Plattenbau irgendwo in Marzahn. Da halfen weder Blumenkübel noch polierte Fliesen: Jedes Mal, wenn er im Osten war, erwartete er, dass Fähnchen schwenkende FDJler und sächselnde Vopos aus dem Waschbeton hervorquellen würden. Und Stasi-Agenten, die Körpergeruch in Einmachgläsern konservierten.

Sterilisation der Tücher zur Sicherung der Geruchsspuren und Fertigung von Geruchsspuren: Tücher in Schimmelbuschtrommeln flach übereinanderlegen, um Schrumpfungen zu vermeiden. Durchführung der Sterilisation im Vertikal-Hochdruck-Dampfsterilisator.

Für seine große Stasi-Geschichte damals hatte er sich einen Wolf recherchiert.

Demiana arbeitete seit kurzem als Leiterin eines Flüchtlingsheims in Marzahn. Vielleicht würde eine neue Story rausspringen. Also war er nach Berlin gefahren. Obwohl er Berlin hasste.

Vor dem Fall der Mauer hatte er in Spandau beim *Volksblatt Berlin* gearbeitet und in Neukölln gewohnt – in jenem Berlin, das von Blockwarten in Trainingshosen und behaarten, schwäbischen Müslipärchen bewohnt wurde, zugestrickten Wesen, deren Geschlecht sich bloßen Auges nicht feststellen ließ und die ihren Nachwuchs mit Vollkornkeksen mästeten.

Ein Nachwuchs, der sich, wie im Fall des fetten Zwergs des Reutlinger Paars, mit dem Wieneke in einer WG gelebt hatte, nachts in Wienekes Zimmer geschlichen und ihm seine weiße Crunch-Schokolade weggefressen hatte.

Und nach dem Fall der Mauer hatte sich der Blockwart West mit dem Blockwart Ost vereinigt. Beide trugen im Schritt durchhängende Trainingshosen und wurden von mürrischen Schäferhunden begleitet. Die schwäbischen Müslipaare hatten sich verdoppelt und schlichen mit selbst gestrickten Zipfelmützen über den Ökomarkt am Prenzlauer Berg. Der Vollkornpapa trug Schuhe für fünfhundert Mark an den Füßen und hoffte, dass es keiner merken würde.

Damals hatte Goldgräberstimmung in Berlin geherrscht, die Stadt war voll von Menschen, die die Welt in »Kapitalanleger« und »Eigennutzer« teilten. Sie schwärmten von »Sondertilgungsraten«, als wären es Trüffelsorten, und raunten hinter vorgehaltener Hand von dieser und jener »Sonderafa § 7a«, als handelte es sich um eine ausgefallene Sexualpraktik. Auch Wieneke war damals angefixt, er war kurz davor gewesen, sich was im Osten zu kaufen. »Moabit«, wisperten die einen, »Moabit kommt jetzt ganz groß raus! Wenn das Kanzleramt erst fertig ist, gehen die Preise hier ab wie Champagnerkorken!«, »Friedrichshain, Friedrichshain!«, zischelten die anderen, wohingegen die ganz Waghalsigen eine raketengleiche Entwicklung von Gesundbrunnen beschworen, seitdem klar war, dass es zum Bezirk Mitte zählte.

Wieneke hatte Reportagen über Menschen geschrieben, die den Beruf des »Entmieters« ausübten – auf sanfte und nicht so sanfte Weise, aber was ihn letztlich abgeschreckt hatte, waren die sozialistischen Hausgemeinschaften, die in jedem Hinterhaus lauerten und kein Karnevalsverein, sondern echt waren. Die hatten drei Generationen von Entmietern überlebt und freuten sich auf ihr nächstes Sommerfest, das sie sich auf keinen Fall von dem Wessi aus dem Vorderhaus vermiesen lassen wollten. Da hatte er den Plan mit der Eigentumswohnung aufgegeben.

Hätte er ihn weiterverfolgt, stünde er jetzt nicht so beschissen da, kohlemäßig.

Letztlich war der Osten an allem schuld.

Und jetzt waren zum Osten auch noch die Flüchtlinge gekommen. Weiche Themen waren noch nie sein Ding gewesen. Menschelndes. Bei *FAKT* war das Ressort Erziehung und Gesellschaft für die weichen Themen zuständig, auch genannt: Elend & Grauen. Ein Ressort voller feministischer Hasspredigerinnen, die über Kindesmissbrauch, alkoholabhängige Väter und die Bekenntnisse von Sadomaso-Sekretärinnen schrieben.

Wolfgang W. Wieneke war Investigativreporter, er war in der Branche bekannt, auch die härteste Nuss zu knacken, selbst dem verkniffensten Staatssekretär einen zitierfähigen Satz aus dem Mund zu pulen. Über seine Geschichte über die Visafälschungen hatte damals die ganze Republik geredet, ja, er machte Journalismus und keine Geschichten über Frauen mit Verfolgungswahn und Männer, die im Sitzen pinkeln. Aber heutzutage verkaufte sich nichts anderes mehr. Der ganze Journalismus war unrettbar vermenschelt.

Außerdem war das überzeugendste Argument für Elend & Grauen blond und langbeinig, hieß Demiana und stand strahlend vor dem Plattenbau.

Er begrüßte sie mit leicht hingetupften Wangenküssen – dank Francesca hatte sich eine gewisse mediterrane Leichtigkeit in sein Leben geschlichen –, wobei er ihren Duft einsog. Sie roch wie frisch gebackene Plätzchen. Spritzgebäck. Als sie ihn durch die Räume führte – das Flüchtlingsheim war eine alte DDR-Schule –, sah er keinen Waschbeton mehr, keine modrigen Rigipsplatten, sondern goldenes Licht, das jeden Raum, den sie betrat, durchflutete. Er vergaß seine Erinnerungen an das Berlin vor und nach dem Fall der Mauer und folgte Demiana, die mit Abkürzungen um sich warf, mit *BAMF* und *umF* und *LaGeSo* und *BMI*. Ministerien für dieses, Bundesämter für jenes rauschten an ihm vorbei, und er schritt durch einen Märchenwald.

Er wäre geschwebt, wenn Francesca ihm nicht alle zwei Minuten eine SMS geschickt hätte. VIEL SPASS IN BERLIN, WIWI, und: BIST DU HEUTE ABEND WIEDER ZURÜCK? Und: CIAO, AMORE.

Er traute seinen Augen nicht. *Amore* hatte sie ihn noch nie genannt, nicht mal, als er noch Sex mit ihr gehabt hatte.

Verschämt stellte er den Ton aus und steckte das Handy in die Hosentasche. Demiana erklärte ihm das Deutschniveau B1, und wenn er in ihre türkisfarbenen Augen blickte, die sie mit einem feinen schwarzen und einem noch feineren türkisfarbenen Lidstrich umrahmt hatte, wünschte er sich, ein Flüchtling zu sein, in einem Integrationskurs zu sitzen, den sie unterrichtete, ihr zu folgen in Sozialkunde, Geographie und wohin auch immer, für sie die Hauptstädte aller Bundesländer auswendig zu lernen, die Grenzen Deutschlands von 1939 und 1945 und sogar die von 1990 zu benennen, ja, für Demiana würde er sogar das Klo putzen hier im Flüchtlingsheim, was die Araber bekanntlich ja verweigerten.

Als er nach dem Rundgang mit ihr allein in ihrem Büro war, hätte er sie am liebsten genommen, auf den Schreibtisch gesetzt und …

Sein Telefon vibrierte. Mitten im Infogespräch. Wenn es Francesca wäre, würde er sie einfach wegdrücken. *Anonym*, leuchtete auf dem Display.

Er nahm das Gespräch an. Und hörte, wie Francesca schnurrte: »Wiwi, du hast meine letzte SMS noch nicht gelesen. Da habe ich mir Sorgen gemacht.«

Bis vor kurzem hatte sie WhatsApp noch verteufelt – *da kann ich ja gleich meine Bankdaten ins Fenster hängen* – und war stolz auf ihr altes Nokia gewesen, mit dem sie dank T9 jede SMS zielsicher verstümmelt hatte: ICH SÜD DICH NACHHER AN. BIS MAGIER. Und jetzt hatte sie technologisch aufgerüstet und rastete aus, wenn nicht zackozacko das blaue Gelesen-Häkchen hinter ihrer SMS auftauchte.

Sie war überall, auf WhatsApp, Messenger, Instagram, Twitter, Facebook. Der reine Terror. Seitdem sie Demianas

Foto gesehen hatte, lebte er in einem Überwachungsstaat. Die NSA war nichts dagegen. *Big sister is watching you.*

Früher hatte sie sich nie für seine Arbeit interessiert. Nie hatte sie es für nötig gehalten, seine Artikel zu lesen, geschweige denn sie zu loben. Aber das Porträt von Demiana hatte sie praktisch auswendig gelernt.

Seitdem folgte Francesca ihm wie ein Schatten, sogar bis in den Baumarkt. Sie hatte es fertiggebracht, auf einer Redaktionskonferenz bei der *Zeit* aufzukreuzen, wo sie Wieneke nach seiner Demiana-Geschichte als Experten für christliche Minderheiten betrachteten und als Blattkritiker eingeladen hatten. Da hatte sich Francesca als italienische Vatikan-Korrespondentin in die Konferenz eingeschlichen und Wienekes Auftritt versaut, weil alle nur auf ihr Dekolleté gestarrt hatten.

Und vor einer Woche hatte sie ihn tatsächlich bei der Recherche beschattet. Er hatte ihr gesagt, dass er über die Einweihung des neuen Flüchtlingsheims in der Kölner Industriestraße schreiben würde, was in der Tat so klang, als ob Jimi Hendrix beim Pfarrgemeindefest Blockflöte spielen würde. Wobei Pfarrgemeindefest gar nicht so falsch war: *Jesus online* hatte ihn geschickt, weil es der Erzbischof war, der ein so großes Herz für Flüchtlinge hatte, dass er das Wohnheim eingeweiht und gesegnet hatte.

Er hatte den Bischof fotografiert, als er die Zimmer für unbegleitete minderjährige Flüchtlinge geweiht hatte, und ihn gebeten, den Sprengwedel für das Bild noch mal hochzuhalten, um ihn mit dem Baudezernenten und diesem grünen Kölner Europaparlamentarier im Flur des Wohnheims zu fotografieren.

Auf den Wänden waren die Artikel des Grundgesetzes aufgemalt: DIE WÜRDE DES MENSCHEN IST UNANTASTBAR, stand da in Rot, und in Gelb: MÄNNER UND FRAUEN SIND GLEICHBERECHTIGT, und die Meinungsfreiheit und der Satz: EINE ZENSUR FINDET NICHT STATT durften natürlich auch nicht fehlen, dazwischen waren Luftballons gemalt und Konfetti, und natürlich war das Ganze auch ins Arabische, Somali, Tigre und sonst was übersetzt. Der Bischof war über die Flure getänzelt wie Madonna in ihren besten Zeiten, und bei den Großaufnahmen achtete Wieneke darauf, dass die bischöfliche Schnapsnase nicht allzu deutlich zu sehen war, zur Not musste da etwas gephotoshoppt werden. Aus alten Zeiten als Lokalreporter in Dortmund wusste er noch, wie eitel alte Männer sind, da hatte ihn der Lokalchef mal wegen eines schlecht ausgeleuchteten Porträts eines Gewerkschaftsbosses fast rausgeschmissen.

Als er fertig war, sah er eine vollverschleierte Frau vor dem ALLE MENSCHEN SIND VOR DEM GESETZ GLEICH stehen und hatte noch mal auf den Auslöser gedrückt, natürlich nicht, ohne die Frau vorher höflich gefragt zu haben. Die hatte nur genickt. Aber als er seine Fototasche wieder packte, sagte die Vollverschleierte doch allen Ernstes zu ihm: »Ciao, Wiwi, nimmst du mich im Auto mit?«

Wieneke war erstarrt. Und blickte panisch um sich. Nicht, dass irgendein wahnsinniger Fundamentalist Francescas Kaspertheater in den falschen Hals kriegte.

»Demiana hatte wohl keine Zeit?«, hatte Francesca gezischelt, als sie hinter ihm her zum Auto lief.

Seitdem hatte er sich Looky-Looky verschafft: *die ultimative Antispionage-App zum Schutz Deiner Privatsphäre.* Looky-Looky verwirrte mit einem Fakescreen und würde Francesca nicht nur fotografieren, wenn sie heimlich in seinem iPhone schnüffelte, sondern sie auch mit einer persönlichen Videobotschaft konfrontieren: Er hatte sich im Badezimmer vor den Spiegel gestellt, ein trauriges Gesicht gemacht und so überzeugend »Franci, das enttäuscht mich sehr, dass du kein Vertrauen zu mir hast« genuschelt, dass ihm fast die Tränen in die Augen gestiegen wären.

Er schnäuzte sich, stand auf und stolperte hinter Demiana her. Während sie ihm das gesamte Flüchtlingsheim zeigte, vom Spielzimmer für die Kleinen bis zur Gemeinschaftsküche, stellte er das Telefon aus. Und entfernte vorsichtshalber auch die SIM-Karte. Wer wusste, wozu Francesca fähig war.

Gerade erzählte ihm Demiana interessante Sachen über Koranschulen. Sie stand neben einem jungen Mädchen aus Bosnien, das einen türkisfarbenen Glitzerschleier trug – und sich verschämt kichernd abwendete, als Demiana nach dem Schleier fragte.

»Bis vor vier Monaten trug sie keinen Schleier«, erklärte Demiana, als das Mädchen weg war. »Aber die Islamisten bezahlen die Mädchen aus den Flüchtlingsheimen dafür.«

Frauen und Schleier. Auch so ein Elend-&-Grauen-Klassiker.

Islamisten waren gut, aber mit Schleiergeschichten konnte man nur alles falsch machen. Religion war immer heikel. Am Ende kamen die Schlaumeier aus dem Loch und wollten einen in Diskussionen über Kruzifixe reinziehen. Und dann würde ihn *Jesus online* noch fallen lassen und andere Kunden vielleicht auch.

»Wir hatten immer wieder Besuche von Islamisten, die Glaubensbrüder anwerben wollten. Diese Bärtigen in knöchelfreien Hosen, die ganz freundlich sagten, dass sie über den Koran reden wollten. Die Wachdienste kriegen nichts mit. Ich habe es der Polizei gemeldet, aber sie haben niemanden vernommen.«

Wieneke nickte verständnisvoll. Und resigniert. Anwerbeversuche von Islamisten waren so was von durch.

»Albaner geben als Asylgrund meistens Blutrache an, die rumänischen Roma Diskriminierung, und die Moldawier bilden sich Krankheiten ein, die in Moldawien nicht behandelt werden können«, sagte Demiana.

Wieneke kritzelte etwas in sein Moleskine und versuchte so neutral wie möglich zu blicken. Ein Journalist macht sich nicht gemein. Ganz abgesehen davon, dass er aus Demiana nicht schlau wurde: Fand sie das jetzt scheiße, dass die Flüchtlinge logen, oder fand sie es okay?

Ihn persönlich nervte dieser Eiertanz. Die Arie aus Anträgen, Eingaben, Gesuchen und Petitionen war doch nur ein Vorwand dafür, dass man die Leute zum Lügen zwang. Natürlich würde er sich auch eine schöne Diskriminierungslegende zulegen als Albaner oder Nigerianer oder Somalier. Am besten was Politisches. Oder Religiöses. Oder Sexuelles. Und dann: abwarten. Und ein bisschen Gras in der Hasenheide verticken. Dass es so lief, wussten doch alle. Staatssekretäre, Minister, Oppositionsführer: alles Heuchler. Sie benahmen sich wie Eltern, die ihre Kinder beim Rauchen erwischten. Überraschung, Überraschung.

Er beugte sich wieder über sein Moleskine.

»Außerdem dürfen Flüchtlinge nur Jobs übernehmen, für die sich kein Deutscher und kein EU-Bürger findet«, sagte Demiana.

»Na, logisch, wäre ja noch schöner«, sagte Wieneke und hätte den Satz am liebsten wieder zurück in seinen Mund gesogen, kaum dass er ihn ausgesprochen hatte.

Flüchtlinge, das war so was wie Waldsterben. Über allen Gipfeln ist Gift, hatte er damals getitelt. Eines der am besten verkauften Hefte in der Geschichte von *FAKT*. Mein Freund, der Baum. Erfolgreichste Titelgeschichte seiner ganzen *FAKT*-Karriere. Und das, obwohl er bis heute keinen Ahorn von einem Apfelbaum unterscheiden konnte.

Und Demiana war Koptin und politisch korrekt, und außerdem war *irony* ja so was von *over*.

»Ist aber praktisch eine Aufforderung zur Schwarzarbeit«, beharrte Demiana. »Alle hier wissen Bescheid, was es bedeutet, wenn die Flüchtlinge abends von ihrer Arbeit als Spüler oder Hilfsarbeiter auf dem Bau ins Heim zurückkehren. Da macht keiner ein Hehl daraus. ›Ich habe vier Kinder, meinst du, ich arbeite für Hartz IV oder für Mindestlohn?‹, hat mir neulich ein Moldawier gesagt.«

Wieneke nickte und versuchte interessiert und gleichzeitig betroffen zu blicken. Betroffen war er, wenn auch aus einem anderen Grund. Denn aus nichts von dem, was ihm Demiana erzählte, ließ sich eine sexy Geschichte machen. Viel zu kompliziert. Schon die Vorstellung, diesen ganzen bürokratischen Mist umzugraben, schreckte ihn ab. Außerdem hatte die Angelegenheit einen unappetitlichen Zungenschlag gekriegt. Diskussionen wie ein Tanz auf dem Vulkan. Ein falsches Wort und Demiana würde ihn für einen verkappten Nazi halten. Und, *let's face it*: Keine Sau wollte mehr Flüchtlingsgeschichten lesen. Kennst du eine, kennst du alle. Es war genau wie mit den Asylgeschichten in den Neunzigern. Die hatte auch kein Schwein mehr lesen wollen.

»Und was willst du jetzt schreiben?«, fragte sie, als sie wieder in ihrem Büro saßen.

Tja. Was sollte er ihr sagen? Keine Story – keine Demiana. Er kaute auf diesem Thema herum wie auf einem der staubtrockenen alten Plätzchen, die vor ihm standen und die Demiana als arabische Spezialität angeboten hatte. Er hätte es am liebsten sofort wieder ausgespuckt, würgte es dann irgendwann ganz herunter und erstickte fast daran, bis Demiana ihm etwas Wasser einflößte und auf den Rücken klopfte.

Er bekam gerade wieder Luft und wollte diese Sekunde von unverhoffter Intimität nutzen, als die Tür aufging und sich eine von Demianas Kolleginnen vor ihnen aufbaute und misstrauisch auf Wieneke blickte. Typ evangelische Gemeindeschwester. Praktischer Kurzhaarschnitt, Dreiviertelhosen und kräftiger Bartwuchs.

»Das ist Wolfgang Wieneke«, sagte Demiana entschuldigend. »Er ist freier Journalist und interessiert sich für unsere Integrationsarbeit.«

»Ach, das passt ja gut«, sagte die Gemeindeschwester. »Die Architekten haben angerufen, sie wollen wieder jemanden einladen, das wäre sicher eine interessante Story.«

So weit kommt's noch, dass die entscheidet, was interessant ist und was nicht, dachte Wieneke.

Demiana erklärte, dass zwei Architekten vor längerer Zeit im Flüchtlingsheim aufgetaucht waren und einen jungen

Syrer nach Hause eingeladen hatten, um mit ihm Spaghetti bolognese zu kochen.

»Einfach so«, sagte die Gemeindeschwester.

»Toll«, erwiderte Wieneke. Solche Typen hatte er gefressen: sich zur Edelstahlküche mit Weinklimaschrank, selbst reinigendem Ofen und Dampfgarer auch noch den passenden Flüchtling aussuchen. Und dann Fotos vom Spaghettikochen mit Flüchtling auf Facebook posten.

»Und wie fand der Syrer das?«

»Der hat nie darüber gesprochen«, antwortete die Gemeindeschwester spitz.

»War ja auch schwierig für ihn«, sagte Demiana.

»Warum?«, fragte Wieneke.

»Weil er sich gedemütigt fühlte«, erklärte Demiana.

»Ist nicht dein Ernst«, sagte die Gemeindeschwester. »Wie kann sich einer gedemütigt fühlen, wenn man ihn zum Spaghettikochen einlädt?«

»Weil er damit in ihrer Schuld steht. Und sich nicht revanchieren kann«, sagte Demiana.

»Aber er muss sich doch nicht revanchieren. Die Leute wollten ihm einfach nur was Gutes tun.«

»Genau das ist das Problem, würde ich sagen«, mischte sich Wieneke ein.

»Ich verstehe nicht, was Sie meinen«, sagte die Gemeindeschwester.

»Wie würden Sie sich denn fühlen, wenn Sie bis vor kurzem irgendwo in einem Verschlag gehaust hätten, wo Sie jede Nacht damit rechnen mussten, von einer Bombe getroffen zu werden? Und jetzt plötzlich in einer *Schöner-Wohnen*-Küche mit Weinklimaschrank, selbst reinigendem Ofen und Dampfgarer stehen …«

»Gott, ja, sie sind eben Architekten, da kann man ihnen ihre Küche doch nicht zum Vorwurf machen«, sagte die Gemeindeschwester.

»Was ist ein Dampfgarer?«, fragte Demiana.

»… wo zwei Leute ihnen den Unterschied zwischen Makkaroni und Spaghetti zu erklären versuchen«, sagte Wieneke.

»Nein, sie haben ihm nur erklärt, dass es auch für Muslime okay ist, Rotwein in die Bolognesesauce zu gießen, weil der Alkohol beim Kochen verdampft«, sagte die Gemeindeschwester. Nach einer Pause fügte sie hinzu: »Das mit dem Alkohol war vielleicht keine gute Idee.«

»Der Alkohol war nicht das Problem. Sondern seine Ehre. Er fühlte sich in seiner Ehre gekränkt. Deshalb hat er nicht mehr gesprochen«, beharrte Demiana.

»Was haben die Spaghetti denn mit seiner Ehre zu tun, das ist doch Quatsch«, sagte die Gemeindeschwester.

»Für dich vielleicht«, erwiderte Demiana. »Er aber fühlte sich erniedrigt, weil sie im Luxus leben und ihn einen Abend lang großzügig daran teilhaben lassen. Ohne dass er sich revanchieren konnte. Er stand in ihrer Schuld. Und hasste sie dafür.«

Wieneke verfolgte ihren Schlagabtausch wie ein Match mit undurchsichtigen Spielregeln. Unerträglich. Genau der Grund, weshalb er für weiche Themen noch nie was übrig gehabt hatte. Elend & Grauen. Feministische Hasspredigerinnen.

»Hat er euch das gesagt?«, fragte er.

»Nein, hat er nicht«, sagte Demiana.

»Vielleicht sieht er die Situation ja ganz anders.«

»Wir können ihn nicht mehr fragen, er ist nicht mehr da«, sagte die Gemeindeschwester.

»Genauer gesagt, er ist verschwunden«, sagte Demiana.

»Kommt immer wieder vor, bei den umF«, ergänzte die Gemeindeschwester entschuldigend.

»Bei den was?«

»Unbegleitete minderjährige Flüchtlinge«, erklärte Demiana.

»Wie: *Das kommt immer wieder vor*? Kinder verschwinden einfach so im Nichts?«

»Der war kein Kind mehr. Sondern sechzehn Jahre alt.

Wahrscheinlich sogar älter. Wir nehmen an, dass er bei Verwandten in Dänemark ist«, sagte die Gemeindeschwester.

»Oder in einem anderen Flüchtlingsheim in Deutschland«, ergänzte Demiana. »Manchmal wird einfach nur der Name falsch geschrieben, und schon wird jemand als vermisst erklärt. Deutsche Bürokratie eben.« Sie lachte.

Die Integrationskurse. Die Überlastung der Ämter. Die Fluchtursachen bekämpfen. Tja.

Als die Gemeindeschwester endlich abgezogen war, sagte Wieneke: »Weißt du, Demiana, weiche Themen waren nie so mein Ding.«

»Was sind weiche Themen?«

»Diese Psychosachen. Ehre und Demütigung und so. Ich bin mehr für Fakten.«

Demiana blickte ihn zerstreut an. Und schaute auf ihre Uhr. Er sah es kommen. Erst hatte sie ihm das Ohr abgelabert, jetzt wollte sie ihn loswerden. Er konnte es sich nicht leisten, Benzin für dreihundert Kilometer verschwendet zu haben.

»Tut mir leid, Wolfgang, aber ich muss noch kurz etwas mit meiner Kollegin besprechen«, sagte Demiana und blickte ihn so mitleidig an, wie man einen Hund am Strand anschaut, der einem seit Tagen nachläuft. Und der das linke Bein nachzieht.

Scheißgeschichte.

Scheißflüchtlinge.

Es war immer das Gleiche. Den Leuten geht es nur um sich selbst. Solange er sich für Demianas Kopten interessiert hatte, war es nur so aus ihr herausgesprudelt. Wenigstens die Geschichte mit den Koranschulen musste er vertiefen. Vielleicht würde er einen anderen Dreh finden. Islamistische Swingerclubs oder die sexuellen Perversionen der Bärtigen mit den zweiundsiebzig Jungfrauen, so was in der Art.

»Vielleicht können wir später weitersprechen?«, schlug Wieneke vor. »Mich interessiert die Geschichte mit den

Anwerbeversuchen der Islamisten, von denen du erzählt hast. Hast du vielleicht Lust, später noch etwas essen zu gehen?«

Jetzt kniff sie misstrauisch die Augen zusammen.

»Okay, wir können auch essen gehen, ohne über islamistische Anwerbeversuche zu reden«, sagte er.

»War mir klar«, erwiderte sie und lachte.

Wenn Frauen lachten, hatte man gewonnen.

»Ich weiß aber nicht, wie lange die Besprechung dauert.«

»Ich habe freien Ausgang. Auch bis nach Mitternacht.«

Kümmerlicher Witz. Aber: Sie lachte wieder. Und sagte: »Aber nur, wenn es dir nichts ausmacht, zu warten.«

»Ich bleibe einfach hier sitzen und erledige ein paar Sachen auf meinem Computer. Ganz ehrlich, das ist kein Problem. Wenn du fertig bist, bist du fertig.«

»Wenn du willst, kannst du dich auch nach draußen setzen, da ist eine Bank.«

Auf der Bank saßen ein paar vollverschleierte Frauen mit ihren Kindern. Tretroller standen herum und rauchende Männer in Badelatschen. Bei denen konnte man nicht wissen, ob sie es in den falschen Hals kriegten, wenn er sich neben die Frauen setzen würde. Also ging Wieneke zurück und suchte nach einer stillen Ecke im Heim. Er setzte sich in das Spielzimmer der Kinder, wo Luftballons hingen, Buchstabenketten und selbst gemalte Bilder von farbenprächtigen Sonnenuntergängen. Die sich bei näherem Anblick als Bombenexplosionen herausstellten.

Nach einer Stunde fing er an, sich zu langweilen. Er schickte ein paar beruhigende SMS an Francesca, trödelte etwas auf Facebook herum, postete ein Foto vom Himmel über Berlin und wäre fast eingeschlafen, wenn er nicht plötzlich Krach gehört hätte. Neugierig ging er auf den Flur. Der Krach kam aus der Gemeinschaftsküche.

Ein Mann brüllte, ein anderer schrie.

Wahrscheinlich ein Familienstreit, dachte Wieneke. Da musste man vorsichtig sein. Araber sind ja heißblütig. Ruckizucki hat man ein Messer zwischen den Rippen. Trotzdem ging er dem Krach nach.

In der Küche lag ein Junge gekrümmt auf dem Boden. Ein Trumm in schwarzer Security-Kluft trat ihm in die Eier.

»Hohoho, jetzt mal langsam«, sagte Wieneke und riss den Security-Clown zurück, wobei er am liebsten an seinem dünnen grauen Zopf gezogen hätte, der ihm wie ein totes Tier über den Rücken hing.

»Der ist besoffen und high«, sagte das Trumm. »Er hat schon wieder versucht, die Mädchen …«

»Welche Mädchen?«

»Alter, das geht dich gar nichts an.«

»Immer schön langsam.« Wieneke beugte sich zu dem auf dem Boden liegenden Jungen hinunter. »Alles in Ordnung?«, fragte er und versuchte ihm unter die Arme zu greifen, aber der Junge schüttelte ihn ab, sprang auf und rannte davon.

Wieneke blickte ihm verwundert nach.

»Verpiss dich«, rief ihm das Trumm hinterher.

Wieneke stand so dicht vor dem Mann, dass er seinen schlechten Atem riechen konnte. Zu viel Red Bull und zu viel Magensäure.

»Und du verpiss dich auch«, zischte der Koloss, dessen einzige Qualifikation als *Fachkraft für Schutz & Sicherheit* wahrscheinlich der dünne graue Haarzopf war, den er sich kurz nach der Wende hatte wachsen lassen, als er irgendwo in einer Blechtrommelbude in Hellersdorf als Türsteher angefangen hatte.

»Nicht schon wieder, Alex«, sagte Demiana.

Auch die evangelische Gemeindeschwester war wie aus dem Nichts aufgetaucht. Sie führte das Trumm wie einen Tanzbären ab und tätschelte ihm beruhigend den Arm.

Wieneke blickte ihnen verwundert nach. Demiana redete so lange beschwichtigend auf einige Heimbewohner ein, bis alle wieder abzogen.

»Der macht das wohl nicht zum ersten Mal?«, fragte Wieneke.

»Ich habe ihn schon zwei Mal bei der Heimleitung angezeigt. Jedes Mal gibt es Ärger, wenn der seine Kontrollgänge macht.«

»Und?«

»Nichts. Der ist immer noch da.«

»Wer ist denn für die Sicherheit hier verantwortlich?«

»Irgend so eine Security-Firma. Ein Subunternehmer.«

»Und wem gehört dieses Flüchtlingsheim hier?«

»Ich glaube, Homeland & Comfort.«

»Wie: *Ich glaube*? Wisst ihr nicht mal, wer hier der Betreiber ist?«

»Die haben tausend Ableger, und alle heißen anders. Wir haben uns beschwert, wegen der verdreckten Toiletten und der Duschen, die nicht funktionieren, von den ständig kaputten Waschmaschinen gar nicht zu sprechen. Ich meine, die kassieren das Geld und machen nichts dafür.«

Wieneke nickte so verständnisvoll, wie er es gerade noch hinkriegen konnte. Obwohl ihm kaputte Waschmaschinen und versiffte Toiletten am Arsch vorbeigingen. Sollte er sich in Zeiten, wo irre Islamisten mit dem Hackebeil herumliefen, Kameltreiber mit einem »Allahu Akbar« vor einem Blutbad groß rauszukommen versuchten und alte Türsteher mit dünnem Schwanz einen auf *Sons of Silence* machten, auch noch darum Sorgen machen?

»Vielleicht sollten wir jetzt etwas essen gehen«, sagte er versöhnlich. Und fügte hinzu: »Ich lade dich ein.«

Von wegen halbe-halbe. Eine Prinzessin zahlt nie selbst. Hatte Francesca ihm beigebracht.

Zu seiner Überraschung sagte Demiana sofort zu. Letztlich ist Sex auch immer nur eine Frage des Geldes.

Kurz darauf saßen sie auf Holzbänken bei einem dieser Szene-Italiener in Mitte, umzingelt von jeder Menge Fernsehmoderatoren, Schauspielern und alt gewordenen Pop-Literaten.

Demiana bestellte Spaghetti bolognese. Und einen Spinatsmoothie, was Wieneke etwas gewöhnungsbedürftig fand. Um sie herum ein Höllenlärm, der aber immerhin rechtfertigte, dass er ganz dicht neben sie rückte und ihren Duft einatmete, ja, inhalierte wie den ersten süßen Zug eines Joints, der ihm das Paradies verhieß.

Demiana hatte eine Haut wie Zuckerguss. Und einen langen, schmalen Hals. Mit einem unfassbar tiefen Halsgrübchen.

Weil es so laut und eng war, streckte er den Arm aus, um den Kellner am Ärmel zu zupfen, orderte zwei Gläser Prosecco und ließ den Arm irgendwie nebenbei, fast zerstreut, auf ihrer Schulter ruhen.

Sie rückte etwas ab und fing wieder von den Flüchtlingen an.

Er seufzte.

»Ich weiß, ist ein trauriges Thema«, sagte sie.

Wieneke überlegte, wie er von den Flüchtlingen zum Sex kommen könnte. Er schnupperte an ihr. Sie zuckte zurück.

Er lachte. »Entschuldigung. Aber in Berlin fallen mir immer Geschichten von früher ein. Einmal habe ich über Stasi-Agenten geschrieben, die den Auftrag hatten, den Körpergeruch von Staatsfeinden in Einmachgläsern zu konservieren. Wenn sie dich gerochen hätten, wären sie ohnmächtig geworden.«

Sie schaute ungläubig, als er versuchte, ihr den Stuhl für die Abnahme der Geruchskonserve zu erklären und lachte sich kaputt, als er ihr den bürokratischen Irrsinn erklärte, der penibel vorschrieb, wie die Normausrüstung für jeden Agenten auszusehen hatte: *Einsatztasche mit 2 Pinzetten, 2 med. Hakenzangen, Kleberollen, Dederonschnur, Alu-Haushaltfolie, Schere, Schreibmaterial, Transporttasche für 4–8 Gläser, Staubtücher, Gläser mit Gummiring und Deckelspange.*

Sie blickte ihn an wie einen Großvater, der vom Krieg erzählt. Als die Mauer fiel, war sie noch gar nicht geboren.

»Und nach der Wiedervereinigung haben dieselben Agenten eine Wachdienstfirma für Asylbewerberheime aufgezogen«, sagte Wieneke.

»Die heute mit armenischen Mafiosi zusammenarbeitet«, sagte Demiana.

»Das musst du mir jetzt genauer erklären«, sagte Wieneke, rückte näher, beschnüffelte sie wie ein Stasi-Agent und streichelte über ihren Arm. »Gehen wir zu dir oder zu mir?«

9

C iao, Wiwi«, zirpte Francesca. »Wie war's mit Demiana?«

Ging das schon wieder los. Dafür hatte er nicht sechs Stunden Autobahn von Berlin nach Bottrop hinter sich gebracht,
zusammen mit Rasern, Dränglern und anderen Irren, ohne
zu essen und ohne Pinkelpause, nur weil er so blöde gewesen war, Francesca zu versprechen, bei schönem Wetter in
der Blumenkohl-Bar eine kleine Grillparty steigen zu lassen.

Wenn das keine Liebe war.

Wieneke war in der Kleingartenanlage »Glück auf« an
der frisch gestutzten Hecke des bosnischen Friseurs vor-
beigeschlichen, zum Glück hatte ihn keiner angequatscht.
Keine Spur von Kaminski, der wieder was von seinen Rekord-Zucchini faseln würde, keine Spur vom Ökofascho,
der in seiner Parzelle Öko-Kaps anbaute und alle bekehren
wollte, keine Spur von dem alten Kroaten, der sich darüber
beschwerte, dass nachts jemand den beinchenhebenden
Porzellanhund seiner Frau umgeschmissen hatte.

Sie alle saßen mit offenem Mund vor Francesca.

Die in der Hollywoodschaukel lag.

Im Bikini.

»Oh, Wiwi, schau nicht so böse. *Sto scherzando.*«

Als er die Stirn runzelte, fügte sie hinzu: »Nur ein kleiner
Spaß. Kannst du mir bitte die Sonnencreme reichen?«

Lasziv wie eine Katze, die ihr Fell leckt, strich sie über ihre
Beine und ihr Dekolleté. Hier ein zarter Tupfer Creme, da
ein anderer. Fehlte nur noch, dass einer von den Kerlen jetzt

auch noch auf die Idee kommen würde, ihr anzubieten, ihr den Rücken einzucremen.

Seitdem er die Blumenkohl-Bar seines Onkels in Bottrop-Süd übernommen hatte, war das Lokal nicht mehr das Vereinslokal der Kleingartenanlage »Glück auf«, sondern das Vereinslokal des FC Francesca. Dabei war Francesca misstrauisch gewesen, als er ihr von dem Lokal und seiner geplanten Mischkalkulation erzählt hatte. Ihr ginge es nicht um das Geld, sondern um seinen Ruf als Journalist, hatte sie behauptet. Als ob sie davon jemals etwas verstanden hätte. Francesca und Journalismus, das war so was wie Affen und Algebra. Im ersten Monat hatte sie sich gar nicht blicken lassen. Bottrop sei einfach zu weit weg von Hamburg. Außerdem Termine, überfällige Übersetzungen und natürlich: Fieber. Italienerinnen waren ja bekannt für ihre rätselhaften Fieberanfälle. Als er Francesca auf den Äolischen Inseln besucht hatte, wo sie mit ihren Freundinnen Urlaub machte, hatte jede von ihnen mindestens dreimal Fieber gehabt, immer kurz vor einer Verabredung.

Aber jetzt, seit der Geschichte mit Demiana – wobei, was für eine Geschichte? –, hatte Francesca keine dringenden Termine mehr. Zumal sie herausgekriegt hatte, dass Wolfgang W. Wieneke auf die grandiose Idee gekommen war, junge Polizisten als Kellner einzustellen. Seitdem hatte Francesca auch keine überfälligen Übersetzungen mehr und litt nicht mehr unter Fieberanfällen, selbst dann nicht, wenn sie im Nieselregen im Garten gelegen hatte.

Die Polizisten klebten an ihr wie an einer Fliegenfalle. Und nicht nur die Polizisten, der alte Kroate, Kaminski und der Ökofascho, sogar die Fans des VfB Bottrop fingen bei ihrem Anblick an zu delirieren. Er hörte nichts anderes als: »Noch ein Espresso gefällig, Francesca?« Oder: »Wie wäre es mit einem kleinen Obstsalat, Francesca?« Die bliesen ihr Zucker in den Arsch. Nur weil sie Italienerin war. Er schämte sich, ein Mann zu sein. So etwas Würdeloses hatte er noch nie erlebt.

Apropos Zucker: Kaum stand er auf der Terrasse, hörte er noch, wie einer der Bullen flötete: »Ach, natürlich Francesca, Schätzchen, brauner Zucker wie immer«, und loslief, weil Madame ja keinen weißen, sondern nur braunen Zucker zu sich nahm.

Widerwärtig.

Er schenkte sich an der Theke ein Bier ein und prüfte den Dienstplan für das Wochenende. Drei Kellner müssten reichen. Er hatte Francesca vorgeschlagen, ein paar ihrer italienischen Freundinnen zum Grillen einzuladen, sie aber hatte beleidigt abgelehnt.

Majestätsbeleidigung.

Hier gab es nur eine *Killer Queen. Guaranteed to blow your mind. Anytime.*

Natürlich war seine Idee, Polizisten als Kellner einzustellen, nicht ganz uneigennützig gewesen. Niedrige Gehälter, kaum Stellen: Alle jungen Polizeimeister waren auf der Suche nach Nebenjobs – als Tankstellenwärter, Lkw-Fahrer, Fitnesstrainer und Hausmeister. So gesehen leistete er mit der Blumenkohl-Bar Deutschland einen Dienst. Er rettete nicht nur die Blumenkohl-Bar, sondern auch Deutschland. Einen Orden hätte er verdient. Stattdessen war eine Steuerprüfung gekommen.

Francesca tastete nach ihrem Telefon auf dem Tisch – schon sprang ein Polizist herbei und reichte es ihr.

»Grazie«, hauchte Francesca. Und fing an, auf dem Display herumzuwischen.

»Ich habe gestern versucht, dich anzurufen, aber du hast das Telefon wohl nicht gehört, Wiwi.«

»Die Recherche ist schwierig, ab und zu musste ich das Telefon ausstellen, weil die Leute im Flüchtlingsheim so misstrauisch sind. Aber ich will auf jeden Fall dranbleiben.«

»An Demiana?«

Sie war sich wirklich zu nichts zu schade seit der Sache mit Demiana. Wobei: Was für eine Sache?

Er ging zum Grill, um zu kontrollieren, ob die Kohle reichen würde – und um das Thema zu wechseln. Weg von Demiana. Hin zu Francesca.

»Sollen wir grillen, oder willst du lieber Pizza?«

»Wenn du willst, kannst du deine Demiana ja auch einladen«, sagte Francesca spitz.

»Als freier Journalist kann ich mir nicht leisten, auf eine gute Informantin zu verzichten. Gerade jetzt, wo Flüchtlingsgeschichten einen Flow haben.«

»Ah, tatsächlich? Neulich hast du mir noch gesagt, dass keine Sau mehr was von Flüchtlingen wissen will.«

»Das hat sich geändert. Die flutschen geradezu ins Blatt.«

»Aber einen Auftrag hast du noch nicht, oder?«

»Meinst du, ich schicke den Vollpfosten von *FAKT* einen Themenvorschlag, damit sie mir die Geschichte klauen? Eine bessere Informantin als Demiana kann ich mir gar nicht wünschen. Sie kann Arabisch. Und sie kennt sich aus mit christlichen Minderheiten und dem ganzen Chaos da, durch das ja kein Schwein durchblickt.«

»Ach, so ist das …«, sagte sie gedehnt. »Ich hatte ganz vergessen, dass es dir um die Christenverfolgung in Ägypten geht und um Moslembrüder. *Scusami.*«

»Möchtest du vielleicht einen Prosecco?«, fragte er. Manchmal lag die Lösung aller Probleme im Alkohol.

»*Prego*«, sagte sie und schaukelte so lasziv herum, dass dem alten Kroaten und Kaminski der Geifer aus dem Mund lief.

Vielleicht wäre es keine schlechte Idee, ihr zu zeigen, dass es ihm nicht um Demiana, sondern um *Inhalte* ging. Nicht umsonst hatte er sich in dieses scheiß Flüchtlingsthema reingekniet, von dem sie keine Ahnung hatte. Also murmelte er etwas von »Einwanderungsgesetz«. Das müsse her, und dann wäre Ruhe im Karton.

»Und hast du dich nie gefragt, warum es kein Einwanderungsgesetz in Deutschland gibt?«, fragte Francesca in diesem Sozialarbeiterton, der für seinen Geschmack etwas zu spitz klang.

Nein, hatte er sich nie gefragt. Er hatte schließlich andere Sorgen. Er musste über die Runden kommen, jeden Monat. Und das in Zeiten, in denen Journalisten schlechter bezahlt wurden als Putzfrauen.

Francesca schüttelte ein Nagellackfläschchen, steckte sich so ein Schaumgummiding zwischen die Zehen und fing an, ihre Fußnägel zu lackieren. »Wenn Immigranten legal einwandern könnten, ohne den Umweg über den Asylantrag, ginge ein ganzer Wirtschaftszweig kaputt. Keine Schrottimmobilien, keine Hotelbetten mehr, die vom Staat gemietet werden. Keine Containerlager, keine Lebensmittelpakete«, sagte sie, ohne von ihren Fußnägeln aufzublicken. »Mann, Wiwi, was hier läuft, ist ein riesiges Konjunkturprogramm. Die Flüchtlinge sind ein Milliardengeschäft. Für Übersetzer und Dolmetscher, Bauunternehmer, Sozialarbeiter, Verkehrsunternehmen, Wachdienste, Hoteliers, Hauseigentümer, Supermarktketten, Caterer, Makler, Reinigungsunternehmen und Immobilienbesitzer.«

So hatte er das noch nie gesehen. Das würde er aber nicht mal unter Folter zugeben. Nicht vor einer, die vor ihm in einer Hollywoodschaukel saß, am Prosecco nippte, sich die Fußnägel lackierte und schon wieder über alles Bescheid wusste. Von nix 'ne Ahnung, aber eine Meinung.

»Und woher bezieht die Signora ihre Informationen, bitte? Seit wann bist du Expertin für Flüchtlingsfragen?«

»Ich bin keine Expertin für Flüchtlingsfragen, ich bin Sizilianerin.«

»Was ist das denn für ein Argument?«

»Pass mal auf, lieber *Widukind*, wir haben die Flüchtlinge vor dem Ersaufen gerettet ...«

Wieneke stöhnte kurz auf.

»... und das bereits zu einer Zeit, als sich in Deutschland noch kein Schwein für sie interessierte. Als es hier noch keine Willkommensluftballons gab und niemand Flüchtlinge mit Stofftieren bewarf, sondern die Grenzen dicht gehalten wurden. Schon da haben wir gesehen, wie aus den Flüchtlingen ein Geschäftsmodell wurde. Und die Mafia lässt sich kein gutes Geschäft entgehen.«

»Das mit den Schleppern hat sich hier auch schon rumgesprochen«, sagte Wieneke. So weit kam es noch, dass er sich von einer kleinen italienischen Übersetzerin die Welt erklären ließ.

»Ich rede nicht von den Schleppern. Ich rede vom Geschäftsmodell ›Notstand‹. Sobald der ausgerufen wird, regnet es Geld. Und keiner blickt mehr durch, wohin das Geld fließt. Weil es sich ja um einen Notstand handelt. Bei uns in Italien wird ständig der Notstand ausgerufen, nicht nur nach Erdbeben, die ja die Mafia erst richtig reich gemacht haben, nein, in Italien wird der Notstand im Sommer wegen der Hitze ausgerufen und im Winter wegen der Kälte. Denn sobald das Wort Notstand fällt, schaut niemand mehr genau hin.«

Wieneke stöhnte wieder kurz auf. Schon wieder die Mafia. Dieses Totschlagargument.

»Die Flüchtlinge sind Rohstoff für alle«, sagte Francesca so laut, dass der Ökofaschist zusammenzuckte und auch Kaminski aus seiner Madonnenanbetung gerissen wurde.

»Sie sind Rohstoff für die landwirtschaftlichen Kooperativen, die sie als Schwarzarbeiter in ihren Orangenhainen, Weinbergen und Tomatenfeldern einsetzen. Für die Fälscherwerkstätten. Für die Vermieter der Schuppen in Catania, Gela oder Palermo, in denen sich die Flüchtlinge verstecken, wenn sie sich aus den Lagern abgesetzt haben und auf die Weiterreise warten, die erst möglich ist, wenn ihre Verwandten tausend Dollar an den Schleuser gezahlt haben – und natürlich für die Mafiabosse, die Flüchtlingsheime betreiben.«

»In Sizilien«, sagte Wieneke.

»In Deutschland nicht?«, sagte sie und blickte kurz auf, mit einem, ja, sadistischen Funkeln in den Augen. Dann wedelte sie mit einem Fächer über ihre Zehen, um den Nagellack schneller zu trocknen.

»Wusstest du übrigens, dass die Vitale sich jetzt mit Flüchtlingen beschäftigt?«

Etwas Schlimmeres hätte sie ihm nicht sagen können.

10

Seitdem einer der Schlepper sich entschlossen hatte, auszusagen, war Bewegung in ihre Ermittlungen gekommen.

Der junge Eritreer war Serena von Anfang an aufgefallen. Nicht nur wegen der blondierten Haarspitzen, sondern weil er, anders als die anderen Schlepper in ihren verblichenen T-Shirts, stets elegante, schmal geschnittene Anzüge mit Einstecktuch trug. Als wollte er mit seiner Schwäche für farbenprächtige Kleidung klarmachen, dass er sich als Freigeist sah.

Er hatte ihr gegenüber gesessen, im Ucciardone-Gefängnis, hatte auf seine blank geputzten Schuhe und den abgewetzten Noppenbelag gestarrt und in erstaunlich gutem Italienisch gemurmelt, dass er bereit sei, mit ihr zusammenzuarbeiten. Ihr alles zu erzählen, was er wusste.

Sie hatte geahnt, dass seine Spießgesellen, die Libyer, Eritreer, Äthiopier und Sudanesen davon schon erfahren würden, bevor er die Verhörzelle verlassen hatte. So wie die Mafiosi auch immer schon wussten, wenn einer abtrünnig wurde. Wenn einer sich etwas länger mit einem Staatsanwalt in diesem fensterlosen Kabuff mit dem Noppenbelag aufhielt, ging das Tamtam von Zelle zu Zelle: »'Stu curnutu chi ci sta cuntannu?« Was singt der Gehörnte?

Danach musste alles sehr schnell gehen, um zu verhindern, dass der zukünftige »Mitarbeiter der Justiz«, wie es so euphemistisch hieß, seine Meinung änderte. Oder dazu gebracht wurde, sie zu ändern.

Dank des Eritreers hatte Serena eine Parfümerie in Rom

und eine Bar gegenüber von der Kathedrale in Palermo abhören lassen. Jede Woche schickten die Schlepper dreihunderttausend Euro nach Libyen. Noch besser war das Geschäft, wenn fingierte Ehedokumente im Spiel waren. Das war der bequemere und etwas teurere Weg, um von Libyen nach Holland oder Schweden zu kommen: fünfzehntausend Euro pro Person.

In Echtzeit, von einer Videokamera zur anderen, hatte sie gesehen und gehört, wie die Polizeiwagen vor der Parfümerie in Rom vorgefahren waren, die Polizisten aus den Wagen gesprungen waren und die Schlepper verhaftet hatten. Einige kreischten, die meisten aber ließen sich stumm abführen, so wie Mafiosi, die jede Verhaftung stets mit gesenktem Kopf ertrugen und bereitwillig ihre Hände auf dem Rücken verschränkten, damit ihnen die Handschellen angelegt werden konnten. Wenn ihre Frauen schrien, traf sie die Verachtung der Männer wie ein Blitzschlag und ließ sie auf der Stelle verstummen: »Hör bloß mit diesem Theater auf.« Genau diesen Blick hatten die stummen Schlepper ihren kreischenden Kollegen zugeworfen, als sie abgeführt wurden.

Drei weitere Mitglieder der Bande lebten in Deutschland. Serena flog erst nach Berlin und dann nach Köln. In der Tasche Rechtshilfeersuchen zur Auslieferung von zwei Eritreern und einem Libyer, die wie alle Schleuser Aufenthaltsgenehmigungen hatten.

Sie vertraute darauf, dass die deutschen Kollegen erleichtert sein würden, die Männer loszuwerden. Weg mit Schaden, wie man im Ruhrgebiet zu sagen pflegte. Besonders, wenn es um Mafiosi ging. Es fehlten nicht die Beweise, sondern die Gesetze, hieß es immer. Jedes Mal musste sie sich das anhören. Sogar bei Mafiosi, die mit dem Bürgermeister gedealt hatten, um Giftmüll in Bergwerksschächten zu deponieren. Denen hätte man in Deutschland höchstens Drogenhandel vorwerfen können. Jetzt saßen sie in Mailand im Gefängnis. Weil es in Deutschland ja keine Mafia gab.

Mit den Schleusern war es genau dasselbe.

Die deutschen Kollegen waren überglücklich, dass Serena sie ihnen abnahm. Sie konnten sich gar nicht mehr einkriegen. Der Berliner Staatsanwalt ging sogar so weit, einen Espresso aus seiner, wie er betonte, privat angeschafften Espressomaschine anzubieten. Der klassische Auftakt zu dem in deutschen Behörden verbreiteten Es-lebe-die-italienische-Kaffeekultur- und Espressomaschinen-Experten-Gespräch. Espressomaschinen waren die neue Rolex. Serena ergriff die Flucht.

Der Kollege in Köln, der von seiner Sekretärin völlig ironiefrei als *leitender Oberstaatsanwalt Herr Doktor Kurt Kleve* tituliert worden war, als Serena am Telefon nach Herrn Kleve gefragt hatte, lud sie zur Feier des Tages sogar zum Mittagessen ein.

In die Kantine des Justizzentrums.

Tagesgericht heute: rheinischer Sauerbraten mit Rotkohl und Kartoffelklößen.

Kleve war ein kleiner, drahtiger, kahlköpfiger Mann, der sich auf dem Weg zur Kantine in langen Ausführungen über die verschiedenen Denkschulen des Sauerbratens verlor: Der rheinische Sauerbraten im Unterschied zum badischen, schwäbischen, fränkischen, sächsischen und westfälischen. Vom Pferd oder vom Rind? Rübenkraut ja oder nein? Aachener Printen oder besser Lebkuchen? Knoblauch in der Beize ja oder nein?

»Eine Currywurst wäre mir lieber. Mit Pommes frites«, sagte Serena.

»Ach«, sagte Kleve.

»Mein Lieblingsessen«, erklärte Serena entschuldigend.

Und das war nicht mal gelogen.

Sie versuchte sich daran zu erinnern, ob sie schon einmal mit Kleve zu tun gehabt hatte. Vielleicht als es um Alessio Lombardos deutschen Strohmann gegangen war? Hatte der Staatsanwalt nicht auch Kleve geheißen? Irgendwie sahen deutsche Staatsanwälte alle gleich aus, wie vom 3-D-Drucker ausgespuckt.

Serena zog ein Schaubild aus der Tasche und schob es über den Tisch zu Kleve. Sie hatte Tage mit dem verschroben-autistischen Abhörspezialisten Russo verbracht, der nicht nur alle Schleuser abgehört, die Kommunikationswege aus ihren Telefonaten, WhatsApp-Schnipseln und Facebook-Kommentaren destilliert, sondern auch eine Zeichnung angefertigt hatte, die eine ziemlich komplizierte Sache einfach und deutlich zeigte: ineinander verwobene Spinnennetze, in denen eine fette und viele kleine Spinnen ihre Fäden gezogen hatten. Kleve betrachtete es mit jenem vorgetäuschtem Interesse, mit dem man ein abstraktes Kunstwerk betrachtet und sich fragt: Ist das Kunst oder kann das weg?

»Die Kommunikationsströme der Schleuser«, sagte Serena.

»Ah ja«, sagte Kleve, schob die Zeichnung zu ihr zurück und lobte die Qualität der Kartoffelklöße.

Serena steckte das Blatt wieder in ihre Tasche.

»Also bei uns wäre das nicht möglich gewesen«, sagte Kleve kauend.

»Was? So ein Schaubild anfertigen zu lassen?«

»Nein, das Abhören«, sagte Kleve. »Also nur weil ein Polizist einen diffusen Verdacht hat …«

»Ist es ein diffuser Verdacht, wenn jemand in einer Nacht hundertsiebzigtausend Euro abkassiert – von Flüchtlingen, die an einem libyschen Strand darauf warten, die Boote zu besteigen, vierhundertzwanzig in dem einen Boot, vierhundertdreißig in dem anderen?«

»Nein, das meinte ich nicht …«

»Und wenn der Eritreer den Somalier am nächsten Tag wieder anruft, um sich zu vergewissern, ob die achthundertfünfzig tatsächlich angekommen sind?«

»Nein, nein, ich habe keinen Zweifel an Ihren Ermittlungen, im Gegenteil, aber in unserem Rechtsstaat …«

»… ist es nicht möglich, Telefone abzuhören, Handys zu überwachen, E-Mails und SMS zu lesen. Ja, ja. Haben Sie mir schon mal gesagt.«

»Gespräche im Kernbereich privater Lebensgestaltung dürfen nicht abgehört werden.«

»Klar, und zum Kernbereich der privaten Lebensgestaltung eines Schleppers gehört natürlich auch, mit seinen Geschäftspartnern zu besprechen, wohin die Ware geliefert werden soll, also die Mädchen, die von den Nigerianern zu Prostituierten abgerichtet worden sind …«

»Uns sind die Hände gebunden, verehrte Kollegin«, sagte Kleve.

»Oder dass es zweitausend Euro kostet, von Afrika nach Sizilien zu kommen und weitere siebenhundert, von Agrigent nach Köln.«

»Unser Problem hier sind vor allem die Islamisten …«

»Aber wie wollen Sie sich gegen Islamisten schützen, wenn Sie nicht mal ein paar Schlepper abhören dürfen?«

»Ich kann Ihnen versichern, unser Innenminister tut sein Bestes, zusammen mit seinen europäischen Kollegen. Wir stehen vor einer großen Herausforderung. Aber auch angesichts der angespannten Lage dürfen wir den Rechtsstaat nicht aus den Augen verlieren.«

Ist mir scheißegal, wenn graugesichtige Innenminister was von Rückführungen, Grundsatzeinigungen und Sicherheitsvorkehrungen faseln, dachte Serena. Niemand ist am Versiegen der Flüchtlingsströme interessiert, nicht mal diese beschissenen Innenminister. Alle hofften auf den Notstand. Die Innenminister, um Gesetze durchdrücken zu können. Die Mafia, um Millionen zu verdienen.

Vor ein paar Tagen war sie noch auf Lampedusa gewesen. Wo Europa anfängt. Und aufhört. Ein Felsen im Meer. Sie war dabei gewesen, als das Fischerboot vom Meeresgrund gehoben wurde, das ein Jahr zuvor gekentert war, mit siebenhundert Menschen an Bord. Es wurde nach Sizilien gebracht, die Feuerwehrleute hatten vier Tage und vier Nächte in einem Hangar daran gearbeitet, die Leichen zu bergen – oder das, was von ihnen übrig geblieben war, nach einem

Jahr auf dem Meeresboden in dreihundertsiebzig Metern Tiefe, bei kaum mehr als null Grad.

Serena hatte neben den Feuerwehrleuten gestanden, als sie den Schiffsrumpf öffneten. Sie hatte im Laufe ihrer Karriere schon viele Leichen gesehen. Erdrosselt, verkohlt oder in Salzsäure aufgelöst. Sie hatte Leichen gesehen, denen man den Penis abgeschnitten und in den Mund gesteckt hatte. Sie hatte kleine Jungs gesehen, denen man in den Kopf geschossen hatte. Sie hatte gedacht, dass sie schon alles gesehen hatte.

Und dann war der Schiffsrumpf geöffnet worden, und sie hatte kleine Skelette gesehen, die sich an große Skelette klammerten.

»Nehmen Sie auch ein Dessert? Ich kann Ihnen das Apfelmus empfehlen, es schmeckt wie hausgemacht«, sagte Kleve.

Serena versuchte zu lächeln. Schon klar, dass dich meine Ermittlungen einen Scheißdreck interessieren. Gerecht, ungerecht, wen juckt's, solange es dafür keinen Paragraphen gibt. Sie hätte den Mund halten und weiter ihre Currywurst essen können, stattdessen hörte sie sich sagen: »Hinter der Diskussion über die Flüchtlingsströme verbirgt sich doch eine unfassbare Heuchelei. Alle verdienen an den Schleuserbanden, nicht nur die Telefongesellschaften und die Geldtransfergesellschaften. Sondern auch die Mafia.«

Beim Wort »Mafia« versteinerte Kleves fahles Gesicht.

Fängt die schon wieder an, dachte Kleve. Sizilianische Staatsanwälte haben immer etwas Sektiererisches. Verfolgungswahn umweht sie. Alle. Auch die Vitale.

»Frau Vitale, Sie wissen, wie sehr ich Sie und Ihre Kollegen für Ihr Engagement bewundere …«, sagte er, »aber wir dürfen Äpfel nicht mit Birnen verwechseln.«

Die Vitale war eine von denen, die sogar im Milchkaffee die Mafia fand. Und das war kein Witz, bei ihrer letzten Begegnung hatte sie ihm tatsächlich weismachen wollen, dass die Mafia in Palermo selbst am Espresso verdiente. Weil die Bosse die Bars erpressten und sie zwangen, nur den Kaffee einer Kaffeerösterei abzunehmen, die der Mafia gehörte. Er erinnerte sich noch genau an die Penetranz, mit der sie ihm auf die Pelle gerückt war, als dieser italienische Gastronom in ihr Fadenkreuz geraten war, bei dem die Düsseldorfer Staatskanzlei gelegentlich einkehrte.

Da hatte sie sich regelrecht in ihn verbissen.

In den Gastronomen.

Und in ihn, Kurt Kleve.

»Schlepper sind das eine, und die Mafia ist das andere. Strittige Themen, gewiss, aber wir müssen die Grenzen akzeptieren, die uns der Rechtsstaat setzt«, sagte er. Italienische Staatsanwälte stellten sich die Dinge immer so einfach vor. Aber das hier war nicht Palermo. Gott sei Dank.

»Strittige Themen?«, sagte die Vitale und lächelte süffisant. »Also ist die Mafia für Sie so etwas wie eine verkehrsberuhigte Zone, die man befürworten oder ablehnen kann? Die Diskussion um Kurzzeitparken in der Innenstadt? Salzstreuen im Winter?«

Sie war wirklich ein Biest. Drehte einem jedes Wort im Mund um. Und deshalb hätte er sich fast an seinem rheinischen Sauerbraten verschluckt, als sie zu allem Überfluss auch noch von Kampmann anfing.

»Sie waren doch ein Kollege von ihm«, sagte sie und blickte ihn mit diesem Augenaufschlag an, der ihm Angst machte. Die Zigeunerin, die ihm neulich in der S-Bahn das Portemonnaie geklaut hatte, hatte genau denselben Unschuldsblick draufgehabt.

Um Zeit zu gewinnen, putzte er sich den Mund etwas umständlich ab. Am liebsten wäre er hinter seiner Serviette verschwunden. Die Geschichte mit Kampmann war die delikateste Geschichte der an delikaten Geschichten reichen Kölner Justiz.

Wie konnte man so plemplem sein, auf dem Straßenstrich von Palermo eine Transe zu vögeln. Das hätte er doch wirklich genauso gut in Köln haben können. Kein Mensch hätte darüber geredet. Leben und leben lassen, war schon immer das Prinzip der Kölner gewesen.

Aber nein, es musste Palermo sein.

Wer sich in Gefahr begibt, kommt darin um. Das war immer schon Kleves Motto gewesen.

Und deshalb sagte er nun: »Eine traurige Geschichte. Vor allem für seine Familie«, und hoffte, dass sie endlich Ruhe geben würde. Aus Pietätsgründen. Schließlich waren die Italiener ja auch katholisch.

»Weiß man denn nichts darüber, warum er überhaupt in Palermo war?«, fragte sie. »Es hieß doch, dass er dort Kollegen treffen wollte. Wissen Sie, wen er treffen wollte? Und warum?«

Sie war wirklich penetrant. Dabei ging sie das Ganze überhaupt nichts an.

»Haben Sie die Ermittlungen im Fall Kampmann geführt?«

»Nein, mein Kollege, Jerry Sutera.«

»Sehen Sie, Frau Vitale, genau deshalb möchte ich nichts dazu sagen. Nicht, weil ich Ihnen nicht vertraue, wir dürfen nur nicht die Dinge durcheinanderbringen. Kampmann war ein beliebter Kollege, es handelt sich nicht nur um einen Mordfall, sondern auch um eine … Tragödie – für seine Familie und auch für unsere Behörde. Sein Tod hat uns alle schwer getroffen.« Er schnaufte. Und versuchte etwas vorwurfsvoll zu blicken.

Die Vitale zog ihre Puderdose vor, puderte sich gelassen die Nase, mitten in der Kantine, zog provozierend langsam ihre Lippen nach und fragte so hinterhältig wie es nur italienische Frauen hinkriegen: »Mit seinen Ermittlungen hat das Ganze nichts zu tun?«

Er drehte sich nach rechts und links, um sicher zu sein, dass keine Kollegen zuhörten. »Sie wissen so gut wie ich, dass man sich in unserem Beruf keine Freunde macht«, flüsterte er. »Aber wir müssen uns auch vor Verfolgungswahn hüten. Kampmann hat sich mit seinem Sexualleben mehr in Gefahr gebracht als mit seinen Ermittlungen.«

»Was wussten Sie denn über sein Sexualleben?«

»Na ja, wenn man in Palermo auf dem Straßenstrich gefunden wird, auf dem Transsexuelle verkehren, dann liegt doch wohl die Vermutung nahe, dass es sich um ein, wie soll ich sagen, etwas ungewöhnliches Sexualleben gehandelt hat.«

»Aber warum habe Sie hier in Deutschland kein Ermittlungsverfahren eingeleitet, ich meine, er war doch immerhin Ihr Kollege?«

»Dafür bin nicht ich zuständig, sondern die Mordkommission. Von deren Leiter weiß ich, dass man sich mit den italienischen Kollegen geeinigt hat.«

»Wie meinen Sie das, geeinigt?«

»Wir können von Deutschland aus ein Verfahren einleiten, müssen es aber nicht. Im Zweifel einigt man sich. Und hier hat man sich darauf geeinigt, dass die italienischen Kollegen den Fall bearbeiten. Der Mord ist in Palermo passiert, also ermittelt Palermo. Und soweit ich weiß, wurde der Fall glücklicherweise auch schon gelöst.« Er beugte sich über seine mit Apfelmus gefüllte Schale und sagte leise: »Man muss kein Psychologe sein, um zu wissen, dass bei Männern, die transsexuelle Prostituierte frequentieren, eine Form von … verdrängter Homosexualität vorliegt. Kampmann wäre also eher ein Fall für einen Therapeuten gewesen, als …«

»Als was?

»Ach, Frau Vitale, mehr will ich einfach nicht sagen. Es ist auch so schon schwer genug für uns. Und Gregor Kampmann kann sich ja nicht mehr wehren.«

Du Ratte, dachte Serena.

Wenig später saß sie in einem Kölner Café vor einem Stück Frankfurter Kranz und dachte darüber nach, wie dieser kleine, hinterfotzige Wadenbeißer es hingekriegt hatte, unter dem Vorwand der Pietät noch mal ordentlich auf den Toten zu spucken.

Sicher, es war nicht ihr Fall. Jerry Sutera wollte nichts anderes, als das Ganze so schnell wie möglich zu archivieren. Ganz abgesehen davon, dass Kampmann ihr nicht sonderlich sympathisch gewesen war. Gewiss, Antipathie war kein Grund, jemandem zu wünschen, auf dem Straßenstrich im Parco La Favorita zu enden, aber Grund genug, um ihn für seine juristische Erbsenzählerei zu verabscheuen, wie alle, die sich hinter Paragraphen versteckten und so taten, als verstünden sie nicht, was gespielt wurde. In Palermo genau wie in Köln. Außerdem hatte sie sich darum zu kümmern, neunhundert toten Afrikanern Gerechtigkeit widerfahren zu lassen, vielleicht sogar tausendzweihundert – die auch alle eine Geschichte gehabt, die Sehnsüchte, Wünsche, Hoffnungen gehegt hatten –, und die hier, in diesem bundesrepublikanischen Idyll, in diesem Fußgängerzonendeutschland zwischen Tchibo, Douglasparfüm und Waschbeton, so weit weg zu sein schienen wie der Mond.

Aber. Sie schaffte es einfach nicht, an Jerry Suteras Version der Geschichte zu glauben. Und noch weniger schaffte sie es, das Ganze zu verdrängen. Sie musste immer an den Satz denken, den ihr vor Jahren ein deutscher Polizist gesagt hatte: »Wir haben in Deutschland keine toten Richter und keine toten Staatsanwälte. Sonst sähe die Gesetzgebung anders aus.«

Also hatte sie einen Kölner Polizisten angerufen, der damals auch an dieser unseligen Antimafia-Podiumsdiskussion teilgenommen hatte, und ihn gebeten, ein Treffen mit Kampmanns Frau zu arrangieren.

Zu ihrem Erstaunen hatte sie zugesagt. Ob sie hoffte, etwas Erleichterndes von ihr zu erfahren? Zuspruch wie von einem tapferen Fernsehkommissar? Der Sätze herunterbetet wie: »Geben Sie die Hoffnung nicht auf, wir tun alles Menschenmögliche«, und am Ende sogar mit den Angehörigen mitweint?

Tatsächlich hatte sie gar nichts zu bieten. Keinen Verdacht, keine Erklärungen, keinen Trost.

Nur ein paar Ungereimtheiten.

Als Treffpunkt hatte Kampmanns Frau ein Café in der Innenstadt angegeben. Drinnen sechziger Jahre pur: Serviererinnen mit gestärkten Rüschenschürzen, Brokattapeten und leicht abgewetzte, mit Rohrgeflecht bespannte Stühle. Bundesrepublikanisches Idyll.

Serena stocherte in ihrem Frankfurter Kranz herum und versuchte, die Buttercreme vom Teig zu trennen, so wie sie es manchmal als Kind getan hatte.

Eine hochgewachsene Blondine trat an ihren Tisch.

»Frau Vitale, nehme ich an?« Kampmanns Frau reichte ihr die Hand. Der Händedruck war fest, fast männlich. »Ich freue mich, Sie endlich kennenzulernen«, sagte sie. »Mein Mann hat mir damals von Ihnen erzählt. Sie waren doch mit ihm auf diesem Kongress, richtig? Er liebte Italien. Er hat voller Hochachtung von Ihnen gesprochen.«

Serena dachte an die von Kampmann abgelehnte Beschlagnahmung und kam sich mies vor. *De mortuis nil nisi bene.* Chilon von Sparta. Obwohl: Sie hatte nicht schlecht über den Toten gesprochen. Sie hatte schlecht über den Lebenden gedacht. Ein Staatsanwalt, der sich an die Vorschriften klammerte.

Und warum, verdammt noch mal, schaffte sie es nie, die Dinge mit dem kühlen Blick einer Juristin zu sehen? Eine Ablehnung? Nichts Persönliches, nur Paragraph soundso und Absatz sowieso? So wie die Pythonschlange, die zum Kaninchen sagt: »Nimm es nicht persönlich«, bevor sie es verschlingt? Warum, verdammt, wütete in ihr immer noch das, was von ihren Lehrern damals als »exzessiver Gerechtigkeitssinn« getadelt worden war?

Und weil diese Gedanken offenbar in Leuchtschrift über ihre Stirn liefen, sagte Kampmanns Frau: »Meinem Mann war es sehr unangenehm, dass er die Beschlagnahmung der Güter dieses Mafiosos in Solingen ablehnen musste.«

»Ich habe mir schon gedacht, dass es nichts Persönliches war«, sagte Serena rau.

»Nein, nichts Persönliches. Nur der Behördenleiter.«

»Wissen Sie, welche Ermittlungen Ihr Mann zuletzt geführt hat?«

»Keine Ahnung«, antwortete Kampmanns Frau. »Kommt Ihnen vielleicht komisch vor, oder?«

Serena schüttelte den Kopf. Sie kannte das. Chirurgen reden auch nicht über jede Nierenoperation. Irgendwann wird alles zur Routine. Menschenhändler, Drogenhändler – sogar Leichen, die in Salzsäure aufgelöst werden.

»Es war nicht so, als ob wir nicht über seine Arbeit gesprochen hätten, ich bin selbst Juristin und kenne mich aus in Diskussionen über Vorratsdatenspeicherung und weiß, warum ein Staatsanwalt nicht sagen darf, aus welchem Land ein Täter stammt. Ich weiß, wie Verteidiger versuchen, Staatsanwälte mit Aussetzungs-, Befangenheits- und Beweisanträgen auszutricksen, und wie es Ministerien schaffen, ihre Arbeit zu behindern. Aber irgendwann hatten wir genug davon. Wir redeten lieber über Literatur. Und deswegen haben wir uns so auf die Reise nach Sizilien gefreut. Wir wollten nach Racalmuto fahren, Leonardo Sciascias Geburtsort – aber das muss ich Ihnen als Sizilianerin ja nicht erklären.« Sie machte eine kleine Pause. Und fügte dann hinzu: »Und jetzt fühle ich mich selbst wie in einem Roman von Sciascia. Vielleicht *Der Tag der Eule*? Die Mafia als Metapher?« Sie lachte bitter auf, kleine Fältchen bildeten sich um ihre Augen.

Eine schöne Frau, dachte Serena. Und fragte sich, ob sie ihr sagen sollte, was Romano über den Somalier bemerkt hatte.

»Ich habe übrigens keine Sekunde an die Geschichte mit der afrikanischen Transe geglaubt. Kommt Ihnen wahrscheinlich komisch vor, oder? Sicher bin ich nicht die erste Ehefrau, die behauptet, ihren Mann zu kennen. Ist aber so. Deshalb finde ich es um so widerwärtiger, dass einige

Kollegen meines Mannes es für nötig halten, ihn auch noch posthum zu diffamieren.«

»Kleve?«, fragte Serena.

Kampmanns Frau lächelte. »Ja, aber nicht nur er. Ein paar Leute aus dem Innenministerium. Ein Staatssekretär aus dem Justizministerium. Ich wollte erst Anzeige erstatten, wegen Verleumdung, aber dann …«

Serena nickte. Einen Teerfleck kann man auch nicht beseitigen, indem man ihn verreibt.

»In Sizilien nennt man so etwas *mascariare*«, sagte sie.

»Was heißt das?«

»Es ist das sizilianische Wort für anschwärzen. So nennen es die Mafiosi, wenn sie ein Opfer verleumden, um es zu isolieren – manchmal sogar noch nach dem Tod. Die übliche Strategie der Mafia.«

»Mein Mann wollte den Somalier treffen, um etwas über Schlepper herauszukriegen.«

»Was genau?«

»Genaues weiß ich nicht, nur, dass mein Mann ihn von einer Kirchentagung in Köln zum Thema Flüchtlinge kannte. Der Somalier engagierte sich in Palermo im Flüchtlingsrat und kümmerte sich zusammen mit einer Nigerianerin hin und wieder um die Prostituierten.«

»Und was wollte Ihr Mann von ihm wissen?«

»Das weiß ich nicht. Allerdings weiß ich, dass mein Mann Sie in Palermo treffen wollte. Es ging um Flüchtlinge. Aber das habe ich Ihren Kollegen schon gesagt.«

»Wem haben Sie das gesagt?«

»Allen, die mich in Palermo befragt haben.«

11

Man glaubt ja nicht, wie verbreitet die Geilheit auf heiße
Mädchen mit Schwänzen ist«, sagte Jerry.

Serena drehte ihm den Rücken zu und versuchte wieder
die gewohnte Unordnung unter ihren Heiligenfiguren her-
zustellen. Jedes Mal, wenn der Putzdienst da gewesen war,
standen die Heiligen stramm, nach Größe geordnet in Reih
und Glied, auch um zu verbergen, dass beim Putzen mal
wieder ein Stück vom Heiligenschein des heiligen Sebastian
abgebrochen worden war.

Sie stellte den sich trotz der Pfeile in seiner Brust lasziv rä-
kelnden Sebastian zurück in die erste Reihe, neben die heilige Rosalia mit dem Blütenkranz und diese Schwuchtel in
schwarzer Kutte, die so affektiert die Hand hielt und deren
Namen sie nicht mehr wusste. Hatte sie ihn aus Barcelona
mitgebracht oder aus Málaga? Die besten Heiligenfiguren
gab es in Spanien. Das letzte Mal, als sie in Málaga versucht
hatte, den Besitztümern der Grecos an der Costa del Sol auf
die Spur zu kommen, hatte sie Heilige auf Vorrat gekauft,
darunter einen auf seinen Stock gebeugten heiligen Christo-
phorus und diesen Jesuiten mit Tonsur, der einen schwarzen
Jungen umarmt. Der Verkäufer hatte ihr gesagt, dass dies
der Schutzpatron für die Menschenrechte sei. Jedes Mal,
wenn sie ihn betrachtete, stieß sie sich an der Haltung des
Priesters. Sie war nicht so, wie man einen kleinen Jungen
umarmen sollte.

»Hast du das auch den deutschen Journalisten erzählt?«

»Was?«

»Das mit der Geilheit. Und den Mädchen mit Schwänzen.«

»Ach Gott, Serena, machen wir uns doch nichts vor. Die Journalisten sind ganz schnell wieder abgezogen. War wohl nicht die tolle Heldengeschichte, die sie erwartet hatten«, sagte Jerry.

»Aber Sexgeschichten sind doch noch besser als Heldengeschichten«, sagte Serena, ohne sich umzudrehen.

»Ja, aber die hatten sich in Palermo was anderes vorgestellt, von wegen Mafia und so. Da war die Wahrheit natürlich enttäuschend.«

»Und was ist die Wahrheit? Würde mich interessieren.«

»Der Somalier hieß Said Samatar und arbeitete gelegentlich als Übersetzer in der Questura. Ansonsten hatte er einen Mini-Job an der Universität. Er lebte seit vier Jahren in Palermo. Hatte eine Wohnung in Olivella. Wurde alles geprüft. Auch dass er mit Kampmann mit den Afrikanerinnen gesehen wurde.«

»Von wem?«

»Von den Mädchen. Wir haben sie sogar mitgenommen ins Polizeipräsidium.«

»Die mit oder die ohne Schwänze?«

»Serena.«

»Ja, was?«

»Das sind arme Mädchen, die verdienen nur zwanzig Euro pro Freier.«

»Die mit den Schwänzen kriegen hoffentlich etwas mehr.«

»Serena, bitte«, sagte Jerry. »Den Lebenden schuldet man Respekt, den Toten nichts als die Wahrheit.« Der Aphorismus hing unter Glas gerahmt in seinem Büro.

»Wir haben sie alle der Reihe nach verhört. Alles Nigerianerinnen, bis auf zwei Mädchen aus Benin. Keine Einzige hatte eine Aufenthaltsgenehmigung.«

»Toll. Die werden euch sicher ganz viel erzählt haben.«

»Wir haben alle Versionen abgeglichen, alle Listen mit den Telefonverbindungen geprüft, alle Nummernschilder, wir haben den Abfall durchsucht, alle Mülltüten. Die von der Mordkommission haben die Mädchen am Ende sogar die Szene nachspielen lassen. Wie sie dastanden und auf Kunden warteten, als zwei Schüsse fielen und plötzlich diese Leiche am Straßenrand lag. Durcheinander, Panik – wir haben alles rekonstruiert, wer wo stand und woher der Schuss kam.«

»Und Samatar? Wo war der?«

»Vermutlich hatte er sich versteckt.«

»Warum versteckt? Ich dachte, er sei mit Kampmann gesehen worden.«

»*Vorher.* Er war vorher mit Kampmann gesehen worden, im Parco Favorita, wo sie mit zwei Nigerianerinnen gesprochen haben.«

»Die ihr natürlich nicht mehr gefunden habt.«

»Woher weißt du das?«

»Intuition. Und warum wurde Samatar im Zen gefunden?«

»Keine Ahnung, wahrscheinlich war er da, um Koks zu kaufen. In der Wohnung wohnte ein Nigerianer …«

»Der natürlich auch untergetaucht ist.«

»Er soll wieder nach Nigeria zurückgekehrt sein. Mach dich ruhig lustig, Serena. Auf jeden Fall haben wir auf dem Computer von diesem Samatar etliche Verbindungen ins Transenmilieu gefunden.«

»Was für Verbindungen?«

»Seiten, auf denen Männer Perücken oder falsche Brüste oder Pumps in Größe 49 finden.« Er kicherte. »Ach Serena, manchmal muss man sich von bestimmten Denkmustern frei machen.«

»Tatsächlich?«

»Ja, auch Staatsanwälte sind nicht gefeit gegen Verbrechen aus Leidenschaft. Der Fall ist erledigt. Ich habe andere Sorgen.«

Serena sortierte die Seelen im Fegefeuer weiter. Von Flammen umloderte Teufel, Bischöfe, Greisinnen. Arme Seelen, die ihre Qualen hoffnungsfroh erlitten, weil sie aus dem

Fegefeuer in den Himmel entlassen wurden. Arme Seelen, die sie jetzt am liebsten nehmen und auf Sutera schleudern würde.

Sie drehte sich zu ihm um. »Warum hat mir niemand gesagt, dass Kampmann mit mir sprechen wollte?«

»Wer hat dir das gesagt?«

»Kampmanns Frau. Du hast es mir ja verschwiegen.«

»Wir fanden es nicht so wichtig.«

»Nicht so wichtig?«

»Kampmanns Frau vermutete, dass er mit dir sprechen wollte. Mehr nicht. Es gibt dafür aber keinen Beweis. Wir haben alle Verbindungen von Kampmanns Handy geprüft, deine Nummer war nicht dabei.«

»Kampmann hatte meine Nummer nicht. Wen hat er angerufen?«

»Die Leute, die ihm die Wohnung in der Via Emerico Amari vermietet haben, seine Frau, Samatar. Und einmal hat er auch in der Zentrale der Staatsanwaltschaft angerufen. Wir haben alles geprüft.«

»Wer ist ›wir‹?«

»Die Kollegen von Interpol, Rizzo …«

»Was hat Rizzo mit dem Fall zu tun?«

»Entschuldige, Serena, aber Rizzo ist dein Chef. Und Kampmann war für organisierte Kriminalität zuständig. Klar, dass Rizzo als Leiter der Antimafia-Staatsanwaltschaft ein Auge auf den Fall haben würde.«

»Ach, jetzt plötzlich doch. Hast du nicht gerade noch gesagt, dass *von wegen Mafia und so* nichts damit zu tun hat? Nur ein Mord auf dem Transenstrich.«

»Rizzos Stellungnahme war eine bloße Formalität.«

»Und was ist eigentlich mit Alfonso Boncore?«, fragte Serena. »Der ist doch Chef der Familie von Partanna-Mondello, seitdem sein Bruder verhaftet worden ist.«

»Was hat der damit zu tun?«

»Mensch, Jerry, stell dich nicht blöder, als du bist.«

Sutera wusste genau, was sie meinte. Der Mord an Kampmann war auf Boncores Territorium begangen worden. Ohne seine Erlaubnis durfte kein pakistanischer Straßenhändler Feuerzeuge am Strand von Mondello verkaufen, geschweige denn ein deutscher Staatsanwalt ermordet werden. Und seit kurzem war Boncore verschwunden, untergetaucht, *flüchtig* – in Sizilien ein so alltägliches Phänomen, dass es wie eine Personenstandsangabe klang: *ledig/ verheiratet/ flüchtig.*

Und das war Sutera ehrlich gesagt sehr recht so. Die Suche nach Boncore war Aufgabe der Antimafia-Staatsanwaltschaft. Er hatte nicht die Absicht, sich von Serena Vitale wieder in eine Sache reinziehen zu lassen, an der er sich die Zähne ausbeißen würde. Als er sie gebraucht hatte, hatte sie nichts mit dem Fall zu tun haben wollen, und jetzt, wo alles sauber geklärt war, mischte sie sich plötzlich ein. Warum zum Teufel hatte sie Kampmanns Frau in Deutschland getroffen? Warum kümmerte sie sich nicht einfach um ihre Afrikaner?

»Wir haben Boncore unter Kontrolle«, sagte er.

»Tatsächlich.«

Sie ließ sich nicht so einfach abspeisen, also versuchte er es anders. »Sag mal, du als Spezialistin für Afrika …« Für Komplimente musste doch auch eine Serena Vitale empfänglich sein.

Selten hatte sie jemanden erlebt, der so schamlos auf seinen Vorteil bedacht war wie Jerry Sutera, dachte Serena. Vor zwei Tagen war ein Nigerianer mit Axthieben erschlagen worden. In der Via del Bosco im Ballarò, Palermos ältestem Markt. Jerry Suteras neuester Fall.

»Seit wann interessiert dich Afrika?«, fragte sie. »Willst du da Urlaub machen?«

»Was anderes traust du mir nicht zu?«

»Nein.«

»Diplomatie war noch nie deine Stärke«, sagte Jerry.

»Ich bin nicht für Afrika zuständig, sondern für Schlepper«, sagte Serena.

»Kannst du mir mal dieses komische Banksystem erklären?«

»Was für ein komisches Banksystem?«

»Huala oder wie das heißt.«

»Hawala.«

»Sag ich doch. Stimmt es, dass das der schnellste und geheimste Geldtransfer der Welt ist?«

»Ein Mann gibt einem Hawala-Banker in Benin-City tausend Euro, der schickt per WhatsApp eine Nachricht an einen anderen Hawala-Banker in Palermo, der eigentlich ein nigerianischer Friseur in Ballarò ist und bei dem der Schleuser jetzt die tausend Euro abholt. Fertig. Milliarden wandern in Lichtgeschwindigkeit durch die ganze Welt, ohne Spuren zu hinterlassen.«

»Wahnsinn. Von Benin-City nach Ballarò.«

»Ja, nur so als Beispiel.«

»Und das funktioniert?«

»Es ist ein Finanzsystem, das auf Vertrauen aufbaut, dem ältesten Kapital der Welt. Und darauf, dass derjenige, der dieses Vertrauen verspielt, nicht überlebt. So einfach wie überzeugend.«

»Du hast rein zufällig vom Ballarò gesprochen, oder?«

»Ja, rein zufällig.«

»Schon ein Ding, dass die Nigerianer das gesamte Drogengeschäft des Ballarò kontrollieren, im Herzen der Cosa Nostra. Vor ein paar Jahren wäre das undenkbar gewesen.«

»Jerry, ich …«

»Black Axe«, sagte Jerry mit Kennermiene.

Black Axe war ihre Ermittlung gewesen. Jerry sprach kein einziges Wort Englisch.

»Schon interessant, dass die Nigerianer jetzt als externe Dienstleister für die Cosa Nostra auftreten«, sagte Jerry.

Auch das war ein Satz aus ihrem Ermittlungsbericht über die nigerianische Mafia in Palermo. Aus Jerrys Mund klang er wie die Analyse eines erfolgreichen Unternehmensberaters, der über das geglückte Outsourcing der Cosa Nostra referierte.

»Jerry, das musst du mir nicht erklären, ich …«

»Neues entsteht nicht aus dem Nichts, sondern leitet sich aus dem Fundus des Vorhandenen ab«, sagte Jerry und grinste. Wie ein abgeklärter Poststrukturalist. »Es war ja diese … Verhaftungswelle, die bei der Cosa Nostra einen eklatanten Mangel an qualifizierten Mitarbeitern ausgelöst hat«, fuhr er fort. »Nicht mehr genug Soldaten da, die sich um jeden Winkel der Stadt kümmern konnten.«

Und wer hatte diese Verhaftungswelle ausgelöst? Wem war die Erkenntnis zu verdanken, dass die Mafiosi ganz beglückt waren, weil sich die Nigerianer sehr respektvoll benahmen, also ergeben unter dem Haus des Bosses warteten und ihn stets um Erlaubnis baten, bevor sie in einem Schuppen ihre Drogen lagerten?

Ach, egal, sagte sie sich und testete, ob der Heiligenschein der Madonna von Loreto noch funktionierte. Funktionierte nicht mehr. Ob Jerry wenigstens Kabel reparieren konnte? Wahrscheinlich nicht.

»Raus damit, Jerry.«

»Womit?«

»Was du genau von mir willst.«

»Ach, ich wollte dich nur fragen, ob du mir schnell den alten Haftbefehl der Staatsanwaltschaft Brescia rüberschicken könntest, in dem die Aufnahmeriten der nigerianischen Mafia beschrieben sind, bei der angeblich menschliches Blut getrunken wird und bizarre Beschwörungsformeln deklamiert werden.«

»Ich schau mal nach«, sagte sie in diesem Ton, von dem Jerry genau wusste, was er bedeutete: Ich werde einen Scheißdreck tun, mach deinen Kram alleine.

Natürlich hatte die Vitale den Grund seines Auftauchens schon gewittert, als er in ihrem Büro stand. Er würde einen Teufel tun, sich wieder in die Antimafia-Staatsanwaltschaft versetzen zu lassen, es war nervig genug, dass er jetzt wegen dieser beschissenen Axt-Geschichte schon wieder vor ihr katzbuckeln musste. Er stöhnte. Womit hatte er das verdient? Die Vitale war eben deutsch infiziert. Keine Flexibilität. Keine Nachsicht. Keine Spur von freundlichem Entgegenkommen. Nicht umsonst sagte man über die Deutschen, dass sie einen Nagel im Kopf hätten. Und dieser Nagel, der steckte auch in ihrem Kopf, da konnte sie ihm nichts vormachen.

Aus Verzweiflung fing er schließlich an, darüber zu referieren, wie erstaunlich einwandfrei die Zusammenarbeit der Cosa Nostra mit den Nigerianern lief, im Gegensatz zu der mit den Händlern aus Bangladesch und Ghana, die sich weigerten, Schutzgeld zu bezahlen, und die am Ende sogar zur Polizei rannten und Anzeige erstatteten. Und da sagte die Vitale doch allen Ernstes: »Hey, Jerry, habe ich dir eigentlich erzählt, dass dieser Kampmann hier in Palermo war, um wegen nigerianischer Banden zu ermitteln?«

Das war garantiert gelogen. Und genau das war das Perfide an der Vitale. Gerade hatte man sich damit abgefunden, eine deutsche Pedantin vor sich zu haben, da wurde man von ihr schon wieder über den Tisch gezogen. In ihr vereinten sich die schlechtesten Eigenschaften der Deutschen mit den schlechtesten der Italiener.

»Wirklich? Davon hat mir keiner was gesagt. Er war doch privat hier.«

»Tja, an deiner Stelle würde ich mal versuchen herauszukriegen, warum dir keiner was davon gesagt hat. Als ich in Köln mit seiner Frau gesprochen habe, hat sie mir das bestätigt«, sagte sie. Und weidete sich an seiner Überraschung.

»Verstehe ich nicht, Rizzo hat mir nichts davon erzählt und auch nicht dieser leitende Oberstaatsanwalt in Köln, an den ich meine Anfrage geschickt habe, und Kampmanns Frau auch nicht ...«, sagte er

»Ja, Kampmann ging es genau um diese Geschichte mit dem Menschenblut. Komisch eigentlich, dass er nicht mit dir in Kontakt gekommen ist«, sagte sie.

Natürlich war das gelogen. Aber scheiß drauf. Sie hatte die Schnauze voll von Typen wie Jerry. Typen, die keinen Ärger wollten. Die an ihrem Wochenende mit der heiligen Familie nicht gestört werden wollten.

12

Irgendwas mit *Barmherzigkeit* flog an ihm vorbei.

Der Priester sprach sein Gebet, Dino zog seine Mutter an sich und küsste sie aufs Haar.

Es war ein heißer Tag, die Julisonne traf Dino wie die Reflektion eines Brennspiegels, als er vor der Wand mit den Grabkammern stand. Die ganze Zeremonie sollte eine Stunde dauern. Länger als fünf Minuten würde er es hier nicht aushalten. Er legte den Arm um seine Mutter. Er hatte das Gefühl, als sei sie kleiner geworden, krummer, zarter – und abwesender. Am Morgen noch hatte er sie beobachtet, wie sie in der Küche am Fenster stand, sich auf den Tisch stützte und in die Ferne blickte. Als würde sie in sich hinein lauschen. Als bereite auch sie sich auf ihren Abschied vor.

Der Friedhof von Corleone war ein typisch sizilianischer Friedhof, etwas abseits vom Dorf an einer Haarnadelkurve gelegen. Nur wenige Zypressen gaben Schatten, überlebensgroße Marmorengel beugten sich mit Ölzweigen in den Händen über die Toten. Die Gräber waren mit Marmorplatten versiegelt, manche Platten waren stumpf, andere blank poliert. In den Vasen vertrockneten weiße Calla und orangefarbene Lilien. Selbst Plastikblumen verwelkten hier, die Sonne saugte das Grün aus den Blättern und das Rot aus den Blüten, bis nur noch gelbe Stängel übrig blieben.

Sein Bruder weinte, seine jüngste Schwester hatte ein verquollenes Gesicht und hielt sich an ihrem Lurch von Ehemann und ihren Kindern fest. Seine älteste Schwester war noch fetter geworden. Genau wie ihr Idiot von Mann. Hinter ihnen ein paar Cousins, zwei Nichten und Neffen. Und Totò, der sich im Hintergrund hielt. Dino hatte ihm in Palermo in der Via della Libertà schnell noch einen vernünftigen schwarzen Anzug gekauft.

Die Familie. Das gesamte *mandamento* Corleone. Die *famiglia* von Prizzi. Der *capomandamento* von Bagheria. Wobei der *capomandamento* von Porta Nuova eigentlich eine *capamandamento* war, eine fette Blondine mit breiter Nase, die das *mandamento* von ihrem Mann übernommen hatte. Er saß in Hochsicherungshaft und würde in den nächsten fünfzehn Jahren nicht rauskommen. Worüber sie nicht unglücklich zu sein schien. Sie alle waren in den Tagen vor der Beerdigung vor ihm defiliert, in ihren lächerlichen schwarzen Anzügen, in denen sie sich fühlten wie im *Paten*. Hatte nur noch gefehlt, das sie ihm die Hand geküsst hätten.

Don Rosario war aus Deutschland gekommen und betete Rosenkränze. Der Pfarrer von Corleone hatte die Urne seines Vater gesegnet und etwas Weihrauch geschwenkt, um den Teufel zu vertreiben.

Im Schlafzimmer roch es nach Lilien, abgestandenem Blumenwasser und nach seinem Vater. Seine Mutter hatte es in ein Totenzimmer verwandelt: Sie hatte seinen schönsten Anzug, sein schönstes Hemd und seine schönste Krawatte aufs Bett gelegt, einen Rosenkranz um den Ärmel gewunden und alles mit seinem Lieblingsparfüm besprengt, das nach Ambra und Maiglöckchen roch.

Einer nach dem anderen hatten sie sich vor dem Anzug verbeugt. Es folgte ein kurzes, verdrossenes Bekreuzigen, das mit einem Kuss auf den Daumen endete.

Die Urne mit der Asche stand auf einer Anrichte daneben, sie sah aus wie die Dose, in der seine Mutter gemahlenen Kaffee aufbewahrt hatte. Die Dose wurde von zwei ewigen Lichtern und einer Madonna flankiert. Wenn die Männer an ihr vorbeigingen, sah man ihnen an, dass sie sich vor dieser Dose fürchteten.

Neben der Urne stand ein in Silber gerahmtes Foto seines

Vaters, auf dem er lächelte. Sein Vater hatte immer gelächelt. Bis heute wusste Dino nicht, warum. Er hatte gelächelt wie ein Priester, entrückt und selbstgewiss zugleich, im Vertrauen auf das ewige Leben und die Milliarden, die er gebunkert hatte. Dino lächelte nie.

Natürlich waren sie gekommen, um sich ein Bild davon zu machen, worin Dino jetzt seine Rolle sehen würde. Ob er ihnen nützlich oder gefährlich wäre. Ob sie sich mit ihm verbünden oder ihn umbringen sollten. Die *capomandamenti* hatten ihm auf die Schulter geklopft. Diese Heuchler.

An der Friedhofsmauer stand eine pompöse Kapelle neben der anderen, sakrale Reihenhäuser. Seine Mutter hatte eine kleine, bescheidene Grabkammer gekauft, genau wie es dem Wunsch seines Vaters entsprach, der Pomp stets vermieden hatte, weil die Leute sonst neidisch und abweisend reagiert hätten. In Corleone lebten sie nicht in einer Villa mit goldenen Wasserhähnen wie andere Familien der Cosa Nostra, sondern in einem der schmalbrüstigen Häuser aus Feldsteinen, seine Mutter fuhr einen verbeulten Fiat Panda – und genau dafür war sein Vater geliebt, verehrt und auch versteckt worden.

Der Priester schob die Urne mit der Asche seines Vaters in die Grabkammer. Er stand auf einer schmalen Leiter, und der Wind fuhr in seine Soutane. Beim Herabsteigen trat er auf den Saum, geriet aus dem Gleichgewicht und fing sich erst in letzter Minute.

Weihwassertropfen flogen durch die Luft. Und die Tränen seiner Mutter. Die Kinder seiner Schwester schluchzten. Alle bekreuzigten sich. Und beteten ein Vaterunser.

Der Polizeipräsident von Palermo hatte eine öffentliche Beerdigung verboten. »Aus Sicherheitsgründen«, wie es hieß. Saruzzo Greco, der dem italienischen Staat treu gedient und dafür gesorgt hatte, dass sich eine ganze Generation von Politikern als tapfere Antimafia-Kämpfer verkaufen konnte, war tot und hatte seine Geheimnisse mit ins Grab genommen.

Der Mohr hatte seine Schuldigkeit getan.

So wie man es von ihm erwartet hatte.

Der Bischof rechtfertigte das Verbot der öffentlichen Beerdigung damit, dass Saruzzo Greco nicht verherrlicht werden solle. Dabei hätte ihm genau das zugestanden. Sein Vater hatte dafür gesorgt, dass wieder Ruhe eingekehrt war.

Après la pluie le beau temps.

Dank ihm hatte niemand die DNA-Spuren der Geheimagenten an den Gummihandschuhen, der Taschenlampe und dem Schlauch identifiziert, mit denen die Sprengstoffattentate auf die beiden Richter vorbereitet worden waren. Italien glaubte auch heute noch, dass ein halbes Dutzend Analphabeten in der Lage gewesen war, Sprengstoffattentate mit einer Präzision auszuführen, die selbst die Experten des CIA vor Neid erblassen ließ.

Regelmäßig waren Staatsanwälte im Gefängnis aufgetaucht und hatten versucht, seinen Vater zu überreden, auszupacken. Er hatte ihnen immer höflich zugehört und so freundlich genickt, als würde er ihr Ansinnen in seinem Herzen bewegen.

Für sein Schweigen hätte sein Vater ein Staatsbegräbnis verdient – das wussten alle, inklusive Präsident und Ministerpräsident. Stattdessen war Dino und seiner Familie verwehrt worden, seinen Vater noch einmal zu sehen, selbst als klar war, dass er die Nacht nicht überstehen würde.

Sie statuierten ein Exempel an Saruzzo Greco. Bis zu seinem letzten Atemzug. Obwohl sich das personifizierte Böse da schon lange in ein Gemüse verwandelt hatte, aus dem Schläuche gurgelnd den letzten Saft gesaugt hatten.

Sie hatten ihn nur kurz vor der Autopsie sehen dürfen, die feststellen sollte, dass sein Vater eines natürlichen Todes gestorben war.

Seine Mutter hatte ihn auf die kalten Lippen geküsst. Sein Bruder war zusammengebrochen.

Die Bürgermeisterin von Corleone hatte am Rathaus die Fahnen auf Halbmast setzen lassen – und direkt danach in alle Mikrophone gerufen, dass sie die Entscheidung des Polizeipräsidenten begrüße, eine öffentliche Beerdigung von Saruzzo Greco zu verbieten. Sie hatte versucht, ihre Haut zu retten. Dino hatte es ihr verziehen. Einer der Gemeinderäte von Corleone war wegen Mafiazugehörigkeit festgenommen worden, gestern war der gesamte Gemeinderat von Corleone wegen Mafia-Infiltration aufgelöst worden.

Als Dino den Kreuzgang passierte, bemerkte er zwischen zwei Zypressen ein bekanntes Gesicht. Diese Kerbe im männlichen Kinn. Die weißen Haare. Diese blauen Augen. Mit dem Gesicht hätte er auch Schauspieler werden können, hatte sein Vater immer gesagt.

Signor Claudio.

Es war ein Gesicht, das aussah wie in Stein gemeißelt. Als hätte er sich in sein eigenes Denkmal verwandelt. Dino blickte kurz in seine blauen Augen – Signor Claudio wich seinem Blick aus.

Signor Claudio war der Geheimagent, der seinem Vater ein Leben lang zur Seite gestanden hatte. Er hatte Dino bei seiner Entscheidung unterstützt, nach Deutschland zu gehen. Weil die Gesetze dort anders, verlässlicher waren. Sicherer. Besser für Investitionen geeignet. In Deutschland würde ihn niemand diskriminieren, hatte er gesagt, in Deutschland wäre er nichts als ein erfolgreicher italienischer Unternehmer. Er hatte angeboten, ihm einen neuen Pass zu besorgen. Auf den Nachnamen seiner Mutter.

Dino hatte abgelehnt.

Natürlich war Signor Claudios Rat nicht uneigennützig gewesen. Aus den Augen, aus dem Sinn.

Also hatte Dino das Archiv seines Vaters in drei verschiedenen Banken deponiert, in Genf, Andorra und Zürich: notarielle Akte, Verbindungen, Namenslisten, Mikrofiches und vergilbte Fotos. Für alle Fälle.

Dino stützte seine Mutter auf dem Weg vom Friedhof zurück zum Wagen. Schloss die Tür und sagte seinen Schwestern, dass sie nicht auf ihn warten sollten, er würde später nachkommen.

Er machte Totò ein Zeichen und ging zurück zum Grab seines Vaters. Jemand hatte einen in Zellophan gewickelten Nelkenstrauß in den Halter an der Grabplatte gesteckt, verziert mit einer Schleife, auf der stand: »Sei gewiss, dass du nicht allein bist.«

Dino schritt über den Kiesweg zum Kreuzgang. Signor Claudio erwartete ihn. Er lächelte. Und beobachtete den Friedhofswärter, der die Schleifen der Kränze für die nächste Beerdigung ordnete.

»Ich bin froh, Sie kurz sprechen zu dürfen«, sagte Signor Claudio lächelnd.

»Sie hätten uns erlauben können, ihn noch zu sehen, bevor er starb. Stattdessen wurde er sogar noch als Toter eskortiert, die Cosa-Nostra-Reality-Show musste ja einen würdigen Abschluss finden.«

»Ich verstehe Ihren Schmerz.« Signor Claudio blickte Dino mit einem Auge an und mit dem anderen an ihm vorbei. »Aber Sie müssen auch verstehen, dass uns nichts anderes übrig blieb.«

Sein Haar war noch weißer geworden. Der Rücken gebeugter. Immer noch trug er den Siegelring am kleinen Finger links und die goldenen Manschettenknöpfe, die ihm Dinos Vater einmal geschenkt hatte.

Diskret und verlässlich wie ein guter Geist hatte Signor Claudio über allem geschwebt. Über den *attentatuni*, wie Dinos Vater die Attentate an den beiden Richtern immer genannt hatte. Über den Ermittlungen danach. Über den parlamentarischen Ermittlungsausschüssen zu den *attentatuni* und bei den Anhörungen im Senat.

Zuletzt hatte es noch diese Staatsanwältin gegeben, die sich eingebildet hatte, die Verhandlungen zwischen Staat und Mafia in einem Prozess klären zu müssen. Dino hatte auf *Radio Radicale* gehört, wie Signor Claudio auf ihre Fragen geantwortet hatte. »Ich erinnere mich ganz genau«, hatte Signor Claudio gesagt. Dann: »Ich glaube mich erinnern zu können.« Und dann: »Wenn ich mich recht erinnere.«

Und: »Wenn ich mich nicht irre, scheint es mir, dass ...«, um sich schließlich, als ihn die Staatsanwältin fast in die Ecke gedrängt hatte, mit einem »Das kann ich heute, nach so vielen Jahren nicht mehr sagen« zu retten.

Damals, als die Familie Greco untergetaucht war, hatten sie eine Zeit lang in Rom gewohnt, in einer der Parallelstraßen der Via della Conciliazione, unweit des Petersplatzes. Dino war noch ein Kind und Signor Claudio ein junger Polizist irgendwo in Lazio, der für die Dienste arbeitete. Dino erinnerte sich noch genau daran, wie oft sich sein Vater mit Signor Claudio in einer Seitenstraße des Petersplatzes in einer Pizzeria getroffen hatte.

Als es seinem Vater bereits schlecht ging, hatte Signor Claudio seine Verhaftung koordiniert. Sie war das letzte Geschenk, das sein Vater dem italienischen Staat gemacht hatte. Im Gegenzug hatte ihm Signor Claudio garantiert, dass sein Besitz nicht angerührt werden würde.

Als Signor Claudio Dino geraten hatte, für kurze Zeit das Land zu verlassen, wusste er, dass es so weit war. Es war kurz vor Weihnachten, deshalb nicht ungewöhnlich zu verreisen. Seine Mutter fuhr mit seiner jüngsten Schwester zur ältesten Tochter nach Brindisi. Dino flog mit seinem Bruder nach Kapstadt, erledigte ein paar Geschäfte – sie waren kurz zuvor in das Diamantenbusiness eingestiegen – und lag mit einem bildschönen schwarzen Mädchen am Pool eines Hotels in Camps Bay, einem Mädchen, das frommer war als alle Mädchen aus Corleone. Sie erzählte Dino, dass sie einen Rosenkranz gebetet habe, als sie einmal in ihrem Township überfallen worden war. Vor dem Sex bekreuzigte sie sich. Sein Bruder lag mit einem schwarzen Jungen am Pool. Wenn ihr Vater das erfahren hätte, hätte er ihn wie eine Ziege zusammengebunden und umgebracht.

So gesehen war es tatsächlich ein Glück, dass Signor Claudio wenig später eine SMS mit guten Wünschen für das neue Jahr schickte.

Dino hatte in der südafrikanischen Sonne gelegen, auf die

Palmen geblickt, die sich im heißen Fallwind bogen, hatte zwei schwarze Vögel mit rotgeränderten Flügeln beobachtet, Vögel, die in den Palmen wohnten und deren Namen er nicht kannte, und gedacht: Ist es nicht kurios, im August alles Gute für das neue Jahr zu wünschen?

Einen Moment lang hatte er tatsächlich vergessen, dass die SMS das Zeichen für die Verhaftung seines Vaters war. Gemäß der Absprache mit Signor Claudio war sie von Polizisten seines Vertrauens *durchgeführt* worden.

Erst in diesem Augenblick war Dino wieder bewusst geworden, dass ihn ein elfstündiger Flug in diesen August katapultiert hatte, ans andere Ende der Welt. Keine Reise durch die Zeit, sondern nur durch den Raum.

Er war mit seinem Bruder nicht nach Corleone zurückgekehrt, wo Horden von Journalisten vor ihrem Haus kampierten, sondern nach Mailand. Sein Vater war ins Hochsicherheitsgefängnis von Opera gebracht worden. Alles war gelaufen wie geplant.

Und als es mit seinem Vater bergab gegangen war, hatte Signor Claudio Alessio Lombardo zum König gekrönt.

»Worum geht es?«, fragte Dino. »Sie sind sicher nicht hier, um mir Ihr Beileid auszusprechen.«

»Sie unterschätzen mein Mitgefühl, Dino. Das unterscheidet Sie von Ihrem Vater.«

»Die Zeiten haben sich geändert.«

»Ich bin froh, dass Sie meinem Rat gefolgt sind und nach Deutschland gezogen sind.« Signor Claudio richtete etwas nervös seine Manschettenknöpfe – oder erschien es Dino nur so, dass er nervös war? – und sagte: »Ich schätze Sie sehr, Dino. Ich habe Sie heranwachsen sehen und Ihrem Vater geschworen, dass ich die Hand über Sie halten würde. Ich bin froh, dass es Ihnen gelungen ist, in Deutschland Fuß zu fassen. Aber die Geschichte mit dem deutschen Staatsanwalt gefällt mir nicht.«

»Was für eine Geschichte?«, fragte Dino.

»Sie wissen, was ich meine.«

Wofür hielt er ihn? Für einen dieser Vollidioten, die noch an den großen Cosa-Nostra-Traum glaubten?

»Wenn Sie meine Geschäfte so aufmerksam verfolgen würden, wie Sie vorgeben, wüssten Sie, dass ich mich in anderen Dimensionen bewege.«

»Dino, bitte, machen wir uns doch nichts vor. Ihre Geschäfte laufen gut, solange Sie die Zügel in der Hand behalten. Sonst haben Sie ein Problem.«

Jetzt warf sich dieser deutsche Staatsanwalt schon wieder in seinen Weg. Dino hatte Totò bereits zigmal daran erinnert, die Sache zu klären – ohne dass dabei etwas herausgekommen wäre.

Signor Claudio lächelte. So wie ein Pfarrer lächelt, wenn ein Idiot vor ihm sitzt. Ein Idiot, der entweder tatsächlich nicht mitgekriegt hat, wer mitten in Palermo einen deutschen Staatsanwalt umgebracht hat. Oder der nur so tut, weil er weiß, dass seine eigenen Leute längst für jemand anderen arbeiten.

Der Friedhofsgärtner fegte den Weg vor den Grabkapellen und bewegte sich in ihre Richtung. Dino legte beschwichtigend seine Hand auf den Unterarm von Signor Claudio und sagte lächelnd: »Ich habe Sie immer geschätzt. So wie mein Vater auch. Die Situation ist unter Kontrolle. Vertrauen Sie mir.«

Angeblich war der deutsche Staatsanwalt von den Nigerianern umgebracht worden. War natürlich Schwachsinn. Das wusste Signor Claudio genau wie er. Die Nigerianer waren froh, dass sie mit der Cosa Nostra ins Geschäft gekommen waren, sie wären nie so leichtsinnig, die mühsam hergestellte Harmonie durch etwas zu gefährden, was man hier einen *exzellenten Kadaver* nannte.

»Ich will keinen Ärger.« Signor Claudio klopfte ihm auf die Schulter. Er lächelte. »Bringen Sie das in Ordnung, Dino. Möglichst schnell.«

Dino blickte ihm nach, wie er über den Kies zu seinem Wagen ging, leicht und elegant wirkte wie ein Jaguar und doch einer dieser Panzer war, dem man nicht ansah, wofür er gerüstet war. Ein Leibwächter hielt Signor Claudio die Tür auf.

Dino rief seinen Bruder an und gab ihm zu verstehen, dass die Familie nicht auf ihn warten müsse. Er schickte eine SMS an Alfonso Boncore und bestellte ihn in die Sakristei der Kirche Santa Teresa della Kalsa, zu Don Vito, wem sonst?

Als die Abtrünnigen immer zahlreicher geworden waren, hatte Don Vito den Bischof dazu gebracht, die verräterischen Mafiosi in seinem Hirtenbrief zu denunzieren: »Das Heer der *Pentiti* neigt dazu, sich zu vergrößern und sich auf Kosten des Staates zu mästen, eine Horde ganz gewiss nicht von Zöllnern, die sich mit gesenktem Blick gegen die Brust schlagen und Gott um Verzeihung bitten, sondern ein Heer von Pharisäern, die keinen Tag gefastet haben und die, ohne je den Zehnten gegeben zu haben, ein dreizehntes Monatsgehalt beziehen.«

Auf Don Vito war Verlass. Seit einiger Zeit kümmerte er sich auch um Flüchtlinge. Für die Caritas.

Als Dino Corleone verließ, färbte sich der Himmel ockergelb. Saharasand wirbelte durch die Luft. Es hatte leicht geregnet, die schmale Landstraße schillerte wie ein silbernes Band bis zum Horizont.

Sollte das sein ganzes Leben lang so weitergehen? So als hätte er nie existiert? Er war nichts als ein Nachname. Der Sohn von. Der ewige Kronprinz. Schon als Kind hatte er es gehasst. Die Präsentkörbe zu Weihnachten. Die bewundernden Blicke seiner Mitschüler. Wie sie sich darum geschlagen hatten, neben ihm zu sitzen.

Cosa Nostras Thronfolger – von dem man erwartete, dass er dafür sorgen würde, dass die Gesetze respektiert wurden.

Die Gesetze der Cosa Nostra gingen ihm am Arsch vorbei.

Und vor kurzem hatte ihn sogar der hochheilige Alessio Lombardo wegen des deutschen Staatsanwalts angerufen. Aus New York. Und ihn wie einen Schuljungen ermahnt. Ihm aus der wolkigen Höhe seines Fifth-Avenue-Apartments beschieden: »Kümmere dich darum, Dino. Sonst kümmere ich mich darum.«

Sie kamen schnell voran. Eine Zeit lang klebte Totò an der Stoßstange eines Geldtransporters. Kurz vor Mezzojuso hielt sie eine Baustelle auf. In Palermo fing es an zu regnen.

Don Vito umarmte Dino, sagte: »Mein Beileid, mein Sohn«, segnete ihn und führte ihn in die Sakristei, vorbei an der *Verzückung der heiligen Theresa*, auf die Don Vito so stolz war, weil Dinos Vater die Restaurierung bezahlt hatte. Alfonsos Kinn zitterte, als er Dino sah.

Alfonso Boncore war keine Leuchte. Anstreicher und seit neuestem Chef der *famiglia* von Partanna-Mondello. Die Cosa Nostra hatte Personalprobleme, seit längerer Zeit. Zur Verfügung standen nur durchtätowierte Idioten mit hängenden Hosenböden, die nicht mal einen Gemüsehändler einzuschüchtern vermochten.

Nur so war es möglich gewesen, dass eine Null wie Alfonso Boncore das *mandamento* übernommen hatte. Gut, dass sein Vater das nicht mehr erleben musste.

»Mein Beileid, Dino«, sagte Alfonso. »Ich habe deinen Vater ...«

Dino wandte ihm den Rücken zu. Strich über die am Schrank hängende Soutane, die Borte und die mit dem Lamm Gottes goldbestickte Stola (*Lamm Gottes, du nimmst hinweg die Sünde der Welt, erbarme dich unser*), zählte die Knöpfe, dreiunddreißig wie die dreiunddreißig Lebensjahre von Jesus Christus, bekreuzigte sich und sagte: »Mein Vater hat dich immer geschätzt.«

Eine Zauberformel, die immer funktionierte. All diese Idioten hatten ihr Leben lang danach gegiert, von seinem Vater wahrgenommen zu werden.

»Erzähl mir kurz, wie es gelaufen ist.«

Alfonso zog die Augenbrauen hoch. »Dino, es mag dir eigenartig vorkommen, aber ...«

Dino rückte näher an Alfonso heran.

Alfonso schüttelte den Kopf. »Ich habe Totò schon gesagt …«

»Was?«

»Dass ich dran bin.«

»Woran?«

»An den *turchi*«, antwortete Alfonso.

Fast hätte Dino ihn genommen und geschüttelt und gebrüllt: »Was für Scheißtürken?«, bis ihm wieder einfiel, dass für diese Null von Alfonso, der in seinem Leben nicht weiter als bis Catania gekommen war, alle Schwarzen Türken waren. Wie zur Zeit der Sarazenenschlachten.

»Ich meine … die Nigerianer«, stotterte Alfonso.

»Schon verstanden«, zischte Dino.

Die Luft war stickig in der Sakristei. Sie roch nach altem Mann, Weihrauch und nach Alfonsos Schweiß.

»Die Geschichte ist doch schon gelaufen. Die Ermittlungen sind eingestellt worden«, sagte Alfonso.

»Das ist mir scheißegal. Ich will keine Probleme.«

Danach ließ Dino sich von Totò ins Hotel Excelsior bringen. Später rief er seine Mutter an und erklärte ihr, dass er nicht nach Corleone zurückkehren würde. Geschäftliches.

Normalerweise hätte er sich jetzt beim Nachtportier zwei Huren, Langusten und Roederer Cristal Rosé aufs Zimmer bestellt. Das hier aber war Palermo. Er ging ins Restaurant im Erdgeschoss und aß im hellen Licht der venezianischen Kronleuchter eine Seezunge und trank dazu Mineralwasser ohne Kohlensäure. Am nächsten Morgen nahm er den ersten Flug zurück nach Köln.

Zum Abschied kniff er Totò in die Wange. »Bring das in Ordnung mit Alfonso. Ich zähle auf dich.«

13

Am Wochenende wurde die Blumenkohl-Bar zur Disco umfunktioniert, und die Polizisten machten die DJs, zusammen mit Francesca.

»Warum likest du dauernd die Posts von der? Und was hat dieser schleimige Kommentar von dieser Frau zu bedeuten: *Lass uns das bald wiederholen?*«, fragte Francesca in genau dem Moment, als Wieneke eine Erscheinung hatte.

Etwas sehr Blondes, Hochbeiniges schritt den Fasanenweg entlang. Richtung Blumenkohl-Bar.

Vorbei an der fleckigen Venus-Statue in Patschkowskis Parzelle, vorbei an der sorgfältig getrimmten Hecke des bosnischen Friseurs, vorbei an Kaminskis verblichener Deutschlandfahne über seinem nagelneuen gemauerten Grillofen.

Blieb stehen und fragte einen der Polizisten, der dem auf der Terrasse sitzenden Kaminski gerade ein Bier brachte: »Entschuldigung, ist das hier die Blumenkohl-Bar?«

»Exakt«, antwortete der Polizist.

»Und wo finde ich Widukind Wieneke?«

»Wie, Widukind?«, fragte dieser Vollpfosten, drehte sich zu dem Kollegen an der Theke und brüllte über die Terrasse durch den ganzen Saal: »Hey, Jochen, sag mal, heißt der Wieneke mit Vornamen Widukind?«

Francesca richtete sich auf. Wie eine Pythonschlange. Die ja im Unterschied zu anderen Schlangen Jäger sind. Das wusste Wieneke, seitdem er einmal eine Reportage in Mali gemacht hatte, diesem Schlangennest, das sich für Wieneke, der eine Schlangenphobie hatte, seitdem er als Kind auf eine

Blindschleiche getreten war, als härteste Bewährungsprobe seiner ganzen Karriere herausgestellt hatte. Jeder Idiot hatte ihm von seinen persönlichen Schlangenerlebnissen erzählt: Wie es war, als die Schwarze Mamba in das Bett der Schwiegermutter gekrochen war, wie die Baumschlange auf ihn gefallen war, wie sich die Pythonschlange am Straßenrand aufgerichtet und dem Steuereintreiber aufgelauert hatte, den sie von seinem Mofa heruntergezogen und verschlungen hatte.

Und genau so hatte sich Francesca jetzt aufgerichtet. Gleich würde sie anfangen zu zischeln.

»Hallo, Demiana«, sagte er heiser.

Francesca ließ sich zurück in die Hollywoodschaukel fallen. Und tastete nach ihrer Sonnenbrille.

»Was hat dich ins Ruhrgebiet verschlagen?«, fragte er, damit klar war, dass er an dem Auftauchen von Demiana völlig unschuldig war.

»Eine Fortbildung in Essen«, antwortete sie und beobachtete Francesca aus dem Augenwinkel. Flucht nach vorn war die einzige Lösung.

»Francesca, das ist Demiana, ich hatte dir von ihr erzählt«, sagte Wieneke. »Demiana, das ist Francesca.«

»Ich bin vorbeigekommen, weil ich dir etwas sagen wollte, und zwar besser persönlich ...«, sagte Demiana.

Was, verdammte Scheiße, sollte das denn jetzt? Persönlich? Was wollte sie von ihm?

Okay, er hatte versucht, sie zu küssen. Und sie hatte ihn von sich weggeschoben, vor ihrer Haustür in Kreuzberg. Etwas angeekelt, wenn er ehrlich war. Zumindest war ihm das so vorgekommen. Nicht, dass sie es sich jetzt anders überlegt hatte. Ausgerechnet jetzt, wo diese Pythonschlange da auf der Hollywoodschaukel saß.

»Ich wollte am Telefon nicht darüber reden«, erklärte Demiana.

Wieneke blickte hilflos zu Francesca. Die rührte sich nicht vom Fleck.

Er lächelte kraftlos. Wenn doch wenigstens einer von den Bullen käme … aber keine Spur. Verdammt. Sonst klebten die an Francesca, jetzt ließ sich niemand blicken. Standen alle auf der Terrasse und quatschten.

Francesca stand auf. Wenn sie jetzt wegging, würde er sie nie wieder sehen, das war klar.

»Was Persönliches?«, fragte er und wünschte sich, dass eine von Kaminskis Rekord-Zucchini vom Himmel fallen und ihn erschlagen würde.

»Nein, ich hatte Bedenken, darüber am Telefon zu sprechen. Es geht um den Betreiber unseres Flüchtlingsheims«, sagte sie und blickte zu den Bullen hinüber.

»Alles Vertrauenspersonen«, sagte Wieneke großspurig und ein wenig genervt. Denn anstatt endlich die auf der Terrasse sitzenden Fans des VfB Bottrop zu bedienen, starrten sie alle Demiana an – ohne sich vom Fleck zu rühren.

»Ich meine, du warst doch auf der Suche nach einer Geschichte …«, sagte Demiana.

Hoffentlich würde sie nicht wieder von den verstopften Toiletten und kaputten Waschmaschinen anfangen. Oder von den Anwerbeversuchen der Islamisten. Frauen hatten immer komische Vorstellungen davon, was eine Geschichte war und was nicht.

Francesca setzte sich wieder hin. Und fing an, in ihrer Tasche herumzukramen.

»Du erinnerst dich, als du da warst, kam es doch zu diesem Zwischenfall mit dem privaten Sicherheitsdienst«, sagte Demiana.

Wieneke straffte sich. »Ja, dieser Tanzbär, der für die Stasi-Sicherheitsdienste arbeitet.«

»Für armenische Mafiosi«, sagte Demiana.

»Ja, okay«, sagte Wieneke etwas unwillig. Zu entscheiden, wer oder was ein Mafioso war, fiel in seinen Aufgabenbereich. Das war kein Sozialkram. Sondern Recherche. Aber gut.

»Er und seine Kollegen haben einen Libyer misshandelt.«

Misshandelt. Großes Wort. Ein Flüchtlingsheim ist kein Ponyhof. Und er war kein Sozialarbeiter, sondern Investigativjournalist.

»Was heißt misshandelt?«

»Die haben ihn völlig grundlos zusammengeschlagen. In der Dusche. Wir haben die Polizei gerufen, aber die Armenier haben sich natürlich rausgeredet.«

Klar, was sonst.

»Eine Frau von der Flüchtlingsinitiative hat schließlich Anzeige erstattet.«

»Gut«, sagte Wieneke. Sollte das etwa alles gewesen sein?

»Er wurde abgezogen. Um sofort danach in einem Flüchtlingsheim in Köln eingesetzt zu werden.«

»Okay«, sagte Wieneke.

»Wir haben daraufhin das Handelsregister geprüft. Hinter Homeland & Comfort verbirgt sich ein ganzes Firmengeflecht.«

»Ist ja nicht unüblich«, sagte Wieneke. Laien als Investigativreporter. Kam selten was dabei raus.

»Mensch, hast du eine Ahnung, was man mit den Flüchtlingen verdient? Millionen!«, sagte Demiana und fing an herumzurechnen, soundso viel Euro pro Tag und Flüchtling, wobei sie sich natürlich sofort verrechnete. Zahlen waren ja bekanntlich keine Stärke der Frauen. Francesca verrechnete sich auch dauernd, sie verwechselte Millionen mit Milliarden und versuchte sich immer damit herauszureden, dass eine Milliarde Lire in Italien so viel waren wie früher eine Million Dee-Mark – und wenn er sich darüber lustig machte, rechtfertigte sie sich damit, dass Summen, die über ihrem monatlichen Verdienst lagen, ihre Vorstellungskraft überstiegen. Dass sie also praktisch bei allem, was über zweitausend Euro hinausging, zu denken aufhörte.

Demiana fing an zu fabulieren, von Gesellschaftern und Teilgesellschaftern und vom Landesamt für Flüchtlingsangelegenheiten: »... und eine Firma gehört sogar dem

Neffen des Behördenchefs. Wir haben das dem *Tagesspiegel* gesteckt …«

Wieneke zuckte zusammen. Wie bitte?

»… aber der hat nichts gemacht, weil der Prüfungsbericht nichts Belastbares gebracht hätte. Aber wenigstens fing die Staatsanwaltschaft an zu ermitteln. Wegen Korruption.«

Und so ging es weiter, sie brachte auch noch Gewinn und Umsatz und Vermögen durcheinander, auch das kannte er schon von Francesca, die von Wirtschaft keinen Schimmer hatte, und es sich inzwischen wieder auf ihrer Hollywoodschaukel bequem gemacht hatte. Sie tippte auf ihrem iPhone herum, wodurch Wieneke sich aber nicht hinters Licht führen ließ. Jede Wette, dass ihr kein Wort, kein Blick, keine Handbewegung von Demiana entgangen war.

Er erstarrte, als sich Demiana direkt an Francesca wandte und, wie er fand, reichlich plump sagte: »Sie kennen das doch sicher aus Italien.«

Wieneke hielt den Atem an.

»Was?«, fragte Francesca und richtete sich auf. Ganz die Python.

»Die Korruption.«

»Ich komme aus Palermo. Da ist man schwer zu beeindrucken«, antwortete Francesca.

Kaltes Glitzern in ihren Augen. Und Demianas Augen hatten sich in zwei graue Kieselsteine verwandelt.

»Wir wollen hier doch nicht gleich alle Italiener unter Generalverdacht stellen«, hörte er sich sagen.

»Nein, nein«, beeilte sich Demiana zu versichern, »ich meine ja nur, in Ägypten war das natürlich noch schlimmer – da kriegt man keinen Personalausweis, ohne einen Beamten zu bestechen. Aber wenn man das einmal am eigenen Leib erlebt hat, ist man vielleicht etwas misstrauischer als die Deutschen.«

Und was sagte Francesca? Die lachte und sagte: »Mann, Wiwi, erzähl doch nicht so einen Mist.«

Das war doch nicht zu fassen.

»Was heißt denn hier Mist?«

»Generalverdacht? Das ist doch Quatsch. Demiana hat von Korruption geredet.«

Demiana lächelte. Das war der Gipfel.

»Die Mafia verdient mit den Flüchtlingen mehr als mit dem Drogenhandel, das ist doch bekannt«, fügte Francesca hinzu.

»Wo ist das denn bekannt, bitte?«

»Also in Italien ist das total bekannt. Da weiß das jedes Kind.«

»Aber Italien ist nicht Deutschland«, sagte Wieneke.

»Oh, jetzt wieder diese Nummer? Deutscher Rechtsstaat und so weiter? *Notte.*« Sie deutete ein Gähnen an.

Demiana lächelte immer noch. Warum eigentlich? War das jetzt eine Übersprungshandlung? Irgendwie idiotisch, dieses Lächeln. Völlig überflüssig.

»Ich meine, du hast mir doch neulich erst von diesem deutschen Staatsanwalt erzählt, der in Palermo ermordet wurde«, sagte Francesca.

Wieneke stöhnte auf. »Wie kommst du denn jetzt da drauf?«

»Weil es zumindest merkwürdig ist, wenn ein deutscher Antimafia-Staatsanwalt ausgerechnet in Palermo ermordet wird.«

»Ja, vor allem, wenn dieser Antimafia-Staatsanwalt nach Palermo fährt, um auf dem Straßenstrich eine afrikanische Transe zu vögeln.«

»Woher weißt du das? Aus der *Bild*-Zeitung?«

»Mensch, Francesca.«

»Ja, was?«

»Ich weiß nicht, wie du ausgerechnet jetzt auf diesen Staatsanwalt kommst. Wir reden hier über ein etwas komisches Firmengeflecht, das Flüchtlingsheime betreibt …«

»Na ja, komisch ist vielleicht nicht der richtige Ausdruck«, mischte sich Demiana ein.

Wieneke warf ihr einen bösen Blick zu. »… und du kommst hier mit solchen Räuberpistolen an.«

»Also früher konntest du nicht genug kriegen von diesen Räuberpistolen«, sagte Francesca.

Das war ein Schlag unter die Gürtellinie. Klare Anspielung auf die Geschichte damals, sein glückloses Interview mit dem Mafiaboss. Wahrscheinlich würde sie ihm das noch die nächsten zwanzig Jahre unter die Nase reiben.

»Ich verstehe den Zusammenhang nicht.«

Nicht, dass es ihm nicht in den Fingern gejuckt hätte, als er über den Mord in Palermo gelesen hatte. Er hatte tatsächlich mit dem Gedanken gespielt, sich die Recherche selbst zu finanzieren. Billigflug und Billighotel für Francesca und ihn. Aber dann hatte ihm einer von den Bullen gesteckt, dass die Ermittlungen abgeschlossen seien, was vor allem die Staatsanwaltschaft Köln erleichtert habe, weil das eine superpeinliche Geschichte war, über die niemand außer der *Bild*-Zeitung ein Wort verlieren wollte. Ende der Recherche.

»Möchtet ihr vielleicht einen Prosecco?«, fragte er.

»Ach, mir wäre ein Campari lieber«, sagte Francesca.

Natürlich. Extrawurst.

»Was war das für eine Geschichte mit dem deutschen Staatsanwalt?«, fragte Demiana.

»Ach, das war so eine Sexgeschichte«, antwortete Wieneke.

»Heißt es«, korrigierte ihn Francesca, die wieder auf ihrem Telefon herumwischte.

Jetzt wischte auch Demiana herum.

Zwei Frauen, die auf Investigativreporter machten.

»Francesca, ich habe meine Quellen. Und von denen weiß ich, dass die Ermittlungen beendet sind. Außerdem müssen wir darauf achten, dass wir uns jetzt nicht verzetteln.«

»Und du …«

»Ich kümmere mich darum.«

Endlich servierte der dünne Polizeianwärter die Getränke. Francesca prostete Demiana zu. Und sagte: »Mach dir nichts draus. Manchmal muss man Wiwi zum Jagen tragen.«

Zwei Wochen später rief Demiana wieder an. Und sagte ihm, dass man ihr Auto angesteckt hatte.

In derselben Nacht hatte Wieneke zum ersten Mal seit langem wieder Sex mit Francesca.

Und was für Sex.

14

E s war der erste Abend, der nach Sommer roch. Die Terrasse der Focacceria San Francesco war fast voll besetzt. Serena hatte vier Stunden im Abhörsaal und zehn Stunden vor ihrem Computer verbracht und wollte sich mit einem Abendessen belohnen. Ein Abendessen im Freien. So wie andere Leute auch. Also nicht drinnen im Restaurant mit dem Rücken zur Wand und dem Blick zur Tür, sondern mitten auf dem Platz sitzend, mit Blick auf die Fassade von San Francesco im Abendlicht, inmitten von Tellergeklapper, klirrenden Gläsern und den Schreien der Schwalben im Sturzflug. Zu irgendwas musste es ja gut sein, dass ihre Leibwache halbiert worden war, seitdem sie sich mit Schleuserbanden beschäftigte. Geblieben waren nur ihr langjähriger Leibwächter Mimmo und Lollo, ein alter Carabiniere kurz vor seiner Pensionierung.

Als Serena aus dem Auto stieg, blickten alle Gäste der Focacceria auf sie. Jeder in Palermo hatte einen Blick für die Limousinen der Staatsanwälte, für das Blaulicht, das nach Bedarf auf das Dach gesetzt werden konnte, für die gepanzerten Türen, für das satt klingende Geräusch der Türen, wenn sie ins Schloss fielen, für die zerstreut wirkenden Männer in Safarijacken und zerrissenen Jeans, die sich scheinbar absichtslos etwas abseits hielten.

Gleich würde es losgehen, dachte Serena. Gleich würde irgendein Idiot eine Bemerkung fallen lassen über die Kosten für die Leibwächter, für die Limousinen: Der Staat im gepanzerten Gehäuse, so sah es von außen aus.

Und neulich war der Staat mitten auf der Strecke zwischen Palermo und Caltanissetta liegen geblieben, weil der Auspuff abgefallen war. Die Fensterheber funktionierten nicht mehr, und die Tür hinten rechts klemmte etwas, weil das Blech am Scharnier verrostet war.

Sie blickte weder nach rechts noch nach links, als sie dem Kellner über den Platz zu einem freien Tisch folgte. Sie fragte Mimmo nur, ob sie ihm ein Stück *Sfincione* bringen lassen sollte. *Sfincione* war Mimmos Lieblingsspeise, dick und belegt mit Sardellen, Tomaten, Caciocavallo, Oregano.

»Nein danke, Dottorè«, sagte Mimmo, »ich esse lieber ein Reisplätzchen.«

Serena blickte ihn kurz von der Seite an und versuchte, sich nichts anmerken zu lassen. Bis vor kurzem hatte Mimmo zu den wenigen Männern gehört, mit denen sie sich angeregt über Essen unterhalten konnte. Über die Wonnen bissfester *penne* mit Zucchini, Thunfisch, feingehackten Kapern, Oregano und wenigen Tropfen kaltgepressten Olivenöls aus Syrakus. Über die rätselhafte Abneigung mancher Menschen gegen Oregano. Über die Schwierigkeit, in Palermo eine wirklich gute Tomatensauce mit Basilikum vorgesetzt zu bekommen. Und jetzt: Reisplätzchen.

»Ich will dir nicht zu nahe treten, Mimmo, aber du hast neuerdings etwas Fundamentalistisches an dir.«

»Ich versuche nur, bewusster zu essen. Um wieder in Form zu kommen.«

»Früher hast du über den Unterschied zwischen Sizilianerinnen und Lombardinnen geredet, heute redest du über verdauungsfördernde Joghurts.«

Seitdem Mimmo eine Ernährungsberaterin hatte, verteufelte er Gluten, Laktose und Kohlehydrate wie eine kriminelle Vereinigung.

»Ich finde, dass du etwas hager geworden bist, Mimmo«, sagte Serena. »Sieht sie gut aus?«

»Wer?«

»Deine Ernährungsberaterin.«

»Ja, wieso?«, fragte er und grinste, was ihn noch zerknitterter aussehen ließ.

»Normalerweise nimmt man so viel in so kurzer Zeit nur ab, wenn man verliebt ist.«

»Ich hätte einen Wahnsinnsmetabolismus, hat sie gesagt«, erklärte Mimmo stolz.

»Tatsächlich«, sagte Serena. Männer kriegten es hin, sich sogar etwas auf ihren Stoffwechsel einzubilden.

»Aber sie hat sich Sorgen gemacht, weil ich in zwei Wochen so viel abgenommen habe wie andere in einem Monat. Deshalb hat sie den Ernährungsplan noch mal überprüft.«

»Und?«

»Der war okay.«

»Aber?«

»Meine Mutter.«

»Was hat die damit zu tun?«

»Sie hat sich nicht an die Mengenangaben gehalten. Hat einfach nur die Hälfte genommen. Also nur zwanzig Gramm Pasta anstatt vierzig. Noch etwas länger, und ich wäre verhungert.«

»Also hat dir deine Ernährungsberaterin praktisch das Leben gerettet?«

Mimmo nickte. Und blickte auf vier junge Frauen, die am Nebentisch kichernd Patiencen legten. Mit Kamasutra-Karten, wie Mimmo mit Kennerblick feststellte.

»Wenigstens das ist dir nicht entgangen, ich bin erleichtert«, stichelte Serena und vertiefte sich in die Speisekarte.

Sie bestellte Couscous mit Auberginen und Zucchini. Und Schwertfisch mit Oliven, Kapern, Tomaten und Minze. Und *panelle* natürlich, mit zwei Tropfen Zitrone, schon bei dem Gedanken daran lief ihr das Wasser im Mund zusammen. Wahrscheinlich war das Sublimierung. Schwertfisch statt Sex. An Sex konnte sie sich kaum mehr erinnern. An Schwertfisch schon. Den hatte sie erst letzte Woche in Mondello gegessen. Andere Leute formten ihre sexuelle Energie zu Kunstwerken um, bei ihr kamen nur Haftbefehle, Rechtshilfeersuchen und Abhörgenehmigungen raus. Wenn sie aus dem Justizpalast kam, reichte ihre Energie gerade noch dafür, sich aufs Bett zu werfen, ihre Tageszeitungen aufs iPad herunterzuladen und drei Seiten in einem deutschen Roman zu lesen, bevor sie mit dem iPad in der Hand einschlief. Sie las meistens auf Deutsch, fragte sich aber, ob das vielleicht der Grund war, weshalb sie immer dabei einschlief.

Wann war das gewesen, als sie in Madrid an einem Kongress zum Thema Schlepperkriminalität teilgenommen hatte und sie ein junger, gut aussehender Polizist so massiv angeflirtet hatte? Lichtjahre. Ein Augenaufschlag hätte gereicht – wenn er ihr nicht diese SMS geschrieben hätte, in denen stand, wie sehr er sie bewundere, wegen ihres Muts und ihres unerschütterlichen Kampfs und ihrer Integrität und so weiter und so fort, und schon war die erotische Spannung wie der Staub verpufft, in den der Riesenbovist zerfällt, wenn man auf ihn tritt.

Sie trank ein Glas Inzolia und klickte in ihren WhatsApp-Nachrichten herum. Sex war erwiesenermaßen die einzige Möglichkeit, der Wirklichkeit zu entkommen, sie aber konnte sich nicht mal aufraffen, einem ihrer verflossenen Liebhaber eine winzige Anzüglichkeit per SMS zu schicken.

Der langjährigste ihrer Liebhaber, der pathetische Herzchirurg, hatte ihr allen Ernstes per WhatsApp ein Foto von sich geschickt. Ohne Worte. Wie ein Pennäler. Gott sei Dank nicht nackt, das hätte sie nicht ausgehalten. Ein Foto von sich, auf der Terrasse seines Hauses auf Levanzo stehend. Anzugjackett ohne Krawatte und Jeans, als Zeichen für Lässigkeit. Normalerweise sind nur Frauen so blöd, Bilder von sich zu verschicken. Sie hatte lange darüber nachgedacht, was dieses Foto bedeuten sollte. Sie hatte mit ihm nie Vertraulichkeiten ausgetauscht. Wollte er sich ihr in Erinnerung rufen?

Als sie sich das Hirn zermarterte, um irgendwas Ironisches zu antworten, baute sich Jerry Sutera vor ihrem Tisch auf. In der Hand ein erloschener Zigarillo.

»Wusste doch, dass ich dich hier finden würde. Gestatten?«

Ohne Serenas Antwort abzuwarten, redete er auf *palirmitanu* auf die Leute vom Nebentisch ein – vier amerikanische Kreuzfahrttouristen in Kreuzfahrttouristenbermudashorts, mit Kreuzfahrttouristenbaseballkappen und Kreuzfahrttouristensneakers, wunderte sich, dass sie ihn nicht verstanden, und klaute ihnen einen Stuhl.

»Ich fasse es nicht«, sagte Serena.

»Ungewöhnlich, dich hier so allein zu sehen«, sagte Jerry.

»Nicht wirklich allein«, entgegnete Serena, blickte zu Mimmo und Lollo herüber und sah, dass Lollo im Begriff war, über seinem Smartphone einzunicken.

»Aber wenn man an die Armee denkt, die dich sonst begleitet hat, ist das hier natürlich nichts.«

Der Kellner kam an den Tisch, servierte die *panelle*, träufelte ein paar Tropfen Zitronensaft darüber und fragte Jerry, ob er noch ein Gedeck und eine Speisekarte bringen sollte.

»Nein danke, nicht nötig, ich habe schon zu Abend gegessen«, sagte Jerry und fischte sich mit einem Zahnstocher zwei *panelle* von ihrem Teller.

»Du weißt schon, dass frittiertes Kichererbsenmus schwer verdaulich ist«, sagte Serena.

»Und warum isst du es dann?«

»Weil ich mich seit Wochen von watteweichen Sandwichs ernährt habe, die Mimmo mir aus der Bar unten geholt hat. Du bist aber sicher nicht hergekommen, um mir meine *panelle* aufzuessen und mit mir über meine Leibwächter zu reden. Was ist mit deinem Fall?«

»Was für ein Fall?«, fragte Jerry.

»Dein deutscher Staatsanwalt. Schon verdrängt?«

»Abgeschlossen. Bis jetzt gab es keine neuen Erkenntnisse.«

»Und Boncore? Habt ihr den noch unter Kontrolle?«

»Ja, klar.«

»Und dass er verschwunden ist, findet ihr normal?«

»Wir haben mit seiner Frau gesprochen, aber da ist nichts. Der Maresciallo hat ein Protokoll gemacht. Hier.« Stolz zog er aus seiner Tasche ein Protokoll hervor und schob es über den Tisch: *Erklärung von Angela Costa, Ehefrau von Boncore, Alfonso.*

Serena überflog das Verhörprotokoll.

Maresciallo: »Können wir mit Ihrem Mann sprechen?«

Ehefrau: »Leider nicht, mein Ehemann ist seit einigen Tagen unterwegs.«

Maresciallo: »Ist er verreist?«

Ehefrau: »Nein, er ist wegen seiner Arbeit unterwegs.«

Maresciallo: »Und wann kommt er zurück?«

Ehefrau: »Er hat mir nicht gesagt, wann er zurück kommt.«

Maresciallo: »Aber Sie werden doch sicher seine Telefonnummer haben.«

Ehefrau: »Nein, habe ich nicht.«

Maresciallo: »Aber irgendwie müssen Sie ihn doch erreichen können.«

Ehefrau: »Mein Mann ist mit seiner Arbeit sehr korrekt und zurückhaltend. Er nimmt sich keine Vertraulichkeiten heraus.«

Maresciallo: »Nicht mal Ihnen gegenüber?«

Ehefrau: »Nicht mal mir gegenüber.«

Serena schob das Protokoll wieder zurück.

»Der Bruder und seine Mutter haben genau dasselbe geantwortet«, sagte Jerry.

»Das ist jetzt nicht dein Ernst, oder, Jerry?«

Er blickte sie mit seinen großen braunen Kälbchenaugen an – und sie fragte sich, was mit Jerry passiert war seit dem Tag, als sie zusammen am Sarg ihres Richters gesessen und Totenwache für ihn gehalten hatten. Damals hatten sie beide zum ersten Mal eine Richterrobe getragen. Sechsundfünfzig Tage zuvor hatte ihr Richter am Sarg seines ermordeten Kollegen eine Rede gehalten – in der er vom *Gestank des moralischen Kompromisses* geredet hatte.

»Wieso, nicht mein Ernst?«, fragte er.

»Du hast doch nicht ernsthaft erwartet, dass dir eine Mafiafrau sagt: Ja, es stimmt, mein Mann ist ziemlich sicher von seinen Freunden umgelegt worden?«

Jerry stöhnte. Genau das war es, was ihm Angst machte. Ihre scheiß Kompromisslosigkeit. Ja, ja, selig sind die, die reinen Herzens sind, denn sie werden Gott schauen.

Aber mehr auch nicht. Die mit dem reinen Herzen haben es nie weit gebracht. Die Geschichte war voll von Puristen, die auf der Strecke geblieben waren. Da musste man sich nichts vormachen. Er ärgerte sich. Eigentlich war er nur vorbeigekommen, weil er sich von ihr ein wenig Hilfe bei seinen Ermittlungen rund um die nigerianische Mafia erhofft hatte, und jetzt hatte sie sich wieder in die Geschichte mit dem toten deutschen Staatsanwalt verbissen.

»Isst du den Schwertfisch etwa nicht auf?«, fragte Jerry.

»Nein«, antwortete Serena und schob den Teller über den Tisch. Er zog ihn zu sich heran.

Während sie ihn dabei beobachtete, wie er den Schwertfisch aufaß, dachte sie daran, wie sie vor einigen Jahren Boncores Frau zusammen mit ihrer Schwiegermutter im Gerichtssaal erlebt hatte. Boncore war wegen Drogen verhaftet worden. Keine große Sache, am Ende kamen nur vier Jahre für Boncore raus, die später wegen guter Führung auf zwei verkürzt wurden. Serena erinnerte sich so genau an diese beiden Frauen, weil Boncores Anwalt am Ende jedes Verhandlungstags gefragt hatte, ob die Mutter ihren Sohn grüßen dürfe. Boncores Mutter saß neben Boncores Frau, vermutlich, um ihr beizubringen, wie sich eine Mafiafrau im Gerichtssaal anständig zu benehmen hat. Die Mutter trug dicke, elastische Stützstrümpfe, die man sehen konnte, weil sie breitbeinig auf der Bank saß, mit zwischen den Beinen gerafftem Rock. In der Hand hielt sie einen Fächer mit dem Panorama von Taormina.

Ihre Schwiegertochter trug ein enges, dunkelblaues Nadelstreifenkostüm, darunter eine weiße Bluse: eine vollbusige Schönheit mit Tigeraugen. Olivbraune Haut, schwarze

Locken. Sehr schön und sehr beherrscht. Im Unterschied zu ihrer Schwiegermutter.

Als Boncore zu vier Jahren Haft verurteilt wurde, ein lächerlich mildes Urteil, hatte die Mutter »Und das nennt sich Gerechtigkeit?« geschrien, und: »Wo ist die wahre Gerechtigkeit, wo ist sie?«, und: »Schande, Schande!« – das übliche Spektakel einer Mafiafrau.

Ihre Schwiegertochter hatte mit eigentümlich unbeteiligtem Blick dagesessen.

»Sag mal, du als Spezialistin für Flüchtlinge, du weißt doch bestimmt auch Bescheid über Flüchtlinge, die mit Prostitution zu tun haben?«, fragte Jerry.

»Nigerianer?«

»Nein, Iraker. Genauer gesagt, ein bestimmter Iraker. Neulich ist Don Vito in der Questura aufgetaucht und hat uns auf einen Iraker aufmerksam gemacht.«

»Don Vito? Der Pfarrer aus der Kalsa?«

»Ja, genau der. Der ist doch jetzt auch für die Flüchtlinge in dem Lager in Brancaccio und in dem Heim in Bagheria zuständig. Auf jeden Fall ging es um einen Iraker, Mustafa irgendwas, den Don Vito in Verdacht hat, einen Prostituiertenring mit Flüchtlingsfrauen aufgebaut zu haben. Und da dachte ich, dass das vielleicht interessant wäre. Ich meine wegen des ermordeten Nigerianers neulich. Vielleicht kam es zu einer Konkurrenz zwischen Zuhältern.«

»Ich habe noch nie von irakischen Flüchtlingen gehört, die etwas mit Prostitution zu tun haben.«

»Du bist ja auch nur für Afrikaner zuständig …«

»Was mich viel mehr interessiert, ist die Geschichte von Boncore. Der ist ausgerechnet an dem Tag verschwunden, als Dino Greco zur Beerdigung seines Vaters in Palermo war«, sagte Serena.

»Ja, aber das heißt doch nichts. Ich meine: Selbst wenn Boncore tatsächlich ermordet wurde, wofür wir keinerlei Beweise haben, bedeutet das noch lange nicht, dass ausgerechnet Dino Greco für den Mord verantwortlich ist«, sagte Jerry und blickte hilfesuchend zu dem Kellner, bei dem er sich eine Crème Caramel bestellte.

»Und dass Dino Greco in Deutschland groß ins Flüchtlingsgeschäft eingestiegen ist, bedeutet auch nichts?«

»Er hat keine Vorstrafen.«

»Weil meine Ermittlungen archiviert worden sind.«

»Mein Gott, Serena, das passiert hier andauernd.«

»Dino Greco investiert das Geld seines Vaters in Deutschland – und für dich ist er nur ein besonders erfolgreicher Geschäftsmann?«

»Nein, aber das heißt doch nicht, dass er deswegen in den Mord an Kampmann involviert ist.«

Sie spürte, wie ihr Herz schneller schlug, und es in ihren Eingeweiden rumorte, wie immer, wenn sie den Namen Greco aussprach. Als sie mit Jerry neben dem Sarg ihres Richters gesessen hatte, hatte Saruzzo Greco, Dinos Vater, die »gelungene Aktion« mit Champagner gefeiert, so wie alle ihm zu Dank verpflichteten Minister, Staatspräsidenten, Senatoren, Carabiniere-Generäle, Freimaurer, Geheimdienstagenten und Gefängnispfarrer auch.

Danach hatte Saruzzo Greco die Cosa Nostra wie ein weiser Staatsmann zu neuem Glanz geführt, sie wieder in der Unsichtbarkeit verschwinden lassen und seine Kinder zu würdigen Erben erzogen. Die heute noch das Blut vom Geld ihres Vaters wuschen.

»Eines von Grecos Unternehmen heißt Homeland & Comfort. Deutsche Strohmänner. Ein Notar in Hamburg regelt alles.«

Jerry blickte nicht auf, sondern zerteilte sorgsam den geschmolzenen Zucker auf der Crème Caramel.

»Ich habe mich gefragt, warum Dino Greco nicht schon früher nach Deutschland gegangen ist. Warst du nicht selbst dabei, als die Fahndungseinheit Saruzzo Greco regelmäßig Betriebsausflüge nach Leverkusen machte, wo Grecos Bruder lebte?«

»Ja, aber es war vergeblich«, antwortete Jerry.

»Natürlich, vergeblich, wie auch sonst, wenn es sich um Saruzzo Greco handelte«, sagte Serena. »Bei Saruzzo Greco war alles vergeblich. Aber immerhin haben seine Söhne bei ihrem Onkel die Sommerferien verbracht und Deutsch gelernt. Kenntnisse, die Dino Greco jetzt, seitdem auch die Cosa Nostra unter der Wirtschaftskrise in Italien leidet, sicher nützlich sind. Zumal die Lage hier sich vorerst nicht bessern wird.«

Jerry löffelte weiter schweigend seine Crème Caramel und kratzte sorgsam die letzten Reste vom Porzellan.

»Für ihn war es sicher die beste Lösung, nach Deutschland zu gehen. Es wird nicht mehr lange dauern, und das Fußvolk der Cosa Nostra wird sich gegen seine Fürsten erheben. Die Reichen werden immer reicher und die Armen immer ärmer. Ein Mafiaprinz wie Alessio Lombardo hat sich eine Bank in New York gekauft, Dino Greco kann sich erlauben, erst erfolgreich in die Trans-Adria-Pipeline und jetzt ins Flüchtlingsbusiness zu investieren – während das *mandamento* von Porta Nuova es nicht mal schafft, genug Geld einzutreiben, um die Familien der inhaftierten Mafiosi zu unterhalten. Keine Demokratie mehr in der Cosa Nostra. Falls es die jemals gegeben hat. Da ist es sicher die beste Lösung, nach Deutschland zu gehen.«

»Danke für den kleinen Exkurs«, sagte Jerry.

»Keine Ursache. Und wenn wir schon mal dabei sind: Was ist naheliegender, als einen Staatsanwalt, der deine Geschäfte in Deutschland behindert, in Palermo zu beseitigen? Unter anrüchigen Umständen? Wie viele Staatsanwälte, Polizisten, Richter und Journalisten sind in Sizilien von der Mafia ermordet worden, und die erste Spur, die verfolgt wurde, war immer die des Affektdelikts? Heißt es in Sizilien nicht: Die größte Gefahr ist bei uns nicht die Mafia, sondern die Leidenschaft? Der gehörnte Ehemann oder eifersüchtige Geliebte? Jerry, du hast doch damals selbst die Ermittlungen geleitet, als der Antimafia-Journalist, der den flüchtigen

Boss aufgespürt hatte, in Catania ermordet wurde. Da hat sich die Polizei doch auch monatelang mit der Spur des eifersüchtigen Ehemanns seiner Geliebten aufgehalten. Und als die Kronzeugin ermordet und in Salzsäure aufgelöst wurde, hieß es auch, dass sie schon immer rumgehurt habe. Verbrechen aus Leidenschaft, sozusagen. *Business as usual*.«

Jerry verdrehte die Augen.

»Soll ich dir sagen, Jerry, warum ihr Dino Greco nicht auf der Spur seid? Weil Rizzo gesagt hat: besser die Finger von ihm lassen. Der hochheilige Sohn von Don Saruzzo darf in seinem Wirken nicht gestört werden. Weil schon sein Vater ein treuer Diener des italienischen Staats war.«

»Ach, Serena«, sagte Jerry noch, als seine Stimme im Lärm unterging.

Eine Ape war direkt vor der Eingangstür der Focacceria vorgefahren. Auf der Ladefläche waren riesige Lautsprecher montiert, aus denen so laute Musik drang, dass sich alle umdrehten und auf den Fahrer der Ape starrten. Der blickte völlig unbeteiligt in die Ferne.

Die amerikanischen Kreuzfahrttouristen vom Nebentisch fingen an zu kichern. Sie amüsierte es, dass sich da jemand mitten vor die vollbesetzte Terrasse eines Restaurants stellte und ungerührt seine Musik dröhnen ließ. Sizilien eben.

Alle anderen verstanden die Botschaft. Der Besitzer der Focacceria hatte sich geweigert, Schutzgeld zu bezahlen. Seitdem standen sowohl er als auch das Lokal unter Polizeischutz.

Der Fahrer der Ape saß resigniert in seinem kleinen Führerhaus und versuchte die Blicke und die dröhnende Musik zu ignorieren. Er sah aus wie unter Folter. Und fuhr erst weiter, nachdem zwei Beamte in Zivil auf ihn eingeredet hatten.

Als die Ape weggefahren war, hallte die Botschaft immer noch über den Platz: Hier bestimmen wir.

15

Wie immer roch es nach Benzin, Abgasen und Verwesung. Sirenen heulten, und Auspuffrohre klapperten.

Serena stieg aus dem Wagen aus. Jacarandablüten und Plastiktüten wehten über die Piazza Politeama. Die dürren Jacarandabäume, die drei Viertel des Jahres kahl waren, hatten gerade geblüht. Im Frühsommer, wenn niemand mehr damit rechnete, verwandelten sie sich in ein blauviolettes Blütenmeer. Das drei Wochen währte.

Man pflanzt diese Bäume nur, weil man auf diese drei Wochen Blütezeit hofft, dachte Serena. Genau wie in Palermo auch. Da hoffte man auch auf die nächste Blütezeit. Die letzte lag allerdings tausend Jahre zurück.

Ein sizilianischer Freund hatte Serena einst eindrücklich davon abgeraten, nach Palermo zu ziehen. *Palermo ist wie ein Geliebter, den man gelegentlich trifft*, hatte er gesagt, *Palermo ist ein Regelbruch, eine Grenzverletzung, die man sich hin und wieder leistet, nichts für eine feste Beziehung, die Sizilianer ermüden schnell und sind ermüdend, Palermo kann man nur genießen, wenn man seine Wurzeln woanders hat, wenn man mit einer Stadt verheiratet ist, die zu Stille fähig ist und vielleicht auch zu gelegentlicher Langeweile, all das ist Palermo nicht, es ist eine Stadt, mit der man verrückte Dinge machen kann, Palermo ist anstrengend und nicht für die Dauer gemacht, genau wie ein Geliebter.*

Serena hatte ihm zugehört, genickt und war nach Palermo gezogen. Damals wie heute wollte sie alles, nur keine feste

Beziehung, nicht mal zu einer Stadt. Und, ja, oft fand sie Palermo so abstoßend wie einen Geliebten, von dem man nicht lassen kann und sich dafür verachtet. Sie hatte keine Ehe gewollt und keine Familie. Und war froh, aus dem Alter heraus zu sein, in dem sie sich dafür rechtfertigen musste. Denn dann würde es ihr wie ihrem Kollegen Paolo gehen, der seit der Trennung von seiner brasilianischen Frau seine Söhne nur sehen durfte, wenn es den Launen seiner Frau passte – und nicht, wenn es sein Dienstplan erlaubte. Deshalb saßen seine Söhne gelegentlich bei ihm im Büro neben der vertrockneten Yucca-Palme auf Aktenordnern und setzten aus Legosteinen Superhelden und Bad Cops zusammen.

Als Serena ihnen zum dritten Mal begegnet war, hatte sie Paolo vorgeschlagen, mit den Jungen ins Kino zu gehen. Seitdem kam sie aus der Tantennummer nicht mehr raus. Sie hatte *Turbo, die Außenseiterschnecke* gesehen, sie hatte erlebt, wie ein ganzes Kino voller Kinder »gemein!« schrie, als Heidi nach Frankfurt zu Fräulein Rottenmeier gebracht wurde, und wusste, dass die *Angry Birds* nicht fliegen können, weshalb sie im Kampf gegen die grünen Schweine auf den großen Adler angewiesen sind, der nach dem Aufstehen rülpst und in einen See pinkelt, was im Kino Begeisterungsstürme auslöste.

Leonardo war sieben Jahre alt. Schön wie ein präraffaelitischer Engel. Sein Bruder Matteo war vier und sah aus wie ein kolumbianischer Drogenboss: blauschwarze Haare und eine stämmige, leicht untersetzte Figur. Matteo war stürmisch und schnell beleidigt. Leonardo war grazil, besonnen und wirkte leicht entrückt.

Der Tantenfluch war es auch, der sie jetzt auf die Piazza Politeama getrieben hatte. Die Piazza sollte die Übergabestelle für Paolos Söhne sein.

»Wir haben uns schon lange nicht mehr gesehen«, sagte Leonardo, der wie aus dem Nichts aufgetaucht war und Serenas Hand ergriff und ihr stolz seinen Darth Vader zeigte. Kurz nach ihm erschien sein Vater Paolo, verlegen grinsend, an der Hand Matteo, der sofort schrie: »Was sehen wir heute?«

Auf dem Programm standen Kampfschildkröten. Definitiv kein pädagogisch wertvoller Film, fand Serena.

»Ich habe mir den Trailer angesehen«, flüsterte sie Paolo zu, »ich weiß nicht, ob der für Kinder in diesem Alter wirklich geeignet ist, das ist ein Actionfilm, echt brutal.«

»Ach, mach dir keine Sorgen, die sind abgebrüht, die kennen schon die anderen Folgen«, sagte Paolo und rief seinen Söhnen noch hinterher: »Benehmt euch anständig!« Aber da hörten sie ihm gar nicht mehr zu, sondern zogen schon Serena zum Kino auf der anderen Straßenseite. Die Leibwächter liefen hinterher. Lollo keuchte.

An die Leibwächter hatten sich die Jungen schneller gewöhnt als mancher Antimafia-Staatsanwalt in seiner ganzen Laufbahn. Sie fanden es auch in Ordnung, dass Mimmo und Lollo während des Films stehen bleiben mussten: »Sonst können sie ja nicht schnell genug schießen, wenn jemand Serena in die Luft sprengen will.«

Nachdem sie die beiden Abgebrühten mit Popcorn (salzig für Matteo, karamellisiert für Leonardo) versorgt hatte, und der erste Sattelschlepper in die Luft gesprengt wurde, flüsterte sie Leonardo zu: »Glaubst du, dass dein Bruder das bis zum Ende aushält?«

»Wieso?«, fragte Leonardo.

»Weil er mit vier Jahren vielleicht noch zu klein für so etwas ist«, sagte Serena.

Leonardo musterte sie kurz und skeptisch von der Seite. »Wie alt bist du eigentlich?«

»Was glaubst du?«

Er kniff die Augen zusammen, starrte in sein Popcorn, sagte: »Vierzig«, und es klang wie das Alter von Leuten kurz vor dem Exitus.

»Fast«, sagte Serena.

»Einundvierzig?«, fragte Leonardo kühn.

»Ja, so … ungefähr.«

»Zweiundvierzig?«

»Hmm.«

Er blickte kurz von seinem Popcorn auf und sagte nachdenklich: »Also, ich hätte dich ein kleines bisschen jünger geschätzt«.

Als sie sich noch fragte, ob das jetzt ein Kompliment sein sollte, hatten Leonardo und sein Bruder bereits alles um sich herum vergessen. Die Kinder jubelten, als ein Lkw in die Luft gejagt wurde und ein Wolkenkratzer explodierte. Offenbar war sie das einzige Kind im ganzen Saal, alle anderen waren Kriegshelden.

Der Anführer der Schildkröten-Heldentruppe hieß Leonardo, was Leonardo in Ekstase versetzte. *Hast-du-das-gehört-er-heißt-wie-ich.* Leonardo rettete die Welt, während Serena die Handlung auch nach einer Viertelstunde noch nicht begriffen hatte.

Ihr Telefon vibrierte. Rizzo. Ihr Chef. Sie drückte ihn weg.

»Du musst dich konzentrieren, Serena«, sagte Leonardo.

Gehorsam steckte Serena ihr Telefon wieder in die Jackentasche zurück und starrte auf die Leinwand. Matteo jauchzte jedes Mal, wenn sein großer Bruder jauchzte. Worum zum Teufel ging es hier eigentlich? Welche waren die guten Mutanten und welche die bösen?

»Also die da sind …«, erklärte Leonardo gedehnt, ohne den Blick von der Leinwand zu wenden, »… die Bösen. Also vor allem … Und das da … sind die Guten.«

»Und wer ist das jetzt?«, fragte sie mit Blick auf einen schwarzhaarigen, bärtigen Unhold.

»Shredder. Das ist der Feind«, sagte Leonardo mit Überdruss in der Stimme.

Ein schleimiges Ungeheuer mit riesigen Tentakeln tauchte auf, in dessen Schlund ganze Wolkenkratzer verschwanden. Vor ihren Augen ging die Welt unter, und die Kinder quietschten vor Vergnügen, sogar Matteo, der sich im wahren Leben vor seinem eigenen Schatten fürchtete.

Jetzt vibrierte ihr privates Telefon. Paolo. Als sie verstohlen in ihrer Jackentasche kramte, traf sie ein vorwurfsvoller Blick von Leonardo.

»Tut mir leid, ist dein Vater, da muss ich antworten«, flüsterte sie und las: Fahre gerade mit Romano Richtung Campofelice di Roccella.

???, antwortete Serena.

Später mehr, schrieb Paolo.

Vor ihren Augen ein Chaos aus durchdrehenden, funkenstiebenden Reifen und einem Raumschiff, das aussah wie eine Kreuzung aus Erdkugel und Handgranate.

Wieder eine SMS von Paolo: Wie lange dauert der Film noch?

15 Minuten.

Leonardo hatte sein Popcorn schon aufgegessen und wollte neues.

»Geht jetzt nicht«, sagte Serena und las: Kann die Kinder nicht abholen.

Ok, schrieb sie, sah auf der Leinwand zwei, drei blitzeschleudernde Atompilze am Himmel und hörte, wie Matteo quengelte, dass er Pipi machen müsse. Das Raumschiff explodierte vor dem Empire State Building. Leonardo jubelte, Matteo versuchte synchron mitzujubeln. Ende.

Im Kino war es noch dunkel, der Abspann lief, und Leonardo sagte vorwurfsvoll: »Du hast ja die ganze Zeit nur SMS geschrieben.«

Als sie vor dem Kino auf der Straße standen, wollte Matteo ein Eis. Sie hatten gerade in der Bar gegenüber Platz genommen, als ihr Telefon wieder klingelte. Leonardo verdrehte die Augen. Am anderen Ende war Paolo.

»Die Carabinieri haben einen Lkw voller Kinder entdeckt. Autobahn A20, Messina–Palermo. Der Parkplatz kurz vor Campofelice di Roccella. Der Fahrer spricht nur deutsch. Kannst du kommen?«

16

Der Lkw war umringt von Polizeiautos und Krankenwagen. Carabinieri und Sanitäter mit Mundschutz und übergestreiften Plastikhandschuhen standen um eine Gruppe in goldene Kälteschutzdecken gewickelte Gestalten. Romano redete mit einem Carabiniere. Paolo kam zum Auto und ermahnte seine Söhne, schön ruhig sitzen zu bleiben. Die Jungen saßen aber auch ohne Ermahnung wie festgenagelt auf dem Rücksitz von Serenas Lancia und verfolgten mit weit aufgerissenen Augen den Film, der sich in Echtzeit vor ihren Augen abspielte.

Noch bevor Serena mit Romano sprechen konnte, stürzte ein Carabiniere auf sie zu und brachte sie zum Fahrer des Lkws, der mit verschränkten Armen dastand und das Polizeiaufgebot wie ein unbeteiligter Passant beobachtete.

»Dottoressa, ich bin so froh, dass Sie gekommen sind«, sagte der Carabiniere. »Ich habe drei Jahre in Deutschland gelebt, aber von dem, was der Fahrer mir gesagt hat, habe ich kein Wort verstanden. Das Einzige, was ich kapiert habe, war, dass wir den Container öffnen sollten. Und dann haben wir das gefunden.« Er deutete auf die Gestalten unter den goldenen Decken.

Der Fahrer begriff, dass über ihn gesprochen wurde und wollte seine Version der Dinge hinzufügen. »*I bin hier neban Wong gstandn, I war zum Biesln aufn Parkplods gfarn und hob a Zigarettn graacht, do hob I's ausm Wong a Klopfa ghert*«, sagte er und zog aufgeregt an seiner Zigarette.

»Was hat er gesagt?«, fragte der Carabiniere und blickte

erwartungsvoll zu Serena, die sich die gleiche Frage stellte. Sie hatte immer schon Schwierigkeiten gehabt, deutsche Dialekte zu verstehen, Bayerisch von Sächsisch oder Schwäbisch zu unterscheiden. Dialekte klangen in ihren Ohren immer wie ein schwerer Sprachfehler. Sie lächelte entschuldigend. Und bat den Fahrer, noch mal langsam zu wiederholen, was er gesagt hatte.

»*I biiin hierrr neeebaaan Wooong gstaaandn, I war zum Biesln aufn Paaarkplooods gfarn …*«, sagte er und dehnte jeden Vokal wie ein Kaugummi. Nachdem er den Satz dreimal wiederholt hatte, verstand sie allmählich.

»Er hat gesagt, dass er hier neben dem Wagen stand und eine Zigarette rauchte, als er es aus dem Wagen klopfen hörte«, übersetzte Serena erleichtert.

»Aber warum ist er auf den Parkplatz gefahren, eine Zigarette hätte er doch auch drinnen rauchen …«

»Weil er auf die Toilette musste.«

»Ah, verstehe.«

»*Erst hob I ma dacht, dass beim Bremsn d'Ladung umanandagfalln is, des kimmt ja vor, es sollt ja so Elektrozeigs drin gwesn sei, I hob aber ned aufd Papier gschaut. I hob nur gwusst: a verblombter Container mid irgand so am Elektrozeigs drin. Aber des Zeig, des klopft ja ned. Jedenfois ned so rüttmisch.*«

Sie schüttelte den Kopf. »Noch mal langsam, bitte.«

»*Eeerst hooob Iii maaa daaacht, dass beim Breeemsn d'Laaaadung uuumanandagfalln is, des kiiiimmt ja vor …*«, schrie der Fahrer.

Serena machte einen Schritt zurück. Und übersetzte:

»Erst dachte ich, da wäre etwas von der Ladung drinnen durcheinandergefallen, beim Bremsen, kommt ja vor, drin sollte ja so Elektrozeugs sein, ich hab nicht weiter auf die Papiere geschaut, ich wusste nur: verplombter Container mit irgendeinem Elektrozeugs drin, aber das Zeug, das klopft ja nicht. Jedenfalls nicht so rhythmisch.«

»*Nachad hob I aa klopft, und aa so rüttmisch, nua mit am andern Rüttmus – und nachad hams wia deppad zruckklopft.*

155

Ja, und nachad hob I d'Polizei ogruaffa. Und na hammas gseng. Herrschaftszeitn.«

»Dann habe ich auch geklopft, auch so rhythmisch, nur mit einem anderen Rhythmus – und dann wurde wie verrückt zurückgeklopft, ja, und dann, dann hab ich die Polizei gerufen. Und dann haben wir das gesehen. Herrgott.«

»Was ist das für eine Sprache?«, fragte der Carabiniere.

»Ostgotisch«, antwortete Serena und ging zu der Gruppe unter der goldenen Folie.

Verschreckte Gesichter. Die Mädchen sahen aus wie die Nigerianerinnen, die im Parco La Favorita am Straßenrand standen. Alle ohne Papiere. Die ältesten Kinder waren vielleicht fünfzehn, das jüngste zehn. Die Jungs hatten arabische Züge, vielleicht kamen sie aus dem Maghreb, andere vielleicht aus Syrien, vielleicht aus Afghanistan.

»Es war so, als wäre etwas in meinem Kopf explodiert«, sagte einer der Jungen auf Französisch.

Im Container stank es. In der Ecke stand ein Chemieklo, daneben mehrere Pakete Mineralwasser und Kekse. Proviant für die Reise ins Nirgendwo.

»Ein vierzig Fuß langer Container hat ein Innenmaß von zwölf Komma null drei mal zwei Komma drei fünf mal zwei Komma drei sieben Metern, Länge mal Breite mal Höhe ergibt ein nutzbares Innenvolumen von rund siebenundsechzig Kubikmetern«, referierte der Carabiniere.

»Interessiert jetzt kein Schwein«, sagte Romano.

Der Fahrer rauchte Kette. Und gab an, den verplombten Auflieger im Industriepark von Termini Imerese übernommen zu haben, mit dem Auftrag, sich in Palermo nach Neapel einzuschiffen, um von dort aus nach Köln weiterzufahren. Er arbeitete für eine Speditionsfirma mit Sitz in München.

Die Mädchen gaben an, aus der Flüchtlingsunterkunft bei Bagheria zu stammen. Sie seien im Lager von einer Madame betreut worden, die dafür gesorgt hatte, dass sie keine Fingerabdrücke abgaben. Das sei notwendig, hatte die

Madame erklärt, damit sie in Deutschland Asyl beantragen könnten. Kurz danach seien sie in eine Wohnung in der Nähe des Flüchtlingsheims gebracht worden, zusammen mit den Jungen, die aus demselben Flüchtlingslager stammten. Dort hätten sie zwei weitere Tage gewartet, bis jemand nachts kam, ihnen die Augen verband und erklärte, dass sie nun in einem Lkw nach Deutschland fahren würden. Danach erinnerten sie sich nur noch an ein Geräusch, etwas war im Container versprüht worden. Mehr nicht. Als sie aufwachten, hörten sie nur das Fahrgeräusch des Lkw. Und hatten Angst, zu ersticken.

Eines der afrikanischen Mädchen sah im olivgrünen Hemd aus wie eine Kindersoldatin. Sie platzte aus ihrer Jeans wie eine reife Frucht aus der Schale und hatte den Arm um ein neben ihr sitzendes Mädchen gelegt, das vermummt in ein dickes Sweatshirt war. Es schien wie ein schläfriges Kind zuzuhören und doch entging ihm keine Nuance. Sie sprach mit dem Mädchen mit einer Stimme, die alle wie ein kühler Hauch streifte. Jedenfalls, wenn sie leise sprach. Als sie auf die Fragen der Carabinieri antwortete, klang ihre Stimme wie die eines Mannes, und ihr glattes Kindergesicht verwandelte sich in das eines Raubtiers.

17

E s war noch früh am Morgen. Über dem Lager leuchtete der Himmel orange. Fäkaliengestank lag in der Luft. Wenn die Sonne aufging, waren die meisten Flüchtlinge schon weg. Verschwunden durch die vier Löcher in den Zäunen um das Auffanglager – hinter denen die Anwerber für die Schwarzarbeit standen, wenn sie nicht gleich in das Flüchtlingslager einfuhren, unter den Augen der Videokameras. So wie die Lkws der Nigerianer, die nachts kamen, um die Mädchen für den Park von La Favorita zu holen.

Sie hatte das alles schon vor Monaten gemeldet. Verantwortlich für die Kontrolle der Zustände in dem Flüchtlingslager war ein Kollege aus Palermo, herausgekommen war: nichts.

Berge aus Plastikmüll türmten sich zwischen den Containern, vor denen Afrikaner auf verdreckten Schaumgummimatratzen schliefen, zwischen schweißgetränkten Handtüchern, Badelatschen und eingeschweißten Mineralwasserflaschen. Die Afghanen beteten auf Strohmatten und versuchten vergeblich, streunende Hunde zu verjagen, die auf ihre Schuhe pinkelten. Dazwischen stapelten sich Töpfe mit verbrannten Essensresten. Romano stieg über ein Gewirr aus Verlängerungskabeln für Kochplatten, Smartphones, Ventilatoren.

»Dottoressa, wir wissen nicht mehr, was wir tun sollen, das Innenministerium hat uns erst gestern wieder zweihundert Flüchtlinge geschickt«, sagte der Mann, den alle nur *il presidente* nannten – ein dünner, gebeugter Mann, der mit einem eigentümlich kratzfüßigen Gang neben Serena und Romano durch das Flüchtlingslager lief und in seinem dunkelblauen Anzug und dem hellblauen Hemd aussah wie ein Parlamentarier auf Inspektionsreise durch die Flüchtlingslager Siziliens.

Das Lager befand sich in einer ehemaligen Kaserne. Vorgesehen war es für sechshundert Menschen, tatsächlich waren mehr als tausend hier untergebracht, hatte *il presidente* Serena gesagt und dabei erschöpft geseufzt. Das Lager wurde von zwei katholischen Kooperativen verwaltet, die eine hieß *Conforto & Unione*, Erlösung & Verbundenheit, die andere *Magna Spes*, große Hoffnung. Die beiden Kooperativen hatten den Zuschlag erhalten, weil sie bei der Ausschreibung den niedrigsten Preis geboten hatten. Zweiundzwanzig Euro pro Kopf und Flüchtling, die auf dreißig angehoben wurden, ohne Ausschreibung, weil es sich um einen Notstand handelte. Und um den handelte es sich praktisch immer. Bei 1600 Flüchtlingen, die, zumindest offiziell, hier untergebracht waren.

Ob dieses blonde Gift das verstehen würde?, fragte sich *il presidente*, als er an der Seite von Serena durch das Lager lief. Diese Staatsanwältin hatte etwas Kriegerisches an sich, was ihn sofort misstrauisch gemacht hatte. Frauen mit Lippenstift lösten bei ihm immer Argwohn aus. Die meisten Männer fielen darauf rein, glotzten auf diesen Kirschmund und merkten nicht, wie diese Frauen hinterrücks … Er nicht. Er wusste, dass sie ihm gleich mit Verfügungen und Anordnungen kommen würde. Aber das Leben hielt sich nicht an Vorschriften! Ob sie begreifen würde, dass auch er, der im Bauordnungsamt der Stadt Palermo gearbeitet hatte, bis ihn ein Parteifreund von Forza Italia in die Kooperative und zum *presidente* ausgerufen hatte, ja, dass auch er wünschte, dass alles vorschriftsmäßig liefe? Der Notstand aber ließ sich nicht in den engen Rahmen der Vorschriften pressen. Er konnte daran nichts ändern, auch er wünschte sich das Paradies auf Erden, war aber letztlich nur ein kleines Rädchen im großen Getriebe.

»Dottoressa«, sagte *il presidente*, »Sie sehen ja die Zustände hier. Wir tun unser Bestes. Ich kann Ihnen nur versichern, dass wir alles daransetzen werden, um diesen schrecklichen Vorfall aufzuklären.« Er zeigte auf eine Gruppe von ballspielenden Jugendlichen. »Wir haben hier viele Jugendliche, die nicht mehr schulpflichtig sind, aber auch keine Arbeit finden, sie sind schwer zu kontrollieren. Wir kämpfen hier jeden Tag darum, den Menschen ihre Würde wiederzugeben. Aber es ist, als würden wir uns mit bloßen Händen gegen eine Flut stemmen, die uns hinwegreißt, tagein, tagaus.«

Sie sah ihn an und wusste, was er jetzt sagen würde – dass er und alle anderen Mitarbeiter bereit seien, ihren *berechtigten* Fragen Rede und Antwort zu stehen, genau wie Don Vito, der Chef der Caritas, der gleich kommen würde, um ebenfalls ihren – *berechtigten* – Fragen Rede und Antwort zu stehen, und er natürlich nichts dagegen habe, wenn sich *La Dottoressa* bis Don Vitos Ankunft im Lager umsehen würde, und so weiter und so fort, weshalb sie ihn, als er den Namen Don Vito voller Hochachtung aussprach, einfach unterbrach.

»Danke, ich schaue mich ein wenig um«, sagte sie und ließ ihn stehen.

Serena wusste, dass Don Vito nicht nur Pfarrer in der Kalsa, sondern auch Chef der Caritas und als solcher für die Unterbringung der Flüchtlinge in den Kooperativen zuständig war. Gleichzeitig war er Mitglied der Kommission, die über die Anerkennung des Status als politischer Flüchtling urteilte. Zwei Ämter, die eigentlich unvereinbar waren. Eigentlich. Aber das hier war nicht eigentlich, das hier war Sizilien.

Neben einer Matratze stand eine Schultasche mit verblichenen Stars and Stripes, daneben lag ein verdreckter Zeichenblock. Serena wollte gerade den Zeichenblock in die

Hand nehmen, als *il presidente* die Ankunft von Don Vito ankündigte.

Ein großer Mann mit umfangreichem Oberkörper schob sich vor sie, breit wie ein Kühlschrank.

»Dottoressa, ich war schockiert, als ich angerufen wurde und erfuhr, was passiert ist«, sagte Don Vito, »*il presidente* wird Ihnen bereits versichert haben, dass alle Mitarbeiter der Kooperative bereit sind, zur Aufklärung dieses Rätsels beizutragen.«

Der Gegensatz zu *il presidente* in seinem Anzug hätte nicht größer sein können. Don Vito trug keine Soutane, sondern Jeans und einen dunkelblauen Baumwollpullover, einzig der Priesterkragen zeichnete ihn als Geistlichen aus. Gewelltes, nach hinten gekämmtes graues Haar und konturenlose Gesichtszüge. Der klassische Arbeiterpriester. Einer, der sich für die Ärmsten der Armen einsetzt. Authentisch, ehrlich, selbstlos.

»Sie sehen ja selbst, wohin die Überfüllung des Lagers führt«, sagte Don Vito bekümmert. Seine Stimme war überraschend hell, in dem gewaltigen Oberkörper steckte eine Mädchenstimme. »Wir tun unser Bestes unter diesen Umständen, auch wenn der Weinberg des Herrn hier gelegentlich etwas …«, Don Vito deutete auf die Töpfe mit den verbrannten Essensresten, »unordentlich aussieht. Tag für Tag kämpfen wir gegen diese Wellenberge aus Bedürftigkeit an, die über unseren Köpfen zusammenschlagen und drohen, uns in die Tiefe zu ziehen. Tag für Tag versuchen wir hier, Menschen ihre Würde wiederzugeben, die ihnen geraubt wurde – von Diktatoren, westlichen Kriegstreibern und Wegelagerern.« Während Don Vito sprach, blickte er an ihr vorbei und starrte Romano an. Ein Mann schien ihm der einzig ernst zu nehmende Gesprächspartner zu sein. Er erinnerte Serena an islamische Geistliche, die sich weigern, Frauen die Hand zu reichen. »Wir haben versucht, das Gleichnis vom barmherzigen Samariter auf heute zu übertragen«, sagte Don Vito.

»Das heißt?«, fragte Romano, worauf Don Vito sofort zu predigen begann: »Der Samariter sieht einen Mann am Wegesrand liegen, der unter die Räuber geraten ist. Ein Priester und ein gebildeter Mann sind bereits an ihm vorbeigegangen, und der barmherzige Samariter ist der Einzige, der sich des Mannes annimmt, obwohl er ein Ausgestoßener ist. An dieses Gleichnis versuchen wir uns zu halten – wobei wir natürlich hoffen, dass die Wege von Jerusalem nach Jericho sicherer werden, damit weniger Menschen unter die Räuber fallen.« Er richtete den Blick auf Serena: »Und deshalb bin ich froh, Dottoressa, dass Sie sich um diesen Fall kümmern. Wir sind aufgerufen, alles zu unternehmen, damit denen, die in Not sind, geholfen wird. Aber ohne die vielen Freiwilligen wäre unsere Arbeit hier undenkbar.«

Diese Predigt hatte er offenbar schon so oft gehalten, dass es ihm gelang, per Autopilot zu reden und in Gedanken ganz woanders zu sein. Am Ende hüstelte er leicht und blickte zu *il presidente*, der ihm ein zustimmendes Lächeln schenkte. Don Vito legte ihm brüderlich die Hand auf die Schulter: Ob *il presidente* Serena und Romano bereits einen Kaffee angeboten habe? Nein, hatte er noch nicht, worauf Don Vito ihm neckisch mit dem Finger drohte und alle bat, ihm in die Cafeteria zu folgen, die aus einem alten Kaffeeautomaten hinter einem wackligen Holztisch bestand. Im Vorbeigehen tätschelte er freundschaftlich einen Afrikaner.

Er wandte sich an *il presidente*: »Hast du Linda und Angela schon Bescheid gesagt? Und Matteo und Carlo? – Das sind unsere wichtigsten Mitarbeiter«, sagte er zu Romano. »Wir befinden uns hier in einem permanenten Notstand. Auch was die Zahl unserer Mitarbeiter betrifft. Aber dessen ungeachtet hoffe ich, dass wir zu einer vollständigen Aufklärung dieses Falls beitragen können.«

»Das freut mich«, sagte Serena und nahm die Liste aller Mitarbeiter entgegen, die ihr *il presidente* reichte.

»Ihnen muss ich unsere Lage nicht erklären«, sagte Don Vito und schickte *il presidente* los, um die Liste der registrierten Flüchtlinge zu holen. »Es ist unglaublich, was hier los ist, seitdem die Rettungsschiffe zwanzig, dreißig Kilometer vor der libyschen Küste patrouillieren. Die Schlepper sind auf Schlauchboote umgestiegen, allerbilligste chinesische Produktion, weil sie wissen, dass sie gar nicht erst bis nach Lampedusa kommen müssen.«

»Ja, ich weiß«, sagte Serena und blätterte durch die Liste der registrierten Flüchtlinge.

»Es reicht, wenn sie einem der Flüchtlinge ein Satellitentelefon in die Hand drücken und der dann einen Notruf an die eingespeicherte Nummer der italienischen Küstenwache abgibt. Viel weiter als zwanzig, dreißig Kilometer kommen sie auch gar nicht, denn dafür reicht das Benzin nicht, ist ja alles berechnet in diesem kaltblütigen Geschäft.«

»Ja, ich weiß«, sagte Serena wieder.

»Und natürlich haben wir hier viele Probleme, mit so vielen Menschen aus unterschiedlichen Kulturen …« Er dämpfte seine Stimme und nahm sie beiseite. »Wir haben große Schwierigkeiten mit der Prostitution der Nigerianerinnen. Da sage ich Ihnen als Staatsanwältin sicher nichts Neues. Natürlich hat das auch mit dem … anderen Verständnis von Sexualität zu tun, die … Promiskuität ist ja in Afrika weit verbreitet. Entschuldigen Sie, Dottoressa, wenn ich mich so freimütig äußere, aber wenn man so wie ich an der Front arbeitet, ist es sinnlos, sich Illusionen hinzugeben. Aber dennoch: Unsere Aufgabe als Christen ist es, Brücken zu bauen. Das sage ich meinen Mitarbeitern jeden Tag.«

»Ja«, sagte Serena wieder.

Drei Stunden später, als sie wieder an ihrem Schreibtisch im Justizpalast saß, beantragte sie beim Ermittlungsrichter verschiedene Abhörerlaubnisse.

Für *il presidente*.

Für Don Vito.

Für die Mitarbeiter der Kooperativen.

Praktisch für alle.

18

Der Raum, in dem sie saßen, war in diesem verblichenen afrikanischen Türkis gestrichen, die Farbe blätterte von den Wänden ab, auf eine Wand hatte jemand *Fuk Italia* gekritzelt. An einem Rohr war eine Leine befestigt, auf der die Flüchtlinge ihre wenigen Habseligkeiten aufgehängt hatten, verwaschene Jogginghosen und durchlöcherte T-Shirts.

Es war der einzige Raum hier, in dem es eine stabile WiFi-Verbindung gab, hatte ihr Don Vito erklärt. Deshalb war der Raum eine Art Versammlungszimmer geworden, die Flüchtlinge saßen auf alten Holzpaletten, die sie mit Decken und Matratzen in Betten verwandelt hatten, und starrten auf die Displays ihrer Telefone. Als Serena und Romano den Raum betraten, sprangen alle auf.

Serena saß vor einer Wand, an der Plakate mit praktischen Anleitungen in arabischen Schriftzeichen für das richtige islamische Gebet klebten, sie sahen aus wie Comic-Zeichnungen und versuchten klarzumachen, dass man beim Beten nicht das ganze Gesicht auf den Boden drücken sollte, sondern nur die Stirn, ganz leicht. Daneben stapelten sich vergammelte Schaumgummimatratzen.

Sie hatte mit einem Nigerianer gesprochen, über dessen eine Gesichtshälfte sich eine riesige Narbe zog. Als sie ihn fragte, woher er diese Narbe hatte, lachte er nur. Wahrscheinlich war er zwischen die Fronten von Black Axe gekommen. Vielleicht hatte er ein Kügelchen Heroin für sich selbst abgezweigt. Anders als die anderen Flüchtlinge war er gut gekleidet, er trug eine unfassbare Karohose und Spangenschuhe in leuchtendem Metallicrot.

Sie hatte mit frommen Afghanen gesprochen, mit jungen Tunesiern, mit Frauen, die ihre Babys stillten, mit Mädchen, die etwa in dem Alter der beiden Afrikanerinnen aus dem Container waren.

Nein, niemand hatte etwas davon mitgekriegt, dass die Gruppe Kinder das Lager verlassen hatte. Weder Don Vito noch die Mitarbeiter der Kooperative, weder die Polizisten, die das Lager bewachten, noch die Afghanen, weder die Nigerianer noch die Tunesier. Und selbst wenn. Es wäre ihnen scheißegal gewesen.

Hier ging es nur ums Überleben.

19

Die Sonne war dunstig verhangen hier, er sehnte sich jeden Tag mehr nach dem klaren, sizilianischen Azur. Dino saß auf der Terrasse seines Penthouse und blickte auf den Fluss, der wie eine träge braune Schlange durch das Tal kroch. Unten liefen Spaziergänger mit ihren Hunden den Rhein entlang, wahrscheinlich hatte ihnen der Arzt einen Hund verschrieben, zusammen mit langen Spaziergängen und viel Vitamin D, gegen Lichtmangel und Depressionen. Er spürte, wie eine Gänsehaut über seinen Rücken lief, zog an seiner Zigarette und hustete. In der Hand hielt er ein Glas stilles Wasser. Das Mädchen, dass er sich bestellt hatte, hatte spitze Schreie der Begeisterung ausgestoßen, als er ihr auf ihre Bitte hin einen Spritz servierte, ein Getränk, das er nie verstanden hatte.

In Deutschland galt der Spritz als Inbegriff der *italianità*. So tief war Italien gesunken, dass ein Getränk, das wie Hustensaft schmeckte und von österreichischen Besatzern erfunden worden war, als italienisch galt.

Okay, sie als Russin konnte das nicht wissen. Und wahrscheinlich war sie gar keine Russin, sondern nur eine Moldawierin, die sich als Russin ausgab und die von *italianità* nicht mehr mitgekriegt hatte, als dass italienische Kunden großzügiger waren als deutsche. Eine von denen, die ihrem Mann in Moldawien jeden Monat Geld schickten, damit er sich besaufen konnte.

Er zwang sich dazu, nicht weiter über sie nachzudenken. Sonst würde er keinen mehr hochkriegen. Sie war blond und blauäugig, wie gewünscht. Falsche Blondine, aber okay. Falsche Brüste, auch okay. Um ihren Hals hing ein hauchdünnes Goldkettchen mit einem winzigen Kruzifix, das man ihr vermutlich geschenkt hatte, als sie ein kleines Mädchen war. Rührend.

Unter ihrem dünnen Mantel trug sie ein schwarzes Bustier und halterlose Netzstrümpfe. Wahrscheinlich hatte sie schon im vollverglasten Panoramaaufzug Schreie der Begeisterung ausgestoßen. Sie war über die Terrasse gestöckelt, dreiundsechzig Meter über dem Rhein, und hatte vorgegeben, nicht schwindelfrei zu sein, während in ihrem Kopf eine Rechenmaschine ratterte.

Er hatte sie für die ganze Nacht gebucht, tausendzweihundert Euro, die er ihr gleich am Anfang in einem Umschlag überreicht hatte, wie von der Agentur verlangt. Sie hieß Elina und war angeblich zu allem bereit. Unter ihrem Escort-Profil stand: *Bi-Erotik, Body-to-Body-Massagen, Busenverkehr, Clubbesuche, Deep Throat, Dirty Talk, Erotische Massagen, Escort für Paare, Fesselspiele (bei ihm), Französisch beidseitig, Französische Erotik (natur), Französische Erotik (optimal), Gesichtsbesamung, Girlfrienderotik, GV, Körperbesamung, Natursekt (aktiv), Outdoor Erotik, Rollenspiele, Sextoys, Soft-Devot, Soft-Dominant, Striptease, Zungenküsse.*

Er zeigte ihr die zweihundert Jahre alten Olivenbäume und die Palmen, die er sich aus Sizilien hatte bringen lassen.

»Aber gehen die im Winter nicht ein?«, fragte sie.

»Nein, sie werden im Winter mit Heizelementen bestrahlt.«

»Oh«, sagte sie und setzte sich so hin, dass er ihr zwischen die Beine blicken konnte.

»Wahnsinn, dieses südländische Flair hier«, sagte sie, und er fragte sich, ob sie damit den Spritz meinte.

»Aber bald werden die Palmen keine Heizstrahler mehr brauchen«, sagte er, woraufhin sie ihn mit ihren leeren blauen Augen ansah.

»Warum?«, fragte sie und klang so bemüht wie ein tüchtiger Außendienstmitarbeiter zu Beginn eines Verkaufsgesprächs.

»Klimawandel«, erklärte er und grinste. »Die Erderwärmung wird dafür sorgen, dass Palmen auch an Orten wachsen können, an denen sie heute noch undenkbar sind. Eine ganz natürliche Entwicklung.«

»Mir wäre das nur recht, mir ist immer kalt«, trällerte sie, während die Eiswürfel in ihrem Glas klimperten. »Wie stellst du dir die Nacht mit mir vor?«, fragte sie dann.

Check, check, check. Offenbar hatte sie beschlossen, jetzt ihr Standardprogramm abzuspulen, das darin bestand, nach zwanzig Minuten Smalltalk über Palmen das Gespräch auf das Wesentliche zu konzentrieren: den Kunden zu fragen, was ihn anmache, was er gerne ausprobieren wolle, welche Bedenken oder Ängste er habe. Schließlich handelte es sich hier um eine Dienstleistung.

Er antwortete ihr nicht. Er stand auf, verschwand im Bad und kehrte kurz darauf mit leicht gerötetem Gesicht wieder zurück. Entweder Koks oder Viagra oder beides, dachte Elina. Vielleicht brauchte er noch Zeit, bis das Viagra wirkte und er ihr gestehen könnte, wofür er sich entschieden hatte. Wahrscheinlich würde es auf Outdoorerotik hinauslaufen. Die Terrasse dieses Penthouse war dafür ja wie geschaffen. Jetzt erklärte er ihr, woran man die verschiedenen Arten von Palmen erkennen konnte. Offenbar wollte dieser Kunde noch nicht in den Sex einsteigen, sondern noch länger eine Unterhaltung über botanische Fragen führen. Also fragte sie: »Aber werden die Palmen nicht aufgefressen, von irgendeinem Käfer? Ich habe das mal auf Mallorca gesehen.«

Er sah gut aus, obwohl sie sich einen Italiener anders vorgestellt hatte. Jedenfalls nicht rotblond und blauäugig. Vielleicht stand er auch auf etwas Soft-Devotes. Ein paar Ohrfeigen und ein bisschen Popoklatschen. Gleich beim Eintreten hatte sie dieses kalte Glitzern in seinen Augen bemerkt. Sie hatte einen Blick für dieses Blinken in den Augenwinkeln. Deshalb redete er jetzt auch über seine Scheißpalmen. Weil er ihr klarmachen wollte, dass er sie dafür bezahlt hatte, ihm zur Verfügung zu stehen – und sei es, um eine Nacht lang über Pflege und Aufzucht von Palmen zu reden.

Nicht, dass es sie überrascht hätte. Die meisten Männer wollten reden. Über das, was sie geschafft hatten, und über das, was sie noch schaffen würden, in diesem Fall, Palmen von Sizilien nach Köln zu bringen, um sie auf die Terrasse eines Penthouse mit Aussicht über den Rhein zu stellen. Er war Anfang vierzig, wer weiß, wie er sein Geld gemacht hatte, als Versicherungsvertreter sicher nicht. Egal. Vielleicht war sein Reden auch der übliche Reflex, um sich der Illusion hinzugeben, dass zwischen ihnen mehr war als eine Geschäftsbeziehung. Italiener waren schließlich dafür bekannt, romantisch zu sein. Und katholisch. Egal wie zynisch sie dabei sein konnten. Deshalb hatte sie sich kurz vorher noch das dünne Kettchen mit dem Kruzifix umgelegt.

Und weil zum Berufsbild einer Escort-Dame auch eine gepflegte Unterhaltung gehörte, zur Not auch über Palmen, sagte Elina jetzt: »Palmkäfer. Jetzt weiß ich es wieder. Rote Palmkäfer sind dafür bekannt, Palmen von innen her aufzufressen.«

Er lachte. »Aber die roten Palmkäfer haben es bislang nicht geschafft, die Palmen auszurotten.«

»Nein, aber auf Mallorca habe ich ganz viele Palmen mit vertrockneten Palmwedeln gesehen, die gefällt wurden.«

»Jetzt gibt es Möglichkeiten, um die Palmen zu retten«, sagte er und strich über ihre Schenkel.

»Und wie?«

Er fragte sich, ob sie wirklich eine Antwort hören wollte oder nur so tat. »Sie werden abgehört.«

»Wie, abgehört? Die Palmen werden abgehört?«

»Die Käfer und die Larven machen Geräusche beim Fressen und Verdauen und beim Spinnen ihrer Kokons. So verraten sie ihre Anwesenheit. Dann kann man sie bekämpfen. Mit Gift.«

»Ist ja lustig.« Sie lachte.

Er setzte sich neben sie und hatte gerade seine Hand unter ihren Slip geschoben, als es an der Tür klingelte.

Außer Totò wusste niemand, dass er hier wohnte.

»*Scusami*«, sagte er. Auf dem Weg zur Tür blickte er auf sein Telefon und sah, dass Totò ihn bereits dreimal angerufen hatte. Dino drückte auf die Taste der Gegensprechanlage.

»*E che cazzo!* Was ist los, Totò?«

»Die haben eine Handgranate geworfen.«

»Die haben was?«

»Auf das Heim in der Industriestraße. Aus einem fahrenden Auto. Ein Mädchen wurde verletzt. Die Bullen haben alles abgesperrt.

»*Porca puttana*, komm hoch.«

Er ging zurück auf die Terrasse. Hob den Mantel und die Tasche des Mädchens auf, warf sie ihr zu und sagte: »Verschwinde.«

20

Mit den Palmen waren auch Serenas Wanzen gekommen. Und die Videokameras.

Grecos Palmen standen in polierten Edelstahlkästen, wodurch sie kühl, elegant und kalifornisch wirkten, selbst die
Olivenbäume (zweihundert Jahre alt, hatte Dino dem Mädchen erklärt) hatten gar nichts Sizilianisches mehr an sich,
sie sahen aus wie Buchsbäume auf einem herrschaftlichen
Anwesen. Überhaupt erinnerte hier nichts mehr an Sizilien.
Dino Greco stolzierte im anthrazitfarbenen Maßanzug wie
ein Immobilienmakler über die Terrasse mit Holzboden, die
aussah wie einem Werbefilm entsprungen, man erwartete,
dass er jetzt irgendwas in der Art von »Der Markt hat sich
stabil entwickelt« sagen würde.

Dino Greco hatte Sizilien hinter sich gelassen. Keine Spur
mehr von verfallenem Tuffstein, von Katzen, die im Müll
nach Essensresten suchten, und Mafiosi, die mit fettver-
schmierten Mündern *pani câ meusa* in sich hineinstopften.

Nur am Telefon blieb er noch sizilianisch. Das hatte er mit
der Muttermilch aufgesogen. Nie Namen nennen, stets vage
bleiben. Pausen setzen. Der beste Satz ist der, der nicht ausgesprochen wird.

»Verstehst du«, sagte er am Telefon. »Hör mir zu, wenn
wir diesen Job erledigen müssen, dann …« Das alles mit ru-
higer Stimme, leicht rauchigem Timbre. »Den Rest erzähle
ich dir, wenn wir uns sehen«, sagte er und: »Den da, den
kannst du vergessen.« Und: »Hast du verstanden, was ich
dir gerade gesagt habe?«

Den Deutschen hatte Serena ihren Abhörbefehl einfach verschwiegen.

Kleve, diese Ratte. Sie würde den Teufel tun, sich mit den Niederungen des deutschen Strafrechts herumzuschlagen. Als sie noch jung und ziemlich korrekt gewesen war, hatte sie mal den Versuch gemacht, bei den Deutschen ganz offiziell zu beantragen, einen Mafioso in Köln abzuhören. Das hatte drei Monate gedauert. Am Ende hatte sie die Abhörgenehmigung bekommen, die allerdings nur sechs Wochen gültig war. Und da war der Mafioso nach Italien gefahren. Für sechs Wochen.

Seitdem wusste sie, dass es in Deutschland keine Mafiosi gab. Sondern nur *erfolgreiche italienische Unternehmer*. Wer keine Vorstrafen hatte und lediglich im Verdacht stand, Geldwäsche zu betreiben, durfte nicht abgehört werden. Ein Vater, der vierzig Jahre lang untergetaucht gewesen war und als Kopf der sizilianischen Cosa Nostra galt, hätte als *Anfangsverdacht* nicht ausgereicht.

Auf jeden Fall hätte Dino dem Mädchen ruhig sagen können, dass er die Metapher mit den Palmen dem sizilianischen Schriftsteller Leonardo Sciascia geklaut hatte. Ehre, wem Ehre gebührt.

Dino hatte die Metapher von den Palmen wörtlich genommen. Die Mafia werde immer weiter nach Norden ziehen, hatte Sciascia prophezeit. Genau wie die Palmen. So wie das für Palmen günstige Klima nach Norden vorrücke, jedes Jahr fünfhundert Meter, rücke auch die Mafia immer weiter herauf nach Norden.

Wobei die Geschichte mit den Käfern, die das Mädchen erzählt hatte, heute die passendere Metapher wäre.

So wie die Käfer die Palmen von innen auffressen, fraß die Mafia ganze Staaten von innen auf. Weil sie sich in den Eingeweiden des Staates einnistete. Dinos Vater Saruzzo Greco war dafür der beste Beweis.

In Echtzeit hatte sie das Notwendigste erfahren. Sie wusste, dass Greco in einem Industrieviertel in Köln mehrere abbruchreife Firmengebäude aufgekauft und in Flüchtlingsheime verwandelt hatte. Auf eines davon war eine Handgranate geworfen worden. Ein Mädchen und ein Sicherheitsmann waren verletzt worden.

Der deutsche Ausländerhass war das Einzige, was Dino Greco bei seinem Geschäftsmodell nicht bedacht hatte.

21

Kaum eine Woche nach dem Brandanschlag auf Demianas Auto saß Wieneke auf einem schwarzen Ledersofa im zwanzigsten Stock eines dieser Türme im Essener Südviertel. Von hier oben sah das Ruhrgebiet aus wie Manhattan ohne Wasser. Okay, vielleicht nicht ganz. Sagen wir: New Jersey.

Die Ermittlungen der Berliner Bullen hatten nichts anderes zutage gebracht als die Feststellung: »Wir gehen im Moment von Brandstiftung aus.« Die Spurensicherung sei eingeschaltet. Ein Bekennerschreiben habe man nicht gefunden.

Also hatte er sich entschlossen, bei Homeland & Comfort, Büro Essen, aufzukreuzen. Stahlbeton, Glas, Marmor und jede Menge Schlipsträger. Wieneke wartete schon seit einer Viertelstunde. Eine Sekretärin hatte ihm Kaffee gebracht.

Wolfgang W. Wieneke würde sich nicht abschütteln lassen, das war er seinem Ruf schuldig. Die Geschichte war so gut wie rund. Und sie stank zum Himmel. Jetzt noch zwei Halbsätze von den Heinzis hier, die sich hinter diesem Hütchenspiel von Homeland & Comfort verbargen, fertig war die Laube. Presserechtlich auf der sicheren Seite, wie immer. Er hatte eine Liste von Fragen vorbereitet, die er abarbeiten wollte. Fragen, in denen in jedem zweiten Satz das dämliche Wort *die öffentliche Hand* vorkam, er würde klingen wie der Sprecher der *Tagesschau*: »*Was machen Sie besser als die öffentliche Hand?*«, oder: »*Wo liegen die Schwächen der öffentlichen Hand?*«

Endlich tänzelte die Sekretärin über den Granit und bat Wieneke, ihr zu folgen.

Sie führte ihn in einen Konferenzraum. Das Licht beleuchtete nur den Tisch und verlieh dem Konferenzraum die Anmutung eines Verhörraums in einer amerikanischen Netflix-Serie. An der Wand ein riesiges Triptychon hinter Glas: die Spitze eines Eisbergs. Im Halbdunkel an der Kopfseite des Konferenztisches zwei Männer. Der eine mit grau meliertem Bart in grau meliertem Anzug. Der andere kahl, anthrazitfarbener Nadelstreifenanzug. »Klassische Mailänder Eleganz« würde Francesca das nennen, vielleicht war es aber auch nur Hugo Boss. Keine Deko, kein Ausblick, keine Farben lenkten ab – außer einem blauen Punkt, der aufleuchtete, wenn der Graumelierte an seiner Elektrozigarette zog.

Der Kahle stellte sich als Sicherheitsbeauftragter von Homeland & Comfort vor, der Graumelierte als Pressesprecher. Beide blickten auf die Uhr, als Wieneke sich setzte.

»Ich bin wegen des Brandanschlags auf Demiana Schneiders Auto hier«, sagte Wieneke – und schob seine Visitenkarte über den Tisch.

»Ja, das ist uns bekannt«, sagte der Graumelierte seufzend. »Rufen Sie uns noch mal kurz ins Gedächtnis, für wen Sie diesen Artikel schreiben?«

»Für die Zeitschrift *FAKT*«, antwortete Wieneke. War gelogen, aber egal. *FAKT* kam immer gut. Kein Mensch gab einem ein Interview, ohne zu wissen, wo es erscheinen würde. Zur Not konnte er immer noch sagen, dass er das Interview an eine andere Zeitschrift hatte verkaufen müssen, weil … ja, weil *FAKT* einfach zu langsam war.

»Entschuldigen Sie die Nachfrage, aber arbeiten Sie noch bei *FAKT*? Im Vorfeld unseres Gesprächs hat unsere Sekretärin versucht, Sie in der Redaktion zu erreichen, da wurde ihr gesagt, dass Sie schon länger nicht mehr dort sind.«

Interessant. Sie hatten ihm also nachspioniert.

»Ich habe viele Jahre für *FAKT* als Redakteur gearbeitet

und mich vor einiger Zeit selbständig gemacht. Ich arbeite jetzt frei für *FAKT*, der stark unter der Anzeigenkrise leidet.«

»Na ja, gut, fangen wir an«, sagte der Graumelierte jetzt gelangweilt.

»Ich habe gehört, dass es in dem Flüchtlingswohnheim in Marzahn schon öfter zu Übergriffen gekommen ist, einmal war ich sogar selbst anwesend, als einer der Wachmänner …«, begann Wieneke.

»Wo viele Menschen verschiedener Nationalitäten zusammenkommen, gibt es immer Spannungen.«

»Ja, aber wenn man jemanden, der auf dem Boden liegt, mit Fußtritten attackiert, kann man wohl nicht mehr von Spannungen reden.«

»Unser Sicherheitsdienst muss die Bewohner voreinander schützen. Besonders die Jesiden werden oft angegriffen«, sagte der Kahle. »Wir erörtern das nicht öffentlich. Aber es ist nicht einfach. Auch weil die Polizei meist nicht schnell genug kommt.«

»Aber seitdem Demiana Schneider diese Vorfälle bekannt gemacht hat, wurde sie bedroht, jetzt wurde sogar ihr Auto in Brand gesteckt.«

»Islamisten sind nicht unbedingt dafür bekannt, besonders kleinlich zu sein«, sagte der Graumelierte spitz.

Nicht, dass Wieneke sich etwas von diesem Interview versprochen hätte. Interviews werden immer überschätzt. Kein Mensch sagt die Wahrheit in einem Interview. Erst recht nicht zwei, die dafür bezahlt wurden, nicht die Wahrheit zu sagen.

»Meines Wissens wurde der Wachmann, von dem hier die Rede ist, kurz nach dem Vorfall nach Köln versetzt«, ergänzte der Kahle lächelnd.

»Soll das eine Lösung sein?«

»Sehen Sie, Herr Wieneke«, sagte der Kahle in diesem Psychotherapeutenton, der Wieneke zusammenzucken ließ, »die Arbeit mit traumatisierten Menschen wie Flüchtlingen ist immer schwierig. Wie Sie aus meinem Namen unschwer erkennen können …«

Wieneke warf einen Blick auf die Visitenkarte und las: David Abraham. Konnte alles sein und nichts.

»… bin ich halb Deutscher, halb Armenier. Meine Familie ist aus dem Libanon geflohen. Mehr als jeder andere bin ich für diese Arbeit prädestiniert: Ich war selbst Flüchtling, jetzt bin ich Unternehmer, ich weiß, wie man Unternehmen aufbaut. Deshalb habe ich beschlossen, mit den Wachdiensten ins Flüchtlingsgeschäft einzusteigen.«

»Schön, dass Sie von Geschäft reden. Wie erklären Sie, dass Sie an den Flüchtlingen verdienen, während die öffentliche Hand nur Verluste macht?«

»Wir haben eine schlanke Verwaltung«, antwortete der Graumelierte. »Wir kaufen als Großkunden, wir bekommen Betten billiger als die Behörden. Wir bieten Paketlösungen an.«

Was für ein Quatsch, dachte Wieneke. *Schlanke Verwaltung. Paketlösungen.* Was für ein Gelaber. Was für eine Heuchelei. Ihr wollt nichts anderes, als viel Geld mit wenig Aufwand verdienen. Gleich werdet ihr mir erzählen, wie preisgünstig man pakistanisches Blumenkohlcurry kochen kann.

»Aber man schafft sich nicht unbedingt Freunde, wenn man sein Geschäft damit macht, öffentliche Gelder aus Deutschland zu beziehen, und dann den Firmensitz nach Luxemburg und eine andere Gesellschaft nach Österreich verlegt, ohne dort eine Einrichtung zu betreiben«, sagte Wieneke streng.

»Uns blieb nichts anderes übrig. Wir wollten nicht an unseren Leistungen sparen, wir wollen den Standard halten. Und deshalb hat sich Homeland & Comfort dazu entschlossen, das günstige makrowirtschaftliche Klima in Luxemburg und Österreich zu nutzen. Wie andere Unternehmen eben auch«, sagte der Kahle ungerührt.

So kam Wieneke nicht weiter. Bei jeder seiner Fragen hatte er das Gefühl, gegen Schaumgummi zu boxen.

»Aber wenn man sich umhört, hat man nicht das Gefühl, dass Ihre Flüchtlingsheime gut in Schuss wären. Also es gibt da wohl ein paar Probleme mit der Hygiene, habe ich gehört. Das hat ja wohl mit den Betreibern zu tun.«

»Lieber Herr Wieneke, würden Sie jetzt zum Punkt kommen und uns genau sagen, worum es Ihnen geht?«, sagte der Graumelierte und zog genervt an seiner Elektrozigarette.

»Mir geht es darum, die Hintergründe für den Brandanschlag auf Demiana Schneider ...«

»Da muss ich Sie korrigieren: Soweit ich weiß, wurde der Brandanschlag auf ihr Auto ausgeübt, nicht auf Frau Schneider.«

»... aufzuklären. Ich möchte wissen, was sich hinter den Übergriffen Ihres Wachmannes auf Flüchtlinge verbirgt – der gleichzeitig nicht bemerkt haben will, wie Islamisten ins Heim kamen, die versuchten, Flüchtlinge zu bekehren. Um von den Korruptionsvorwürfen ganz zu schweigen, denen die Staatsanwaltschaft nachgeht.« Er machte eine kleine, rhetorische Pause. Okay, das war jetzt etwas dick aufgetragen, aber er wollte sie endlich aus ihrer Scheißruhe bringen.

»Lieber Herr Wieneke«, sagte der Kahle, »das ist ja starker Tobak, wie man in Deutschland so schön sagt. Die Korruptionsvorwürfe betreffen nicht Homeland & Comfort, sondern einen Mitbewerber. Und der Wachmann wurde von uns versetzt – obwohl ihm keine Straftat nachzuweisen ist.«

»Ich denke, wir haben alles Notwendige besprochen«, sagte der Graumelierte überlegen lächelnd.

Wieneke stand auf und packte seinen Notizblock und sein Aufnahmegerät wieder in seine *FAKT*-Tasche. »Ja, vielen Dank auch«, sagte er. Kurz vor der Tür drehte er sich um. »Aber vielleicht können wir bei Gelegenheit über diese Geschichte mit den Minderjährigen reden, die aus Ihrem Heim verschwunden sind?«

Einfach nur so. Kam wie aus der Hüfte geschossen. Um

die beiden Heinzis aus ihrer Scheißüberlegenheit zu bringen.

»Ich verstehe Ihre Frage nicht«, sagte der Graumelierte.

»Ich meine, das ist doch eigenartig – wenn Kinder aus einem Heim verschwinden und niemand nachforscht, wo sie geblieben sind.«

»Ich weiß nicht, was Sie meinen«, sagte der Kahle.

»Diese umF. Oder MUFL, wenn Sie so wollen.«

Die beiden starrten ihn so ungläubig an, dass er fast gelacht hätte. Diese Abkürzungen klangen so bescheuert wie Dagobert Duck, wenn er wütend war. *Ummmpf!*

»Ich meine unbegleitete minderjährige Flüchtlinge. Oder eben minderjährige unbegleitete Flüchtlinge. Im Heim in Marzahn gab es mehr als einen Fall«, sagte Wieneke großspurig.

Okay, er hatte eigentlich nur von diesem einen Jungen gehört, aber um den beiden hier ans Bein zu pinkeln, musste das reichen. Außerdem war überall zu lesen, dass hier ständig Kinder verschwanden.

»Was wollen Sie suggerieren, wenn Sie Migranten unter achtzehn Jahren als ›Kinder‹ bezeichnen?«, fragte der Graumelierte.

»Es gibt darüber bereits etliche Artikel«, sagte Wieneke. »Nicht nur in *FAKT*, sondern praktisch überall. In allen seriösen Medien«, fügte er hinzu.

»Können Sie mir dann auch sagen, wie es mit dem sogenannten seriösen Journalismus vereinbar ist, in einem Artikel über das angebliche Verschwinden von Flüchtlingskindern nicht zu erwähnen, dass es ein weit verbreiteter Usus beim Stellen von Asylanträgen ist, Reisepässe wegzuwerfen und sich als minderjährig auszugeben, um dadurch weniger leicht abgeschoben werden zu können?«, fragte der Kahle.

Der Graumelierte sekundierte: »Wie kann hier naiv von verschwundenen Kindern die Rede sein, wenn man in vielen Fällen weiß, dass diese meist zwanzigjährigen Männer bewusst abtauchen, um kriminelle Strukturen wie Drogenhandel oder islamistische Terrororganisationen aufzubauen?«

Der Kahle zog wieder an seiner Elektrozigarette, der Punkt strahlte blau. »In Deutschland lebt man in einem freien Land und kann reisen, wohin man will. Diese Jugendlichen suchen ihre Eltern, ist das so verwunderlich?«, fragte er und fügte süffisant hinzu: »Ich nehme an, dass diese Artikel von hypermotivierten NGO-Aktivistinnen formuliert wurden. Denen kann man solche Ammenmärchen noch glaubhaft machen. Ansonsten bleibt mir leider nur noch die Interpretationsvariante, dass hier ein bewusster Manipulationsversuch vorliegt.«

»Falls Sie die Absicht haben, solche ungesicherten Erkenntnisse weiterzuverbreiten, sehen Sie sich lieber vor. Was Sie betreiben, das ist kein Journalismus, sondern üble Nachrede«, sagte der Graumelierte eisig.

»Sie könnten es bereuen«, ergänzte der Kahle lächelnd.

»Werden wir ja sehen«, sagte Wieneke, deutete eine Verbeugung an und drehte sich auf seinem Absatz um, bevor er an dem Eisberg vorbei in der Dunkelheit verschwand.

Ein Abgang wie Robert Redford in *Der elektrische Reiter*, der mit seinem Pferd einfach von der Bühne der Werbeshow in Las Vegas getrabt war, in die Dunkelheit hinein, bis die Lämpchen an seinem Cowboyanzug verglüht waren.

Hey, hey, hey.

22

Keine zwei Tage später hatte Wieneke einen Termin bei *FAKT*. In der Chefredaktion. Er hatte nicht erwartet, dass sich Tillmann so schnell auf seinen Themenvorschlag melden würde – praktisch in Echtzeit. Kaum hatte er auf »Senden« geklickt, war schon die Antwort da: *Lieber Wieneke, würde mich freuen, von Ihnen zu hören, schauen Sie doch einfach mal wieder vorbei!*

Prinzipientreue schön und gut, hatte sich Wieneke gesagt, aber die Miete musste bezahlt werden. Hinter seinem Themenvorschlag verbarg sich die schlichte Einsicht, dass weder die Blumenkohl-Bar noch *Jesus online* genug abwarfen, um seine Miete zu finanzieren.

Als er durch die Eingangshalle des Verlagshauses lief, fiel sein Blick auf eine Stellwand, von der ihn Tillmann angrinste. Das Plakat lud zu seinem »Öffentlichen Gastvortrag« an der Journalistenschule ein, unter dem Titel: *Nur Mut! Selbstbewusst und selbstkritisch gegen Propaganda und Verschwörungstheorien!*

Darunter stand: *Eintritt frei* – mit Ausrufungszeichen.

Tillmann saß vor seinem Kamillentee und seinen der Größe nach geordneten Bleistiften. Als ein Sonnenstrahl Tillmann und seine, ja, dunklen Haare streifte, stellte Wieneke fest: Die waren gefärbt. Eindeutig. Sein Schopf sah aus wie Francescas nach der Tönungspackung *samtige, dunkle Kirsche*. Die Koteletten waren bereits grau, aber oben auf dem Kopf fand sich kein einziges graues Haar, das war nicht echt, das war Panik.

Angst vor dem Alter.

Ob er sich die Haare von der alten Honigbiene in Eimsbüttel färben ließ?

Hier zu sitzen, war wie Pfingsten und Ostern an einem Tag. Er hatte gekündigt, und das Weichei Tillmann verlangte trotzdem nach ihm. Ja, so ist es nun mal. Ausgleichende Gerechtigkeit, so nannte man das wohl. Qualität lässt sich nicht so leicht ersetzen.

Der Themenvorschlag war irre lang geworden, war immer so, wenn er einmal ins Schreiben kam, konnte er nicht mehr aufhören, und das, obwohl Wieneke sich zu einer gewissen Nüchternheit gezwungen hatte: Brandanschlag auf das Auto einer deutsch-ägyptischen Koptin, Leiterin eines *konfliktträchtigen* Flüchtlingsheims – er hatte bei den verstopften Toiletten, den Islamisten und dem durchgeknallten Wachmann angefangen, um sich langsam zum Kern vorzuarbeiten, also zur Korruption, den Minderjährigen und der armenischen Mafia.

Eigentlich war klar, dass Tillmann, der ja bekanntlich einer der größten Opportunisten dieser an Opportunisten reichen Branche war, so eine Geschichte kaufen würde, ja musste, schließlich fehlte es an keiner Zutat: wehrlose Frauen, unterdrückte Christen, böse Islamisten, raffgierige Unternehmer. Elend & Grauen pur.

»Und? Wie läuft so der Markt für Freie?«, fragte Tillmann, und da wäre Wieneke am liebsten schon wieder aufgestanden.

»Kann mich nicht beschweren.«

»Ich habe Ihnen geschrieben, mein lieber Wieneke, weil wir hier etwas unter Druck sind.«

»Kein Problem. Ich springe gerne ein.«

»Es freut mich, dass Sie so hilfsbereit und vorurteilsfrei sind.«

Also das grenzte schon fast an Beleidigung. *Vorurteilsfrei.* Sah er etwa aus wie eine sächsische Dumpfbacke?

»Alles andere wäre unangemessen für einen Journalisten«, sagte Wieneke und knöpfte seinen obersten Hemdknopf auf. Irgendwie fehlte hier drin die Luft.

»Ganz meine Meinung, lieber Widukind.«

Widukind, dieser Sack. Er konnte es nicht lassen. Egal. Es ging um mehr.

»Ich dachte an ein Männer-Special«, sagte Tillmann.

»Ein Männer-Special?«, fragte Wieneke verwirrt. Warum wollte Tillmann seine Flüchtlingsgeschichte ausgerechnet in einem Männer-Special unterbringen? Okay, war ein hartes Thema. Ob Tillmann fand, dass Frauen zu schlicht für so etwas waren?

»Haben Sie damit Probleme?«, sagte Tillmann.

»Nein, nein, ist schon okay«, sagte Wieneke nach einer Schrecksekunde. Natürlich waren Korruption und Gewalt letztendlich Männerthemen, das sah er auch so – würde aber nie wagen, das zuzugeben. Interessant, was für ein Chauvi in diesem vertrockneten Männchen steckte.

»Ich dachte an eine Tagespauschale für zehn Tage«, sagte Tillmann. »Sind zweihundert Euro pro Tag für Sie in Ordnung?«

Zweitausend Euro auf die Kralle. Das waren – fast – Preise wie früher. Und das heute, wo Journalisten schlechter bezahlt wurden als moldawische Putzfrauen. Andererseits: War doch komisch, ihm gleich den Zeitraum vorzugeben. So eine Geschichte war schwer zu terminieren. Was, wenn noch etwas Wichtiges passieren würde? Egal. In diesen unsicheren Zeiten war es nicht schlecht, sich darauf verlassen zu können, dass die Geschichte überhaupt erschien. Und sei es in einem Männer-Special.

»Sagen wir zweihundertfünfzig.« Wenn schon, denn schon.

»Mein lieber Widukind, ich sehe, Sie sind ganz der Alte geblieben: Reicht man ihm den kleinen Finger, nimmt er gleich die ganze Hand.« Er lachte keckernd. »Aber gut, ich bin ja kein Unmensch, auch freie Journalisten sollen anständig bezahlt werden. Da bin ich ganz bei Ihnen.«

Da bin ich ganz bei Ihnen. Ist mir schlecht. Wieneke rückte mit seinem Stuhl etwas zurück. Tillmann beugte sich über den Schreibtisch und sagte in vertraulichem Ton: »Ich rufe kurz in der Graphik an, damit die Ihnen die Bildstrecke zeigen und Sie zu Herrn Specht bringen, der kennt sich mit den Uhren aus.«

Wieneke lachte verwirrt. »Uhren? Was für Uhren?«

»Die von der Bildstrecke. *Uhren verstecken.* Das ist der Arbeitstitel. Wir hatten die Idee zu einer deutschlandweiten Schnitzeljagd.«

»Wie: *Uhren ... verstecken?*«

»Wir haben uns von Pokémon inspirieren lassen. Sie wissen ja, wie schwierig es ist, attraktive Ideen für die Anzeigenkunden zu entwickeln. Jedes Mal eine schwere Geburt. Es soll originell werden – und natürlich auch informativ. Und die Qualitätsstandards von *FAKT* dürfen natürlich auch nicht infrage gestellt werden. Premiumqualität. Allein die Uhren auseinanderzuhalten, ist ja schon ... Unter uns gesagt: Wer schafft das schon, auf Anhieb eine Patek Philippe von einer Vacheron Constantin oder einer Audemars Piguet zu unterscheiden? Ich meine, eine Rolex könnte ich noch erkennen ...« Er kicherte. Freute sich über sich selbst. Als Tillmann lachte, fiel Wieneke zum ersten Mal auf, wie welk er geworden war. »Auf jeden Fall haben wir diesen freien Uhrenjournalisten eingekauft, Herrn Specht, damit für die Bildstrecke die richtigen Uhren ausgesucht werden. Und Sie sollen mit diesem Specht zusammenarbeiten, weil Specht sich zwar mit Uhren auskennt, aber journalistisch nicht, wie soll ich sagen, den richtigen Biss hat, um knackige Bildunterschriften und Kleintexte zu formulieren.«

Knackige Bildunterschriften und Kleintexte.

Wieneke hörte das Blut in seinen Ohren rauschen. »Entschuldigung, aber was haben die Uhren mit meiner Geschichte zu tun?«

»Was für eine Geschichte?«

»Mein Themenvorschlag.«

»Sie haben mir einen Themenvorschlag geschickt?« Tillmann blätterte ratlos in seinen Unterlagen. Scrollte durch seine Mails. Und schüttelte den Kopf. »Bei mir ist nichts angekommen.«

»Ich habe Ihnen eine Geschichte über … Flüchtlinge vorgeschlagen. Über die Zustände in einem Berliner Flüchtlingsheim. Über Korruption und armenische Ma…«

»Mein lieber Wieneke, das verstehe ich nicht. Ich habe keine Mail von Ihnen bekommen. An welche Adresse haben Sie die denn geschickt?«

»Tillmann ät Fakt Punkt de.«

»Ach, das ist noch die alte Adresse. Ja, die ist nicht mehr aktiv seit unserem letzten Relaunch. Sie wurde umgeleitet auf das Sekretariat. Ab und zu schaut eine von den Sekretärinnen mal rein, aber offenbar ist Ihre Mail nicht … Wahrscheinlich hat sich das mit meiner Mail überschnitten. Aber egal. Wir haben uns ja auch so geeinigt. » Er stand auf und klopfte Wieneke väterlich auf die Schulter. Im Stehen blätterte er in ein paar Fotos und schob sie zu Wieneke hinüber. »Schauen Sie mal, hier ist schon mal eine kleine Bildauswahl. Das hier ist besonders witzig.«

Ein nacktes Baby mit Pampers. Und einer Patek Philippe für zwanzigtausend Euro am Arm.

Kinderpornos mit Patek Philippe.

»Ich fand die Idee nicht schlecht: Uhren mit Säuglingen. Endlich wird mal die Vaterrolle betont, ohne gleich in Betulichkeit zu verfallen. Außerdem nehmen wir so auch den Radikalfeministinnen den Wind aus den Segeln, die ja sonst wieder über uns herfallen würden. Unsere geistige Headline ist: *Der Mann, seine Wünsche und Bedürfnisse.* Wir haben außerdem noch etwas über Messer, Portemonnaies, Rucksäcke, Espressomaschinen, Manschettenknöpfe, Daunenjacken und sogar Unterhemden. Sich mit Männern ernsthaft und, ja, warum auch nicht mal *männerfreundlich* auseinanderzusetzen, ist journalistisch längst überfällig. Und ernste Themen haben da auch eine Chance.« Er legte ein Foto vor, das einen Todeskandidaten kurz vor der Hinrichtung zeigte. Mit einer Patek Philippe am Arm. Modell *Grand Complications*. Anderthalb Millionen. »Aber ich will Sie nicht aufhalten. Gehen Sie doch jetzt erst mal einfach runter in den dritten Stock. Da erwartet Sie der Kollege mit den Uhren.«

Wieneke blieb sitzen. Tillmann hielt ihn für eine Nutte. Er glaubte, dass es reichte, oben zweitausend Euro reinzuschmeißen, damit unten ein Uhren-Special rausfiel. Wieneke stand immer noch nicht auf.

Tillmann blickte auf seine Uhr. »Über Ihren Themenvorschlag reden wir vielleicht ein anderes Mal? Schicken Sie ihn mir doch noch mal an die neue Adresse. Doktor Tillmann, also dr Punkt tillmann ät FAKT Punkt de. Aber ich kann Ihnen jetzt schon sagen, dass es mit diesen … Flüchtlingen … also … mit Flüchtlingsthemen im Moment etwas schwierig ist. Der Wind hat sich gedreht.«

Das war nicht zu fassen.

»Ich meine, wir müssen die Ängste der Bürger ernst nehmen. Wir dürfen nichts beschönigen«, sagte Tillmann.

Seit wann das denn? Schließlich hatten sie hier nie etwas anderes gemacht. Seitdem Tillmann die Chefredaktion von *FAKT* übernommen hatte, war die Welt in Watte gepackt worden. Mit Geschichten über *die heilende Kraft der Heimat* und Fotostrecken mit Kohlfeldern. Dieser falsche Fuffziger. Dieser gute, leicht verlogene linksliberale Mensch. An Heuchelei konnte es kein Landesbischof mit ihm aufnehmen.

Wieneke ärgerte sich über sich selbst. Er wusste, dass Tillmann stets auf jeden fahrenden Zug aufgesprungen war. Er fürchtete sich so sehr davor, mit einer Meinung allein dazustehen, dass er einen sechsten Sinn dafür entwickelt hatte, wann ein Thema opportun war – und wann es Zeit wurde, wieder vom fahrenden Zug abzuspringen und die Seiten zu wechseln. Er hatte das Kunststück fertiggebracht, auf keiner Promi-Hochzeit auf Mallorca zu fehlen und gleichzeitig als Menschenrechtler gerühmt zu werden. Immer wieder hatte er ganz tief in die Harfe gegriffen und das alte Entsagungslied gesungen. Um es mit Heine zu sagen: *Das Eiapopeia vom Himmel, womit man einlullt, wenn es greint, das Volk, den großen Lümmel.* Den Text kannte dieses Weichei sicher nicht. Der hatte garantiert nicht Leistungskurs Deutsch, sondern Religion gewählt. Wegen der Punkte.

»Ja, aber die letzten Reportagen in *FAKT* waren doch auch sehr … differenziert«, wandte Wieneke hilflos ein.

»Mit Reportagen über Flüchtlinge ist jetzt erst mal Schluss«, sagte Tillmann und bewegte sich langsam Richtung Tür. »Wir müssen die Menschen mit ihren Sorgen, Ängsten und Fragen ernst nehmen. Wir können unsere Zeit nicht damit verplempern, die Welt retten zu wollen. Ein Journalist macht sich nicht gemein. Auch nicht mit einer guten Sache.«

»Ja, aber die Reportagen waren doch durchaus auch … skeptisch«, sagte Wieneke.

»Skepsis reicht nicht, wir schulden unseren Lesern Orientierung. Die Menschen sind überfordert. Wir müssen radikaler denken. Wir müssen den Mut haben, zu enttabuisieren.«

»Ja, aber die Reportagen sind doch gut angekommen. In den *social media.* Die sind doch tausendfach geliked und getwittert worden.«

Das war jetzt schon das dritte »Ja, aber«. Und das Zauberwort *social media* hatte er auch aus dem Hut gezogen.

So tief war er gesunken, dass er die Redaktion des Blattes, bei dem er gekündigt hatte, gegen ihren eigenen Chefredakteur verteidigte.

Wieneke machte einen letzten Versuch. »Aber in meiner Geschichte geht es weniger um Flüchtlinge, als um diejenigen, die an ihnen verdienen. Und das sind nicht die Flüchtlinge, sondern Deutsche.«

»Das ist kein Skandal, das ist Marktwirtschaft, lieber Wieneke.«

»Aber die Strukturen, die sich dahinter …«

Tillmann zuckte zusammen. »Strukturen, Strukturen, mein lieber Wieneke, verfallen Sie nicht wieder in alte Verhaltensmuster. Sie haben eine unausrottbare Neigung dazu, Kampagnenjournalismus zu betreiben. Und genau den versuche ich hier auszumerzen.«

23

Sonntags war der Justizpalast menschenleer. Serena hatte den Vormittag im Büro verbracht, irgendwie masochistisch, fand sie. Sie hatte Haftbefehle und neue Rechtshilfeersuchen geschrieben und schwachsinnige journalistische Anfragen abgeschmettert.

Beim Verlassen ihres Büros schreckte sie Mimmo und Lollo auf, die gerade auf Facebook unterwegs waren und gedankenversunken Likes unter irgendwelche Kalendersprüche klickten, um ihrer Entrüstung über die Ungerechtigkeiten der Welt Ausdruck zu verleihen. Denn seitdem Lollo eine App gefunden hatte, mit der er Lebensweisheiten rosa unterlegen und mit Maiglöckchen verzieren konnte, war kein Halten mehr: *Das Leben ist wie ein Kaffee, du kannst so viel Zucker nehmen, wie du willst, aber süß wird er nur, wenn du ihn umrührst. Wer sich nicht bewegt, erreicht nichts*, hatte die meisten Likes erreicht, dicht gefolgt von einem Meereshorizont mit *Endliches kann Unendliches nicht verstehen. Carl Gustav Jung* und dem Schriftzug *Wohin du auch gehst, geh mit deinem Herzen. Konfuzius* auf einem Sonnenuntergang.

Als Serena im Neonlicht des Aufzugs stand und sich im Spiegel betrachtete, fing sie panisch an, in ihrer Tasche nach dem Lippenstift zu kramen. Hastig zog sie sich die Lippen nach, was den Gesamteindruck nicht verbesserte: Der neue Lippenstift hieß *rouge pirate*: ein Rot, das nicht wirklich rot war, sondern ins Bläuliche tendierte, was ihr im Neonlicht des Aufzugs etwas leicht Wasserleichenartiges verlieh. Sonne. Sie brauchte Sonne.

Sie wäre lieber ans Meer gefahren, nach Scopello, anstatt bei Zia Melina zu Mittag zu essen, die im Stockwerk über ihrer Mutter wohnte und Geburtstag hatte. Aber: Familie.

Als Serena im Erdgeschoss aus dem Aufzug stieg, versuchte sie wie immer den Blick auf die Bronzeskulptur zu vermeiden, die in der Eingangshalle stand und aussah wie eine explodierende Knoblauchknolle: *Metamorphose des Frühjahrs*, gewidmet den *Gefallenen der Justiz*. In der Etage darüber verstaubte eine weitere Skulptur, in Bronze gegossener Antimafia-Kitsch: zwei schnauzbärtige Männer, der eine stehend und rauchend, der andere auf einer Bank sitzend. Sah aus wie ein Denkmal für pensionierte sizilianische Landarbeiter, sollte aber an die beiden Richter erinnern, die in die Luft gesprengt worden waren, weil ihre Ermittlungen den Pakt zwischen Staat und Mafia gefährdet hatten. Als die Skulpturen noch in der Via della Libertà gestanden hatten, waren sie eines Nachts demoliert worden. Danach hatte man sie im Justizpalast aufgestellt – und die Tageszeitungen hatten heuchlerisch *Die Richter kehren nach Hause zurück* getitelt.

»Wohin fahren wir?«, fragte Mimmo.

Serena warf sich auf den Sitz und antwortete resigniert: »Zu meiner Mutter.«

Das Mittagessen würde nie enden, es würde *sarde con cipollata* geben (sie hasste Zwiebeln, und sie hasste Fisch mit Gräten), und wenn sie beim *secondo* schwächeln würde (es würde *agnello all'acciuga* geben, Lamm mit Anchovis, Lamm!), würde ihre Mutter wieder sagen, dass Serena schon als Kind eine schlechte Esserin gewesen sei und es keinen Spaß mache, für sie zu kochen. Um fünf Uhr wären sie erst beim Obst angelangt, und ihre Mutter würde sich darüber aufregen, dass Zia Melina den Nachbarn von drüben eingeladen hatte, den sehr netten alten Herrn, der *cannoli* aus der Pasticceria Oscar mitgebracht haben würde, was Serenas Mutter unmöglich finden würde, weil die *cannoli* aus der Pasticceria Oscar nicht vergleichbar waren mit den Apostelfingern der Pasticceria Scimone, und weil der alte Herr nicht zur Familie gehörte. Sonntags aß man nur im Kreise der engsten blutsverwandten Familie und nicht mit *Fremden*, was Zia Melina allerdings komplett egal war, denn der Nachbar lud sie gelegentlich ins Teatro Massimo ein, wo er früher als Nachtwächter gearbeitet hatte, zuletzt zu *L'italiana in Algeri*.

Als Serena beim Gedanken an das Lamm und die Apostelfinger erschauderte, rief Romano an.

»Wo bist du?«

»Unterwegs zu meiner Tante.«

»Ich sitze hier schon den ganzen Vormittag und höre bei der Kooperative mit«, sagte er.

»Gibt es Neuigkeiten?«

»Ja«, antwortete Romano gedehnt. »Es ist … interessant.«

Romano war ein Meister des Understatements. Wenn er etwas interessant fand, konnte man davon ausgehen, dass gerade ein zwanzigstöckiges Wohnhaus eingestürzt war.

»Soll ich kurz in der Questura vorbeikommen? Und es mir anhören?«

»Ich möchte dich nicht von deinem Mittagessen abhalten …«

»Wenn ich auf diese Weise dem Mittagessen bei meiner Tante entkommen kann, bin ich sofort da.«

Kurz darauf stand sie im Abhörsaal der Questura, in dem es etwas stickig war, offenbar funktionierte die Klimaanlage nicht.

»Don Vito«, sagte Romano irgendwie tonlos. Er wandte sich an einen der beiden uniformierten Beamten, die vor den Computern mit flackernden Tonspuren saßen und sagte: »Fangt am besten mit dem Tunesier an«.

»Omar?«

»Ja, fangt mit Omar an.«

»Wer ist Omar?«

»Eines der Mündel von Don Vito, ein junger Tunesier. Mitte zwanzig.«

Dekret 17/16, Zielobjekt: Pkw Fiat Punto EA 232 A, stand

oben in der Leiste auf dem Bildschirm. Dazu Datum, Uhrzeit, die Nummer, die Dauer des Ausschnitts und die Ortsangaben.

Serena setzte sich auf den freien Stuhl zwischen die beiden uniformierten Beamten. Schon nach wenigen Minuten hatte sie das Gefühl, auf dem Plastiksitz festzukleben. Sie roch, dass der neben ihr sitzende Beamte gerade eine Zigarette geraucht hatte und der andere ein Parfüm benutzte, das an einen Wunderbaum erinnerte. Serena setzte den Kopfhörer auf. Als sie Don Vitos helle Stimme hörte, vergaß sie alles um sich herum.

»Aber eines muss klar sein«, flüsterte er. »Wenn du zu arbeiten anfängst, dann beginnt auch deine Geschichte mit mir, verstanden?«

»Ja, natürlich«, antwortete Omar ergeben.

Sie hörte, wie Don Vito einen Gang einlegte und der Fiat losfuhr. Fahrgeräusche. Blinker. Ein dumpfes Grundrauschen. Wenig Verkehr. Offenbar befanden sie sich in einer Nebenstraße.

»Wenn sie dich wirklich wegen der Arbeit wollen, dann brauchst du mich.«

»Ja, natürlich.«

»Und ich setze mich nur für diejenigen ein, die ehrlich zu mir sind. Wenn du mich belügst, ist es aus, das solltest du wissen. Du musst mir vertrauen.«

»Klar.«

»Weißt du, Omar, was Freundschaft ist?«, fragte Don Vito und drosselte das Tempo.

»Etwas ganz Großes.«

»Genau. Und, weißt du, es war nicht so, dass ich nach dir gesucht hätte, es war Gott, der uns zusammengebracht hat. Als du mich angerufen hast, habe ich gedacht: Vielleicht will der Herrgott, dass diese Sache funktioniert. Verstehst du: Es war Gott, der alles organisiert hat.«

Der Wagen schien langsamer zu fahren. Immer langsamer. Schließlich blieb er stehen.

»Es war Schicksal«, sagte Omar.

»Nein, das Schicksal existiert nicht. Es war der Wille Gottes. Freust du dich?«

»Sicher freue ich mich.«

»Zeig mir, dass du dich freust.«

Serena hörte Kleidung übereinander reiben, Autositze quietschen und Omar, der verlegen stammelte: »Nein, wirklich, ich freue mich sehr.«

»Ich will fühlen, dass du zufrieden bist«, flüsterte Don Vito.

»Ich schwöre dir, dass ich zufrieden bin. Wirklich, sehr, sehr zufrieden. So wie du in deinem Herzen gefühlt hast, dass der Herrgott etwas von dir erwartet, so habe ich gefühlt, dass du mich unterbringen kannst.«

»Ach, weißt du, Omar, das ist nichts anderes als Gottes Hilfe. Aber die Hauptsache ist, du fühlst dich wohl mit mir.«

»Ja, natürlich fühle ich mich wohl. Wenn dir jemand einen Teller Essen gibt, wenn er dich rettet, dann schuldet man ihm Dank.«

»Aber Freundschaft ist etwas anderes«, sagte Don Vito.

»Ich bin zufrieden.«

»Du musst mich fühlen lassen, wie zufrieden du bist. Du musst es mir zeigen.«

Wieder hörte Serena die Autositze quietschen.

»Du hast verstanden, dass ich mich für dich einsetze, nicht wahr?«, fragte Don Vito.

»Ja.«

»Dann musst du mich lieb haben. Ohne jede Hemmung.«

»Ich mag dich gern. Aber ich mache mir Sorgen, weil ich Familienvater bin.«

»Ich werde dich unterbringen und später auch deinen Sohn. Du musst nur Vertrauen haben.«

»Ich ...«, sagte Omar, »ich freue mich sehr.«

Sie hörte das Geräusch von Küssen.

»Ich spüre, dass du noch nicht entspannt bist. Du hast Angst.«

»Nein, nein, ich habe keine Angst, ich bin wirklich ganz entspannt und frei.«

»Mach dir keine Gedanken. Schieb die Sorgen beiseite. Versuch dich mit der Hand auszudrücken. Was du nicht mit dem Mund sagen kannst, das sage mit deiner Hand.«

Eine kleine Pause.

»Ja, es kommt von Herzen«, sagte Omar.

»Spricht deine Hand tatsächlich von deinem Herzen?«, fragte Don Vito. »Lass mich spüren, dass du wirklich frei bist. Wenn ich fühle, dass du wirklich frei bist, spüre ich, dass du ehrlich bist.«

»Ja, sicher.«

»Komm näher«, flüsterte Don Vito. »Setz dich näher zu mir. Was fehlt dir?«

»Wenn ich ehrlich bin, fehlt mir ganz viel. Mein Kopf ist voller Sorgen.«

»Das ist nicht gut. Wenn du mit dem Kopf woanders bist, dann können wir es gleich bleiben lassen.«

»Nein, nein, ich bin ganz bei dir, mit meinem Kopf.«

»Genau das will ich. Denn wenn ich hier mit dir im Auto bin, versuche ich auch, an nichts anderes zu denken.«

»Ja.«

»Du kannst alles machen, was du willst, wovon du glaubst, dass es mir gefällt.«

»Gefällt dir das, wenn ich dich so anfasse?«

»Es gefällt mir auch, wenn du mich *so* anfasst.«

»Okay, ich habe verstanden, ja, okay, verstanden.«

Don Vito stöhnte, keuchte, japste. Schließlich stieß er vorwurfsvoll hervor: »Du fühlst dich nicht wohl mit mir.«

»Aber warum sagst du das, Don Vito, warum, warum?«

»Weil ich das spüre. Weil du so weit weg bist. Sehr weit weg.« Don Vito gähnte.

Und Serena riss sich den Kopfhörer herunter.

»Ich könnte kotzen.«

»Verstehe«, sagte Romano. »Aber du hast noch längst nicht alles gehört.«

Sie lief auf die Toilette auf dem Flur und ließ kaltes Wasser über ihre Arme laufen. Aus dem Spiegel blickte sie ein kreideweißes Gesicht an.

Sie fühlte sich wie nachts in ihren Träumen, wenn sie laufen wollte und nicht von der Stelle kam, weil der Boden nicht fest war, sondern ein Morast. Wohin sie auch trat, sie versank in Scheiße. Reichte es nicht, dass die Schlepper die Leute ersaufen ließen? Nein, es musste auch noch dieses bigotte Schwein aufkreuzen. Sie sah sich schon im Gerichtssaal auf »Unzucht mit Abhängigen« plädieren, während der Anwalt der Diözese maliziös bemerken würde, dass es sich ja um einvernehmlichen Sex gehandelt habe, weil das Opfer volljährig und freiwillig in Don Vitos Auto gestiegen sei.

Sie schleppte sich zurück in den Abhörsaal. Setzte sich wieder zwischen die beiden Beamten und sagte: »Okay, lasst mich den Rest hören, von Omar.«

Wieder hörte sie, wie Stoff raschelte und die Autositze quietschten.

»Weißt du, Omar, sobald die Kooperative wieder voller Kinder ist, haben wir hier viel zu tun«, sagte Don Vito.

»Spul noch mal zurück«, sagte Serena zu Romano. Hatte Don Vito tatsächlich von Kindern gesprochen?

Sie hatte richtig gehört: »Sobald die Kooperative wieder voller Kinder ist, haben wir hier viel zu tun.«

»Viele Kinder?«, fragte Omar.

»Ja, wenn die Kinder kommen, haben wir viel zu tun, du auch. Im Moment sind ja noch nicht so viele da«, sagte Don Vito.

Sie blickte zu Romano. »Was ist gemeint, mit den Kindern? Was heißt: viel zu tun?«

Romano zuckte mit den Schultern. »Don Vito weist den Flüchtlingen bestimmte Aufgaben zu, er ernennt sie praktisch zu Aufsehern im Flüchtlingslager, und manche kümmern sich um die allein reisenden Kinder. Dieser Omar scheint einer von ihnen zu sein. Aber mach dir keine Sorgen. Alle Telefone sind unter Kontrolle. Wir haben überall Wanzen gesetzt. In die Büros, im Lager, in den Schlafräumen, in die Autos der Mitarbeiter. Irgendwas wird herauskommen.«

Wieder hörte sie Autositze quietschen und Don Vitos unerträglich helle Stimme. Mit derselben Stimme, mit der er am Sonntag zuvor von der Kanzel zu mehr Verständnis und mehr Liebe zu den Flüchtlingen aufrufen hatte, sagte er nun: »Du hast ein Problem, ich spüre es.«

»Nein, Don Vito, nein, ich habe kein Problem«, beeilte sich Omar zu versichern, »die einzige Sache ist, dass ich … keine Arbeit habe und ein Familienvater bin. Und ich versuche, aufrichtig zu bleiben. Nicht so wie die, die ich vor einem Monat an der Bushaltestelle gesehen habe, fünfundvierzig Leute oder so, die alle abgehauen sind. Und von denen hatte keiner … die Dings … abgegeben, wie heißt das noch gleich?«

»Fingerabdrücke.«

»Ja, genau, Fingerabdrücke abgegeben. Die sind alle abgehauen.«

»Ja, ich weiß, nach Deutschland, nach Frankreich«, sagte Don Vito gleichmütig und fragte: »Und du, warum bist du geblieben?«

»Weil ich hier … sicher bin.«

Erleichtert atmete Don Vito auf. »Du fühlst dich sicher, mit mir?«

»Ja, weil ich Vertrauen habe, in dich, Don Vito. Ich sage mir: Don Vito wird mir helfen. Er ist mein Freund, er wird mich nach Deutschland bringen.«

»Erst werden wir uns darum kümmern, dich und deinen Sohn hier unterzubringen, und dann wirst du auch reisen. Nach Deutschland. Das verspreche ich dir. Fühlst du dich frei?«

»Ja, ich bin ganz frei.«

»Jaa … hier, fass mich hier an. Ja, hier, das ist gut, etwas tiefer.«

Sie riss sich wieder den Kopfhörer herunter. Der neben ihr sitzende Beamte blickte sie erschrocken an.

»Und was kriegt Don Vito dafür, dass er Tunesier nach Deutschland abhauen lässt?«

»Er tut dem Ministerpräsidenten einen Gefallen. Oder besser: dem Senator«, sagte Romano und lachte.

Ja, klar, er hatte recht. Darauf hätte sie auch selber kommen können. Wenn es Flüchtlingen gelang abzuhauen, ohne Fingerabdrücke abzugeben, galt das als Beweis dafür, dass das Lager überfüllt und die Lage unübersichtlich geworden war. Der Senator meldete in Rom den Notstand an, Rom machte mehr Geld locker, das in die Kassen der Kooperativen floss, nachdem sich der Senator seinen Obolus abgezweigt hatte. Und Rom konnte den Notstand nach Brüssel melden. Woraufhin Brüssel Deutschland signalisierte: Wenn es weiter so gemütlich leben wollte, musste es bluten.

Jeder einzelne Flüchtling war eine Gans, die goldene Eier legte. Menschliches Rohmaterial. Die Schlepper verdienten an ihnen, die Kooperativen, der Senator kriegte für sie Geld aus Rom, Rom kriegte Geld von der EU, und am Ende saß Don Vito mit ihnen im Auto und konnte sie unter den Augen aller dazu zwingen, seinen Schwanz zu lutschen, weil er seinen Gemeindemitgliedern billige Arbeitskräfte verschaffte und als Verwaltungsratschef auch noch über die zu besetzenden Stellen in den Flüchtlingskooperativen entschied.

»Und dann haben wir hier noch Eddie«, sagte Romano.

»Wer ist Eddie?«

»Eddie ist ein junger Nigerianer, der einen Antrag auf Asyl gestellt hat.«

»Und Don Vito sitzt in der Kommission, die über die Asylanträge urteilt. Verstehe.«

Resigniert setzte Serena wieder den Kopfhörer auf. Und hörte, wie sich Don Vito ächzend auf den Autositz fallen ließ, die Tür schloss und auffällig entkräftet seufzte. Was Eddie aber nicht zu bemerken schien, denn er fragte so aufgeregt: »Wann ist meine Kommission? Wann, wann, wann?«, dass er Serena an einen kleinen japsenden Hund erinnerte, der die Hand seines Herrn leckte, um gestreichelt zu werden.

»Ende September«, antwortete Don Vito und ließ das Auto an.

»Warum, warum so spät? Warum habe ich meine Kommission erst so spät?«

»Ich weiß es nicht«, sagte Don Vito, gähnte und fügte scheinbar zerstreut hinzu: »Wer bist du eigentlich? Ich erinnere mich gar nicht an dich.«

Sie fühlte sich wie ein Kind im Kaspertheater, das »Pass auf, der Wolf kommt!« schreien will. Was für ein Scheißdreck. Sie war zum Zuhören verdammt, zur Untätigkeit. Jedes Mal, wenn sie im Abhörsaal der Questura saß, auf flimmernde Bildschirme blickte und über Kopfhörer genuschelte Unterhaltungen mitverfolgte, zuckte es in ihr, sie wollte eingreifen in diese schlecht erfundene Wirklichkeit, sie zurechtrücken, aber da hörte sie schon, wie Eddie lachte und ungläubig fragte: »Du erinnerst dich nicht an mich?«

»Es ist so lange her, seitdem wir uns gesehen haben«, sagte Don Vito, gähnte wieder und fragte: »Hast du deine Frau wieder gesehen?«

»Nein, schon lange nicht.«

»Und, ist das gut?«

»Ja, das ist gut.«

»Und, sag mir, warum ist das gut?«

»Sie muss warten, sie hat noch keine Aufenthaltsgenehmigung.«

Don Vito sagte nichts. Er drosselte das Tempo, das Motorengeräusch wurde leiser, bis es ganz verebbte. Sie hörte, wie Don Vito sich die Hände rieb. Alte, trockene Haut, die zu Durchblutungsstörungen neigte.

»Sie war in Neapel, meine Frau«, sagte Eddie kläglich.

»Ah, ja? Ich hatte davon gehört, dass drei Nigerianerinnen nach Neapel gefahren sind. Sie hatten eine Erlaubnis.«

»Sie war drei Tage weg. Wir haben Probleme wegen der Prostitution.«

»Sie prostituiert sich?«, fragte Don Vito und schnalzte mit der Zunge.

»Ja. Die anderen sind keine guten Frauen. Sie lässt sich beeinflussen.«

»Dann machst du das Kolloquium allein. Okay?«

»Ja.«

»Ohne sie.«

»Nein.

»Du musst jetzt an deine Zukunft denken, Eddie.«

»Sie hat mir mein Herz geraubt, Baba.«

»Du musst an dein Leben denken. Du bist jung. Prostitution ist Sünde. Gib mir einen Kuss.«

Der Sitz quietschte, offenbar beugte sich Eddie zu Don Vito, um ihn zu küssen.

»Langsam fange ich an, mich an das System zu gewöhnen«, sagte Eddie, offenbar ein jämmerlicher Versuch, das Gespräch in eine unverfänglichere Richtung zu lenken.

»Was für ein System?«

»Das italienische System. Also das Klima, das Essen, die Geschichten.«

»Sehr gut. Sehr gut«, sagte Don Vito zerstreut wie ein Lehrer, der einen Schüler für seine schlichte Antwort abfertigt. »Aber an mich denkst du nicht?«

»Doch, doch, ich denke an dich. Ich dachte, du wärst auf Reisen.«

»Und warum hast du mich nicht angerufen?«

»Ich hatte keinen Kredit mehr auf meinem Telefon.«

»Freust du dich, mich getroffen zu haben?«

»Ja, ich freue mich.«

»Wirklich?«

»Ja, wirklich.«

»Glaube ich nicht.« Wieder gähnte Don Vito. »Deine Aufenthaltsgenehmigung ist okay, und wenn dir die Kommission dann …«

»Mir ein positiv gibt? Für fünf Jahre?«, sagte Eddie lachend. »Fünf Jahre für mich, Baba?«

»Ja, richtig: Baba, ich bin dein Baba, mein Sohn.«

Plötzlich hörte sie Küsse und Stöhnen. Es war Don Vito, der stöhnte. Er stöhnte nicht erschöpft, nicht müde, er stöhnte vor Erregung.

»Eddie, Eddie«, sagte er, »ach, ich bin so müde.«

»Viel Arbeit, viele Leute? Eine gute Kommission?«

»Ja, viele Leute.«

»Das ist gut. Positiv.«

»Positiv, negativ, je nachdem.«

»Nigerianer negativ? Alle Nigerianer negativ?«

»Nicht alle, nein. Nur manche. Die Nigerianer erzählen Geschichten.«

»Man muss eine gute Geschichte erzählen.«

»Eine wahre Geschichte, Eddie. Du musst eine wahre Geschichte erzählen. Hast du das verstanden? Und in deiner Geschichte gibt es eine Schwachstelle: dass du Moslem bist. In Kano gibt es keine Probleme mit Moslems …«

»Wir haben Boko Haram in Kano«, sagte Eddie aufgeregt.

»Ja, aber verfolgt werden die Christen und nicht die Moslems.«

»Ja, genau, die Christen.«

»Aber du kommst aus Lagos, nicht wahr?«

»Nein, aus Kano.«

»Aber deine Frau kommt aus Lagos?«

»Ja.«

»Und sie ist Muslima.«

»Nein, sie ist Christin.«

»Ach, Christin? Also dann ist deine Frau die, die verfolgt wurde, und du bist mit ihr nach Europa gegangen, um sie zu retten?«

»Nein, ich bin gegangen, um mich zu retten.«

»Aber du bist doch Muslim?«

»Nein, ich bin Christ. Und meine Frau ist auch Christin.«

»Ach so, ich hatte verstanden, dass du Moslem bist.«

»Nein, nein, du kannst meine Papiere im Büro kontrollieren. Ich bin Christ. Du hast mir doch gesagt, dass dir die Moslems nicht gefallen«, sagte Eddie und kicherte.

»Ach so, du bist Christ. Aber in die Kirche gehst du nicht?«, fragte Don Vito vorwurfsvoll.

»Doch, aber ich gehe in die Kirche San Gaetano.«

»Dann sieht die Sache für dich natürlich ganz anders aus. Wenn du Christ bist, ist es für mich viel einfacher, dir zu helfen. Dann ist das auch mit Kano in Ordnung, denn Moslems werden in Kano nicht verfolgt, nur Christen. Wunderbar. Kuss, Kuss, Kuss!«

Eddie lachte verlegen. Wieder das Geräusch von Küssen.

»Das sind die Küsse der Glückseligkeit«, sagte Don Vito. »Wir müssen hoffen. Wir müssen jetzt nur hoffen, mein Sohn.«

»Mein Sohn, haha«, sagte Eddie.

»Bist du glücklich, Eddie?«

»Ja.«

»Bist du glücklich, mir nahe zu sein? Zeig es mir!«, sagte Don Vito und stöhnte zufrieden. »Ah … ja, so … so ist das natürlich eine … ganz andere Situation.«

»Ja, ganz anders.«

»So sieht das … ah … alles natürlich ganz anders aus. Weißt du, Eddie, ich hatte mir schon große Sorgen um dich gemacht!«

»Oh!«

»Ja, wegen deiner Kommission.«

Im Hintergrund hörte sie ein saugendes Geräusch.

»Ah, ja, Eddie. Jetzt kann ich … dir mit dieser Geschichte helfen. Jaa, jaaa, jetzt ist es möglich. Ja, jetzt hoffen wir das Beste für deine Kommission. Nicht wahr?«

»Ja.«

»Das ist … wirklich gut. Heute … ah, das ist wirklich gut, mach weiter. Gib mir mehr.«

»Was?«

»Liebe.«

»Das ist Liebe.«

»Ja, das ist Liebe. Die Liebe ist etwas sehr Gutes. Hast du Liebe?«

»Ja, ich habe Liebe.«

»Für mich?«

»Ja.«

»Zeig mir deine Liebe«, sagte Don Vito.

Eddie lachte peinlich berührt.

»Jaa, zeig sie mir, deine Liebe, jaa … so.«

Sie hörte das Geräusch eines Reißverschlusses.

»Oder hast du ein Problem?«

»Nein.«

»Oh, mein Gott«, stöhnte Don Vito plötzlich, »das ist ja … Du bist ja beschnitten.«

»Wie?«

»Das hier. Das ist beschnitten. Wie die Moslems.«

»Nein, nein.«

»Doch.«

»Ich bin kein Moslem, ich bin Christ.«

»Aber dieser Penis, der ist dick … und er ist beschnitten, wie bei den Moslems.«

»Bei den Moslems ist er lang.«

»Ah.«

»Aber die Christen, die haben ihn normal.«

»Aber weißt du denn nicht, was eine Beschneidung ist? Du bist beschnitten.«

»Ich verstehe dich nicht, sprich Italienisch.«

»Auf Italienisch heißt das ›beschnitten‹. Als du jung warst, haben sie dich beschnitten, nicht wahr?«

»Das machen sie so in Afrika. Das ist normal. Bei den Christen. Bei den Moslems nicht.«

»Ach, die Moslems nicht?«

»Ein paar vielleicht.«

»Normalerweise sind die Christen nicht beschnitten. Ich bin nicht beschnitten. Hast du verstanden, Eddie?«

»Ja, ich habe das verstanden. Aber in Afrika ist das anders. Da sind sie beschnitten.«

»Ja, das ist möglich. Und das ist natürlich auch … sehr schön. Ja, ja, … sehr schön.«

»Sehr schön?«

»Ja, ja, sehr schön … für deine Zukunft.« Don Vito ließ das Auto wieder an. »Wann willst du mich wiedersehen, Eddie?«

»Wann du willst.«

»Nein, sag du mir wann. Wann willst du mich wiedersehen?«

»Du weißt doch, dass ich nichts zu tun habe.«

»Wie?«

»Na ja, dass ich immer freihabe. Ich habe immer frei.«

»Immer? Du bist immer frei für mich?«

»Ja, klar.«

»Ah … gut. Ja … das ist viel besser, dass du kein Moslem, sondern ein Christ bist, jetzt kann ich etwas für dich tun. Liebe, Liebe, Liebe, zeig mir deine Liebe! Eine Aufenthaltsgenehmigung hast du, ja? Also steht dir nur noch die Kommission bevor, richtig? Jetzt kann ich für dich hoffen, für die Kommission.«

»Ja, nur noch die Kommission.«

»Die Kommission mit mir.«

»Ja, mit dir.«

»Da sind natürlich noch andere Personen.«

»Aber wann? Wann ist meine Kommission?«

»Ich weiß es nicht«, sagte Don Vito und räusperte sich, »es sind noch viele Leute gekommen. Aber du kommst natürlich vor ihnen dran. Küss mich bitte. Bist du glücklich, bei mir zu sein?«

»Ja, ja.«

»Du kannst mich anrufen, wann du willst. Ich stehe immer zur Verfügung. Ruf einfach an und frage mich: ›Baba, wo bist du? Ich will dich sehen.‹«

»Ja, okay.«

»Du sagst einfach: ›Ich will dich.‹«

»Ja, okay.«

»Das nur für die Zukunft. Und jetzt? Wohin fahren wir jetzt?«

»Egal wohin.«

»Was möchtest du denn gerne?«

»Einfach nur ein bisschen herumfahren.«

»Herumfahren?«

Wieder das Geräusch eines Kusses.

»Sag, Baba, jetzt bei der Kommission, da sind ja viele Namen dran, viele Namen. Ich meine, du bringst viele Namen mit, oder?«

»Am Dienstag gehe ich in die Kommission. Ich kann nachschauen, ob dein Name dabei ist.«

»Okoye, Eddie.«

»Eddie, Eddie, wer ist Eddie?«

»Das Kind von Don Vito. Hihi.«

»Das Kind von Baba?«

»Ja, genau.«

»Okay, schick mir Dienstag deinen Namen. Und dann sehe ich in der Kommission nach, ob dein Name dabei ist. Aber ich brauche deine Liebe.«

»Die hast du doch.«

»Gib sie mir!«

»Wie?«

»Gib mir deine Liebe, wie es dir gefällt. Ja … so, guter Junge. Ja, bravo, sehr gut, guter Junge! Ja, ich hoffe, dass deine Kommission gut sein wird.«

»Wenn ich die Dokumente habe, werde ich sehr, sehr glücklich sein. Dokumente sind gut.«

»Und was willst du nach der Kommission machen?«

»Wenn ich die Dokumente habe? Dann werde ich arbeiten.«

»Und wo wirst du arbeiten?«

»Ah, Baba! Wo du mir sagst, wo ich arbeiten soll. Ich brauche dringend Arbeit.«

Der Wagen fuhr wieder langsamer. Don Vito stellte den Motor aus.

»Ja …«, flüsterte Don Vito. »Gefällt dir das?«

»Ja.«

Don Vito atmete tief ein. »Ich liebe dich, Eddie.«

»Hihihi.«

»Hast du das schon einmal gemacht? Ich glaube nicht, das ist neu.«

Eddie lachte wieder. »Ich hoffe, fünf Jahre.«

»Hoffst du?«

»Ja, fünf Jahre oder mindestens drei Jahre. Ich möchte mit dir zur Kommission gehen.«

»Ja, hoffen wir«, sagte Don Vito und flüsterte: »Sauge ganz fest! Gib mir Liebe!«

»Gefällt dir das so?«

»Ja, ja, mach weiter Eddie, ah, ja.«

Wieder Don Vitos wollüstiges Stöhnen.

Dann wurde der Wagen angelassen.

»Dauert das Kolloquium sehr lange? Sind die Fragen sehr lang?«, fragte Eddie.

»Was für Fragen?«

»Die während des Kolloquiums.«

»Nein, eine Stunde.«

»Und sie stellen mir einen Haufen Fragen, so wie: Warum bist du aus Nigeria weggegangen?«

»Sie fragen dich nach deiner Situation dort.«

»Also wann ich weggegangen bin, die konkreten Daten?«

»Exakt«, sagte Don Vito, der nun das Auto anhielt. Offenbar war er vor dem Flüchtlingsheim angekommen.

»Ruf mich Dienstag an!«, sagte Don Vito.

»Ja, ich schicke dir eine Nachricht mit meinem Namen und Nachnamen. Okay, ciao.«

»Ciao. Gute Nacht. Ach, eines noch, Eddie«, sagte Don Vito. »Da ist noch dieses kleine Problem, sie werden dich an das Gericht vorladen, wegen dieser Aussage.«

»Was für eine Aussage? Noch ein Kolloquium?«, fragte Eddie.

»Nein, es geht um diese blonde Frau, die neulich da war.

Sie stellt allen im Lager Fragen. Aber ich denke nicht, dass dabei etwas herauskommt, auf jeden Fall musst du entspannt aussagen, wenn dir diese Frau Fragen stellt. Denn wenn herauskommt, dass du von irgendwas gewusst hast, dann ist das schlecht für dich und deine Aufenthaltsgenehmigung.«

»Ich weiß nichts«, sagte Eddie.

»Guter Junge«, sagte Don Vito. »Wenn du nichts sagst, kannst du ruhig sein. Hast du verstanden? Dann geben sie dir die Aufenthaltsgenehmigung und auch den Arbeitsvertrag.«

Dekret 17/16, Zielobjekt: Pkw Fiat Punto EA 232 A.
Ende.

Sie hörte noch, wie die Autotür wieder geschlossen und der Motor angelassen wurde, als sie spürte, wie ihr schwindlig wurde. Sie nahm den Kopfhörer ab und atmete tief durch. Wahrscheinlich war es der Geruch des Wunderbaums. Und dieser Geruch, den alte Plastiksitze verströmen, wenn sie zu lange in der Sonne stehen.

Sie hoffte, es noch bis in den Waschraum zu schaffen.

24

Wieneke schenkte sich das dritte Glas Gin Tonic ein. *Monkey 47*. Er prostete Francesca zu, die in einem grünschillernden Glitzerkleid auf der Hollywoodschaukel saß, inmitten einer Wolke aus Geschenkpapier. (Er hatte ihr zum Geburtstag einen Seidenschal geschenkt, für den fast sein ganzes Zeilenhonorar draufgegangen war.)

Die Blumenkohl-Bar brummte – Wieneke hatte zur *Notte italiana* geladen, mit grün-weiß-roten Flyern, die er nicht nur in den Parzellen von »Glück auf« hatte verteilen lassen, sondern auch in allen Kneipen und Clubs von Bottrop Süd. Die Bullen hatten eine alte Discokugel, grün-weiß-rote Girlanden und Poster von alten italienischen Filmen aufgehängt: Sophia Loren, die in *Hochzeit auf italienisch* strippt, Giulietta Masina als trauriger Clown in *La Strada* und *Don Camillo und Peppone*.

Kaminski hatte Francesca zu Ehren in seiner Parzelle neben der Vereinsfahne des VfB Bottrop die italienische Flagge gehisst, auf der Terrasse wurde getanzt, und Francesca sang zu Lucio Dalla mit:

Balla balla ballerino tutta la notte e al mattino
Non fermarti balla su una tavola fra due montagne ...

Am liebsten hätte er sie alle umarmt. Nicht nur Francesca, die ihn immer rührte, wenn sie zu Lucio Dalla mitsang, sondern auch Kaminski, den alten Kroaten und sogar den Ökofascho. Kaminski hatte eine von seinen Rekord-Zucchini geopfert, die er jetzt auf den Grill legte, der Ökofascho hatte Kapssalat mitgebracht und grillte Tofu, wobei er in einen

Gewissenskonflikt geriet, wegen der Klimabilanz: Fleisch war ein Klimakiller, aber Grillkohle auch.

Wieneke jedoch war an diesem Abend ganz Ommm: erleuchtet, friedlich, voller Liebe. Seit langem war er nicht mehr so glücklich gewesen. Ja, er hatte die Kleintexte für die Scheißuhren für *FAKT* gemacht. Und dafür zweitausendfünfhundert Euro eingesackt. Die er in seine Recherche gesteckt hatte. Nannte sich auch: Journalismus. Hey, erinnerte sich noch einer von euch Flaschen da draußen, was das war?

Er prostete seinem Spiegelbild zu.

Fuck you, Tillmann.

Die Bullen umschwirrten Francesca wie Motten das Licht und kamen mit dem Nachschenken wieder mal nicht nach. Aber okay. Wenn dieser dünne, unscheinbare und auch etwas langsame Polizeianwärter samstags nicht hier kellnern würde, hätte er nie erfahren, wer sich hinter Homeland & Comfort verbarg.

Kein Geringerer als der Sohn von Don Saruzzo Greco. Dem Boss, der vierzig Jahre lang auf der Flucht gewesen war.

Von wegen Strukturen. Wenn Tillmann den Artikel las, würde er sich in den Arsch beißen.

Die ehrenwerten Geschäfte mit der Not, lautete der Titel. Untertitel: *Zwielichtige Sicherheitsfirma im Einsatz im Flüchtlingsheim: Kölner und Berliner Stadtverwaltung ahnungslos oder Mitwisser?*

Okay, der *Morgen* hatte zwar nur eine Auflage wie eine Schülerzeitung, und das Honorar war auch nicht der Rede wert – dreihunderteinundzwanzig Euro inklusive Mehrwertsteuer –, aber online waren die eine Bombe.

Und tatsächlich war seine Geschichte sofort viral gegangen. Like, like, like. Und natürlich auch ganz viel kotz, kotz, kotz. Weil es ja echt zum Kotzen war, wie sich die Kölner und Berliner – und nicht nur die – von diesem Multi hatten einwickeln lassen. Von diesem Wahnsinn aus Gesellschaften und Teilgesellschaften, vom Landesamt für Flüchtlingsangelegenheiten und den Handreichungen des Neffen des Behördenchefs. Den er Demiana und dem kleinen, dünnen und einem weiteren unscheinbaren Polizeianwärter zu verdanken hatte.

Balla balla ballerino.

Er blickte zur Tanzfläche. Francesca tanzte allen Ernstes mit Demiana. Manchmal fragte er sich, ob die beiden nicht lesbisch waren. Bei Frauen wusste man ja nie. Ob sie nur so taten, um die Männer anzutörnen. Oder ob das echt war. Er würde Francesca allerdings auch zutrauen, dass sie sich mit Demiana nur angefreundet hatte, um sie zu neutralisieren, eifersüchtig, wie sie war.

Schon wie argwöhnisch sie ihn ansah, wenn sein Telefon klingelte. Wie sie den Mund spöttisch und vielleicht auch etwas abschätzig verzog, während ihren Augen keine Handbewegung, kein Achselzucken, kein Kopfschütteln entging. So wie jetzt. Er flüchtete aus ihrem Blickfeld über die Terrasse Richtung Entenweg, an Patschkowskis fleckiger Venus-Statue vorbei, die neuerdings von rotnasigen Zwergen und einem Plastikschwan umzingelt war.

Seit dem Morgen hatten ihn alle angerufen, sie waren wie die Ratten aus ihren Löchern gekrochen, die *Rheinische Post* und die *Westdeutsche Zeitung* und *Deutschlandradio Berlin*, der *SWR* und natürlich die *Bild*-Zeitung. Um abzustauben von seiner Geschichte, die dieser Sack von Tillmann – *selbstbewusst und selbstkritisch gegen Propaganda und Verschwörungstheorien!* – abgelehnt hatte und die Wieneke sich nur hatte erlauben können, weil er sich am Wochenende hinter der Theke der Blumenkohl-Bar die Beine in den Bauch stand, nachdem er zehn Tage lang Kleintexte unter Kinderpornos mit Patek Philippe geknallt hatte, für zweihundertfünfzig Euro pro Tag, abzüglich Steuern.

Und deshalb hatte er auch die Anfrage von diesem Investigativtrüppchen abgelehnt, das sich jetzt an seine Recherchen anhängen wollte. Hey, ihr Säcke, kriegt ihr es alleine nicht auf die Reihe? Und was hieß denn schon investigativer Journalismus? Im Grunde so viel wie: *eine tote Leiche.* Journalismus, der nichts aufdeckte, war kein Journalismus, sondern Reklame.

Okay, dem Fernsehen hatte Wieneke seine Geschichte natürlich auch angeboten. Diesem Arsch von Hauptabteilungsleiter. Wieneke hatte versucht, ihn mit dem Argument zu locken, dass der Sender mit einem Film über die schmutzigen Geschäfte des Flüchtlingsmultis gegen den Strom schwimmen könne. Endlich anstinken gegen die Trolle, die aus den Kommentarspalten heraus was von Lügenpresse und Systemverstehern geiferten. Zwei Fliegen mit einer Klappe: nicht die übliche Flüchtlingsverstehergeschichte, die keine Sau mehr lesen wollte, sondern eine, ja, hey, selbstkritische Geschichte, die bewies, dass wir Deutsche gar nicht so gut und selbstlos sind, wie wir uns gerne darstellen, sondern zynisch mit allem zusammenarbeiten, was bei drei nicht auf den Bäumen ist, weil: *pecunia non olet.* Kurz: Es wäre eine Gelegenheit gewesen, zu beweisen, dass die Leiche Journalismus noch lebte. Eine Gelegenheit, den Trollen in den Kommentarspalten einen Dämpfer zu verpassen. Ihr Geschwurbel von den *Systemmedien* Lügen zu strafen.

Nach Wienekes drittem Anruf (und sieben Mails und einem Exposé) hatte der Hauptabteilungsleiter beschieden: »Wir lassen uns nicht unter Druck setzen.«

Aber egal. Ging ja auch so. Befriedigt klickte er auf den grünen Punkt.

»Hallo, Herr Wieneke? Hören Sie mich?« Allein diese Stimme: weich, gehaucht, leicht rau – Telefonsex pur.

»Ja, Entschuldigung, hier war es gerade etwas zu laut.«

»Hätten Sie Zeit für ein Interview morgen früh?«

»Ja, aber nur, wenn Sie es mit mir führen.« Er hörte, wie sie stutzte. Sie war geschmeichelt. »Sie haben so eine tolle Stimme. So … warm und weich. Wie … ja wie geschmolzene Schokolade.«

Sie kicherte. Und hauchte: »Danke.«

Hey, hey, hey. Das funktionierte also noch. Okay, das sollte aber reichen, um diese Moderatorenmaus zu bezirzen, die nach seiner kleinen Vertraulichkeit ins Plaudern geriet und ihm allen Ernstes sagte, dass sie das mit der komischen Steuerersparnis mit dem Steuerparadies in Luxemburg wahnsinnig spannend finde, sie habe ihn gegoogelt und gelesen, dass er diese Wahnsinnrecherchen zum Thema Mafia ja schon oft gemacht habe, sie ihrerseits habe ja Romanistik studiert und würde auch gerne mal eine Sendung über die Mafia machen, vielleicht könne man da ja zusammenarbeiten?

So weit kommt's wohl. Sie meinte wohl die *Sendung mit der Maus*. Was bildete die sich ein? Hielt sie ihn für einen Recherchetrottel? Schnell wieder die Investigativreporternummer fahren.

»Sorry, aber ich bin im Moment ausgelastet. Ein Interview gerne, aber alles andere muss ich vorerst absagen. Stecke noch mitten in einer Recherche.«

»Na gut. Auf jeden Fall freue ich mich, morgen mit Ihnen zu sprechen.«

Als er wieder zurückkam, lief immer noch Lucio Dalla, *Balla balla ballerino* in Endlosschleife. Francesca tanzte allein. Ihr grünschillerndes Glitzerkleid sah aus wie eine Fischhaut und warf das Licht der Discokugel in kleinen grünen Pünktchen zurück, sie erinnerte ihn an eine Eisläuferin, die er als Kind immer bewundert hatte, tatsächlich drehte sie jetzt fast eine Pirouette, ihre Beine wirkten noch länger als gewöhnlich, vielleicht lag das an diesem kurzen Glitzerkleid oder an den hohen Absätzen, und plötzlich hatte er ein komisches Gefühl im Bauch, irgendwie so, als ob es nichts mehr gäbe, dass ihn aufhalten könnte, kein Chefredakteur, kein Hauptabteilungsleiter, nichts, er würde singen und vielleicht auch tanzen, ja, er wagte sich auf die Tanzfläche, nicht schüchtern, sondern so, als hätte er sein ganzes Leben nur auf diesen Moment gewartet, um mitzutanzen und mitzusingen, *balla balla ballerino* sang auch er.

Balla anche per tutti i violenti veloci di mano e coi coltelli /
Accidenti / Se capissero vedendoti ballare …

sang Francesca, die sich ihm an den Hals warf, glücklich und leicht betrunken. Sie murmelte etwas von denen, die schon immer tot waren, obwohl sie noch atmeten, und dass sie auf einem kranken und getäuschten Herzen getanzt habe, einem besiegten und verlassenen Herzen.

Und obwohl das eigentlich Quatsch war, hatte er zum ersten Mal das Gefühl, dass sie ihn liebte.

Am nächsten Morgen kam das Ordnungsamt in die Kleingartenanlage »Glück auf«. Und schloss die Blumenkohl-Bar. Wegen des *aufgefundenen mangelhaften Hygienestatus.*

25

W as ist das für ein Geräusch?«, fragte seine Mutter.
»Knobelbecher«, antwortete Dino.

»Was soll das sein?«

»Ein Spiel. Ein Würfelspiel.«

»Ah«, sagte seine Mutter und blickte weiter auf das Meer, das schillerte wie ein Opal. Sie saßen vorne in diesem Panoramasaal und durchquerten die türkisfarbene Unendlichkeit des Ionischen Meeres, das von hier aus, von den Schaumgummisesseln aus betrachtet, wie eine Fototapete wirkte, hinter Panoramaglas, das an den Rändern etwas trüb war, zerfressen vom Salz.

Als der Knobelbecher wieder geschüttelt wurde, drehte seine Mutter sich um und betrachtete die drei am Nebentisch würfelnden Deutschen so vorwurfsvoll, wie sie beim Kirchgang auf die alten Landarbeiter in Corleone geblickt hatte, die im *Circolo di Agricoltori* gegenüber von der Chiesa Santa Rosalia Karten spielten, ihre Mützen in den Nacken schoben und verwundert die faltigen Hälse zum Himmel streckten, wenn zum Gottesdienst gerufen wurde.

Allein unter Deutschen.

Das Schiff hieß *Bella Ciao*. Nur Deutsche waren so blöd, ein Schiff nach einem Partisanenlied zu nennen. *O partigiano, portami via / o bella, ciao! bella, ciao! bella, ciao, ciao, ciao! / O partigiano, portami via / ché mi sento di morir.*

Garantiert wussten die nicht, was *Bella Ciao* bedeutete.

Sein Vater hatte sie noch ernst genommen, die Kommunisten. Er war dabei gewesen, damals in Corleone, als sie den kommunistischen Gewerkschafter erschossen hatten. Und als Don Michele, Boss von Corleone und Leiter des Krankenhauses, es sich nicht nehmen ließ, persönlich den Jungen, der beim Schafehüten Zeuge des Mordes an dem Gewerkschafter geworden war, mit einer tödlichen Injektion umzubringen. *U Padre Nostru* nannten sie Don Michele und bekreuzigten sich, wenn sie seinen Namen aussprachen. Damals hätte die Cosa Nostra nie Geschäfte mit Kommunisten gemacht, aber dann fiel die Mauer und damit auch diese Überzeugung, und heute benannten die Deutschen ihre Kreuzfahrtschiffe nach kommunistischen Kampfliedern.

Seitdem er seinen Fuß an Bord gesetzt hatte, verstand Dino, dass dieses Scheißschiff seinen Namen verdient hatte: *Bella Ciao*, das war Kommunismus pur. Hier waren alle gleich, vor dem Büfett, auf dem Sonnendeck, in der Wellness-Oase – überall war er umzingelt von Männern in Karohemden und Baseballmützen. Totò und er waren die einzigen Männer, die weiße Hemden trugen. Anfangs auch noch Krawatten. Die hatten sie nach einem Tag abgelegt, um nicht noch mehr aufzufallen.

Egal, welches Panorama sich bot, ob es die grandiose Silhouette von Palermo war, la *Conca d'Oro* im Abendlicht, die gleißende Festung von Malta oder das Schirokkolicht, in dem das Himmelsgewölbe wie ein dünner Glassturz schillerte: Die Deutschen knobelten weiter, drängelten sich am Büfett um das Kängurufleisch und kämpften um eine freie Liege auf dem Sonnendeck.

Am zweiten Tag an Bord hatte Totò drei freie Liegen ergattert.

»Wie hast du das geschafft?«, fragte Dino, den die Besatzermentalität der Deutschen schon seit der ersten Minute an Bord genervt hatte, auch hier wollten sie ihm ihre Regeln aufzwingen, am Büfett wurde man rüde von ihnen angeschnauzt, wenn man sich direkt bediente, anstatt sich in einer Art Ententanz an allen Gerichten vorbeizuschieben.

»Ich habe die Handtücher einfach über Bord geworfen«,

sagte Totò und grinste – bis sich ein Karohemdenträger vor ihm aufbaute, drohend, neben ihm seine Ehefrau, die ihn anfeuerte und in ihrer Verbissenheit an Mafiafrauen erinnerte, die ihre Männer zu Rachefeldzügen anstifteten. Das Problem war nur, dass Totò bewaffnet war, er war immer bewaffnet, Dino sah ihm an, dass er dem dicken Deutschen am liebsten eine Kugel zwischen die Augen verpasst hätte, weshalb Dino ihn am Arm griff und wegzog.

»Italiener«, zischte die Frau, als sie weggingen. »Kein Benehmen.«

Palermo, Malta, Korfu, Dubrovnik, Split, Venedig. Er hatte sich eine Kreuzfahrt nicht so anstrengend vorgestellt.

»Wollen wir einen Aperitif trinken?«

Seine Mutter blickte auf die Uhr. Rolex, Gold, mit Brillanten besetzt, er hatte sie ihr zum Geburtstag geschenkt, es war der einzige Schmuck, den sich seine Mutter in der Trauerzeit gestattete.

Dino hatte auf sie einreden müssen wie auf ein krankes Pferd, bis sie sich endlich überreden ließ, mit ihm auf Kreuzfahrt zu gehen, obwohl das Trauerjahr noch nicht vorüber war.

Er wollte ein guter Sohn sein. Und gleichzeitig ein Geschäft erledigen. Sein Vater hatte noch Geld versteckt. Sieben Millionen Euro. Sieben Kilo Geld aus den guten alten Zeiten, als man in Italien noch mit Fünfhundert-Euro-Scheinen herumwerfen konnte. Heute wurde man mit so einem Schein in der Hand verhaftet.

Seine Investitionen konnten keine Rücksicht nehmen auf das Trauerjahr. Das hatte seine Mutter schließlich auch eingesehen, für Geschäfte hatte sie stets Verständnis gehabt. Dinos Geldkoffer war mit dem Gemüse an Bord gelangt, im Hafen gab es genügend Vertrauenspersonen. Er wollte das Geld möglichst schnell waschen, ein paar Immobilien kaufen, wieder verkaufen und in eine Ausschreibung investieren, in der es um die Wasserversorgung in Italien ging. Die Zukunft lag in der Privatisierung des Wassers. Bei

Gott, es hätte bequemere Möglichkeiten gegeben, um einen Koffer voller Geld nach Deutschland zu bringen. Er hätte das Geld nur Don Rosario geben müssen, der gelegentlich mit einem Diplomatenpass des Vatikans und versiegeltem Diplomatenkoffer unterwegs war. Es hätte auch gereicht, in Erfahrung zu bringen, an welchen Tagen der bewährte Sicherheitsbeauftragte am Flughafen von Palermo Dienst hatte: Letztlich wäre alles kein Problem gewesen, aber nein, er hatte ein guter Sohn sein wollten. *Porca miseria*, verdammtes Elend.

»Du vermasselst mir immer alles«, sagte einer der Deutschen, nachdem ein anderer so triumphierend den Knobelbecher auf den Tisch geknallt hatte, dass Dinos Mutter zusammengezuckt war.

Seine Mutter hatte immer schon von einer Kreuzfahrt geträumt. Inzwischen war er sich nicht mehr so sicher, ob es eine gute Idee gewesen war. Diese Kreuzfahrt war das Deprimierendste, was er in seinem Leben gemacht hatte. Leere Blicke und Unterhaltungen, die um Knobelstrategien kreisten. Dreier- und Viererpasch, Full House, Kleine und Große Straße.

Aber nach der Sache mit der Handgranate und dem Artikel von diesem Schmierfinken im *Morgen* war eine gewisse Vorsicht geboten. Nichts, was sich nicht regeln ließe, aber seitdem die Homeland & Comfort mit Dreck beworfen worden war, hatte Dino die Wohnung nicht mehr verlassen. Gossler war rund um die Uhr im Einsatz, hatte mit Kriminalbeamten und ermittelnden Staatsanwälten telefoniert, er war dabei gewesen, als David Abraham verhört wurde und hatte den Sprecher von Homeland & Comfort instruiert, Presseanfragen an ihn weiterzuleiten. Alle waren auf den Zug aufgesprungen. Erst heute Morgen hatte eine Kölner Boulevardzeitung getitelt: *Kölner Flüchtlingsheime: Fragwürdige Sicherheitsfirma im Einsatz – Stadt ahnungslos.*

Dreimal am Tag liefen Dino und seine Mutter das Schiff auf und ab. Vorbei an übergewichtigen Menschen, die um den Hals ein Band wie eine Hundeleine trugen, an dem die Magnetkarte für ihre Kabine hing. Der Pool hatte die Größe eines Goldfischteichs, und die Höhepunkte des Unterhaltungsprogramms bestanden aus »Handtuch-Origami«, einem »Hochsteckfrisuren-Workshop« und einem Boccia-Turnier. Der Conférencier hatte die Haare zu Stacheln gegelt und machte Pipi-Kacka-Witze. Und wenn die Deutschen Ausflüge an Land machten, kehrten sie mit Klöppelspitzendeckchen, Lavendelkissen, getrockneten Pilzen oder Kühlschrankmagneten zurück, egal, ob sie Malta, Split, Dubrovnik oder Korfu gesehen hatten.

Seit der Geschichte mit der Handgranate hatte sich Dino Risikodiversifizierung vorgenommen, er würde einen Teil der Homeland & Comfort abstoßen, um mit dem Geld in einen deutschen Konzern einzusteigen. Die Metallica-Umwelt-Group leistete deutsche Wertarbeit: Schredderanlagen, Schrottscheren, Aluminium-Schmelzwerk, Elektronikschrott- und Kunststoff-Aufbereitungsanlagen. Hundertfünfzig Niederlassungen weltweit, fünftausend Mitarbeiter, sieben Millionen Schrott und Metalle. Von wegen Flüchtlinge. Die Sache wurde zu heiß.

»Ist es nicht zu früh für einen Aperitif?«, fragte seine Mutter. »Ich würde lieber erst einen kleinen Spaziergang an Deck machen.«

»*Va bene*, Mamma«, sagte Dino und reichte ihr den Arm.

»Aber ich brauche doch keine Reise«, hatte seine Mutter abgewehrt, als er ihr den Vorschlag gemacht hatte. Sie war erst einverstanden gewesen, nachdem er ihr klar machen konnte, dass es keineswegs eine reine Vergnügungsreise sein sollte, sondern sich genau genommen um eine Dienstreise handelte.

So war sie eben, seine Mutter.

Sie hatte von dem Tag an von einer Kreuzfahrt geträumt, als die ganze Welt davon gesprochen hatte, dass Don Masino, dieser Judas, der die Cosa Nostra an die Schergen verraten und mit seinen Aussagen ins Unglück gestürzt hatte, mit seiner brasilianischen Nutte von einem italienischen Journalisten an Bord der *Monterey* entdeckt worden war. Auf einem amerikanischen Kreuzfahrtschiff auf Mittelmeer-Tour.

Don Masino hatte es sich auf einer Kreuzfahrt gut gehen lassen (Champagner und Kapitänsdinner), während sie sich wie Ratten versteckt halten mussten, damals in Rom nicht weit vom Vatikan. Seine Eltern hatten ihn stets daran erinnert, dass sie sich in Rom im Exil befanden, während Verräter wie Don Masino durch das Mittelmeer kreuzten.

Seine Mutter hatte Don Masino und seiner Brut ewige Verdammnis gewünscht. »Wer bin ich, dass ich mich mit meinem Fleisch und Blut verstecken muss, während diese Ausgeburt des Teufels, diese gottlose Seele, dieser *crasto*, dieser kastrierte Ziegenbock, mit seiner Nutte auf Kreuzfahrt gehen darf, vor den Augen der Welt?«, hatte sie geschrien.

Sein Vater hatte sie zu beruhigen und ihr vergeblich klar zu machen versucht, dass der Journalist, der den Scoop hingekriegt hatte, gar kein Journalist war, sondern von den Geheimdiensten beauftragt, die Anwesenheit von Don Masino an Bord zu enthüllen – um ihn in den Augen der Öffentlichkeit und vor allem der Richter zu diskreditieren.

Damals war Don Masino der wichtigste Kronzeuge in dem Prozess gegen den siebenmaligen Ministerpräsidenten, der als Gehilfe der Mafia angeklagt war. Nachdem die Fotos von Don Masino auf Kreuzfahrt um die Welt gegangen waren, galt er als verbrannt: Ein Kronzeuge, der sich nicht an die Regeln hält, der sich nicht versteckt, sondern auf einem Luxusdampfer durch das Mittelmeer kreuzt, kann nicht glaubwürdig sein. Der Journalist, der keiner gewesen war, wurde später mit einem Posten als Senator belohnt. Heute hatte er das Geschäft mit den großen Flüchtlingszentren in der Hand, von Sizilien bis zum Veneto.

Jedenfalls hatte sich seine Mutter von jenem Tag an nach einer Kreuzfahrt gesehnt, um es Don Masino gleichzutun.

Zu Lebzeiten seines Vaters wäre das natürlich nie möglich gewesen. Nur nicht auffallen, war seine Devise gewesen. In Corleone waren sie nach ihrer Rückkehr in ein schmales Haus aus Feldsteinen gezogen, so wie alle. Eine Kreuzfahrt wäre undenkbar gewesen.

Aber jetzt war sein Vater tot. Und Dino hatte Signor Claudio damit beauftragt, eine Kreuzfahrt zu buchen, auf einem deutschen Kreuzfahrtschiff, wo sie niemand erkennen würde. Drei Außenkabinen mit Balkon. Erst hatte er Deluxe-Suiten mit privatem Sonnendeck mieten wollen, dann aber davon Abstand genommen, weil Passagiere der Luxuskabinen zu viel Beachtung erfuhren.

Die Kreuzfahrt: drei Fliegen mit einer Klappe. Fliege eins: seine Mutter. Fliege zwei: das Geld seines Vaters. Fliege drei: die Scheiße mit der Handgranate.

Untergehakt spazierten sie vorbei an den acht Bars und den dreizehn Restaurants. In einem hingen tatsächlich Hirschgeweihe an der Wand, es hieß *Zum Wilden Kaiser*. Vorbei am Fallschirmsprungsimulator, am Golfsimulator, am Formel-1-Simulator. Die *Bella Ciao* nannte sich Wohlfühlschiff. Für Getränkefahrer oder Sonnenstudiobetreiber vielleicht. Für die war diese ganze beschissene Kreuzfahrt ein Luxusleben-Simulator.

Weiß gekleidete Filipinos deckten ein Aperitif-Büfett, irgendein bunter Sirup mit Obstscheiben am Rand, farblich abgestimmt, ein Herz aus roten Getränken, eine Raute aus türkisfarbenen. Absperrbänder rechts und links sorgten dafür, dass sich die Passagiere nicht jetzt schon um die Getränke schlugen.

Am Ende des Sonnendecks kam ihnen Totò entgegen. Er kam aus der Wellness-Oase, wo er sich hatte *verwöhnen* lassen. An Bord herrschte die Diktatur des Verwöhnens, verwöhnen in der Champagnerbar, verwöhnen beim Clubtanz, verwöhnen beim Planschen im Pool, verwöhnen beim Chillen im Abendlicht. Totò hatte rote Flecken im Gesicht, weil er sich Pickel hatte ausdrücken lassen, nachdem er im

Bella-Ciao-Katalog gelesen hatte, dass eine Gesichtsbehandlung für einen Frischekick und eine Rückenmassage für Lockerheit sorgen würde.

Sie setzten sich in die Sunsetbar, seine Mutter bestellte einen Kräutertee wie immer, Dino klickte auf seinem Telefon in den Meldungen herum. *Vor der Unterkunft in der Industriestraße versuchten Mitarbeiter von Homeland & Comfort Dreharbeiten des WDR zu verhindern*, meldete eine Zeitung, auf dem Foto sah man, wie der kahle Sprecher von Homeland & Comfort auf die Kameramänner losging und die Hand vor die Kameraobjektive hielt, dieser Idiot.

Dino atmete tief durch.

»*'Na cosa 'nutile*, so was Überflüssiges«, sagte Totò kopfschüttelnd mit Blick auf das Foto.

»*Nuddu miscatu cu nienti*, eine absolute Null«, antwortete Dino.

Gossler hatte mit dem zuständigen Richter gesprochen – und alles wäre glattgegangen, hätte sich dieser Idiot von Sprecher nicht den Journalisten entgegengestellt. Seitdem hatten sich alle in die Geschichte verbissen – und waren überzeugt, dass die Handgranate von dem Sicherheitsmann von Homeland & Comfort geworfen worden sei, der nach Übergriffen auf Flüchtlinge entlassen worden war. Als Beweis führten sie auf, dass Homeland & Comfort der Leiterin des Berliner Heims das Auto angezündet hatte.

»Gossler scheißt sich jetzt schon ein«, sagte Totò.

»Wenn ich gewusst hätte, was für ein Wespennest Flüchtlingsheime in Deutschland sind, hätte ich die Finger davon gelassen«, sagte Dino.

Von wegen: *deutsche Zielstrebigkeit*. Von wegen: *Von den Deutschen lernen, heißt siegen lernen*. Wenn denen deine Nase nicht passte, warfen die eine Handgranate auf dich. Hatten ja Erfahrung damit. Steckte in ihren Genen.

»Frösche über die Straße tragen und Handgranaten in Flüchtlingsheime werfen, so sind die Deutschen«, sagte Dino.

»Wir können diesem Lohnschreiber immer noch die Gartenlaube abfackeln«, sagte Totò, wie immer der Mann fürs Grobe.

Dino schüttelte den Kopf. »Wir machen es auf elegantere Art.«

Gossler hatte eine Unterlassungsklage auf den Weg gebracht, die dieser Ratte an die Adresse seiner Freundin zugestellt wurde, bei der er untergekrochen war. Mit dem Zusatz: zweiter Stock, damit dieses Schwein wusste, was angesagt war. Außerdem hatte er ihm das Ordnungsamt in seine Gartenlaube geschickt und ihm die Konzession entziehen lassen. Dieser Wieneke war einer von diesen Hungerleidern, die sich schon nach ein, zwei fein ziselierten Anwaltsbriefen einpissten. Und als die Unterlassungsforderung beim *Morgen* eingegangen war, hatten die sofort unterschrieben. Bei denen musste man sich gar nicht die Mühe machen zu klagen, die knickten schon vorher ein.

Totò schaufelte die vor ihm stehenden Erdnüsse in sich hinein und spülte das Ganze mit Champagner herunter, als wäre es Limonade.

Am nächsten Morgen, als Dino mit seiner Mutter beim Frühstück saß – sie hatte Mühe gehabt, einen dieser Barhocker zu erklimmen, alle normalen Tische waren bereits von den deutschen Besatzern erobert worden –, rief Don Rosario an. Dino nippte an einem dünnen Espresso – keine *crema*, nichts, nur heißes, schwarzes Wasser – und hörte, wie Don Rosario seufzte.

»Ich hatte befürchtet, dass dieser Staatsanwalt ein Problem wird«, sagte Don Rosario so bekümmert, als säße er im Beichtstuhl neben einem schweren Fall, bei dem drei *Ave Maria* nicht ausreichen, um seine Seele wieder reinzuwaschen.

»Welcher Staatsanwalt?«, fragte Dino.

»Der in Palermo.«

»Welcher in Palermo?«

»Der Tote im Parco La Favorita.«

»Was hat der damit zu tun?«

»Vielleicht war die Handgranate eine Warnung? Die Deutschen sind rachsüchtig und unversöhnlich. Sie sind anders als wir Italiener.«

»Kein Mensch redet mehr über diesen Staatsanwalt. Die Ermittlungen sind eingestellt worden. Der ist den Deutschen peinlicher als uns«, sagte Dino und versuchte den Blick von einer dicken Frau abzuwenden, deren Haut gerötet war von zu viel Sonne und zu vielen Tätowierungen. Girlanden, Schwalben, Herzen mit Sonnenuntergängen, Schmetterlinge und Rosenbuketts zogen sich über ihren Oberarm.

»Ich könnte eine Versöhnungsmesse lesen«, schlug Don Rosario vor. Er wollte immer Versöhnungsmessen abhalten, wenn ihm nichts Besseres einfiel.

»Tolle Idee«, sagte Dino. »Wer soll denn versöhnt werden? Die Nazis mit den Islamisten?«

Mit dem Telefon am Ohr bahnte er sich einen Weg zum Orangensaft, wobei ihn die Deutschen schon wieder vorwurfsvoll anblickten, offenbar sprach er für ihren Geschmack zu laut, seine Mutter machte Handbewegungen, die ihm andeuteten, die Lautstärke zu dämpfen, was ihn noch mehr aufbrachte. Ja, er sprach vielleicht zu laut, aber sie fraßen einfach zu viel, widerwärtig, sie beim Frühstück zu beobachten, nur Deutsche konnten so früh am Morgen so viel essen, sie stopften gebratenen Speck, Rührei, fingerdick mit Butter bestrichenes Brot in sich hinein, zusammen mit Müsli, das aussah wie Vogelfutter, wie Dino fand, dazu drei hart gekochte Eier, die mit drei Litern Kaffee heruntergespült wurden.

»Ich werde mit 'Ntoni reden. Es fängt damit an, dass Handgranaten auf Flüchtlingsheime geworfen werden, und endet damit, dass das ganze Geld beschlagnahmt wird«, sagte Don Rosario.

»Schon wieder 'Ntoni«, sagte Dino, dem die Vertrautheit zwischen Don Rosario und 'Ntoni langsam auf die Nerven ging. Solidarität unter Süditalienern, gut und schön, aber schließlich war Don Rosario Sizilianer und ein Vertrauter seines Vaters gewesen, und schon aus diesem Grunde nahm Dino eine gewisse Ausnahmestellung ein, aber wahrscheinlich meinte Don Rosario es nur gut.

Und eigentlich hatte er recht. 'Ntoni musste ein Interesse daran haben, dass Dino sauber aus der Geschichte herauskam, schließlich betraf sie ihn genauso. Ganz abgesehen davon, dass 'Ntoni in Dinos Schuld stand, schließlich hatte Dino ihm das Geschäft mit den Sicherheitsleuten aus reiner Freundschaft überlassen.

Am Nachmittag, als sie irgendwo in der oberen Adria unterwegs waren und Dino seine Mutter Totòs Obhut überlassen hatte, der sie zum *Bella-Ciao*-Musical begleitete, rief Dino 'Ntoni an. Er stellte sich vor, wie 'Ntoni hinter den bleiverglasten Fenstern seines Wasserschlosses saß, bei dieser Vorstellung tröstete es ihn, dass es dort wahrscheinlich regnete, wie es in Deutschland immer regnete, er stellte sich vor, wie der Regen in dicken Schlieren an den Scheiben herabrann. 'Ntoni verwies ihn an Michael Maier, den Europaparlamentarier. Er sei der Einzige, der ihm jetzt in dieser Lage helfen könne, sagte 'Ntoni.

Dino fragte sich, was 'Ntoni mit *in dieser Lage* meinte, schließlich war er es gewesen, der David Abraham und seinen Sicherheitsdienst engagiert hatte.

»Er hat sich schon für dich eingesetzt«, versicherte ihm 'Ntoni.

»Was heißt hier *für dich*, du hängst schließlich auch mit drin.«

»Ja, aber die Verträge hat Gossler mit dir gemacht«, sagte 'Ntoni spitz.

Als ob hier Verträge noch etwas nützten, dachte Dino und schwieg.

Bald darauf rief ihn Michael Maier an. »Es ist eine Ehrensache für mich, 'Ntoni zu helfen. Ich habe ein paar Telefonate geführt. Mit Freunden in der Kölner Justiz. Schließlich wissen wir alle, dass in unserem Land genügend geistige Brandstiftung betrieben wird, da bleiben Vorfälle wie dieser gar nicht aus. Sie sind das Ergebnis einer Politik der Rechten, die unser Grundgesetz außer Kraft setzen wollen.«

Maier redete, als wäre er in irgendeiner Fußgängerzone auf Stimmenfang. Der musste einfach nur einen Knopf in seinem Innern drücken, und schon wurde das Band abgespult. »Wir-dürfen-jetzt-nicht-die-Freiheitsrechte-einer-ganzen-gesellschaftlichen-Gruppe-infrage-stellen«. Und: »Wo-Minderheiten-unterdrückt-werden-wächst-die-Gewalt«.

»Der Präsident des Landgerichts ist ein alter Studienkollege von mir«, sagte Maier. »Ich denke, dass die Angelegenheit damit vom Tisch ist.«

»*Grazie*«, sagte Dino.

Wie unangenehm, in seiner Schuld zu stehen. Maier hatte so etwas Gespreiztes, Süßliches, Feminines an sich. Dino fragte sich, ob 'Ntoni auch schwul war, heimlich? Irgendwas musste da sein zwischen ihnen. Wobei, nichts gegen Schwule. Sein eigener Bruder war schwul.

Am Abend wurde auf der *Bella Ciao* Abschiedsparty gefeiert. Am Morgen würden sie im Hafen von Venedig einlaufen, auf dem Sonnendeck waren alle Karohemdenträger um die Crew versammelt, der Kapitän gab bekannt, dass im Laufe der Reise soundso viele Tonnen Fleisch an Bord verzehrt worden waren, soundso viele Tonnen Butter, soundso viele Liter Bier. Die Deutschen jubelten, als handele es sich um den Endsieg.

Dino war so erleichtert, dass der Horror endlich ein Ende hatte, dass er beschloss, mit Totò auf die Suche nach Mädchen zu gehen. Am Ende landeten sie in einer Bar mit Plüsch und rotem Schummerlicht, nach zwei Minuten befummelte ihn ein Mann von hinten. Als er sich umdrehte, stand ein Riese in schwarzem Leder hinter ihm und grinste.

»*E che cazzo di finuocchio*, Scheißschwuchtel«, zischte Totò, nahm den schwarzen Riesen in Klammergriff und hätte ihm glatt das Genick gebrochen, wenn Dino nicht dazwischengegangen wäre.

Selbst dieses Scheißschiff war mit Schwuchteln verpestet.

Natürlich gab es so was auch in Palermo, sein Bruder war immer in diesen Pub in der Nähe der Piazza San Francesco di Paola gegangen, es hatte sogar mal eine Gay-Pride in Palermo gegeben und einen schwulen Regionalpräsidenten dazu – aber dennoch: Gab es etwas Abstoßenderes, als einen Mann zu küssen?

Und selbst wenn man das hinnahm, und er nahm es hin, schließlich käme es ihm nicht in den Sinn, seinen Bruder, sein eigen Fleisch und Blut, zu verleugnen, selbst dann war es doch für die Erotik anderer extrem abträglich, das Ganze in der Öffentlichkeit zu erledigen.

Feuchtigkeit legte sich wie ein Film auf die Haut, das Schiff bewegte sich sacht wie im Schlaf, als wollte es daran erinnern, dass es noch lebte, und die Band spielte: *Anneliese, Anneliese, du weißt doch, ich liebe nur dich, lalala.* Dino versuchte mit einer Blondine zu flirten, das klassische Programm: lange Blicke, leichter, wie zufällig wirkender Körperkontakt, eine flüchtige Berührung des Handrückens – bis die Blondine sagte: »Gehen wir zu dir oder zu mir?«

Aus.

Nichts förderte die Erotik so sehr wie ein anständiges, katholisches Verbot. Leider hielten die Deutschen das für ein überkommenes Relikt des Mittelalters. Doch was war Sex ohne Sünde? Gymnastik. Erotik, das war Heimlichkeit, das war Du-darfst-nicht-sonst-kommst-du-in-die-Hölle. Schwarze Strümpfe, die im entscheidenden Moment eine Laufmasche kriegten. Eine Frau mit schwarzem Schleier. Das war Erotik. Und hier war alles erlaubt.

Der Sonnenaufgang war auf der *Bella Ciao* für 7.17 Uhr vorgesehen. Rosa tauchte in Orange, überzog alles mit einem Goldregen, fügte hier noch einen bläulichen Schimmer, dort ein türkisfarbenes Leuchten ein. Venedig erschien lächerlich klein, eine Spielzeugstadt im Erlebnispark. Die Passagiere der *Bella Ciao* standen hoch oben aufgereiht hinter ihren Plexiglasgeländern und winkten auf Venedig herab, diesem Miniaturstädtchen mit Palästchen, Kirchlein und bunten Häuschen. Dino bemerkte kleine schwarze Pünkt-chen an den Ufern und wunderten sich, dass die Pünktchen nicht zurückwinkten, sondern Transparente schwenkten, auf denen stand: Riesenschiffe raus aus der Lagune!. Als sie durch den Kanal Richtung Hafen fuhren, sah er, dass die *Bella Ciao* im Geleitschutz von Polizei und der Antiterror-einheit Digos in Venedig einfuhr, was angesichts der kleinen Pünktchen am Ufer etwas surreal anmutete.

Er küsste seine Mutter aufs Haar und ging zurück in seine Kabine, wo Totò mit den Koffern bereit stand.

Als er in der VIP-Lounge des Flughafens wartete, klingel-te sein Telefon wieder. Signor Claudio informierte ihn, dass diese palermitanische Staatsanwältin, die schon mal gegen ihn ermittelt hatte, sich jetzt wieder in ihn festgebissen habe. Dieses Mal ermittelte sie wegen Menschenhandels und Mordes.

26

*D*on Vito war hier der Boss, das hatte ich von den Nigerianern gehört. Aber auch von dem Typen aus Ghana und von
dem Tunesier, die im Wechsel mit mir Don Vitos Kirche putzten:
die Heiligenstatuen abstauben, die elektrischen Kerzen auswech-
seln, den Boden fegen und das Stück Straße vor der Kirche.

Es gab im Lager andere, die sich geweigert hätten, sich die
Hände in einer Kirche schmutzig zu machen. Ich sah das nicht
so eng. Allah würde es mir nachsehen, er würde verstehen, dass
es keine gute Idee gewesen wäre, das Angebot auszuschlagen.
Don Vito war derjenige, der das gute und das schlechte Wetter
machte, wie sie hier sagten.

Wobei man das Don Vito gar nicht ansah. Er wirkte armseliger
als der Typ, den sie im Lager il presidente nannten, von dem
aber alle wussten, dass er nichts zu sagen hatte. Als Ausgleich
trug il presidente einen Anzug, Don Vito hingegen Jeans und
Pullover oder ein kurzärmeliges Hemd. Wenn er um den Hals
nicht diese weiße Binde getragen hätte, die ihn als Priester auswies, hätte ich ihn für einen Gärtner gehalten. Er fuhr einen
klapprigen Fiat und war ungefähr sechzig Jahre alt. Vielleicht
auch siebzig oder hundert, bei Europäern schaffe ich nie, ihr Alter richtig einzuschätzen. Auf jeden Fall war er so alt, dass ich
ihm vertraut habe.

Die Afrikaner nannten Don Vito Baba und lachten sich tot.
Die Araber nannten ihn auch Baba und lachten nicht. Die Afrikaner lachten immer, sie lachten sogar, wenn sie erzählten, wie
sie fast ersoffen waren, weil es so lange gedauert hatte, bis die
Rettungsschiffe sie geortet hatten. Alle im Lager wussten, dass

Don Vito es liebte, Baba genannt zu werden, er wollte unser Vater sein.

Gleich nach meiner Ankunft im Lager von Brancaccio hatte sich Don Vito sehr väterlich um mich gekümmert. Ein wichtiger Mann, hatten die anderen erklärt, weil er zuständig ist für das Lager in Brancaccio und das Heim in Bagheria und außerdem Chef der Kommission. Und von der Kommission hing alles ab.

Einmal saß ich da im Lager auf einem Klappstuhl und versuchte, per Skype mit meinem Bruder zu telefonieren, der zusammen mit meiner Mutter im Irak geblieben ist. Don Vito legte mir die Hand auf die Schulter und sagte: »Also Mustafa, ich habe gehört, du machst dir Sorgen wegen der Kommission?«

Ich war verlegen und auch etwas verwirrt, ich wusste nicht, ob ich Don Vito richtig verstanden hatte. Auf jeden Fall habe ich gelacht und gesagt: »Ja, ich mache mir Sorgen.«

Daraufhin setzte sich Don Vito neben mich, nahm meine Hand, legte sie in seine und fragte: »Warum?«

Ich wusste nicht, wie ich reagieren sollte, ich bin es nicht gewohnt, dass ein Mann meine Hand nimmt. Ich wurde rot und sagte: »Weil ich Angst habe.«

Daraufhin zog er seine Hand wieder zurück.

»Wovor hast du Angst? Warum hast du Angst?«, fragte er dann und rückte etwas näher.

»Darum«, antwortete ich. Meine dreimonatige Aufenthaltsgenehmigung war kurz davor, abzulaufen. Don Vito wusste das. Er wusste über alle hier im Lager genau Bescheid.

»Aber weshalb hast du denn Angst? Hm? Und ich, wer bin ich?«, fragte Don Vito und lachte. »Wer bin ich, Mustafa?«

Ich lachte.

»Weißt du wirklich nicht, wer ich bin?«, fragte Don Vito.

»Doch, ja«, sagte ich gedehnt.

»Also, dann sag es mir: Wer bin ich?«

»Der Chef der Kommission«, antwortete ich.

»Nein, der Chef bin ich nicht«, sagte er streng.

»Doch, doch, Chef, Chef«, sagte ich und musste lachen, es kam

mir alles so unwirklich vor, wie ein Spiel, das hier wohl öfter gespielt wurde, ein Ratespiel, das ich nicht verstand.

»Und für dich, wer bin ich für dich?«, flüsterte Don Vito dann. Also fragte ich: »Mein Vater?«

»Richtig, Baba«, sagte Don Vito entzückt.

Bingo. Hundert Punkte.

»Ja, genau, mein Vater«, sagte ich dann noch, denn offenbar ging es Don Vito vor allem darum, von allen Baba genannt zu werden. Kein Problem, dachte ich. Wenn ihn das glücklich macht, warum nicht.

»Na also. Warum machst du dir dann Sorgen?«, fragte Don Vito.

»Ich habe immer noch etwas Angst«, sagte ich, und es war die reine Wahrheit, weil er so penetrant war und ich nicht verstand, worum es ihm ging.

»Aber warum hast du denn Angst?«, fragte er und brummte so vertraulich »Hm?«, als wäre er tatsächlich ein Familienvater. »Für mich musst du wie ein offenes Buch sein«, sagte er. »Du musst mit mir über alles sprechen. Weil ich dein Baba bin. Und weil ich dir helfen kann. Gib mir deine Hand. Und auch die andere Hand. Komm etwas näher, okay? Siehst du, du bist nicht allein. Verstehst du? Du musst mir jetzt deine Geschichte erzählen. Ich helfe dir, damit die Kommission dich versteht. Denn weil ich in der Kommission bin, kann ich dir helfen. Verstehst du? Hast du mich gern? Bist du mein großer Freund? Ganz sicher? Oder hast du immer noch Angst vor mir?«

Ich schüttelte den Kopf und dachte an meinen Vater, der geweint hatte, damals, als er unseren Nachnamen in einen schiitischen verwandelt hatte, um den Mordkommandos zu entgehen, die nachts durch die Straßen streiften, auf der Suche nach sunnitischen Namen. Da war mein Vater noch Bauunternehmer gewesen und ich ein Kind. Ein ziemlich dummes Kind, das gehofft hatte, dass im Irak irgendwann alles wieder gut werden würde.

Mein Vater ist dann bei einem Sprengstoffattentat umgekommen, und mein Bruder verlor ein Bein im Kampf gegen den IS. Er war es, der mir die Flucht nach Europa bezahlt hat.

Ich hatte das alles schon Don Vito erzählt. Sogar dass am Ende der IS gekommen war und ich als einer der Letzten die Stadt hatte verlassen können. Zusammen mit Aischa, meiner Verlobten. Ich habe die ganze Zeit während der Überfahrt ihre Hand gehalten, bis das Schlauchboot keinen Sprit mehr hatte und auf den Wellen tanzte. Der Bruchteil einer Sekunde: Das Schlauchboot stand auf dem Gipfel der Welle, ein Blitz, leuchtendes Orange vom Boot der Seenotrettung, das uns gesehen hatte, dann stürzten wir in ein Wellental. Und als wir wieder aufstiegen, hatte das Meer Aischa verschlungen.

Das alles wusste Don Vito schon, er fragte aber penetrant weiter: »Sag schon, Mustafa, hast du immer noch Angst vor mir?«

Ich habe gelacht, weil mir nichts anderes einfiel.

»Sag mir die Wahrheit«, drängte mich Don Vito dann, sodass ich wirklich Angst bekam und etwas von ihm abrückte.

»Hast du Angst, ja oder nein?«

»Nein, ich habe keine Angst, du bist mein Baba«, antwortete ich schließlich, weil er das offenbar von mir erwartete.

»Mach dir keine Sorgen. Alles wird gut«, sagte Don Vito, streichelte mir die Wange, stand auf und ging.

Eine Woche später wurde ich in das Büro gerufen. Vor mir saßen die beiden Frauen, die für Don Vito arbeiteten, die dicke Linda und die vogelgesichtige Angela, und tippten auf ihren Computertastaturen. Don Vito kam herein und sagte: »Mustafa, ich habe eine wunderbare Neuigkeit für dich: Du bekommst eine Aufenthaltsgenehmigung. Für ein Jahr. Herzlichen Glückwunsch!«

Dann machte er einen Schritt vor. Und küsste mich auf den Hals.

Ich war wie erstarrt. Vor allem, weil die dicke Linda und die vogelgesichtige Angela weitertippten, als wäre nichts geschehen.

Und vielleicht war tatsächlich nichts geschehen. Vielleicht hatte ich mich geirrt. Vielleicht hatte Don Vito mich mit jemandem verwechselt.

Drei Tage später wurde ich in die Präfektur gerufen und konnte meine Aufenthaltsgenehmigung abholen. Danach habe ich die

Geschichte vergessen. Auch weil es mir gut ging. Ich musste nicht in Pappkartons neben den Bahngleisen kampieren, wie die Neuankömmlinge hier, ich hatte ein Zimmer im Lager. Okay, der Putz fiel ab, weil die Wände feucht waren, aber ich hatte ein paar Pressspanplatten gefunden und mich einigermaßen eingerichtet.

Außerdem hatte ich angefangen zu arbeiten. Erst auf den Feldern. Der Lohn: zwei Tüten mit Mandarinen, die ich selbst geerntet hatte. Und die ich dann auf dem Markt verkaufte. Eine alte Frau gab mir zwei Euro dafür.

Später nahm mich ein Afghane mit, um mit ihm auf einer Baustelle Steine zu schippen. Der Geruch von Zement machte mich glücklich. Er erinnerte mich an meinen Vater.

Und dann kam der Tag.

Ich hatte im Supermarkt eingekauft, eine Tüte voller Lebensmittel für zwanzig Euro, ich ging zu Fuß, mein Fahrrad war mir am Tag zuvor geklaut worden.

Plötzlich blieb ein klappriger Fiat neben mir stehen. Don Vito. Er bot mir an, mich mitzunehmen. Ich bin natürlich eingestiegen.

»Ich freue mich, dass es dir gut geht«, sagte Don Vito. Der Bauunternehmer sei ein guter Freund von ihm, Mitglied seiner Pfarrgemeinde von Santa Teresa della Kalsa, ein guter Mann, anständig, redlich, einer, der seine Arbeiter bezahle. Trotz der Wirtschaftskrise. Don Vito verschaffte ihm gelegentlich Flüchtlinge. Solche wie mich, die eine längere Aufenthaltserlaubnis als drei Monate hatten und für die der Bauunternehmer Geld vom Staat bekam, Don Vito erklärte es mir lang und breit, mir wäre es ja scheißegal gewesen, Hauptsache, ich musste keine Mandarinen mehr pflücken, oder Oliven, Oliven konnte man nicht mal verkaufen.

Don Vito redete und gestikulierte und bog von der Straße ab, weil er etwas zu Hause vergessen hatte, Papiere oder so. Fuhr am Meer vorbei, über die Umgehungsstraße, vorbei an diesem Triumphbogen aus Tuffstein, zur Kirche. Ich erinnere mich noch an den Rauch von den Esskastanien, die vor dem Pfarrhaus geröstet wurden. Ich wollte im Auto warten, aber Don Vito drängte mich, auf einen Kaffee mitzukommen, das gebiete die Gastfreundschaft.

Als der Kaffee vor mir stand, sagte Don Vito: »Ich bin eine wichtige Person, ich gehöre zur Kommission, die darüber bestimmt, wer hier Asylrecht bekommt und wer nicht.«

»Ich weiß«, sagte ich und rührte etwas Zucker in meinen Kaffee.

»Ich kann alles leicht machen oder schwer«, sagte Don Vito.

»Ja«, sagte ich und nickte wieder. Es war schließlich bekannt, dass er in der Kommission arbeitete. Ich verstand nicht, worauf Don Vito hinauswollte.

»Und du, was gibst du mir dafür?«

Don Vito wartete die Antwort nicht ab. Er fasste mir zwischen die Beine. Ich sprang auf und rannte weg. Ich fiel die Treppen herunter, stolperte aus dem Pfarrhaus, riss im Vorbeilaufen den Ofen des Esskastanienverkäufers um, ich rannte wie blind über die Umgehungsstraße zum Meer, ich weinte und lief weiter. Eine Stunde lang, Richtung Brancaccio. Erst kurz vor dem Lager erinnerte ich mich daran, dass ich meine Einkäufe bei Don Vito gelassen hatte. Zwanzig Euro. Der Verdienst eines ganzen Tages.

Im Lager suchte ich nach den beiden Polizisten, die normalerweise am Eingang stehen. Keiner da. Endlich fand ich einen, im Zimmer bei der dicken Linda. Ich konnte kaum sprechen.

Der Polizist bat mich, mitzukommen. Reichte mir ein Glas Wasser, hörte sich meine Geschichte an. Und sagte: »Pass auf, wenn ich dir einen Rat geben darf: Rede mit niemandem darüber. Vergiss alles, was du gesehen und gehört hast.«

Da begriff ich, dass ich einen großen Fehler begangen hatte. Ich hatte mich gegen eine mächtige Person gestellt, die von der Polizei beschützt wurde. Und obwohl ich kurz darauf eine Aufenthaltsgenehmigung für drei Jahre bekam, wusste ich, dass ich in Gefahr war. Einige Kameraden, mit denen ich im Lager gesprochen habe, gestanden mir, dass Don Vito sie auch angefasst hatte und dass sie es über sich hatten ergehen lassen, um nicht Gefahr zu laufen, abgeschoben zu werden. Kurz danach berichteten mir zwei Afghanen, dass Don Vito mich der Zuhälterei beschuldige,

wahrscheinlich hoffte er, mich so trotz der Aufenthaltsgenehmi-
gung abschieben lassen zu können. Als das nicht funktionierte,
haben mich zwei Wochen nach dem Vorfall mit Don Vito drei
Italiener mitten auf der Straße mit einem Messer angegriffen, als
ich von der Arbeit zurück ins Lager kam. Ich solle aus Palermo
verschwinden, wenn mir mein Leben lieb sei. Seitdem bin ich in
Trapani.

Das ist alles, was ich Ihnen sagen kann, Dottoressa.

27

Als die ersten Schlepper in den Panzerglaskubus geführt wurden, Libyer, Eritreer, Äthiopier und Sudanesen, dachte sie immer noch an diesen dünnen Iraker, der ihr zitternd Don Vitos Übergriffe gestanden hatte. Endlich war Jerrys Faulheit mal zu etwas gut gewesen. Er hatte Don Vitos Anzeige gegen den Iraker einfach vergessen. Liegen gelassen in einem Stapel Papier, der auf seinem Schreibtisch vergilbte. An den er sich erst wieder erinnerte, als Serena ihn nach der Geschichte mit dem Iraker gefragt hatte, den Don Vito der Prostitution beschuldigt hatte.

Der Iraker war der Erste, der gegen Don Vito ausgesagt hatte. Inzwischen hatten sie kiloweise Abhörprotokolle von Don Vito gesammelt. Sie hatten zugehört, wie er die Flüchtlinge befummelt hatte, wie er ihnen in den Schritt gefasst und sie gezwungen hatte, ihn oral zu befriedigen. Es lief immer nach dem gleichen Schema ab: Er spielte seine Macht aus, wies darauf hin, dass sie keine Chance auf eine Aufenthaltsgenehmigung hatten, drohte ihnen, wenn sie ihm nicht gefügig wären und erzwang gleichzeitig Liebeserklärungen. Das war das Widerwärtigste an ihm: dass er seine Opfer dazu zwingen wollte, ihn zu lieben.

Die Schlepper hier wussten sicher über ihn Bescheid. Wie alle anderen auch, die in den Flüchtlingszentren arbeiteten. Sie alle hielten sich an die zynische Maxime des *Male non fare, male non avere* im Sinne des: Ich verrate dich nicht, also verrätst du mich auch nicht. Praktische Ethik in Sizilien.

Heute war der erste Verhandlungstag für »Thaumas+24«:

neunzehn Libyer, Eritreer, Äthiopier, Ghanaer, Guineer und Sudanesen waren bereits verhaftet worden, fünf waren noch flüchtig. Sie hatten mindestens sechstausend Flüchtlinge erst nach Sizilien und von dort aus weiter bis nach Norditalien, Deutschland und Schweden gebracht. Die meisten von ihnen waren aus Deutschland ausgeliefert worden, alle hatten reguläre Aufenthaltsgenehmigungen.

Im Glaskubus saßen junge Männer mit blond gefärbten Spitzbärten in schmalen, dunklen Gesichtern, Rastalocken wie Antennen, einer trug ein riesiges, funkelndes Kruzifix wie ein Amulett um den Hals.

Die Wachmänner hatten ihnen die Handschellen abgenommen, worauf sich einige Schlepper demonstrativ die Handgelenke rieben. Sie starrten ungläubig auf das Gericht, das ausschließlich aus Frauen bestand. Die Richterin, die Protokollführerin und die Beisitzerin: Alle sahen aus wie Sekretärinnen. Seidenblusen, hochhackige Pumps und enge Röcke. Die perfekte Tarnung, fand Serena.

Auf den Aktenordnern der Anwälte und Richter klebte das Etikett »Thaumas+24«. Alle Angeklagten wurden von Pflichtanwälten vertreten, die wiederum Vertreter geschickt hatten, auch sie junge Frauen, bis auf einen. Die Schlepper schienen nicht sonderlich beunruhigt zu sein, schlimmstenfalls würden sie in ihre Heimat ausgeliefert, wo sie ihr Geschäft unverzüglich wieder aufnehmen könnten.

Es fehlten noch drei Angeklagte, der Gefangenentransport hatte sich verzögert. Serena blickte auf die Uhr und ging auf dem Flur auf und ab, um zu telefonieren, wobei Mimmo und Lollo versuchten, ihr so unauffällig zu folgen, wie es zwei Männern in Safarijacken möglich ist, die diese eigentümlich wirkenden Herrenhandtaschen trugen, von denen ganz Palermo wusste, dass es keine Herrenhandtaschen, sondern Pistolenhalter waren.

Wie immer verbrachte man die meiste Zeit im Gericht mit sinnlosem Warten. Auf die Richter, auf die Anwälte, auf die Angeklagten, auf fehlende Akten. Serena telefonierte mit ihrer Mutter, mit dem Untersuchungsrichter, ging zurück in ihr Büro und versuchte vergeblich, Romano zu erreichen. Er hatte einen ehemaligen Drogenabhängigen ausfindig gemacht, der vor Jahren in der Questura aufgetaucht war und wegen sexueller Übergriffe eine Anzeige gegen Don Vito erstattet, sie dann aber wieder zurückgezogen hatte.

Romano antwortete nicht. Sie beschloss, sich einen Kaffee aus dem Automaten zu holen, dessen Knöpfe allerdings mal wieder blockierten –, bis Mimma, die Sekretärin der Antimafia-Staatsanwaltschaft, kräftig gegen den Automaten trat. Mimma wurde heimlich *il carabiniere* genannt. Niemand in der Antimafia-Staatsanwaltschaft wagte, sich ihren Befehlen zu widersetzen. Nicht mal der Automat.

Zurück im Gerichtssaal, erfuhr sie, dass der Gefangenentransport wegen eines Motorschadens liegen geblieben war und die Verhandlung verschoben wurde. Darüber war ein ganzer Vormittag vergangen.

Als sie mit Mimmo und Lollo in der Bar des Justizpalastes stand – Mimmo hatte wieder mal gegrilltes Gemüse bestellt, das wie Pappe schmeckte –, rief Romano an.

»Hast du etwas erreicht?«

»Ja, der Typ arbeitet heute in einer Pizzeria an der Piazza Magione. Er schien mir nicht sonderlich gesprächig, er würde die alte Geschichte lieber vergessen, sagte er.«

»In dieser neuen Pizzeria? Mimmo hat mir davon erzählt, also genauer gesagt, von der tollen, glutenfreien Pizza …«

»Glutenwas?«

»Glutenfrei. Lass dir das mal bei Gelegenheit von Mimmo erklären«, sagte Serena, »der ist nämlich neuerdings zu einem Ernährungsspezialisten mutiert.«

Mimmo blickte sie mit leeren Augen an – er war vollauf damit beschäftigt, sein Gemüse ausdauernd zu kauen, weil beharrliches Hochleistungskauen lebensverlängernd wirkte.

»Lass uns heute Abend dort eine Pizza essen«, schlug Serena vor.

»Okay, aber komm erst in der Questura vorbei. Du musst dir noch etwas anhören.«

»Don Vito? Bitte nicht schon wieder.«

»Doch. Komm vorbei.«

Bald darauf saß sie auf dem Plastiksitz im Abhörraum. *Verfahren 4955/14, Dekret 17/16, Zielobjekt: Vaccaro* stand auf dem Bildschirm.

Irgendwie war es tröstlich, Don Vitos bürgerlichen Nachnamen zu lesen. Wenn Don Vito nicht mehr Don Vito war, sondern kühl als *Zielobjekt Vaccaro* bezeichnet wurde, fiel das ganze weihrauchumnebelte Theater weg. Der Kaiser war nackt. Daneben blinkten Datum, Dauer, zwei Telefonnummern und die Cell-ID der Funkzellen. Eine der beiden Telefonnummern war eine deutsche.

»Wieso telefoniert Don Vito mit jemandem aus Deutschland?« Sie blickte fragend zu Romano, bevor sie sich den Kopfhörer überstülpte.

»Ein Telefonat zwischen Don Vito und Don Rosario«, sagte er.

»*Der* Don Rosario? Der Beichtvater von Saruzzo Greco? Der jetzt in Deutschland ist und sich um Dino Greco kümmert?«

»Genau der.«

»Irre.«

Und noch bevor sie sich darüber Gedanken machen konnte, wie sich die Kreise immer wieder schlossen, auf welch wundersame Weise alles zusammenhing und wie zuverlässig das Netzwerk funktionierte, hörte sie schon Don Rosarios warmherzig klingende Baritonstimme: »Du darfst mich jetzt nicht falsch verstehen, Vito, ich will dich nicht demütigen, aber du solltest vielleicht einen tieferen Blick in deine Seele werfen.«

»In meine Seele?«, fragte Don Vito verwundert.

»Ja. Du solltest mal ganz tief in deine Seele blicken. Es gibt Leute, die sprechen über dich. Mit allen. Und die schwören sogar … es mit eigenen Augen gesehen zu haben.«

»Ich wüsste nicht, wer diese Leute sein sollen«, sagte Don Vito und klang verärgert wie ein Regent, der von einem Gesandten eine schlechte Botschaft entgegennimmt: Aufstände in einer Republik, die bis vor kurzem als sicher gegolten hat.

»Mich wundert, warum deine Vertrauensleute dich nicht ... also warum die nicht ... Weißt du, Vito, das Gerede hört nicht auf, es wird immer schlimmer. Sowohl in *Conforto & Unione* als auch in *Magna Spes*, überall wird geredet.«

»Ach ja?«

»Es gibt Leute, die ... ja ... die schwören, die schwören wirklich, dich ... und darunter sind auch ... diese ... *Unterentwickelten*, also diese Drittweltler. Diese ... Sache geht zu weit ... Du musst dich schützen.«

»Aber wie kann ich mich denn schützen, so exponiert wie ich bin, das ist furchtbar.«

»Es tut mir leid, Vito, dass ich dir das sagen muss, aber ich warne dich ja nicht zum ersten Mal. Wie gesagt, es handelt sich nicht um eine einzige Person, die etwas sagt. Es sind viele. Alle aus Bagheria und Brancaccio.«

»Ach ja, auch aus Brancaccio?«

»Ja. Und ich spreche hier nicht von irgendjemandem, ich spreche von Mitarbeitern, von Leuten, die in der Kooperative arbeiten. Personen, die dir vorwerfen, dass du Aufenthaltsgenehmigungen nur denjenigen gibst, die dir sexuell zu Diensten sind.«

Lange Pause. Bis sich Don Vito schließlich ein »Tatsächlich?« abrang.

»Es tut mir wirklich leid, Vito, dass ich dir diese bittere Pille verabreichen muss. Aber ich habe es dir schon vor vier Monaten gesagt. Was hast du denn geglaubt?«

»Ich hätte nicht gedacht, dass sie so weit gehen würden. Dass sie mir am Zeug flicken würden. Von wegen Aufenthaltsgenehmigungen nur gegen sexuelle Dienste!«

»Komm schon, Vito, ich weiß doch selbst, dass das schon seit Jahren so geht, aber jetzt wird darüber geredet.«

»Sie haben doch schließlich alle ihre Aufenthaltsgenehmigung bekommen. Also ich mache nichts anderes, als ihre Fälle der Kommission vorzustellen …«

»Vito, darüber wird schon seit längerem gesprochen, auch unter Priestern, der Bischof weiß Bescheid, so wie sein Vorgänger auch.«

Don Vito schwieg. Dann atmete er tief durch und sagte resigniert: »Verstehe. Aber was soll ich denn jetzt tun?«

»Du musst vor allem ruhig bleiben und so tun, als wüsstest du von nichts, und gleichzeitig natürlich jedes … Verhalten vermeiden, das zu Doppeldeutigkeiten, ja, Missverständnissen führen könnte.«

»Klar.«

»Und wie steht es mit deinem Vertrauensverhältnis zu den Leitern der Kooperative? Ich meine: *il presidente*, Linda, Angela, Matteo und Carlo? Haben sie dich nie gewarnt?«

»Nein, nie.«

»Das verstehe ich nicht.«

»Ja, vielleicht glauben sie diese Geschichten nicht. Oder sie möchten mich nicht bloßstellen.«

»Natürlich, natürlich. Aber es sind nun mal keine Kleinigkeiten. Wie oft habe ich dir gesagt: Pass auf, mit wem du dich zusammentust!«

»Na ja, aber das sind meine engsten Mitarbeiter.«

»Vito, ich spreche hier nicht von deinen engsten Mitarbeitern, ich meine die Hungerleider, diese Drittweltler.«

»Du weißt doch, wie schnell man hier mit Dreck beworfen wird.«

»Aber Vito, du mit deinen Beziehungen, du musst dafür sorgen, dass dich das System schützt.«

»Du hast natürlich recht. Schließlich habe ich mich die ganze Zeit dafür eingesetzt, das System zu verteidigen und zu unterstützen, jetzt sind sie dran, mich zu unterstützen. Das System schuldet es mir.«

»Exakt. Und das System muss dich jetzt schützen, es muss dafür sorgen, dass diese Stimmen endlich zum Schweigen gebracht werden. Da sind Leute dabei, die haben einen Tritt in den Arsch verdient, der sie bis nach Honolulu schießt.«

»Sicher, du hast recht. Ich frage mich nur: Wie war es nur möglich, dass ich nie etwas davon gemerkt habe?«

Don Rosario ächzte. »Es kann natürlich auch sein, dass ich übertreibe und zu dumm bin …«

»Nein, nein«, beeilte sich Don Vito zu sagen, »von außen sieht man die Dinge natürlich viel klarer als von innen.«

»Von außen betrachtet, kann ich dir sagen, dass es reicht, wenn eine Person, die zehn, zwanzig, fünfzig, hundert Leute kennt, mit jemandem spricht, den sie als vertrauenswürdig betrachtet. Und wenn diese vertrauenswürdige Person dann, mit Namen, Vornamen und Adresse, alles weiterverbreitet.«

»Und man kann nicht herauskriegen, wer das ist?«

»Zuletzt hat man es mir vor weniger als einem Monat gesagt.«

»Ah.«

»Man hat mir sogar gesagt, wer das war, welche Aufgaben sie in der Kooperative hatten. Also Pförtner oder Koch oder Verwalter. Ich erinnere mich nicht, ich müsste noch mal nachfragen, um zu erfahren, um wen es sich handelt.«

»Mein Gott, was soll ich dir sagen, Rosario, das ist schrecklich.«

»Vito, du musst aufpassen. Und aufpassen heißt in diesem Fall ganz konkret: Mit den Drittweltlern darfst du nicht mehr alleine im Auto fahren. Du darfst mit ihnen überhaupt nicht mehr allein sein. Nicht in der Pfarrgemeinde, nirgendwo alleine.«

»*Minchia, puttana la miseria*, ich nehme ja immer jemanden im Auto mit, ständig liegen sie mir in den Ohren: Baba, Baba, kannst du uns nicht mitnehmen? Und dann sage ich natürlich nicht nein.«

»Drei zusammen kannst du natürlich mitnehmen, aber nicht einen alleine.«

Dekret 17/16, Zielobjekt: Vaccaro.
Ende.

28

E ine *heikle Situation*«, sagte Serena. »Kinder verschwinden aus seinem Flüchtlingslager, die Staatsanwaltschaft
ermittelt, aber für Don Vito ist das nichts als eine *heikle Situation.*«

Sie saß mit Romano in ihrem Büro im Justizpalast, die ge-
tönten Fensterscheiben färbten alles blau, von hier aus sah
die Welt aus wie ein Aquarium ohne Fische.

»Hast du schon was aus Deutschland gehört? Wegen der
Kinder?«, fragte Romano.

»Nichts. Nur das Übliche. Rechtshilfeersuchen. Man hat
die Speditionsfirma überprüft und den Lkw-Fahrer. Herausgekommen ist nichts. Ich fliege nächste Woche noch mal
nach Köln.«

Serena stand auf und ordnete zerstreut die Abteilung mit
den Büsten von San Gennaro. Neapels Schutzheiliger mit
Mitra und Brokatumhang, bekannt dafür, zweimal jähr-
lich sein Blut brodeln zu lassen. Paolo brachte ihr jedes Mal,
wenn er in Neapel war, neue Bischofsbüsten mit, kleine und
große, San Gennaro in Blutrot und in Babyrosa, am liebsten
würde sie ihn jetzt so beschimpfen wie die Neapolitane-
rinnen, wenn der Heilige nicht spurte und das Wunder auf
sich warten ließ.

»*Das System muss dich schützen.* Es ist demütigend, dass
sie es wagen, so freimütig am Telefon darüber zu sprechen«,
sagte Serena.

»Der Bischof, der Bürgermeister und der Senator – sie alle
wissen über ihn Bescheid und schützen ihn. Ein sich selbst

stabilisierendes System. Don Vitos Missbrauch wird toleriert, weil größere Interessen auf dem Spiel stehen.«

»Don Vito hat sich durch den Missbrauch überhaupt erst für seinen Job qualifiziert. Er macht ihn erpressbar. Wäre er nicht erpressbar, wäre er nie in diese Position gekommen. Nur so funktioniert das System. Deshalb muss der Senator sich keine Sorgen machen, dass herauskommt, wie das Geld für die Flüchtlinge in seine Tasche fließt, und dass Kinder aus dem Lager verschwinden«, sagte Serena.

Sie biss sich auf die Lippen, als sie das Wort *erpressbar* ausgesprochen hatte. Denn genau das war Romanos Angst gewesen: erpressbar zu sein, wegen seines Hangs zu Frauenkleidern. Nur eine kleine erotische Schwäche. Und ein großes Handicap für einen Antimafia-Ermittler. Seitdem er ihr bei der Taufe von Ciccios Sohn so freimütig erzählt hatte, dass er den Somalier mit rosa Strapsen im Netz kennengelernt hatte, in der Crossdresser-Community, hatte sie nicht mehr gewagt, ihn darauf anzusprechen.

Sicher, seit Romano sich damals als Frau verkleidet hatte, um einen Informanten zu treffen, glaubten viele Kollegen, dass Romano sich nicht nur aus dienstlichen Gründen verkleidete. Würde er dazu stehen oder es abstreiten? Wer wusste, mit wem Romano in seiner Crossdresser-Community im Netz sonst noch zu tun hatte?

Und gerade in dem Augenblick, als sie Luft holte und ihn einfach so, scheinbar ganz zusammenhangslos danach fragen wollte, klingelte es an der Tür. Scheiße. Sie hatte vergessen, das kleine Licht neben dem Namensschild an der Tür auf Gelb zu stellen, was bedeutete: Ja, *the Doctor is in*, hat aber keine Lust zu reden. Grün bedeutete: bin da und ansprechbar, Rot stellte sich automatisch an, wenn die Tür von außen abgeschlossen wurde.

Jerry Sutera und Paolo fielen ins Büro. Ganz schlechte Kombination. Romano konnte Paolo nicht leiden, weil er ihn für eine neapolitanische Quatschtante hielt und aus unerklärlichen Gründen eifersüchtig auf ihn war. Jedes Mal, wenn er ihn in Serenas Büro auftauchen sah, versteinerte sich sein Gesicht. Paolo seinerseits war Romano gegenüber misstrauisch, weil Serena ihn damals nicht eingeweiht hatte, dass Romano sich als Frau verkleidet hatte, um den Informanten zu treffen. Seitdem glaubte Paolo, dass zwischen Serena und Romano irgendwas war, eine geheime energetische Verbindung, eine Vertrautheit – was ja außerdem stimmte. Eben wegen dieser einen Nacht, damals. Komisch eigentlich, dass selbst Männer, die sonst nicht sonderlich sensibel sind, dafür einen sechsten Sinn haben.

Und beide, Paolo und Romano, konnten Jerry nicht leiden, den sie für einen faulen Sack hielten, eine Meinung, die Serena bedingungslos teilte.

Auf jeden Fall schwirrten plötzlich ziemlich viele *bad vibrations* durch die Luft.

»Du hast mich angerufen«, sagte Jerry, »aber wenn du zu tun hast, können wir uns auch ein anderes Mal …«

»Nein, kein Problem, Jerry«, unterbrach ihn Serena.

»Ich will euch nicht lange stören«, sagte Paolo und warf eine Akte auf Serenas Schreibtisch: Die Finanzpolizei hatte herausgekriegt, dass sich in den beiden Lagern viel weniger Flüchtlinge aufhielten, als *il presidente* angegeben hatte. Sie hatten nachgeprüft, wie viele Mahlzeiten täglich von dem Cateringservice geliefert wurden: halb so viele, wie laut offiziellen Zahlen Flüchtlinge zu verpflegen waren. Ein Trick, mit dem sie jeden Monat Tausende Euro Gewinn machten.

»Außerdem haben sie überall Informanten sitzen, die sie über bevorstehende Inspektionen informieren«, fuhr Paolo fort.

»Warum erfahre ich erst jetzt davon, verdammte Scheiße? Offenbar ermittelt sich hier jeder einen Wolf, behält seine Ergebnisse schön für sich, und am Ende kommt nichts heraus«, sagte Serena.

»Teuerste, ich schätze, dass du dich für den Geschmack einiger schon zu sehr in die Geschichte verbissen hast«, erklärte Paolo und macht eine halbe Pirouette Richtung Tür, angeblich, weil draußen seine Jungs warteten, und damit meinte er Leonardo und Matteo, die ihre Mutter mal wieder zur Unzeit nach Palermo zu ihrem Vater gebracht hatte.

»Okay«, sagte Romano zu Serena, »sehen wir uns also später auf eine glutenfreie Pizza auf der Piazza Magione?«

»Um sieben«, schlug Serena vor. »Dann ist da noch nicht so viel los.«

»Oh, Pizza«, sagte Jerry, »darf man sich anschließen?«

»Geht nicht«, antwortete Serena. »Ist eine dienstliche Pizza. Wir wollen mit jemandem ins Gespräch kommen, der da arbeitet.«

»Dienstlich« war ein Wort, das Jerry immer abschreckte.

Paolo und Romano waren durch die Tür verschwunden, und Jerry wusste, dass es nichts Gutes bedeutete, mit der Vitale allein in einem Raum zu sein. Natürlich hatte er mitgekriegt, dass sie sich in diese Geschichte mit den Kindern im Container und den Flüchtlingsheimen verbissen hatte, genau das war seine Hoffnung gewesen: dass sie damit ausgelastet wäre – und ihm nicht mehr auf die Nerven fallen würde mit Boncore und dem deutschen Staatsanwalt, an den sich kein Mensch mehr erinnerte außer Serena Vitale, dieser Fanatikerin, die noch alle mit sich in den Sumpf ziehen würde.

»Und?«, fragte er.

»Ich wollte mich mit dir kurzschließen«, sagte sie lauernd. »Du weißt, worum es geht?«

»War ja nicht zu übersehen«, antwortete Jerry. »Die Geschichte mit den Kindern im Container war überall zu lesen.«

»Die Spur führt nach Deutschland«, verkündete die Vitale.

Und obwohl er schon wusste, dass er aus dieser Nummer nicht mehr rauskommen würde, versuchte er halbherzig, sich dumm zu stellen: »Ich habe gehört, dass der Container nach Deutschland gebracht werden sollte.«

»Pass auf, Jerry. Dahinter verbirgt sich viel mehr. Abgesehen davon, dass Don Vito …«

»Dass Don Vito kein Heiliger ist, wissen doch alle.«

»Er vergibt Aufenthaltsgenehmigungen nur an Flüchtlinge, die ihm sexuell zur Verfügung stehen.«

»Oh«, sagte Jerry.

»Aber das ist nur ein Aspekt der Geschichte. Es ist ein offenes Geheimnis, dass Don Vito die Flüchtlinge missbraucht. Alle wissen es. Alle, die in der Kooperative arbeiten, alle, die in den Flüchtlingsheimen wohnen, der Bürgermeister weiß es, der Senator und der Bischof natürlich auch. Ich habe dich eigentlich wegen etwas anderem angerufen.«

»Okay«, sagte Jerry, der immer noch nicht ahnte, worauf sie hinauswollte.

»Interessant ist, dass auch Don Rosario darüber Bescheid weiß.«

»*Der* Don Rosario?«, fragte Jerry, mit einem letzten Funken Hoffnung, der Kelch möge an ihm vorübergehen.

»Genau der«, antwortete die Vitale und lächelte so hinterhältig, wie es ihre Art war.

»Und du meinst …?«

»Ja, ich meine.«

Sie meinte, dass die Kindergeschichte zu Dino Greco führte und dass Kampmann, der deutsche Staatsanwalt, dem Ganzen irgendwie auf die Spur gekommen sein musste. Wenn das stimmte, wäre hier die Hölle los.

»Kann ich mir nicht vorstellen«, sagte er.

Die einzige Möglichkeit, aus der Nummer herauszukommen, bestand jetzt darin, die sizilianische Karte auszuspielen. Schließlich war die Vitale, anders als er, nicht in Sizilien aufgewachsen. Vom großen Mafiakrieg, der in den siebziger und achtziger Jahren auf den Straßen Palermos ausgetragen worden war, hatte sie in ihrem gemütlichen Deutschland natürlich nichts mitgekriegt. Nun bot sich die Gelegenheit, ihr das mal wieder unter die Nase zu reiben. Die Dinge liefen hier anders, als die Vitale es sich in ihrem deutsch eingenordeten Köpfchen vorstellte.

»Vielleicht ist dir entgangen, dass die Cosa Nostra sich

aus Entführungen immer herausgehalten hat«, sagte er. »Zu viel Aufsehen. Das Risiko ist zu groß, dass das Volk sich von ihr abwenden würde.«

»Erzähl keine Märchen, Jerry«, entgegnete die Vitale. »Erinnere dich doch nur an die Geschichte von Don Coppola.«

Natürlich waren die Mafiosi nie so blöd, einfach nur des Geldes wegen jemanden zu entführen, das wusste auch Jerry Sutera. Wenn sie jemanden entführt hatten, dann immer, um ein Zeichen zu setzen. Etwa, um jemanden für eine Verfehlung zahlen zu lassen. Don Coppola war ein Priester, der dabei behilflich gewesen war, den Sohn eines Bauunternehmers zu entführen, der ein halbes Jahrhundert lang der unangefochtene König der öffentlichen Bauaufträge Palermos gewesen war und sich der Zusammenarbeit mit den Corleonesen verweigert hatte. Ein Teil der Banknoten war damals in der bischöflichen Kurie von Monreale gefunden worden.

»Außerdem wendet sich das Volk nicht von der Cosa Nostra ab, weil ein paar afrikanische Kinder aus einem Flüchtlingslager entführt werden. Im Gegenteil.«

»Und was soll das Zeichen sein?«

»Offenbar will Greco jemandem einen Gefallen tun.«

Irgendwie hatte Jerry auf einmal das Gefühl, keine Luft mehr zu kriegen. Er schnappte nach Atem und sah noch das Blitzen in den Augen der Vitale, dann fiel er um.

Überzuckerung, würde der Notarzt später sagen.

29

E s wundert mich wirklich nicht, dass Jerry in Ohnmacht gefallen ist«, sagte Romano zu Serena, als sie über die Piazza Magione liefen. »Wahrscheinlich wusste er nicht, wie er anders aus der Nummer herauskommen sollte.«

»Du meinst, dass er die Ohnmacht nur vorgetäuscht hat? Schien mir nicht der Fall. Er ist wie ein Stein zu Boden gefallen.«

»Dann war's der Schock. Die Aussicht, den Mordfall Kampmann wieder aufrollen zu müssen.«

»Ich wollte ihn nur einbeziehen.«

»Genau das ist das Problem. Du bist sadistisch veranlagt.«

»Einem Mann würdest du so einen Vorwurf nie machen.«

»Stimmt. Auch weil Männer für solche Gedankengänge zu schlicht sind. Als Mann darf ich das sagen.«

Über ihren Köpfen stürzten sich schreiende Möwen und Mauersegler im Sturzflug nach unten, sie schossen über den Himmel wie kleine, schwarze Pfeile.

Hier hatte einmal Palermos Herz geschlagen. Die Piazza war eigentlich keine, sondern ein gigantisches Kriegerdenkmal. Was die Bomben des Zweiten Weltkriegs übrig gelassen hatten, war von dienstfertigen Stadtplanern und mafiöser Gier zerstört worden. Übrig blieb dieser Platz, der keiner war und in dessen Mitte ein Kloster wie ein Bunker thronte. Sie liefen über die Rasenfläche an dem verlassenen Kloster, hinter dem kleine Jungs Fußball spielten.

Die beiden ermordeten Staatsanwälte Giovanni Falcone und Paolo Borsellino hatten hier auch einst Fußball gespielt:

Beide waren an der Piazza Magione aufgewachsen. Unter einem Olivenbaum stand der Gedenkstein für Giovanni Falcone. In einer Seitenstraße der Piazza, der Via della Vetreria, hatte sich die Apotheke der Familie Borsellino befunden, vor kurzem war hier eine kleine Gedenkstätte für den ermordeten Staatsanwalt eingerichtet worden. Über eine Seitenwand des Klosters zog sich ein riesiges Graffito, das einen schlafenden Papst zeigte, der sein Gesicht erschöpft auf die Hand stützte, schwarze Mitra, blutroter Schulterumhang.

Gegenüber vom schlafenden Papst befand sich die Pizzeria. Romano ging voran. Es duftete nach frisch gebackenem Hefeteig und Tomatensauce. Am liebsten würde sie jetzt alles vergessen, Don Vito, Greco und Don Rosario, und an einem Tisch in der Abendsonne sitzen. Bei einem Glas Inzolia.

Glücklicherweise schien der Informant das geahnt zu haben, denn er suchte für Serena und Romano einen guten Platz aus und fragte sie als Erstes, welche Pizza sie gerne essen würden: die aus Kamut- oder Vollkornmehl? Serena und Romano blickten sich kurz an. Warum eigentlich nicht? Und entschieden sich für eine Pizza Margherita. Mit Sardellen. Und Kapern.

Der Informant setzte sich zu ihnen. Er war ein langer, dünner Typ mit kleinem Ziegenbärtchen und betrieb die Pizzeria zusammen mit seiner Freundin, die nur halb so groß war wie er: ein klassisches »Die Kirche und der Glockenturm«-Paar. Die Freundin stellte Wein und Wasser auf den Tisch und drängte ihren dünnen Freund zum Reden.

»Damals, als ich die Anzeige gegen Don Vito erstattet habe, hat sich niemand darum gekümmert«, begann er vorwurfsvoll und spielte mit einem breiten Silberring, den er auf dem Zeigefinger trug. Er trug Undercut mit einrasiertem Seitenscheitel, das schwarze Deckhaar war so lang, dass er es zu einem kleinen Dutt gedreht hatte. Gepiercte Augenbrauen und Tätowierungen auf dünnen, weißen Armen. An seiner karierten Kochhose klebte etwas Mehl.

»Es war mein Anwalt, der mir die Stelle bei Don Vito verschafft hatte. Ich war gerade auf Bewährung aus dem Jugendgefängnis entlassen worden, und mein Anwalt hatte die Idee, ich könnte mit behinderten Jugendlichen in der Pfarrgemeinde der Kalsa arbeiten. So kam ich zu Don Vito. Er kam mir gleich zu Anfang etwas komisch vor.«

»Warum?«

»Weil er die anderen Jugendlichen, die auch in der Pfarrgemeinde arbeiteten, zur Begrüßung auf den Hals küsste und sie streichelte. Als ich einmal mit Don Vito nach Trapani fahren sollte, hatte ich richtig Panik. Also habe ich mir eine Geschichte augedacht, ich habe ihm erzählt, ich sei im Gefängnis von einem Homosexuellen belästigt worden – damit er kapiert, dass er mich in Ruhe lassen soll.«

»Erzähl mal, was die Kinder über ihn gesagt haben«, warf seine Freundin ein, deren Brüste vor Empörung bebten, kaum dass der Name Don Vito gefallen war.

»Einmal, als ich Don Vito etwas nach Hause bringen sollte, bin ich im Hof Kindern begegnet, die mich auslachten und anfingen, Spottlieder zu singen, als sie sahen, wie ich die Treppe zu seiner Wohnung hochging. Sie riefen: ›Pass auf, geh da nicht hoch, der will dich bestimmt in den Arsch ficken, Don Vito fickt alle Türken in den Arsch.‹ Ich habe das meiner Freundin damals erzählt.«

»Ja, und du hast mir auch erzählt, dass du von anderen Jugendlichen genau dasselbe gehört hattest. Alle warnten vor Don Vito und rieten, bloß nicht mit ihm alleine zu bleiben«, ergänzte die Freundin und gab dem Kellner ein Zeichen, noch etwas Oregano für Serenas Pizza zu bringen. Dann machte sie sich darüber lustig, dass sich neuerdings die Ich-kann-keinen-Oregano-vertragen-Allergie wie eine Grippewelle ausgebreitet habe – obwohl eine Pizza ohne Oregano keine Pizza sei.

»Und deshalb haben Sie ihn angezeigt?«, fragte Serena mit vollem Mund.

»Nein, damals noch nicht. Erst Jahre später. Als wir zusammen im Flüchtlingsrat gearbeitet haben und von weiteren Übergriffen Don Vitos erfahren haben.«

Die Freundin stieß ihn an. Er sagte: »Erzähl du von den zwei Typen.«

»Wir hatten bei einer Versammlung die Arbeit in den beiden Kooperativen von Don Vito kritisiert. Bald darauf haben sich zwei Typen eines Nachts in meinem Auto versteckt. Als ich einstieg, sagten sie, ich solle mich nicht umdrehen. Wir sollten unsere Nasen nicht weiter in die Angelegenheiten der Kooperative stecken. Das sei ihre letzte Warnung, das nächste Mal würden sie mir und meinem Freund sehr weh tun.«

»Am Tag darauf habe ich einen an mich adressierten Brief mit einer Patronenhülse gefunden. Alles in einer Plastiktüte. Aber die Polizisten schienen sich nicht dafür zu interessieren. Also habe ich die Anzeige gegen Don Vito wieder zurückgezogen.«

Schweigend überquerten Serena und Romano die Piazza Magione. Die Dämmerung brach herein. Einige Hundebesitzer führten ihre Hunde auf dem Rasen Gassi und ließen sie an den Gedenkstein für Giovanni Falcone pinkeln.

Wenige Wochen später sagten vier ehemalige Priesterseminaristen der Erzbistümer von Monreale und Trapani darüber aus, wie Don Vito sie als Minderjährige missbraucht hatte. Nachdem alle abgehörten Gespräche abgetippt worden waren, erstellte Serena den Haftbefehl für Don Vito.

30

H ast du es gelesen?«, fragte Wieneke.

Francesca saß in ihrem Arbeitszimmer am Computer. Neuerdings trug sie bei der Arbeit eine Lesebrille, ein Hornungetüm, mit dem sie hinreißend aussah, wie Wieneke fand. Das hätte er natürlich nie zugegeben, schließlich war sie schon eingebildet genug. Er sagte nur, dass Onassis genau so eine Brille getragen hatte – eine Assoziation, mit der Francesca allerdings nichts anfangen konnte, weil Onassis schon tot gewesen war, bevor sie überhaupt gezeugt wurde.

»Ich verstehe unter dieser *Unterlassungsklage* nur, dass Dino Greco dein Artikel für den *Morgen* nicht passt: Du hast doch nur über seine zwielichtige Sicherheitsfirma im Einsatz im Flüchtlingsheim geschrieben.«

»Und über sein Geschäftsmodell mit dem Rohstoff Flüchtling …«

»Ja, aber es war doch keine direkte Rede davon, dass er ein Mafioso ist, deshalb verstehe ich nicht, warum er dich verklagen will.«

»Direkt war nicht die Rede davon«, sagte Wieneke, »nur indirekt.«

»Abgesehen davon hast du doch genug Belege, BKA-Bericht und Pipapo, in dem steht, dass Greco Mitglied der Cosa Nostra ist. Außerdem ist er der älteste Sohn von Saruzzo Greco, dem Paten, der vierzig Jahre lang untertauchen konnte, bis er verhaftet wurde, das dürfte sich auch in Deutschland herumgesprochen haben.«

»Das interessiert hier keine Sau«, sagte Wieneke.

»Wie, keine Sau? Und dass dir die Unterlassungsklage gegen dich an meine Adresse geschickt wurde, obwohl du offiziell hier gar nicht wohnst? Mit Angabe des Stockwerks, das man nur herauskriegt, wenn man dich bis zur Wohnungstür verfolgt hat? Das ist eine klare Drohung.«

»Interessiert hier niemanden«, beharrte Wieneke.

»Und was sagen die vom *Morgen*?«

»Nichts.«

»Wie, nichts? Aber das ist doch ein Skandal, wenn eine Redaktion, die mit ihrer großen Klappe wirbt ...«

»Ja, große Klappe auf leeren Straßen«, sagte Wieneke.

»Heißt?«

»Sagt man so bei uns im Ruhrgebiet.«

»Aber das gibt es doch nicht, dass eine Redaktion einen Journalisten einfach hängen lässt. Schämen die sich nicht?«

»Scham ist für die ein überkommenes kleinbürgerliches Relikt.«

»Soll ich uns etwas zu essen machen?«, fragte Francesca, und da hätte Wieneke fast angefangen zu heulen. Weil sie plötzlich so mütterlich klang und er sich so mies fühlte. Weil er seine Miete nicht mehr bezahlen konnte und weil er bei Francesca untergekrochen war. Die ihn allabendlich bekochte. Mit *spaghetti all'amatriciana*, mit Lasagne, mit Risotto.

Lange würde ihr Rotkreuz-Schwester-Syndrom nicht anhalten, da machte er sich keine Illusionen. Frauen wollen Männer retten, klar, aber die sexuelle Anziehungskraft geretteter Männer gleicht der einer Ofenkartoffel.

Und genauso fühlte er sich. Wie ein Gemüse. Wie eine von Kaminskis Zucchini. Die Blumenkohl-Bar war geschlossen. Die Bullen, die bei ihm gearbeitet haben, waren so schnell verschwunden gewesen wie Silberfischchen, wenn man im Badezimmer das Licht anknipste.

»Kannst du mal eine Zucchini schneiden?«, fragte Francesca und reichte ihm das Schneidebrett.

So tief war er gesunken. Zum Gemüseputzer.

»Heute hat übrigens meine Mutter angerufen«, sagte Francesca. »Unser Pfarrer, Don Vito, ist verhaftet worden, stell dir vor.«

Wieneke war darauf konzentriert, die Zucchini erst der Länge nach und dann in kleine Stifte zu schneiden, so wie es Francesca ihm beigebracht hatte.

»Hast du gehört?«

»Ja, euer Pfarrer ist verhaftet worden«, wiederholte er mechanisch, um zu beweisen, dass er ihr zugehört hatte.

»Und weißt du warum?«

»Weil er zur Mafia gehört«, antwortete Wieneke. Schließlich lag man damit in Sizilien immer richtig.

»Weil er Flüchtlinge missbraucht hat.«

»Echt?«

»Echt«, sagte Francesca und tippte auf einen Artikel der *Republicca*, die sie zum Gemüseputzen auf dem Küchentisch ausgebreitet hatte. Auf dem Foto sah man einen dicklichen Mann mittleren Alters, der von Beamten abgeführt wurde, die dunkelblaue Westen mit der Aufschrift *polizia* trugen. Don Vito trug Jeans und ein kurzärmeliges Hemd, dessen Kragen von einer Priesterbinde zusammengehalten wurde. Er fügte sich lächelnd in sein Schicksal.

»Er macht einen auf Opfer«, sagte Francesca. »Ganz Jesus, der an seine Häscher ausgeliefert wird. Und hier, pass auf«, sie las laut vor: »*Die erzbischöfliche Kurie des Bistums Monreale verkündete, Schmerz und Bitterkeit empfunden zu haben, nachdem der Untersuchungshaftbefehl Hochwürden Don Vito ereilte. Er sei bis auf weiteres von seinen pastoralen Pflichten und Ämtern entbunden worden. Die Anklage lautet auf Erpressung, Amtsmissbrauch und sexuellen Missbrauch Abhängiger.* Ich meine: Don Vito war der Chef der Caritas von Palermo und Mitglied der Kommission, die über die Anerkennung des Status als politischer Flüchtling urteilte. Vielleicht wäre das eine Geschichte für dein Kirchenblättchen, dieses *Jesus online*?«

»Klar«, sagte Wieneke und schnitt weiter Zucchini.

»Wieso nicht? Die heißen doch *Jesus online*?«

»Ja, aber die Verbandszeitung der Metzgerinnung berichtet auch nicht über Hormone im Fleisch, der *Kicker* berichtet nicht über die Korruption der FIFA, und *Jesus online* berichtet nicht über pädophile Priester.«

»Aber weißt du, warum die Vitale ...«

»Wie, die Vitale?«

»Die Vitale hat ihn verhaftet.«

»Ich dachte, die beschäftigt sich jetzt mit Flüchtlingen?«

»Genau, und in dem Zusammenhang ist sie auf Minderjährige gestoßen, die in einem Container von Sizilien nach Deutschland unterwegs waren. Minderjährige Flüchtlinge aus einem Flüchtlingslager von Don Vito. Daraufhin hat sie Don Vito abhören lassen.«

»Und wohin sollte der Container mit den Kindern gehen?«

»Nach Köln. Ich meine: Deutschland, minderjährige Flüchtlinge – klingelt da nichts bei dir?«

»Mann, Francesca, ich habe jetzt schon eine Klage an der Backe, den Rechtsanwalt muss ich selbst bezahlen, die Blumenkohl-Bar ist geschlossen, ich habe keine Aufträge – meinst du, ich brauche noch mehr Ärger? Ich stehe völlig alleine da.«

»Richtige Helden sind immer alleine. Oder meinst du, dass Indiana Jones erst mal 'nen Workshop mit Stuhlkreis gemacht hat, bevor er zum Tempel des Todes aufgebrochen ist?«

In der Nacht lag Wieneke wach und rechnete durch, wie er den Rechtsanwalt bezahlen könnte. Er müsste seine Lebensversicherung beleihen. Ab und zu erleuchteten die Scheinwerfer vorbeifahrender Autos die Decke. Neben ihm lag Francesca, sie schlief so tief, dass er sie kaum atmen hörte. Er fragte sich, wie lange er noch neben ihr liegen und ihrem Atem lauschen durfte.

Frauen lieben Helden.

Es gab keine Alternative. Am Morgen buchte er einen Flug nach Palermo.

31

Die schon wieder. Dieses Mal würde es nicht so glimpf-
lich ablaufen, befürchtete Kleve. Wahrscheinlich wäre
es nicht damit getan, ein paar Schlepper auszuliefern. Die
Vitale war besessen von unbegleiteten minderjährigen
Flüchtlingen. Wenn von ihren Ermittlungen etwas durch-
sickerte, hätte er gleich wieder irgendwelche Schmeißfliegen
an der Backe. Er erinnerte sich noch mit Unbehagen an diesen bärtigen Glatzkopf, der Name war ihm entfallen. Unbegleitete minderjährige Flüchtlinge waren ja ein Thema ohne
Ende. Da ging allen sofort der Arsch auf Grundeis. Dem
Polizeipräsidenten, dem Justizminister, dem Innenminister.

Die Vitale saß in seinem Büro, er hatte ihr von den bürokratischen Hürden erzählt, sie auf die Mehrfachregistrierungen
der *umF* aufmerksam gemacht, ihr erklärt, dass das die kor-
rekte Bezeichnung für unbegleitete minderjährige Flüchtlinge sei und dass der Kardinal gerade erst Wohnungen für
sie gesegnet hatte, finanziert vom Erzbistum zusammen mit
der kircheneigenen Siedlungs- und Wohnungsgesellschaft.
Sie aber ließ sich nicht abbringen von dieser Geschichte von
den Kindern im Container, die angeblich nach Deutschland
unterwegs gewesen seien, wobei das ja keineswegs bewie-
sen, sondern nur ihre Vermutung war. Und natürlich hatte
sie das sofort wieder mit der Mafia in Zusammenhang gebracht, wahrscheinlich war das so bei Sizilianern, die konnten gar nicht anders.

Seiten um Seiten von Rechtshilfeersuchen, und ein gewisser Don Rosario war auch im Spiel, ein guter Mann, schien

es, einer, der sich aufopfernd um die italienische Gemeinde in Köln und am Niederrhein kümmerte. Sie aber bestand darauf, dass er angeblich mit dem Sohn eines Mafiosos eng verbandelt sei, im Grunde keine schlechte Sache, denn was konnte der Sohn dafür, dass sein Vater Mafioso war? Vielleicht würde ihn der Kirchenmann auf den richtigen Weg bringen. Sippenhaft gab es nicht in Deutschland, aber das war wohl in ihrem Kopf nicht vorgesehen.

Aber er war ja nicht so. Deshalb sagte Kleve jetzt: »Wissen Sie was, Frau Vitale, lassen wir jetzt mal fünfe gerade sein, ich lade Sie auf ein Kölsch ein.«

»Kölsch?«, fragte Serena überrascht.

»Ja, Kölsch. Wenn Sie schon einmal in Köln sind! Oder trinken Sie keinen Alkohol?«

»Doch, doch«, beeilte sie sich zu versichern. Wer weiß, vielleicht würde der Alkohol Kleves Zunge lockern.

Kurz darauf saßen sie an einem langen, blankgescheuerten Holztisch in einer dieser *Kölner Traditionslokale*, wie Kleve es nannte. Dunkle, holzvertäfelte Wände und Dielen mit den Gebrauchsspuren von Jahrzehnten. Kleve war so stolz auf sein Köln, dass es sie fast gerührt hätte, wenn es in dieser Schwemme nicht so penetrant nach Bier und feuchtem Holz gerochen hätte und wenn Kleves Manöver nicht so durchsichtig gewesen wäre.

Kleve bestellte Blutwurst mit Äpfeln. Ein Traditionsgericht.

»Jeder Tourist in Köln – Kinder und Schwangere sind selbstverständlich ausgenommen – sollte während seines Besuchs mindestens ein Kölsch getrunken haben«, sagte Kleve und lachte keckernd.

»Ich bin schwanger«, sagte Serena.

Kleve fiel fast das Kölschglas aus der Hand.

»Ach nee, Frau Vitale, das …«

»Nein, kein Problem. Aber ein Glas Weißwein wäre mir lieber.«

»Ja, natürlich«, sagte er, rief den Kellner, bestellte den

Weißwein und streifte sie mit einem misstrauischen Blick. Wahrscheinlich überlegte er gerade, dass Schwangere stimmungsmäßig unberechenbar waren. Hormonschwankungen und so.

Das schmale Kölschglas wirkte in Kleves wuchtigen Händen noch zierlicher. In zwei Zügen hatte er es ausgetrunken. Als die Blutwurst vor ihn gestellt wurde, leuchteten seine Augen.

»Wissen Sie, auch für uns ist die Sache mit den Flüchtlingen nicht so leicht«, sagte Kleve. »Ich meine, für uns als Staatsanwaltschaft. Man macht sich keine Freunde. Politisch schon gar nicht. Jede Ermittlung ist ein Eiertanz. Obwohl ich natürlich zugeben muss, dass es der Wirtschaft gutgetan hat – im Grunde sind die Flüchtlinge so etwas wie ein kleines Konjunkturprogramm!«

»Nicht nur für die deutsche Wirtschaft, für die Mafia auch«, entgegnete Serena.

Kleve verzog das Gesicht, als ob er auf einen Fremdkörper gebissen hätte.

Serena hatte kein Mitleid mit ihm. »Um noch mal auf die Minderjährigen zurückzukommen«, sagte sie, »die Schlepper setzen neuerdings auf den Booten am liebsten junge Afghanen oder Ägypter ein. Sie erlassen ihnen etwas vom Preis für die Überfahrt. So laufen die Schlepper keine Gefahr – weder zu ertrinken noch festgenommen zu werden. Und die nigerianische Mafia bringt auf diese Weise ihr Menschenmaterial nach Europa – für die Prostitution und den Drogenhandel, den sie in größter Harmonie mit der sizilianischen Mafia abwickelt.«

Während sie redete, fragte Kleve sich, ob sie wirklich schwanger war. Wie alt mochte die Vitale sein? Heutzutage konnte man das überhaupt nicht mehr einschätzen. Es wäre ja nicht das Schlechteste, wenn sie mal in den Mutterschaftsurlaub ginge. Vielleicht würde sich bei ihr dann auch der Tick mit der Mafia legen.

»Wir tun unser Bestes«, sagte Kleve. »Aber wie ich Ihnen

schon gesagt habe, ist eine vollkommene Kontrolle nicht zu leisten. Oder wollen Sie jedem dieser angeblich Minderjährigen ein oder zwei Aufpasser rund um die Uhr zur Seite stellen? Sie können sich ja gern für diese Aufgabe bewerben.«

Später im Hotel las Serena ihre Mails. Und erfuhr, dass Eddie, der junge Nigerianer, Selbstmord begangen hatte.

Spaziergänger hatten ihn beobachtet, wie er in der Nähe des Foro Italico voll bekleidet ins Wasser gegangen und verschwunden war. Seine Leiche war von der Meeresströmung einen Kilometer östlich an Land gespült worden.

Am Ufer hatte er seinen Rucksack hinterlassen. Mit seiner in Plastik versiegelten Aufenthaltsgenehmigung und einem Abschiedsbrief.

32

Vor dem Rückflug nach Palermo wollte Serena noch den Polizisten treffen. Er hatte ihr mehrere Mails geschickt, er sei ein großer Bewunderer ihrer Arbeit, hatte er geschrieben, es sei eine große Ehre, wenn sie Zeit für ein Gespräch hätte. Vielleicht am Flughafen?

Als sie die Abflughalle betrat, fragte sie sich, warum sie sich das antat. War sie Opfer ihrer Eitelkeit geworden? Ein blöder Polizist macht dir zwei Komplimente, und schon bist du bereit, ihm eine Stunde deiner Lebenszeit zu schenken? Scheißdreck. Sie wusste von ihm nicht mehr, als dass er im Dezernat für Organisierte Kriminalität arbeitete. Und dass er an der Verhaftungsaktion von siebzehn 'Ndranghetisti beteiligt gewesen war, die den schönen Namen *Mangiata* trug, das große Fressen, und in Italien und Deutschland durch die Presse gegangen war. Der Höhepunkt der Berichterstattung war ein Video von einem Aufnahmeritual gewesen, das in einem Gasthof in der Nähe von Stuttgart stattgefunden hatte. Es war vom ROS, der Antimafia-Einheit der Carabinieri, gefilmt worden, man sah übergewichtige Herren mit Baseballcaps auf Plastikstühlen um einen Tisch sitzen, sie nudelten Begrüßungsformeln herunter, die wie ein salbungsvolles Ritual durchgeknallter Schafhirten klangen: »Genau an diesem heiligen Abend, in der Stille der Nacht, unter dem Licht der Sterne und dem Glanz des Mondes«, bla, bla, bla.

Das Erfolgsrezept der 'Ndrangheta war, die Moderne mit archaischen Riten zu verbinden. Dasselbe Erfolgsrezept hatten früher die Nazis angewendet, heute wurde es auch von den Islamisten praktiziert.

Nach der Veröffentlichung des Videos hatte der Stuttgarter Innenminister versucht, die Deutschen zu beruhigen: »Die hauptsächlichen kriminellen Aktivitäten werden aber in Italien und nicht hier durchgeführt«, hatte er den Journalisten in den Block diktiert.

Kriminelle. Aktivitäten. Durchgeführt.

Tja. Die Deutschen hatten ja schon einiges *durchgeführt*, mit ihrer Effizienz. Der *Rückzugsraum* wurde wie ein Mantra beschworen. Deutschland musste sauber bleiben. Damit die Deutschen nicht aus ihrem tiefen Schlaf aufschreckten. Und wenn es hart auf hart kam, wie bei den Duisburger Mafiamorden, hieß es: Letztlich doch nur Italiener, die andere Italiener ermordet haben, oder?

Als Serena in der Abflughalle ankam, entdeckte sie den Polizisten schon von weitem. Er war der Einzige, der so unauffällig auffällig zwischen den Wartenden herumstand, wie es nur Polizisten hinkriegten. Sie wählte seine Nummer und lachte, als er auf sie zuging.

Lederjacke, Jeans, ein Rest grauer Haare, schwarze Intellektuellenbrille, Stoppelbart. Am Handgelenk ein buddhistisches Perlenarmband aus Silber und Sandelholz – die übliche Polizistenuniform. Die Brille vergrößerte seine Augen und verlieh ihm etwas unerwartet Weiches, fast Feminines.

Er hieß Heinrich und unterzeichnete seine Mails und SMS mit *Enrico*. Das hatte sie an Giulio erinnert, der eigentlich Günter hieß und in Dortmund im Dezernat für Organisierte Kriminalität gearbeitet hatte, bis man ihn zur Verkehrspolizei versetzt hatte: *Personalmaßnahme* nannte man das in Deutschland, wenn man jemanden loswerden wollte.

Sie setzten sich in cognacfarbene Cocktailsessel in einem der Flughafencafés, die auf der ganzen Welt gleich aussahen, egal ob in Madrid, Zürich oder Düsseldorf – überall die gleichen Cocktailsessel, die gleichen Cupcakes, die gleichen Papp-Croissants, die gleichen Käsesandwichs.

Enrico bestellte einen doppelten Espresso, Serena verlangte nach einem grünen Tee.

»Ich hätte nicht erwartet, dass Italienerinnen grünen Tee trinken«, sagte er.

»Ich versuche immer, die Erwartungen zu unterlaufen«, erwiderte sie.

Er erzählte, wie der Generalstaatsanwalt getobt hatte, nachdem die Italiener das Video von dem Aufnahmeritual online gestellt hatten, und verlor sich in akademische Betrachtungen der 'Ndrangheta – der *Società minore*, der »kleineren Gesellschaft«, im Unterschied zur *Società maggiore*, der größeren Gesellschaft, die den Dialog mit Polizisten, Richtern und Politikern suchte. Wie viele Polizisten war auch *Enrico* fasziniert von den kultischen Ritualen, den Formeln und frommen Phrasen, genau wie die Mafiosi auch.

Eigentlich irre.

»Haben Sie keine Angst, sich mit mir zu treffen?«, fragte er. »Ich meine, ich hätte doch …«

Ja, natürlich hatte sie daran gedacht, dass er ein Doppelagent sein könnte. Einer, der für die 'Ndrangheta arbeitete. Oder für die Geheimdienste. Oder für beide. Einer, der dafür sorgte, dass die Namen unter Verschluss gehalten würden. Die Namen von Politikern oder hohen Beamten, die mit der Mafia zusammenarbeiteten. Möglich war alles. Aber ab einem bestimmten Punkt auch scheißegal.

»Nein, ich habe keine Angst. Jedenfalls nicht vor der Mafia. Ich habe nur Angst vor der Feigheit der Anständigen«, antwortete sie.

»Die Geheimdienste haben Sie doch sicher auf dem Schirm«, sagte er.

»Ja, aber natürlich auch die, die mit mir reden.«

Er hielt kurz inne, blickte auf, lächelte – und erzählte dann, dass die 'Ndranghetisti aus dem Video schon wieder frei herumliefen. Zwei waren nach Italien ausgeliefert worden, alle anderen führten ihre Geschäfte weiter. *Kein hinreichen-*

der Tatverdacht, hatte es geheißen. Alle Staatsanwälte, die die Ermittlungen geführt hatten, waren versetzt worden.

»Es gibt hier keine Mafia mehr, nur noch Islamisten: Die Kollegen aus unserem Dezernat sind abgezogen worden, weil die Politiker damit Punkte machen wollen, dass sie die besorgten Bürger vor den Bärtigen beschützen. Und keiner redet mehr davon, dass jetzt ein 'Ndranghetista in Oberhausen im Stadtrat sitzt, als Musterbeispiel für gelungene Integration: Antonio Romeo, genannt 'Ntoni. Er hat sich ein Schloss gekauft und eine Antimafia-Organisation gegründet: *Casa Nostra* – die erste Antimafia-Organisation des Niederrheins. *Casa Nostra* stehe für unser *gemeinsames europäisches Haus,* stand in der *Niederrheinischen Zeitung.*«

»Wenn man bedenkt, dass die EU vor kurzem beschlossen hat, zum Bruttoinlandsprodukt auch die Einkünfte aus Drogenhandel und Prostitution zu zählen, trifft das sicher zu«, sagte Serena.

»Ja«, sagte er gedehnt, »*tiefe Verbundenheit der italienischen Gemeinschaft zu Deutschland* ... Ich hatte 'Ntoni im Blick. Bis Kleve, dieses Aas, beschieden hat, dass es keinen ausreichenden Anfangsverdacht gebe.«

»Die Antimafia ist zu einem Geschäft geworden«, sagte Serena. Vor einigen Monaten hatte sie eine Kollegin festgenommen. Eine Staatsanwältin, die für beschlagnahmte Mafiagüter zuständig und damit reich geworden war. Sie hatte sich ihre Lebensmittel aus beschlagnahmten Supermärkten liefern lassen, ihrem Mann Beraterverträge in Millionenhöhe und ihrem Sohn ein gefälschtes Universitätsdiplom verschafft und jeden weggebissen, der ihr nicht genug zahlte. »Und ein gutes Geschäft lässt sich die Mafia nie entgehen«, fuhr Serena fort. »Sie bringt im Namen Gottes um, warum dann nicht auch im Namen der Antimafia? In Sizilien schmücken zahllose mafiose Unternehmer ihre Brust mit dem Antimafia-Orden. Es gibt mafiose Politiker, die am Ende einer langen Antimafia-Kampagne gewählt wurden – es wundert mich nicht, dass sich die

Schakale mit dem Antimafia-Etikett auch in Deutschland breitmachen.«

»Aber wenigstens sind die Italiener misstrauischer als die Deutschen«, sagte er.

»Misstrauischer und manchmal auch zynischer. Wie kommt es, dass Sie sich so für Italien interessieren?«, fragte Serena. Sie stellte diese Frage automatisch, ohne eine ehrliche Antwort zu erwarten. Wahrscheinlich war er mal in Italien im Urlaub gewesen und hatte sich in eine Italienerin verliebt oder in das italienische Essen oder in beides. Und eigentlich war es auch egal, dachte sie, als er ihr mit der Offenheit eines Kindes erzählte, dass er mit einer Sizilianerin aus dem Ruhrgebiet verheiratet war, deren Verwandte in der Nähe von Trapani lebten und gelegentlich wegen Drogendelikten im Knast landeten.

»Und wie finden die es, dass ein Polizist zur Familie gehört?«, fragte sie und bereute die Frage, kaum dass sie sie ausgesprochen hatte. Er blickte sie erstaunt an und lachte. »Die machen sich da keine großen Gedanken drum. Sie glauben, dass ich mich nur mit Papierkram beschäftige«, sagte er und bestellte beim Kellner noch einen doppelten Espresso.

»Aber Sie wollten sicher nicht einfach nur so ganz allgemein mit mir sprechen«, sagte sie kühl, und schlagartig wurde Enrico klar, warum sie von manchen italienischen Kollegen nur ehrfürchtig *La Vitale* genannt – und von Oberstaatsanwalt Kleve gefürchtet wurde wie keine andere. Das war es gewesen, was ihn dazu getrieben hatte, Kontakt mit ihr aufzunehmen.

»Nein«, sagte er. »Ich wollte Ihnen etwas zu diesem Sizilianer sagen, dem Sohn von dem Mafiaboss, der vor kurzem gestorben ist. Greco, Dino Greco. Eine Art Querverweis. Früher, als ich bei der Drogenfahndung gearbeitet habe, hatte ich immer viel mit Albanern zu tun, die ja seit einiger Zeit groß ins Geschäft eingestiegen sind. Und zu den Albanern sind jetzt noch die Armenier gekommen, mit Kokain und Crystal Meth. Das Geld haben sie erst in Immobilien investiert. Aber jetzt habe ich gehört, dass sie auch ins Flüchtlingsgeschäft eingestiegen sind. Mit Immobilien – und mit Sicherheitsfirmen.«

»Ich weiß«, sagte Serena.

»Dann wissen Sie auch von der Handgranate?«

»Ja, natürlich. Wahrscheinlich hat Greco bei seinen Investitionen nicht damit gerechnet, dass ihm der deutsche Ausländerhass dazwischenkommen würde.«

»Ich bin mir nicht sicher, ob es sich um Ausländerhass handelt«, sagte Enrico. »Die Armenier arbeiten zum ersten Mal mit jemandem wie Greco zusammen. Also mit der Cosa Nostra. Normalerweise sitzen sie bei der 'Ndrangheta im Boot.«

»Das eine schließt das andere nicht aus. Die Arbeitsteilung zwischen der Cosa Nostra und der 'Ndrangheta läuft bestens.«

»Natürlich«, sagte er und fummelte an den Perlen seines buddhistischen Hippie-Armbands herum. »Ich will nur sagen, dass die Armenier für jedes Angebot offen sind. Der Mittelsmann ist dieser Pfarrer, Don Rosario. Er hat das Kunststück fertiggebracht, das Vertrauen sowohl der Kalabrier als auch der Sizilianer zu genießen. Er sitzt hier wie die Spinne im Netz.«

»Verstehe.«

Der Tee war kalt geworden. Sie trank einen Schluck und fragte so beiläufig wie möglich nach Kampmann.

»Oh ja, Kampmann«, sagte Enrico. »Er war einer derjenigen, die sich in einen Fall verbeißen konnten, wie ein Hund in einen Knochen.«

Als er redete und tatsächlich so tat, als bisse er in einen imaginären Knochen, dachte sie daran, wie abgegriffen dieses Bild von dem Hund und dem Knochen doch war. Und wie zutreffend zugleich.

»Kampmann war an den Ermittlungen um die *Mangiata* beteiligt. Danach wurde er versetzt. Er sollte er sich um den

Clan mit den Enkeltricks kümmern, diese Zigeuner, die deutschen Rentnern Geld aus der Tasche ziehen. Ich weiß aber, dass Kampmann heimlich weitergemacht hat mit seinen Ermittlungen gegen die 'Ndrangheta. Es ging um minderjährige Flüchtlinge. Ich habe ihn getroffen, kurz bevor er nach Sizilien fuhr. Er sagte, dass er an einer großen Sache dran sei, mehr könne er nicht verraten. Er versprach, mich anzurufen, wenn er wieder aus Sizilien zurückgekommen sei.«

»Er hat keine Andeutung gemacht?«

»Nur dass er in Palermo jemanden treffen wollte. Irgendeinen Afrikaner.«

Als sie gehen musste, bestand er darauf, sie zum Gate zu begleiten. Zum Abschied küsste er sie auf die Wangen. Als wären sie miteinander verwandt.

33

Samstagmorgen auf dem Ballarò.
Don Vito saß in Untersuchungshaft, okay, Erpressung, Amtsmissbrauch und sexueller Missbrauch Abhängiger würde für den Prozess reichen, nicht aber für die Wahrheit. Um zu wissen, was sich hinter den Kindern im Container verbarg, brauchte sie mehr als Vermutungen. Und der Einzige, von dem sie sich etwas versprach, war Jolly.

Er stand in ihrer Schuld.

Serena lief an den Ständen vorbei, Zucchini wie grünweiß gestreifte ineinander verknotete Schlangen, Berge von Bohnen, rosa Schoten wie knotige Leichenfinger, kleine Haifische, Pyramiden aus Pfirsichen und Oliven aus Castelvetrano. Herden von Zicklein, alle mit nach unten baumelnden Hoden, und Schwertfische, die mit großen, runden Augen ihren Schlächtern ins Gesicht blickten.

Sie kämpfte sich durch Gruppen von Kreuzfahrttouristen, die mit ihrem Reiseführer verkabelt waren, der Besuch des ältesten Marktes von Palermo war fester Bestandteil der *Charming Italy*-Touren, weil er mit seinen Marktschreiern, die mit blutigen Messern über den riesigen Leibern der Schwertfische herumfuchtelten, jedem Sizilienklischee entsprach. Mimmo und Lollo folgten ihr unauffällig.

Und wie in jedem Klischee, steckte auch im Markt von Ballarò ein Funken Wahrheit: Ballarò spiegelte die Wirklichkeit Italiens wider, jedenfalls für die, die dafür empfänglich waren. Denn je tiefer man in den Markt eindrang, desto kruder wurde er: Am Anfang *charming Italy* mit weißen Maulbeeren und Aprikosenpyramiden, mit einem Wirrwarr aus improvisierten Ständen und Holzkisten, die das Durchkommen schwer machten. Die Touristen kauften die Gewürzmischung »Der Pate« für Spaghettisauce und kehrten spätestens bei den Schwertfischen und den silbernen Leibern der *spatola* wieder um, weil ihnen der Ballarò von der Mitte an etwas unheimlich wurde und sie sich nicht trauten, an den Ständen von den gekochten oder gebackenen Zwiebeln zu kosten, von frittierten Kichererbsenfladen, Kartoffelkroketten, Tintenfisch und Kalbsbries. Je weiter man ging, desto mehr ähnelte der Markt von Ballarò einem orientalischen Suk, voller Afrikaner und Pakistani, die Putzmittel, Toilettenbürsten und Army-Westen verkauften, um sich am Ende, an der Via San Giovanni Grasso, in einen trostlosen Lumpenmarkt zu verwandeln, in dem die Ärmsten der Armen versuchten, mit alten Schuhen, geklauten Autoradios und zerbeulten Kochtöpfen ein Geschäft zu machen.

Serena ging etwas weiter in Richtung der Kirche San Francesco Saverio und hielt Ausschau nach Jolly. Manchmal stand er hier, neben den ausgetretenen Schuhen, mit einer Hand in der Hosentasche, die voller Heroinkügelchen steckte.

Sie hatte ihn bei der *Black Axe*-Aktion kennengelernt, Jolly war ein junger Nigerianer, er war noch minderjährig gewesen, als sie ihn festgenommen hatte. Es hatte nicht lange gedauert, bis er wieder auf freiem Fuß gewesen war und weiter gedealt hatte. Anfangs hatte Serena noch versucht, ihn davon zu überzeugen, auf den Pfad der Tugend zurückzukehren, ein Pfarrer hatte ihm Jobs als Küchenhilfe und Erntehelfer verschafft, in denen Jolly es nie lange aushielt, weil man sich als Erntehelfer keine Nike-Schuhe leisten konnte. Serena hoffte nur, dass er nicht allzu bald mit einer Kugel im Kopf enden würde wie der junge Gambier, dem vor kurzem mitten auf der Via della Libertà in den Kopf geschossen worden war, weil er sich einem Boss gegenüber nicht ehrfürchtig genug benommen hatte. Glücklicherweise hatte die Kugel zwar den Schädel durchschlagen, aber das Gehirn nicht verletzt, der junge Gambier war in ein pharmakologisches Koma versetzt worden, die Zivilgesellschaft hatte zu einer Demonstration wider Rassismus und Gewalt aufgerufen, und der Bürgermeister von Palermo hatte den Eltern den Flug bezahlt, damit sie am Krankenbett ihres Sohnes wachen konnten. Danach war alles wie immer weitergegangen.

Sie beobachtete einen Taschendieb, der mit zwei langen, dünnen Metallstäben in die Taschen fuhr, und fragte sich, warum er ausgerechnet die Ärmsten der Armen beklaute und nicht die Touristen, die sich an ihren Reiseführer wie um eine Glucke drängten. Der Taschendieb bemerkte ihren Blick und sah sie drohend an.

Sie machte Mimmo und Lollo ein Zeichen und kehrte in die Eingeweide des Ballarò zurück. Vor einem arabischen Imbissstand setzte sie sich auf eine Bank und bestellte einen Pfefferminztee. Immer noch keine Spur von Jolly.

Wenige Meter weiter war das Beerdigungsinstitut des Bosses Di Girolamo, vor dem sich die Madonna bei der letzten Prozession verneigt hatte – was von den Journalisten genüsslich ausgebreitet und vom Abt des nahe gelegenen Karmeliterklosters erbittert bestritten worden war: »Wir wissen, dass der Teufel in den Mafiosi sitzt, aber wir sind ebenfalls davon überzeugt, dass sich der Teufel auch in den Journalisten eingenistet hat, die zu allem bereit scheinen, nur um einen Scoop zu landen.« Die Statue der Madonna habe sich nicht vor Di Girolamos Beerdigungsinstitut verneigt, sie sei nur kurz abgestellt worden, um die Träger zu entlasten und um der Bitte eines Elternpaars nachzukommen, das seinem Kind ermöglichen wollte, die Madonnenstatue zu berühren.

Inzwischen hatte ein Abtrünniger Di Girolamos Geschäfte enthüllt, Serena hatte Di Girolamo mehr oder weniger das Leben gerettet, weil sie in einem abgehörten Gespräch davon erfahren hatten, dass er am nächsten Morgen umgebracht werden sollte – so wie sein Vater zwei Jahre zuvor in einer Nebenstraße unweit der Zisa, und sein Bruder kurz danach: *consumato* nannten es die Mafiosi in ihrem pietätvollen Jargon, weil »von einer Kugeln durchsiebt« für sie wahrscheinlich irgendwie lästerlich geklungen hätte.

Di Girolamo war derjenige gewesen, der die Zusammenarbeit mit den Nigerianern gefestigt hatte, was sich jetzt, nach den Verhaftungen der letzten Jahre, zu einem einträglichen Geschäftsmodell entwickelt hatte, das von Jungs wie Jolly getragen wurde, der jetzt grinsend unter einer dunkelroten Plastikplane auftauchte und eine Army-Weste trug, die aussah wie die, die über ihren Köpfen hingen und von pakistanischen Händlern verkauft wurden.

»*Ciao, come va?*«, sagte er, der schnell gelernt hatte, sich in Palermos Labyrinth wie ein Seiltänzer zu bewegen: elegant, mit Rücksicht auf die Eitelkeiten und Schwächen der Cosa Nostra.

»Kann mich nicht beschweren«, antwortete Serena, bestellte auch für ihn einen Tee und fragte ihn nach der Geschichte mit dem Container.

Jolly schnalzte mit der Zunge. Klar, über Don Vito hatte jeder Bescheid gewusst. Die Nigerianer hatten ihn geschätzt, weil er nie Probleme gemacht hatte, wenn sie die Mädchen aus den Lagern abgeholt und auf den Strich von La Favorita gebracht hatten.

Die Container? Ja, er hatte davon gehört. Viele hätten sich vergebens darum beworben.

»Wie meinst du das, beworben?«, fragte Serena.

»Na ja, nach Deutschland wollten ja alle, und das war die einzige Möglichkeit, umsonst mitgenommen zu werden. Allerdings nahmen sie am liebsten arabische Jungs. Je heller, desto besser. Bei den Mädchen hatten nur Afrikanerinnen eine Chance, weil das eine Madame organisierte. Aber meistens nahmen sie nur arabische Jungs mit.«

34

Vorbei an den gelben Tuffsteinmauern des Gefängnisses Ucciardone glitt sie durch ein diffuses graues Licht, der Himmel war schwer von Sand. Im Wagen hinter ihr folgte Paolo, sie waren auf dem Weg zum Verhör mit Don Vito, der hier nicht mehr Don Vito war, sondern einfach nur der Häftling *Vaccaro*.

Während sie über lange Gänge mit abgenutztem Noppenbelag zum Verhörraum geführt wurden, erzählte Paolo davon, dass er mit seinen Söhnen im Kino gewesen war und die sich darüber beschwert hatten, dass er die Rituale missachtet hatte, die sich während der Kinobesuche mit Serena eingebürgert hatten: Er hatte Popcorn mit Schokolade statt salziges für Matteo und karamellisiertes für Leonardo gekauft, kein Mineralwasser für den Durst danach, und das Eis nach dem Kino war er auch schuldig geblieben. Überdies hatte er auch noch den falschen Film ausgesucht, *Peppa Pig* sei was für Nuckelkinder, hatten Matteo und Leonardo ihm vorgeworfen, und das nächste Mal würden sie lieber zu Hause bleiben, anstatt noch mal mit ihm ins Kino zu gehen.

Sie sprachen immer über belanglose Dinge, wenn sie durch diesen Flur liefen. Über die unerträgliche Schwüle des Schirokkos, den letzten Ausflug ans Meer, nie über das, was sie wirklich bewegte: Dass bei der Hausdurchsuchung von Don Vito dreißigtausend Euro gefunden worden waren, die ganz eindeutig nicht aus dem Klingelbeutel stammten, dass der Bischof nach Don Vitos Verhaftung plötzlich versetzt worden war – eine *Versetzung aus spirituellen Gründen*, die schon lange vorgesehen gewesen sei, ließ der Vatikan verlauten, dass alle, die in den Flüchtlingslagern und Heimen arbeiteten, über die Don Vito wachte, gezwungen waren, nicht nur bei Wahlen ihre Stimme für die Partei des Senators abzugeben (die in den Medien diplomatisch *Mitte-Rechts-Partei* genannt wurde, was bedeutete, dass in dieser Partei fast jeder zweite Parlamentarier vorbestraft war – wegen Unterstützung der Mafia, Korruption, Amtsmissbrauch und anderer Kleinigkeiten), sondern ihr auch beizutreten – was erklärte, dass eine Partei, die es landesweit auf nicht mehr als drei, vier Prozent brachte, große Wahlerfolge von vierzig Prozent in Orten hatte, in denen Don Vito Flüchtlingsheime betrieb. Dass auf Don Vitos Computer soundsoviel Kilobyte kinderpornographisches Material gefunden worden war – und dass es in ganz Europa keine verlässlichen Zahlen über minderjährige Flüchtlinge gab: In Italien verwies das Innenministerium auf die Regionalräte, niemand registrierte, wie viele minderjährige Flüchtlinge ankamen und wo sie blieben. Und dass die Mafia in gewohnter Manier auch in der Flüchtlingsfrage allen voraus war, weil sie, wie Paolo festgestellt hatte, schon lange vorgesorgt hatte und seit zehn Jahren jede Lagerhalle, jede leer stehende Fabrik, jede alte Kaserne, jeden Schuppen zwischen Palermo, Trapani und Agrigent aufgekauft hatte, um bald darauf dort Flüchtlingsheime zu betreiben.

Der Wärter führte sie in den Raum, der für Gespräche mit Staatsanwälten vorgesehen war: vier Stühle, ein Resopaltisch, ein Kleiderständer.

Don Vitos Anwalt wartete schon auf sie. Ein gebeugter Mann, frühzeitig unter den Lasten seiner Akten gealtert. Ein Mann der Kurie, der Don Vito zur Begrüßung auf die Wangen küsste.

Don Vito war schlecht rasiert – aber offensichtlich gut auf das Verhör vorbereitet. Er bestritt, für das kinderpornographische Material verantwortlich zu sein, sein Computer sei von vielen seiner »Schützlinge« benutzt worden, sie hätten ihm leid getan, er habe sie stundenlang allein gelassen mit seinem Computer, er kenne sich mit dem Internet gar nicht aus, wer wusste schon, was die jungen Menschen damit alles angefangen hätten – zumal sie sich ja in einer misslichen Lage befanden, einige hätten mit ihren Verwandten in Afghanistan oder Nigeria skypen wollen, diesen Trost habe er ihnen nicht verwehren wollen.

»Und der Missbrauch?«, fragte Paolo streng – wie immer gingen sie nach ihrer *Good-cop-bad-cop*-Strategie vor: Der hagere, kahle Mann stellte die Fragen, die hart klangen, aber eigentlich banal waren, die blonde, unbedarft wirkende Frau stellte mit engelsgleichem Lächeln die gemeinen Fragen.

»Was für ein Missbrauch?«, fragte Don Vito, blickte zu seinem Anwalt, der ihm unmerklich zunickte. Daraufhin hielt Don Vito einen langen Vortrag über die Liebe: All das sei nur aus Liebe geschehen, aus Liebe zu armen, einsamen und heimatlosen Menschen, die unaufhörlich seine Nähe gesucht hätten. Natürlich habe er sie darauf hingewiesen, dass er nicht mit ihnen allein im Auto fahren könne und dass er zwar verstehe, dass sie liebebedürftig seien, er sich aber gegen sie kaum habe wehren können, ohne diese armen Geschöpfe anzuzeigen, das habe er einfach nicht übers Herz gebracht.

Der Anwalt nickte befriedigt.

»Und was war mit den Minderjährigen im Container? Aus ihren Gesprächen mit Don Rosario geht hervor, dass Sie darüber Bescheid wussten«, sagte Serena.

Don Vito lächelte. Der Anwalt lächelte auch.

»Ach wissen Sie, Dottoressa. Ich will Ihnen gegenüber ganz ehrlich sein. Sie kennen ja die Zustände in unseren Heimen, Sie wissen um die Schwierigkeiten, die wir haben – mit der Bürokratie, mit den knappen finanziellen Mitteln …«

»So knapp scheinen sie gar nicht gewesen zu sein. Wir haben ausgerechnet, dass allein in einem Lager laut Verzeichnis zwischen 1600 und 1700 Flüchtlinge verzeichnet waren. Aber als die Lastwagen der Catering-Gesellschaft von der Finanzpolizei kontrolliert wurden, entdeckte man nur 674 Mahlzeiten in den Lastwagen. Was haben dann die anderen tausend Flüchtlinge gegessen?«

»Dottoressa, auch das ist ja eines der vielen kulturellen Missverständnisse: Wir konnten diese Menschen doch nicht zwingen, sich unserer Art der Ernährung anzupassen. Wir haben ihnen ausnahmsweise gestattet, sich selbst zu verpflegen.«

»Ich glaube nicht, dass es ein Problem der Verpflegung war. Sondern viel mehr die Möglichkeit, hier pro Tag zehntausend Euro zu verdienen – weil Sie Essen abgerechnet haben, das gar nicht geliefert wurde.«

»Dottoressa«, sagte Don Vito wieder, und Serena dachte: Wenn er noch mal einen Satz mit seinem unterwürfig-heuchlerischen Dottoressa anfängt, schreie ich.

»Dottoressa, wir konnten diese Menschen nicht zwingen.«

»Aber man kann sie schon zwingen, in einen Container zu steigen?«

»Wir haben uns Sorgen gemacht wegen der mangelnden Möglichkeiten, die hier für Flüchtlinge bestehen. Wir haben gehört, dass sich ihnen in Deutschland ganz andere Chancen bieten.«

»Was für Chancen?«

»Sehen Sie, ich war ganz erstaunt, als mir Don Rosario erzählte, dass minderjährige Flüchtlinge in Deutschland Sprachkurse besuchen können, Ausbildungen machen, ganz zu schweigen von der Freizeitgestaltung. Er berichtete von Wohngemeinschaften minderjähriger Flüchtlinge, die vom Kardinal höchstselbst geweiht worden waren, und wir dachten: Ist es nicht egoistisch und vielleicht auch nationalistisch, darauf zu bestehen, diese Jugendlichen hier in Italien zu behalten? Sollen wir diese Jugendlichen etwa um ihre Chancen bringen, die sie in Deutschland hätten?«

»Also haben Sie beschlossen, sie in Container einzupferchen und nach Deutschland zu verfrachten?«

»Dottoressa, uns wäre es wirklich lieber gewesen, diese Jugendlichen ganz legal nach Deutschland zu bringen. Aber Sie kennen ja auch die Bürokratie, die Abkommen, wir haben wirklich alles versucht und sind leider nur auf verhärtete Herzen gestoßen. Also kam Don Rosario auf die – zugegebenerweise – unkonventionelle Idee mit den Containern. Ich gebe es zu: Wir haben das Gesetz gebrochen. Aber nur aus Liebe zu diesen Jugendlichen.«

Jerry wieder. Er hatte sich von seinem kleinen Schwäche-
anfall offenbar schnell wieder erholt. Sie sah seine Wangen schon von weitem rosig leuchten.

Serena hatte den Nachmittag im Abhörsaal verbracht, als
sie sah, dass Jerry Sutera vom anderen Ende des Saals auf
sie zukam. Sie zog sich die Lippen nach, drückte sie auf-
einander, um das Rot besser zu verteilen, und wollte unauffällig Richtung Ausgang verschwinden, als Jerry ihr triumphierend zurief: »Ciao, Serena, wusstest du, dass Boncores
Frau lesbisch ist?«

»Nein«, antwortete Serena und fügte hinzu: »Interessiert
mich aber auch nicht so brennend.«

»Seitdem ihr Mann verschwunden ist, bekommt sie öfter
Besuch von einer Freundin.«

»Kommt vor«, sagte Serena und blickte angestrengt auf
ihre Uhr.

»Nein, ich meine das ernst«, sagte Jerry. »Man hört genau,
wie sie es treiben.«

Jerrys Anzüglichkeit war widerlich. Auch eine Mafiafrau ist nur ein Mensch, lag Serena auf den Lippen. Es gab
Staatsanwälte, die es genossen, in die Leben der anderen
hineinzuhören und sich für allmächtig hielten, nur weil sie
eine Abhöraktion angeordnet hatten. Jerry war einer von
ihnen.

»Aber wo Boncore geblieben ist, weißt du immer noch
nicht?«, fragte sie.

»Nein, aber vielleicht hat ja die Geliebte seiner Frau damit zu tun. Vielleicht muss man die ganze Geschichte mit anderen Augen betrachten.«

»Vielleicht etwas zu viele Verbrechen aus Leidenschaft auf einmal, findest du nicht?«

»Schau es dir erst mal an«, sagte Jerry trotzig, nahm sie am Arm und zog sie zu dem Stuhl vor dem Bildschirm.

Der Beamte spulte das Video zurück. Eine Vespa fuhr vor Boncores Haus vor. Darauf eine Frau in enger Lederjacke, Bleistiftrock und hohen Absätzen. Schwindelerregend hohen Absätzen. Eigentlich zu hoch, um damit Vespa zu fahren, aber in Palermo war alles möglich. Sie nahm den Helm ab, schüttelte ihr blondes Haar und verstaute den Helm unter dem Sitz.

Sie war sehr groß, mindestens einsfünfundachtzig. Als sie zur Haustür ging, machte sie ganz kleine Schritte.

Serena kannte diese Schritte.

Sie kannte auch diesen Gang.

Und diese Lederjacke.

Sie fühlte einen Stich im Herzen. Wahrscheinlich saß sie falsch. Wahrscheinlich war es die Wirbelsäule. Sie versuchte etwas flacher zu atmen. Setzte sich aufrecht hin, rückte an den Rand des Stuhls. Beugte sich nach vorn und tat so, als würde sie etwas in ihrer Handtasche suchen. Ein Taschentuch. Den neuen Lippenstift.

Sie spürte den Stich immer noch.

Es war nicht die Wirbelsäule.

Es war Verrat.

36

Dino hatte noch eine Stunde Zeit. Er hatte Totò weg-geschickt, der ihm wie ein Hund gefolgt war, über die blankgetretenen Steine der Kalsa, über die Piazza Marina hinweg, bis er ihm klargemacht hatte, dass er verdammt noch mal allein sein wollte.

Er überquerte die Piazza Santo Spirito und stieg die Stufen zur Terrasse hoch, zur *passeggiata delle cattive*.

Vor neugierigen Blicken geschützt die Meeresbrise genießen. Eine Zigarette rauchen. Sich etwas sammeln.

Der Ort passte zu seiner Stimmung. Einst war dies der Ort der *Gefangenen des Schmerzes* gewesen, wie man die Witwen genannt hatte. Und war nicht auch er in Palermo ein Gefangener? Seiner Familie, der Erlösungsträume der Cosa Nostra, seiner Rolle als Thronfolger?

Immer wenn er in Palermo war, neigte er zum Selbstmitleid.

Auf die Pflastersteine hatte ein Liebeskranker gesprayt: *Du bist das Schönste, was ich je in meinem Leben gesehen habe, nie werde ich aufhören, dich zu begehren.* Dino setzte sich auf die Mauer und sah einem der roten Doppeldeckerbusse der Sightseeing-Touren hinterher, der in der Straße unter ihm vorbeifuhr, auf dem offenen Oberdeck saßen Touristen mit umgedrehten Baseballmützen und überdimensionalen Sonnenbrillen. Sie musterten ihn wie eine unerwartete Attraktion in dieser rätselhaften Stadt. Ein Kind winkte, Dino winkte zurück.

Er blickte auf das Meer, die Strömungen hatten es glattgezogen, eine graublaue Grabplatte, sein Vater hatte ihm erzählt, wie sie den Sprengstoff aus den Bomben des Zweiten Weltkriegs geborgen hatten, die Fischer vom Meeresboden gefischt hatten. Mit dem Sprengstoff hatte die Cosa Nostra die beiden Richter in die Luft und ihren Weg freigesprengt.

Natürlich wissen Sie das alles auch, Dottoressa, ich will Sie nicht mit alten Geschichten langweilen. Ich kann Ihnen nur sagen: Seitdem mein Vater tot ist, fühle ich mich befreit. Mit ihm ist eine Ära zu Ende gegangen. Gott sei Dank.

Aber verstehen Sie mich nicht falsch: Ich bin meinem Vater dankbar. Er hat den Epochenwandel erst ermöglicht. Das Geld, das mein Vater verdient hat, ist sauber, die sieben Millionen Euro, die ich neulich nach Deutschland gebracht habe, waren eine letzte, rührende Reminiszenz an die versunkene Epoche, aus der mein Vater hervorgegangen ist. Immerhin trägt die Straße, in der er am Ende seiner *Flucht* festgenommen wurde, jetzt seinen Namen. Damit auch die nachfolgenden Generationen lernen: Unterschätze nie einen Schafhirten.

Egal, ob es der Fall der Mauer, die Globalisierung, der gemeinsame europäische Markt, der Stabilitätspakt oder die andauernde italienische Wirtschaftskrise ist – wir haben uns immer angepasst. Ich sage nur: Risikodiversifizierung. Mein Vater hat schon früh begriffen, welche Chancen das Geschäft mit der Windenergie bot, er verdiente am Tourismus und an Supermarktketten – der Besitzer des größten italienischen Tourismusunternehmens war sein Strohmann, genau wie der Besitzer der größten italienischen Supermarktkette. Wir verdienen an jedem Erdbeben, an jedem getürkten Spielautomaten, an Online-Wetten, am Fußball, am Gemüsegroßhandel, an der Weltausstellung in Mailand und an der Flüchtlingswelle. Wir sind struktureller Bestandteil des internationalen Finanzkapitalismus. Oder sehen Sie einen Unterschied zwischen uns und einem Hedgefondsmanager? Wir gehören zur Macht wie das Lenkrad zum Auto.

Zugegeben, es gibt Leute wie Alfonso Boncore. Eine Null, sicher. Aber täuschen Sie sich nicht: Dass er es nicht geschafft hat, einem Schuhhändler der Via Libertà Schutzgeld abzupressen, hat nichts mit diesem *Sieg der Legalität* zu tun, mit dem sich einige Ihrer Kollegen neuerdings schmücken, sondern damit, dass hier niemand mehr Geld hat. Die sizilianischen Unternehmer zeigen die Erpressungen an, weil sie nicht mehr zahlen können.

Was soll ich sagen: Auch bei uns ist es zu einer Art natürlicher Selektion gekommen. *The survival of the fittest.* Wer das Geschäft verstanden hat, arbeitet global und mit einer großen Produktpalette: Von mir bekommen Sie Drogen, Zigaretten, gepanschtes Olivenöl, Maschinenpistolen, Raketenwerfer, Handgranaten, billige Arbeitskräfte, Prostituierte und Dienstleistungen: Investitionskapital, falsche Rechnungen, mit denen Sie Steuern sparen können – Sie können sich gar nicht vorstellen, wie groß die Nachfrage von Millionen anständigen Bürgern ist, den Endverbrauchern.

Erst neulich habe ich zig Tonnen Schläuche aus der Methangasproduktion aufgekauft, die sind kleingehäckselt auf den Feldern der Po-Ebene gelandet, vermischt mit giftigem Industrieschlamm, Kompost und Dünger. Felder, auf denen Obst und Gemüse angebaut werden und Rinder und Schafe weiden, aus deren Milch Käse hergestellt wird.

Und vor einem halben Jahr habe ich einer niedersächsischen Firma einen Spottpreis dafür geboten, ihren radioaktiven Schlamm zu entsorgen, Sie glauben nicht, wie die gejubelt haben! In der Zwischenzeit habe ich im Veneto riesige Grundstücke aufgekauft, die Besitzer waren glücklich, niemand hatte ihnen jemals einen so hohen Preis geboten wie ich, bald darauf habe ich den Bebauungsplan ändern lassen, die Grundstücke wurden als Bauland ausgewiesen, die Baugruben habe ich mit dem radioaktiven Schlamm und anderem Industriemüll gefüllt, dann habe ich dort Neubauten hochgezogen, wunderbare Wohnungen, einige davon sogar mit Dachgärten, die ich in Windeseile verkauft habe, vor allem an junge Familien, die glücklich über die günstigen Wohnungen waren. Ja, was soll ich sagen, am Ende waren alle glücklich, die deutschen Unternehmen, die ihren Müll los waren, die Grundstücksbesitzer, die am Verkauf ihres Landes ordentlich verdient haben, die jungen Familien, die zu einem guten Preis Wohnungen kaufen konnten.

Nein, Dottoressa, wir werden nicht verabscheut, wir werden geschätzt, als Bestandteil der Marktwirtschaft. Wir drohen nicht, wir schüchtern niemanden ein, wir machen lediglich Angebote. Und auf die wird gerne zurückgegriffen.

Solange der italienische Staat uns schützt, werden wir weiter unsere Geschäfte machen, Dottoressa – und das Märchen vom tapferen Kampf gegen die Mafia kann im Sommer während der Gedenktage für die Attentate erzählt werden, wenn die Schulklassen in den Gerichtsbunker von Ucciardone pilgern.

In fünf Tagen werde ich nach Miami fliegen, um dort nach dem Rechten zu sehen. Ich werde meine Immobiliengesellschaft *Beach Village* kontrollieren, Alessio Lombardo treffen, mit ihm die Privatisierung der Wasserversorgung besprechen, hören, was es Neues in Brüssel gibt, vielleicht sogar noch ein paar Tage lang Urlaub machen, auf den Keys vielleicht. In Miami wartet eine Kubanerin auf mich, Mariella, ich treffe sie jedes Mal, wenn ich nach Florida komme, sie kümmert sich um das Art-déco-Hotel, das ich vor kurzem gekauft habe, sie ist klug, witzig und unfassbar trinkfest – meist trinkt sie eine halbe Flasche Rum wie Mineralwasser und doziert über Kubas Errungenschaften, über das Gesundheitswesen und darüber, dass sie Fidel Castro eine einzigartige Allgemeinbildung verdanke, die sie für ihre Karriere als Steuerberaterin in Miami prädestiniert hat, während ich meine Hände zwischen ihre Beine schiebe.

Palermo, Sizilien, ja, Italien ist mir zu eng geworden, Dottoressa. Sie haben das vielleicht schon geahnt. Oder glauben Sie, dass ich mich mit Idioten wie Boncore herumschlagen werde? Dass ich irgendwo zwischen Corleone und Prizzi

Mandarinen anbaue? Sonntags mit den *compari* Fleisch grille und die Geschäfte per *pizzino* bespreche? Das Geschäft läuft hier auch ohne mich gut, unsere Zusammenarbeit mit den Nigerianern hat sich gelohnt, ich denke nicht daran, meine Zeit und mein Geld hier zu verplempern. Erst recht nicht damit, kleine Jungs und Mädchen zu verkaufen, falls Sie das gedacht haben könnten.

»Alles in Ordnung?«, fragte Totò, der es natürlich nicht ausgehalten und sich hinter einer Brüstung versteckt hatte. Er war nicht davon abzubringen, dass in Palermo viele nur auf den geeigneten Moment warteten, Dino umzubringen.
    »Ja, alles in Ordnung, warum auch nicht?«, fragte Dino.
    »Weil du Selbstgespräche geführt hast.«
    »Ich habe keine Selbstgespräche geführt, ich habe für meinen Vater gebetet. Er wurde heute vor vier Jahren verhaftet.«
    »Fahren wir jetzt los?«

Pünktlich um vierzehn Uhr fünfzehn betrat Dino Greco das Büro von Serena Vitale, zusammen mit seiner Anwältin Mia, die in ihren Springerstiefeln, schwarzer Spitzenbluse und Military-Hose wie immer aussah wie ein Rockstar auf Konzertreise und, ohne zu fragen, ihre Aktenbündel auf den Schreibtisch der Vitale warf, wie ein Hund, der sein Revier markiert.
    Die Vitale zog nur kurz die Augenbrauen hoch.
    Auch ihr Chef machte seine Aufwartung, schüttelte Dino die Hand, wie man das macht als Gastgeber, nach dem Motto: Tut mir leid, Sie hierhin bemüht zu haben, nehmen Sie es mir nicht übel, manchmal schlagen die Untergebenen über die Stränge, aber machen Sie sich keine Sorgen.
    Rizzo und Mia waren seit ihren gemeinsamen Studienzeiten befreundet, deshalb wusste Dino, dass die Position der Vitale in der Antimafia-Staatsanwaltschaft nicht die beste war, seitdem Rizzo die Leitung übernommen hatte.

Das Büro der Vitale sah aus wie der Souvenirstand zu Füßen der Wallfahrtsstätte der Santa Rosalia: Heiligenfiguren in allen Größen, Madonnen aus Plastik und Ton, mit und ohne Heiligenschein, sich im Fegefeuer aufbäumende Bischöfe. San Francesco, batteriebetrieben und beleuchtbar, aus Plastik, Porzellan und Holz, mit und ohne Tauben. Wahrscheinlich hielt sie sich für die heilige Johanna der Antimafia.

Dino antwortete auf keine ihrer Fragen. Recht auf Aussageverweigerung. Strafprozessordnung Paragraph sowieso sowieso.

Er hielt ihrem Blick amüsiert stand.

Sie sah gut aus. Man nannte sie *la crucca*, wegen ihrer teutonischen Unnachgiebigkeit und ihres naiven Moralismus. Offenbar hielt so etwas jung.

Natürlich wusste die Vitale, dass sie ihm unmöglich den Mord an dem deutschen Staatsanwalt anhängen konnte. Sie versuchte es auch über Don Rosario, was absurd war, sie wusste doch, wie gut Don Rosario mit der erzbischöflichen Diözese und dem Senator vernetzt war.

Er machte sich keine Sorgen. Mia würde es richten. Unwahrscheinlich, dass es zu einer Anklage kommen würde.

Er gähnte, knackte mit den Fingergelenken und blickte auf die Uhr.

Schließlich packte Mia ihre Aktenbündel wieder ein und rauschte durch die Tür.

Dino nickte der Vitale zu. »Wenn Sie tatsächlich so fromm und katholisch wären, wie Ihre Heiligenfiguren es vorgeben, sollten Sie mich nicht beschuldigen, nur weil ich den Namen meines Vaters trage.«

»Auf Wiedersehen, Signor Greco«, sagte sie.

»Ich befürchte, dass es dazu nicht kommen wird, Dottoressa.«

»Man soll niemals nie sagen. Ich bin immer optimistisch.«

»Den Optimismus brauchen Sie sicher auch, in Ihrem Beruf, Dottoressa.«

37

Holly came from Miami F.L.A. Hitch-hiked her way across the U.S.A. Plucked her eyebrows on the way. Shaved her legs and then he was a she. She said, hey babe, take a walk on the wild side. Said, hey honey, take a walk on the wild side.

Ja, wahrscheinlich hatte Lou Reed recht. Vielleicht war es einfach nur ein *walk on the wild side.*

Die Aussicht von ihrer Terrasse war dieselbe wie immer, die Silhouette mit ihren Kuppeln, die sich dem Himmel wie Brüste entgegenreckten, arabische Brüste und barocke Brüste, Brüste im Überfluss, verfallene Paläste und Brandmauern, das Abendrot, die schwarzen Berge. Und doch war alles anders, weiter weg, die Farben bleicher als sonst, die Geräusche dumpfer, das Möwengeschrei leiser.

Er hätte ihr doch sicher davon erzählt, wenn er vorgehabt hätte, zu Boncores Frau zu gehen, um sie zum Reden zu bringen. Wobei das aller Wahrscheinlichkeit widersprach. Sie hatte noch nie eine Mafiafrau erlebt, die geredet hatte. Ihr Schweigen war ihre Lebensversicherung.

Walk on the wild side. Tja.

War es das gewesen, wovon Romano geträumt hatte? Eine Affäre mit einer Mafiafrau? Er wäre nicht der erste Polizist, dem das passierte. Obwohl *passieren* vielleicht nicht das richtige Wort war.

Vielleicht.

Ob es etwas trivial Archaisches war?

Der Wunsch, die Frau des Feindes in Besitz zu nehmen? Ein letzter Triumph?

Oder hatte Boncores Frau sich so an ihrem Mann rächen wollen?

Oder beides zugleich?

Serena dachte an die Nacht zurück, die sie mit Romano verbracht hatte. Daran, wie er sie beim Abschied gefragt hatte: »Bereuen Sie, dass Sie zu mir gekommen sind?« Sie hatte geantwortet: »Ich bereue nie etwas.«

Heute bereute sie es.

38

Serena fragte sich, was sie mehr schmerzte: die Herablassung, die sich einer wie Dino Greco ihr gegenüber leisten konnte, oder Romanos Verrat?

Der Gipfel war, dass Rizzo tatsächlich die Stirn gehabt hatte, bei ihr im Büro aufzutauchen, als Greco dort gesessen hatte – um ihm freundlich und fast etwas entschuldigend die Hand zu schütteln: *Sorry, dass wir Sie hierher bemühen mussten, aber ich habe da so eine verrückte Subalterne, die ich nicht davon abhalten konnte. Hoffentlich hat es Ihnen nicht allzu viel Mühe gemacht.*

Dino Greco hatte recht: Die Mafia war ihnen immer einen Schritt voraus. Bloßen Auges war sie schon lange nicht mehr von der realen Wirtschaft zu unterscheiden. In Italien sprach niemand mehr über die Mafia. Ach, gibt's die noch? Also in echt und nicht als Film oder Fernsehserie oder Computerspiel? Las man die großen italienischen Tageszeitungen, konnte man zu der Annahme kommen, dass die Mafia *verschrottet* worden war – um einen Lieblingsausdruck des Ministerpräsidenten zu gebrauchen.

Serena überquerte die Terrasse, zupfte gedankenverloren an dem vertrockneten Jasmin, ging hinein und suchte in ihrem Arbeitszimmer nach alten BKA-Akten. Da war doch etwas zu Don Rosario gewesen, irgendwelche Ermittlungen der Deutschen, die im Sande verlaufen waren.

Sie stand ratlos vor dem Regal. Als sie einen Aktenordner herauszog, stieß sie auf eine zerfledderte Ausgabe von Schleiermachers *Hermeneutik und Kritik*, auf die Werke von Blaise Pascal und Schopenhauer: Bücher, die ihr ihr Exfreund – ein Philosophiedozent und Schopenhauer-Spezialist – vor Ewigkeiten hinterlassen hatte. Bücher, die er, wie zu erzählen er nicht müde wurde, als Student gestohlen hatte: Wie er überhaupt alle seine Bücher stets geklaut habe, versteckt in den großen Taschen des Dufflecoats, Bücher, die er ohne weiteres hätte bezahlen können. Er habe aber die in Kapitalistenhand befindlichen Verlage nicht bereichern wollen.

Schon als er ihr das zum ersten Mal erzählte, hatte Serena gewusst, dass sie ihn verlassen würde.

Heute lebte er in Rom vom Erbe seiner adligen Familie – und schickte ihr gelegentlich bewundernde Mails, wenn er wieder einmal von einer ihrer Ermittlungen erfahren hatte: »Ich finde es beeindruckend, Serena, dass du immer noch so engagiert bist.«

Nachdem sie sich von ihm getrennt hatte, hatte sie bei einer Ermittlung entdeckt, dass sein Onkel Großmeister einer Freimaurerloge in Trapani war, aus der eine Geheimloge hervorgegangen war, in der die Eliten der Mafia so eng mit Politikern, Unternehmern und Geheimdienstlern zusammenarbeiteten, dass die Unterschiede zwischen Mafiosi und Freimaurern gar nicht mehr auszumachen waren.

Ja, vielleicht war das Problem tatsächlich, dass sie sich einfach nicht abfinden konnte mit der Wirklichkeit.

Dino Grecos Triumph.

Romanos Verrat.

Zigarettenkippen, die auf ihrem Arm ausgedrückt worden waren.

Vielleicht sollte sie die Dinge nüchterner sehen.

Die Crossdresser-Geschichte war nun mal seine Schwäche. Im Grunde harmlos.

Er verging sich nicht an Minderjährigen, niemand war ihm ausgeliefert, es gab keine Opfer, keine Übergriffe, keine Gewalt. Nur eine Vorliebe für Frauenkleider.

Aber warum hatte er seine beschissene Leidenschaft ausgerechnet mit einer Mafiafrau ausleben müssen? Als sie auf dem Video gesehen hatte, wie entspannt er vor Boncores Haus vorgefahren war, wie er die Vespa abgestellt, den Helm abgenommen und das blonde Haar geschüttelt hatte, wie er die Treppen hochgestiegen war und von Boncores Frau mit Wangenküssen empfangen wurde, da hatte sie sich gefragt, ob der Eros nicht die viel größere Macht war. Bedeutender als jede Wahrheitssuche, jenseits jeder Moral.

Offenbar war ihm gleichgültig, dass er mit seiner scheiß Sexgeschichte alles kaputt machte.

Don Vitos Anwälte würden sich darauf stürzen. Sie hatten bereits einen ersten Vorstoß gemacht, um ihr Verfahren zu Fall zu bringen. Sie hatten ein Gutachten erstellen lassen: Don Vito leide unter dem »Don-Giovanni-Syndrom«, einer bipolaren Störung, einer psychischen Krankheit, einer Wahnvorstellung, die ihn dazu zwinge, jeden zu verführen, der sich ihm nähere.

Daraufhin hatte Serena ein Gegengutachten erstellen lassen, in dem das »Don-Giovanni-Syndrom« als wissenschaftlich unhaltbar zerpflückt wurde – aber es war klar, dass der Vatikan alles tun würde, um so sauber wie möglich aus dieser Geschichte herauszukommen.

Die Flüchtlingskinder waren nichts anderes als ein Kollateralschaden, genau wie der Mord an Kampmann auch.

Zum tausendsten Mal stellte sie sich die Frage, warum Dino Greco Boncore hatte umbringen lassen. Die Geschichte erinnerte sie an ein Kaleidoskop, je nachdem, wie man es drehte, entstand ein anderes Bild.

Der naheliegendste Grund für den Mord an Boncore war, dass Dino Greco damit den einzigen Mitwisser des Mordes an Kampmann hatte beseitigen wollen.

Nur: Was genau hatte Boncore gewusst?

Und was wäre, wenn nicht Dino Greco Kampmann hatte umbringen lassen, sondern Boncore? Ohne zuvor Dino Grecos Zustimmung eingeholt zu haben? Oder gar ein Dritter, vielleicht mit Zustimmung von Boncore? Und dass Greco daraufhin Boncore ermordet hatte, um ihn dafür zu bestrafen, den Mord an Kampmann auf seinem Territorium nicht verhindert zu haben?

Nur warum? Warum sollte eine Null wie Boncore, der in seinem Leben nie aus Palermo herausgekommen war, einen deutschen Staatsanwalt ermordet haben, mit dem ihn nichts verband – außer Dino Greco. Nur Greco hätte ihm den Auftrag dazu erteilen können.

Sie drehte sich im Kreis. Scheißdreck.

Sie nahm ihr Telefon in die Hand und war kurz davor, eine SMS an Romano zu schicken: »WIR MÜSSEN UNS DRINGEND SEHEN«, als es ihr wieder einfiel. Dass er vielleicht gar nicht mit ihr in einem Boot saß.

»*Va a ghittari saungu ru curi*, dein Herz möge Blut spucken«, zischte Serena. Manche Sachen konnte man nur auf Sizilianisch sagen.

Da erklang das Pling einer WhatsApp-Nachricht.

Endlich.

Nein, es war nicht Romano, sondern ihre achtzigjährige Tante, die, seitdem sie WhatsApp hatte, wie verrückt Nachrichten schickte.

»Wann holst du uns ab? Wir stehen hier schon gestiefelt und gespornt.«

Das hatte ihr gerade noch gefehlt. Sie hatte völlig vergessen, dass sie versprochen hatte, mit ihrer Mutter und ihrer Tante in die Oper zu gehen, ins Teatro Massimo. Zia Melinas Nachbar und Verehrer hatte ihnen Karten für *Turandot* besorgt.

»Bin unterwegs. Wir hatten noch ein Problem mit dem Auto.«

Mimmo antwortete nicht. Was sein gutes Recht war, denn sie hatte ihm nicht gesagt, dass sie ihn noch brauchen würde.

Auch Lollo antwortete nicht.

Porca miseria, verdammtes Elend!

Sie war kurz davor, den zentralen Dienst anzurufen, als

Mimmo zurückrief. Bald darauf saß sie mit ihrer Mutter und ihrer Tante im Teatro Massimo in einer mit rotem Samt ausgeschlagenen Loge im ersten Rang.

Zia Melina hatte sich ein Opernglas von ihrem Nachbarn ausgeliehen und die Inhaltsangabe für *Turandot* gelesen – eine hanebüchene Geschichte, wie sie und Serenas Mutter übereinstimmend meinten, komplett unlogisch, vor allem das Ende, wenn Prinzessin Turandot gesteht, dass sie den Prinzen Kalaf von Anbeginn gehasst und zugleich geliebt habe – und während sie sich über die mangelnde Logik bei Puccini ereiferten, blickte Serena verstohlen auf ihr Telefon. Auf WhatsApp sah sie, dass Romano nicht online war.

Vielleicht war er wieder bei seiner neuen Freundin. Sie versuchte ihre Enttäuschung und ihre Wut hinunterzuschlucken und starrte auf die Bühne, wo man vor lauter Schärpen, Schleppen und goldenen Spangen die Männer nicht von den Frauen unterscheiden konnte, vor allem nicht den moppeligen Tenor von der strammen Sopranistin, die vergeblich versuchten, einander zu umarmen. Es gelang ihnen lediglich, die Bäuche gegeneinander zu reiben.

Gedankenverloren dachte sie an die alljährliche Inszenierung der Justiz, die nicht viel anders aussah, wenn im Januar das gerichtliche Jahr feierlich eingeweiht wurde: Richter und Staatsanwälte wandelten in vollem Ornat über einen roten Teppich, Wolken aus karmesinrotem Samt und Atlasseide, aus Hermelinpelzen und Schärpenquasten, Carabinieri mit Federbüschen, silbernen Säbeln und Habt-Acht-Rufen. Jabots und Beffchen – das ganze Theater der Selbstvergewisserung einer Macht, die keine war.

Hier gab es wenigstens Musik, der es gelang, die Gefühle glaubhaft zu machen: zu Herzen gehende Taktwechsel, verzweifelte Todesgesänge und gläserne Orchestersätze. Vielleicht sollte das nächste gerichtliche Jahr mit Puccini eingeweiht werden.

Ihr Telefon vibrierte. Eine SMS. Aber nicht von Romano, es war eine deutsche Nummer.

Ihre Mutter blickte sie strafend an, als sie die SMS las. »Sᴇʜʀ ɢᴇᴇʜʀᴛᴇ Fʀᴀᴜ Vɪᴛᴀʟᴇ, Sɪᴇ ᴡᴇʀᴅᴇɴ sɪᴄʜ ᴠɪᴇʟʟᴇɪᴄʜᴛ ɴɪᴄʜᴛ ᴍᴇʜʀ ᴀɴ ᴍɪᴄʜ ᴇʀɪɴɴᴇʀɴ …«, las Serena.

Sie hasste weitschweifige, unterwürfige SMS. Und scrollte weiter bis zum Absender.

»Iʜʀ Wᴏʟғɢᴀɴɢ W. Wɪᴇɴᴇᴋᴇ.«

War das nicht dieser deutsche Journalist? Der kein einziges Wort Italienisch sprach, sich aber in den Kopf gesetzt hatte, über die Mafia zu berichten? Der hatte ihr noch gefehlt. Sie drückte die SMS weg und versuchte sich wieder auf die Musik zu konzentrieren.

Bei *Nessun dorma* zu Beginn des dritten Aktes fing sie an zu weinen. Aus Erschöpfung und Verzweiflung und Enttäuschung.

Ihre Mutter und ihre Tante blickten sie nachsichtig an.

»Das war bei ihr schon als Kind so«, sagte ihre Mutter und erklärte, dass Musik die schwache Seite ihrer ansonsten so kaltblütigen Tochter hervorbringe. Dass Serena sogar bei Nationalhymnen in Tränen ausbreche, selbst bei der nicht singbaren italienischen, dass sie bei Militärmärschen heule, bei Blechmusik ohnehin und bei Trauermärschen auch, so wie man sie auf den Karfreitagsprozessionen hörte, bei *Una lacrima sulla tomba di mia madre* sei bei ihr kein Halten mehr.

Serena putzte sich die Nase. Und schrieb eine SMS an Romano. Dann starrte sie auf die Bühne, sah den Mond wie einen riesigen Papierlampion aufgehen, exakt in jenem Moment, in dem Ping, Pang und Pong *Wir sind weiter nichts als echte, et-was bess-re Henkers-knechte!* sangen, tat so, als ließe sie sich wieder von den Taktwechseln ergreifen.

Und sah, dass Romano die Nachricht zwar empfangen und wohl auch gelesen, aber immer noch nicht geantwortet hatte. Sie starrte auf Turandots Palast aus Pappmaché, als ihr Telefon wieder summte.

Romano.

Endlich.

»Wo bist du?«

Als sie das Theater verließen, stand er schon am Ausgang und wartete auf sie. Begrüßte ihre Mutter und ihre Tante, die bei seinem Anblick sofort all ihren Charme versprühten, ihn offenbar mit einem von Serenas Leibwächtern verwechselten, die sie jedes Mal mit *cannoli* und den berühmten *dita di apostoli* verköstigten, wenn sie an der Seite von Serena auftauchten: Umgehend versprachen sie ihm, ihn demnächst wieder zu den köstlichen Apostelfingern aus der Pasticceria Scimone einzuladen.

Romano lächelte, wie er immer lächelte.

Unbefangen.

Herzlich.

Vertrauensvoll.

Und Serena dachte an seinen Verrat.

An seinen glatten, haarlosen Körper. An den Telefonsex, den sie vor ein paar Jahren mit ihm gehabt hatte. An die Vertrautheit.

Und daran, wie er ihr damals am Telefon die Schuhe und Strümpfe, das Bustier, die Perücke und die falschen – leicht hängenden – Brüste gestanden hatte.

Nachdem sie ihre Mutter und ihre Tante zum Taxistand begleitet hatte, sagte Serena zu Romano: »Gehen wir ein paar Schritte?«

Überrascht sagte Romano zu. Er wusste, dass sie normalerweise nicht durch die Innenstadt spazierte. Normalerweise.

Sie liefen über die Via Maqueda, die Hauptstraße, die vom Teatro Massimo zu den Quattro Canti führte, und tauchten in die Menschenmenge ein. Mimmo und Lollo folgten unauffällig. Seitdem die Via Maqueda in eine Fußgängerzone umgewandelt worden war, herrschte hier nicht mehr das übliche Verkehrschaos, sondern zog allabendlich ein Menschenstrom an vielen neuen kleinen Bars und Vintage-Geschäften vorbei Richtung Quattro Canti, jenem barocken Platz, der Palermo in seine vier Stadtviertel teilte.

»Und?«, fragte Romano.

»Das wollte ich eigentlich dich fragen«, erwiderte Serena.

»Ich bin gestern zufällig Jerry Sutera in die Arme gelaufen. Er hat mir ein Video von Boncores Haus gezeigt, in dem man eine blonde, hochgewachsene Frau auf einer Vespa vorfahren sieht. Sie wird von Boncores Frau mit Wangenküssen begrüßt.«

Sie sah, wie Romano blass wurde.

»Du hättest dir doch denken können, dass Sutera ein Auge auf Boncores Haus haben würde.«

»Wir hatten nur diese einzige Chance.«

»Euch zu treffen?«

Sie tat so, als würde sie die Auslage eines Juweliergeschäftes betrachten und sagte leise: »Ich meine, du bist nicht der erste Polizist, der eine Affäre mit einer Mafiafrau anfängt. Okay, man könnte sagen: Wo die Liebe eben hinfällt. Im Prinzip wäre es mir auch scheißegal. Die Geschichte mit dem toten deutschen Staatsanwalt ist nicht mein Fall, sondern der von Sutera. Aber es stört mich schon, wenn demnächst im *Giornale di Sicilia* zu lesen sein wird, dass der hochdekorierte Antimafia-Ermittler …«

»Du weißt nicht, wovon du sprichst«, sagte Romano so ruhig, dass sie verstand, wie schwer es ihm fiel, seine Wut zu unterdrücken.

»Wenn ich es nicht weiß, kannst du mich ja aufklären.«

»Sie will aussagen.«

»Ach.«

»Es war die einzige Möglichkeit, um etwas über Boncore herauszukriegen.«

»Du hast also offenbar keine Mühen gescheut.«

»Verstehst du nicht, dass sie die einzige Chance war?«

»Vielleicht für dich«, sagte sie etwas zu laut. Aus den Augenwinkeln sah sie, wie zwei Verkäuferinnen, die eine Zigarette vor ihrem Laden rauchten, auf sie aufmerksam wurden. Eine Eifersuchtsszene, dachten sie wohl und wandten sich ab.

Sie betrachtete ihr Spiegelbild im Vorbeigehen. Und fand sich lächerlich.

Eine Frau, die einem Mann eine Szene macht.

Ein Mann, mit dem sie einmal, okay, okay, eine kurze Affäre gehabt hatte. Aber mit dem sie sonst nicht mehr verband als ein gutes Arbeitsverhältnis.

Und rückhaltloses Vertrauen. Aber was hieß das schon, in diesem Job? Vielleicht hatte sie sich alles nur eingebildet.

»Pass auf, Serena, ich mache es kurz«, sagte er mit unterdrückter Wut. »Boncores Frau weiß, dass sie nach dem Tod ihres Mannes keine andere Chance hat. Entweder sagt sie aus. Oder sie schweigt. Und verbringt ihr Leben als sizilianische Witwe. Lebendig begraben im Haus neben dem ihrer Schwiegermutter.«

Wie banal. Er musste ihr das nicht erklären. Sie kannte die Geschichten von Mafiafrauen, deren Männer ermordet worden waren. Man erwartete von ihnen, dass sie schwiegen, sich den Rest ihres Lebens Schwarz kleideten und an Allerseelen am Grab ihres Mannes ein ewiges Licht entzündeten. Wenn es denn ein Grab gab.

Eine sizilianische Witwe hatte ihren Schmerz still zu ertragen. Falls sie Schmerz verspürte.

Auf jeden Fall galt: *Fatti affari tuoi e campi cent'anni.* Kümmere dich um deine eigenen Angelegenheiten, und du wirst hundert Jahre alt.

»Was konnte sie dir sagen, was wir noch nicht wissen? Viel kann es nicht gewesen sein. Wir alle wissen, dass Dino Greco der Auftraggeber am Mord an Boncore ist. Dass er sein Faktotum Totò geschickt hat. Um das zu erfahren, hättest du nicht mit ihr ins Bett gehen müssen.«

Romano warf ihr einen kühlen Blick zu. »Aber warum hat Dino Greco einen eher unterbelichteten Boss umbringen lassen, der ihm gar nicht gefährlich werden konnte?«, fragte er.

»Vielleicht um einen Zeugen zu beseitigen.«

»Unwahrscheinlich, dass Boncore Dino Greco verraten hätte. Dino Greco ist der Augapfel der Cosa Nostra. Der Kronprinz. Warum hätte sich ein unbedarfter Boss wie Boncore gegen ihn stellen sollen?«

»Weil er aufsteigen wollte«, antwortete Serena aus reinem Widerspruchsgeist.

Schweigend gingen sie weiter. Bis zu den Quattro Canti, wo es wie üblich nach Pferdeäpfeln roch. An jeder Ecke stand eine Kutsche und wartete auf Touristen.

Die Fassaden mit ihren kleinen Brunnen, die Heiligen in ihren Sockelnischen – alles war von den Abgasen schwarz verfärbt. Serena erinnerte sich noch daran, wie gleißend hell der Platz gewesen war, nachdem die Fassaden restauriert worden waren, jetzt war er wieder grau verschleiert: Palermo warf mit Metaphern nur so um sich.

»Kampmann wurde nicht von Totò umgebracht, sondern von einem Nigerianer«, sagte Romano.

»Ach.«

»Auftraggeber war nicht Dino Greco, sondern ein 'Ndranghetista aus der Nähe von Köln. Ein gewisser 'Ntoni. Er wollte sich das Geschäft in Deutschland nicht von Dino Greco vermasseln lassen und ihn anpinkeln. Deshalb hat er Kampmann in Grecos Territorium in Palermo umbringen lassen.«

»Und das hat ohne weiteres funktioniert? Der Kalabrier spaziert nach Palermo und legt einen deutschen Staatsanwalt mitten in Palermo um? Im Herzen der Cosa Nostra?«

»Er hat sich einen Nigerianer von Black Axe gekauft. Der hat den Deutschen umgebracht. Alle hätten das gewusst, sagte mir Boncores Frau. Es war nur eine Frage der Zeit, bis Dino es herauskriegen würde. Für die Cosa Nostra eine große Schmach. Boncore hatte Angst um sein Leben. Er wusste, dass Dino Greco ihm nie verzeihen würde, den Mord nicht verhindert zu haben. Den Rest hat ein Polizist aus dem Kommissariat von San Lorenzo erledigt.«

»Den Rest – du meinst den Somalier, deinen … Freund?«, sagte Serena.

»Exakt.«

»Scheiße.«

»Ja.«

»Und wie ist das herausgekommen?«

»Einer der Nigerianer hat gequatscht. Man kann sich auf die Afrikaner eben nicht verlassen«, sagte Romano.

39

Gerade in Palermo gelandet. Verwandtenbesuch in Trapani. Würde Ihnen gerne etwas sagen. LG Enrico

Wer zum Teufel war Enrico?

Das »LG« bedeutete Deutschland. *Liebe Grüße* auf Deutsch – nüchterner ging es nicht. Langsam dämmerte ihr, dass Enrico der deutsche Polizist war, den sie am Flughafen getroffen hatte – und dessen sizilianische Frau aus Trapani kam.

In einer halben Stunde?

Wo?

Terasse des Rinascente. Piazza San Domenico.

Enrico guckte etwas verwirrt, als er auftauchte. Klar, es war ja auch nicht unbedingt naheliegend, eine Staatsanwältin in einem Kaufhaus zu treffen. Aber die Terrasse des Kaufhauses Rinascente war einer der schönsten Orte Palermos. Besonders sonntagsmittags. Wenn die Stadt verlassen war, weil der gemeine Palermitaner am Mittagstisch seiner Mutter oder Schwiegermutter saß und sich durch die nicht enden wollende Menüfolge aß.

Enrico blickte erstaunt auf den Kellner, der einen Berg von kleinen Pizzen, Miniatur-Sandwichs, Erdnüssen, Kartoffelchips, in Blätterteig gebackenen Anchovis, Auberginenröllchen und winzigen, mit Thunfisch belegten gerösteten Weißbrotscheiben zusammen mit einem kleinen Glas Prosecco vor ihm abstellte.

»Kleiner Aperitif«, sagte Serena.

»Ich habe neulich an Sie gedacht«, begann er. »Also, falls Sie die Geschichte mit Kampmann noch interessiert.«

»Ja, natürlich.«

»Bei einer Verkehrskontrolle um Mitternacht ist die Polizei in Köln neulich auf den Europaparlamentarier Michael Maier gestoßen. Sagt Ihnen der Name Michael Maier etwas?«

Serena schüttelte den Kopf.

»Michael Maier sitzt für die Grünen im Europaparlament. Und Gründungsmitglied von *Casa Nostra*, der Antimafia-Vereinigung des kalabrischen Mafiosos Antonio Romeo.«

»Okay.«

»Maier hatte etwas mehr als Null Komma acht Promille im Blut. Und einen Zwölfjährigen auf dem Beifahrersitz.« Enrico nippte an dem Prosecco und fuhr fort: »Der Zwölfjährige war nicht mit ihm verwandt. Und die Verkehrskontrolle war keine Verkehrskontrolle. Kurz zuvor war die Polizei von einem türkischen Kioskbesitzer alarmiert worden. Der fand es komisch, dass dieser Mann mit dem Jungen, der ganz offensichtlich nicht sein Sohn war, in die Büsche gegangen war. Maier musste die Nacht auf der Wache verbringen. Fingerabdrücke, Fotos, DNA-Abgleiche – das ganze Programm wegen des ›Verdachts eines Sexualdelikts zum Nachteil eines Kindes‹, wie es so schön bei uns heißt. Im Gebüsch sind Papiertaschentücher sichergestellt worden. Wie sich herausgestellt hat, stammte der Junge aus dem Irak und lebte in einem Kölner Flüchtlingsheim. In einer Art Wohngemeinschaft für minderjährige Flüchtlinge. Die wurde erst neulich vom Kardinal eingeweiht – und von Don Rosario betreut. Und wenn ich mich nicht irre, haben Sie gegen Don Rosario ermittelt?«

»Ja, im Zusammenhang mit der Anklage wegen Missbrauchs gegen Don Vito. Don Rosario steht in dringendem Verdacht, den *Kindertransport* zusammen mit Don Vito organisiert zu haben.«

»Und wie weit sind Sie da gekommen?«

»Nicht sehr weit. Rechtshilfeersuchen, etc. pp., die im Nichts verlaufen. Don Rosario streitet alles ab, und Dino Greco, sein Mündel, wenn man so will, wird hier von höchster Stelle gedeckt. Und die Deutschen mauern. Tut mir leid, wenn ich das so direkt sagen muss.«

»Kampmann war derjenige, der dem Ganzen auf die Spur gekommen ist«, sagte Enrico. »Ich habe dazu ein paar Dokumente gefunden.« Er schob ihr eine Mappe zu. Darin war ein Dokument mit der Überschrift: *Polizeirechtliches Initiativprojekt zur Person Romeo, Antonio. Geb. 01. 02. 1960 in Locri/Kalabrien.*

»Hatte ein Kollege noch im Computer«, erklärte Enrico. »Antonio Romeo, genannt 'Ntoni, fungierte als Verteiler für die von Don Rosario gelieferten minderjährigen Flüchtlingskinder. Sie wurden direkt in die Wohnungen verschiedener Pädophiler geliefert. Einer von ihnen war Michael Maier.« Er machte eine Pause, nahm einen Schluck Prosecco und fügte hinzu: »Die Staatsanwaltschaft Köln hat die Ermittlungen gegen Michael Maier übrigens eingestellt.«

40

Auf dem Meer tanzten Sonnenflecken, ein Wagen schnitt Wieneke beim Überholen, ohne dabei einen Blinker zu setzen, wie üblich auf Sizilien. Die hatten das ja nicht nötig. Blinken war hier was für Loser.

»Fahr mal etwas langsamer«, sagte Francesca, als sie auf der Autobahn die Stelle mit den beiden Marmorstelen passierten, die daran erinnern sollten, dass ein Staatsanwalt hier mit seinen drei Leibwächtern ermordet worden war.

Er hörte, wie Francesca Demiana erklärte, dass die Ermordung der beiden Antimafia-Staatsanwälte für Italiener so etwas war wie *Nine Eleven* für die Amerikaner oder die Kennedy-Morde: Bis heute erinnerte sich jeder Italiener an den Moment, an dem er von dem Attentat erfahren hatte. Jeder wusste, ob er an jenem Tag im Mai am Meer gewesen war oder zu Hause, ob er allein oder mit Freunden zusammen gewesen war, ob er im Radio stammelnde Reporter, das Heulen der Sirenen und das Geräusch der Rotorblätter gehört oder im Fernsehen gesehen hatte, wie die Bilder der Autobahn von Capaci über den Schirm flimmerten, von dem Krater, der roten, aufgeworfenen Erde, den Autowracks, den Polizisten und Sanitätern.

Und sogar Wieneke wusste, wo er gewesen war, als er von dem Attentat erfahren hatte: in der *FAKT*-Redaktion, kippelnd auf einem Drehstuhl sitzend, in der Hand ein Glas Weißwein, die Füße auf dem Schreibtisch. Wie um diese Uhrzeit üblich, hatte er mit dem Auslandschef ein Glas Wein getrunken. Ab sieben Uhr abends trank man sich bei *FAKT* die Welt schön. Der Auslandschef war dafür bekannt, stets einen guten Weißwein im Kühlschrank zu haben, anders als der Chef von Deutschland II, Wienekes eigentlichem Ressort, zuständig für Mord und Totschlag, für Pädophile, korrupte Geheimdienstler und alte Nazis, kurz: dem Ressort der Witwen- und Waisenschüttler – in dem es nur Bier gab. Als der Bürobote die Agenturmeldung von der Ermordung des Staatsanwalts auf den Tisch geknallt hatte, war Wieneke auf seinem Drehstuhl aus dem Gleichgewicht geraten und hatte fast den Weißwein auf die grüne Auslegeware geschüttet.

Als geübter Witwen- und Waisenschüttler wusste er, dass es nun galt, keine Zeit zu verlieren, sondern sofort Francesca anzurufen. Die hatte er kurz zuvor im Urlaub in Sizilien kennengelernt, eine unfassbar hübsche Studentin, die in einer Bar kellnerte und Deutsch studierte. Es war noch die Zeit, als Mobiltelefone unbekannt waren, es dauerte ewig, bis er sie schließlich erreichte, und Wieneke war erstaunt darüber, wie kurz angebunden sie am Telefon war. »Hier ist Krieg«, sagte sie nur und legte auf.

Er versuchte es später noch mal, aber Francesca war nicht ansprechbar. Neunundfünfzig Tage später wurde der andere Staatsanwalt ermordet. Große Geschichte im Auslandsressort. Drei Doppelseiten. Schrecklich, aber irgendwie auch weit weg.

Und wenn er es nicht irgendwann geschafft hätte, Francesca endlich zu sprechen, Wochen später, dann wäre Wieneke nie an die Geschichte gekommen, mit der er bei *FAKT* groß rausgekommen war: Titelgeschichte und sieben Doppelseiten. Francesca hatte ihm beiläufig erzählt, dass die Ermittler unter anderem eine Spur verfolgten, die nach Deutschland führte. Der Brief mit der letzten Todesdrohung gegen den ersten ermordeten Staatsanwalt war in Wuppertal abgestempelt worden, der andere Staatsanwalt hatte neun Tage vor seinem Tod einen Mafioso im Gefängnis von Mannheim verhört und ihn überzeugt, mit der Justiz zusammenzuarbeiten.

Als Wieneke das gehört hatte, war er angefixt. Er war der Erste, der in Deutschland enthüllte, dass einer der beiden Staatsanwälte sein letztes Telefonat mit dem BKA in Wiesbaden geführt hatte. Deutschland sei eine Provinz der Cosa Nostra, hatte Wieneke geschrieben, er war an deutsche BKA-Berichte gekommen und hatte seitenweise hammermäßige Sachen daraus zitiert, etwa, dass die Mafiaclans sich nicht nur im Ruhrgebiet und in Baden-Württemberg bestens eingerichtet, sondern nach dem Fall der Mauer auch den Osten Deutschlands aufgekauft hatten: Ganze ostdeutsche Innenstädte gehörten der Mafia, Geschäfte und Einkaufszentren, Immobilien und Restaurants waren in der Hand der Bosse, Leipzig komplett im Besitz der kalabrischen 'Ndrangheta. Eine spannende Sache, die aber in der Redaktion niemand verstand. Und erst als Wieneke auf der Montagskonferenz erklärt hatte, dass Hamburg morgen Palermo sein könnte und dann übermorgen auch in Deutschland Staatsanwälte in die Luft fliegen würden, kapierte die Chefredaktion den Wert seiner Geschichte und hob sie groß ins Blatt.

Wieneke war der Erste gewesen, und das war's. Seine Geschichte war auf allen Agenturen gelaufen, der *NDR* hatte darüber berichtet, und jedes Provinzblatt hatte sie abgekupfert. Wie das immer so ist, mit großen Geschichten: Am Ende hängen sich alle dran.

Sein Ressortchef hatte Wienekes Geschichte noch für verschiedene Preise eingereicht, aber am Ende hatte er nicht mal den Journalistenpreis Münsterland gekriegt, weil das Münsterland in der Geschichte nicht vorkam.

Und das, unter Auslassung des Journalistenpreises, den er nicht bekommen hatte, hätte er jetzt gerne erzählt, wenn die beiden Frauen – die beide im Heck saßen, angeblich, weil sie sich nicht gegenseitig das Privileg streitig machen wollten, vorne neben Wieneke zu sitzen – ihn irgendwann mal zu Wort kommen lassen würden.

Gegen eine Ägypterin (okay, eigentlich nur eine halbe, aber egal) und eine Sizilianerin kommt man nicht an.

Es war Francescas Idee gewesen, ein verlängertes Wochenende in Sizilien zu verbringen. Zu dritt. Aber nicht so, wie man vielleicht denken könnte. Und wie Wieneke es gerne gehabt hätte. Aber egal.

»Klar«, sagte Francesca, kurz nachdem sie die Marmorstelen passiert hatten, »dass die in Deutschland alles dafür getan haben, um den Mord an dem Kölner Staatsanwalt zu vertuschen.«

»Logisch«, echote Demiana.

Zwei Frauen. Zwei Verschwörungstheoretikerinnen.

»Was heißt hier: *die*?«, fragte Wieneke.

»Na, immerhin ist er der erste deutsche Staatsanwalt, der von der Mafia umgebracht wurde. Logisch, dass die das unter der Decke halten wollten.«

»Wer: *die*?«, fragte Wieneke, jetzt schon in leicht ruppigem Ton. »Die Mafiosi oder wer oder was?«

»Die Mafiosi und die, die mit ihnen zusammenarbeiten. Mensch, Wiwi, jetzt tu doch nicht so. Du weißt genau, was ich meine. Außerdem hättest du die Geschichte mit dem deutschen Staatsanwalt total vergessen, wenn ich dich nicht darauf aufmerksam gemacht hätte.«

»Moment mal, bin ich nicht vielleicht derjenige gewesen, der schon vor mehr als zwanzig Jahren kapiert hat, was in Deutschland abgeht?«, rief Wieneke aufgebracht. »Ich habe es nicht vergessen, ich wusste nur, dass mich kein Schwein nach Palermo schickt. Zeitungskrise! Noch nie davon gehört?«

Er blickte in den Rückspiegel und sah, dass weder Francesca noch Demiana zuhörten. Sondern sich schon wieder über irgendwelche Restauranttipps austauschten oder über sizilianische Rezepte oder Lippenstiftfarben. Die Aufmerksamkeitskapazitäten von Frauen waren ja bekanntlich beschränkt.

»Die Autobahn ist gleich zu Ende. Soll ich jetzt erst zu der Wohnung deines Bruders fahren oder nicht?«, rief er.

»Wir fahren direkt zum Justizpalast«, entschied Francesca.

»Ja, genau«, sagte Demiana, »dann haben wir es hinter uns.«

»Aber die Vitale hat doch überhaupt noch nicht geantwortet«, versuchte Wieneke einzuwenden.

»Mann, Wolfgang, ich habe dir schon tausendmal gesagt, dass es in Italien nicht so läuft wie in Deutschland. Hier verabredet man sich nicht drei Monate vorher. Man muss vor Ort und flexibel sein. Außerdem habe ich mit ihrem Kollegen Paolo De Luca telefoniert. Er hat mir versichert, dass sie nachmittags im Justizpalast ist«, sagte Francesca, woraufhin Wieneke bei der alleinigen Nennung seines Namens fast gegen die Leitplanke gefahren wäre.

Dieser Knilch, dieser Schönling, dieser Antimafia-Heilige, der hatte ihm noch gefehlt. Seitdem Francesca ihn vor einem Jahr kennenlernen durfte – dank Wieneke natürlich, der sie als Dolmetscherin für das Interview engagiert hatte, tat sie so, als sei sie mit De Luca verwandt.

»Seit wann hast du denn seine Telefonnummer?«, fragte Wieneke.

»Ach, Wiwi«, schnurrte sie ihm in den Nacken. »Das ist doch jetzt echt egal, oder?«

Inzwischen waren sie fast an der Piazza Indipendenza angelangt. Über Palermo wölbte sich ein tiefblauer Wüstenhimmel, vor der Mauer des Normannenpalastes wand sich die Schlange der Besucher, und im Schatten der Bäume saßen alte Männer an einem Campingtisch und spielten Karten.

Das Auto hatte keine Klimaanlage, Wieneke öffnete das Fenster, draußen roch es nach Abgasen und Müll, ein Gestank, den er woanders nicht ertragen hätte. Hier aber gab ihm der Geruch dieser Stadt einen Kick, wie er ihn in Deutschland nie verspürte. Fast wie ein Zug an einem Joint. Er drehte das Fenster weiter herunter und atmete tief ein.

Er parkte in einer Nebenstraße in der Nähe des Justizpalastes und ließ sich von Francesca und Demiana überreden, auf den illegalen Parkwächter zu vertrauen.

Als sie am Hintereingang bei den Metalldetektoren angelangt waren, legten Francesca und Demiana ihre Taschen auf das Band und scherzten so glockenhell mit allen herumstehenden Carabinieri, dass niemand mitgekriegt hätte, wenn sich eine Fünfhundert-Kilo-Bombe in einer ihrer Taschen verborgen hätte. Nur Wieneke wurde von oben bis unten abgeklopft.

»Wir haben ein Interview mit Dottoressa Vitale«, flötete Francesca.

»Zweiter Stock«, rief der wachhabende Carabiniere – dass er ihr nicht den Arm reichte, um sie wie die englische Königin zur Antimafia-Staatsanwaltschaft zu begleiten, war aber auch alles.

41

Pling.

Der Mensch ist freier, als er meint. Er mag in die Ketten der Familie, der Gesellschaft hineingeboren sein. Was aber hindert dich eigentlich daran, auszubrechen, noch heute, noch in dieser Stunde?

Es gab unter ihren Liebhabern nur einen, der so pathetisch war. Der Herzchirurg. Neulich hatte sie mal wieder ein Foto von ihm in der *Repubblica* gesehen. Seine Haare waren dünner geworden. Wie Zuckerwatte um den Kopf. Einerseits.

Andererseits hatte sie den ganzen Nachmittag damit verbracht, Rechtshilfeersuchen zu schreiben und sich eine Schneise durch das Gestrüpp aus Verfügungen, begründeten Ausnahmefällen und völkerrechtlichen Verträgen zu schlagen: Sie war kurz davor, sich in eine Akte zu verwandeln. Wenn sie sich bewegte, kam es ihr vor, als raschelte sie.

Wenn die Welt schon keinen Gott und das Leben keinen Sinn kennt, dann kann man es auch der Liebe widmen, jeden einzelnen Atemzug dem Genuss des Schönen und Wilden, ging die Nachricht weiter.

Rette mich!, schrieb sie zurück.

Er antwortete in Schallgeschwindigkeit: Sofort! Komm mit mir nach Berlin. Ein Wochenende. Tagsüber schauen wir uns die Stadt an und nachts machen wir Liebe.

Kann nicht, schrieb sie.

Du verdrängst deine verborgenen Seiten.

Umarmung.

Für mich muss es schon etwas mehr sein.

Es klingelte an der Tür. Ende des Sexting.

Paolo. Hinter ihm ein kahler Typ mit Vollbart, der aussah wie ein ISIS-Kämpfer auf Heimaturlaub. Erst auf den zweiten Blick erkannte sie in ihm diesen deutschen Journalisten, dessen Namen sie immer vergaß.

»Serena, entschuldige, aber ich dachte, du würdest gerne mit diesen deutschen Journalisten sprechen wollen.«

Neben dem ISIS-Kämpfer standen zwei Frauen. Eine davon war eindeutig eine Italienerin, jedenfalls, was ihr Dekolleté betraf, das sie sich gerade noch rechtzeitig hatte zuknöpfen können und das jetzt ihre Blusenknöpfe zu sprengen drohte. Die andere war eine blonde Naturschönheit, mit Schwanenhals und endlosen Beinen – und die doch neben diesem italienischen Energiebündel mit Katzenaugen verblasste wie eine Perserkatze neben einem schwarzen Panther. Die Italienerin stürmte wie eine Revolutionsführerin allen voran in Serenas Büro.

Serena warf einen empörten Blick auf Paolo, der die Augenbrauen hochzog und entschuldigend murmelte: »Ich lasse euch dann mal allein.«

»Wir …«, begann dieser Wieneke zu stammeln, als ihm die Italienerin ins Wort fiel: »Im Wesentlichen geht es um Dino Grecos Geschäfte in Deutschland. Er hat Wolfgang Wieneke verklagt.«

»Und was …?«, begann Serena.

»In Italien hätte Greco mit so einer Klage keine Chance gehabt«, unterbrach sie die Italienerin.

»Aber in Deutschland laufen die Dinge für ihn definitiv besser«, sagte Wieneke, dieser zum ISIS-Kämpfer mutierte Journalist, der sich offenbar an Greco festgebissen hatte.

»Ich vermute, dass die Handgranate auf Grecos Flüchtlingsheim von einem Konkurrenten geworfen worden wurde. Ich habe nur keinen Beweis.«

Die blonde Naturschönheit arbeitete in einem von Grecos Flüchtlingsheimen und erzählte von dem Mysterium der minderjährigen Flüchtlinge, deren Verschwinden von den deutschen Ämtern hingenommen wurde wie ein Naturereignis.

Und die italienische Revolutionsführerin hatte angefangen, alle losen Enden zu verknüpfen und scheinbar disparate Elemente zu einem Bild zusammenzufügen.

Während sie redete, versuchte der Bärtige vergeblich, noch einmal zu Wort zu kommen. Und Serena dachte daran, dass die Dinge sich manchmal erstaunlich entwickeln, wenn über sie berichtet wird.

»Haben Sie einen Stick dabei?«, fragte sie den Bärtigen, der nun ganz verwirrt schaute. »Einen USB-Stick, meine ich.«

»Ja, klar«, antwortete die katzenäugige Italienerin an seiner Stelle, öffnete ihre Kosmetiktasche und zog einen USB-Stift in Form eines Lippenstiftes hervor.

Der Bärtige wurde rot. Die blonde Naturschönheit kicherte.

Das ist der Wahnsinn«, jubelte Francesca.

Sie saßen auf der Dachterrasse ihres Bruders vor Wienekes Laptop und klickten sich durch die Akten, die ihnen Serena Vitale auf den Stick geladen hatte: den Untersuchungshaftbefehl für Don Vito, Haftbefehle für Schlepper und Menschenhändler, massenhaft Rechtshilfeersuchen, haufenweise Mitschnitte von abgehörten Gesprächen, das Urteil gegen Don Vito, ein Verfahren gegen Antonio Romeo, das ihn als Mitglied der 'Ndrangheta auswies, Schaubilder von Grecos Geldströmen.

»Das hättest du nicht erwartet, oder?« Francesca stellte die Musik laut und tanzte um Wieneke herum wie eine Schleiertänzerin, leicht angeschickert, mit einem Glas Weißwein in der Hand. *Balla balla ballerino.*

»Wiwi«, gurrte sie, »daraus kannst du eine ganze Serie machen, ich meine, das ist doch die absolute Hammergeschichte, nach der du immer gesucht hast: Ein deutscher Staatsanwalt kommt den Machenschaften eines 'Ndranghetista in Deutschland auf die Spur, der zusammen mit zwei mafiosen italienischen Priestern Menschenhandel mit minderjährigen Flüchtlingen betreibt, die einem deutschen Politiker zugeführt werden, damit der seine Mafiageschäfte deckt. Der 'Ndranghetista lässt den Staatsanwalt von einem Nigerianer in Sizilien ermorden, um den Mord seinem sizilianischen Konkurrenten in die Schuhe schieben zu können und ihm so das Deutschlandgeschäft kaputt zu machen – wobei es sich bei dem sizilianischen Konkurrenten um keinen Geringeren als Dino Greco, den Sohn von Saruzzo Greco handelt, dem Mafiaboss, der jahrzehntelang *auf der Flucht* war und über den die höchsten Staatsspitzen Italiens ihre schützende Hand hielten. Ein deutscher Antimafia-Staatsanwalt wird in Sizilien von der Mafia ermordet – und was passiert in Deutschland? Nichts. Ir-re!«

»Ja«, sagte Wieneke.

»Und wem willst du das vorschlagen?«, fragte Demiana.

»Ja, wem?«, echote Francesca. »Also ich meine, das ist eine Riesengeschichte, mindestens ein Vierteiler. Ich würde sagen: Schlag es *FAKT* vor. Tillmann, *quel brutto figlio di buttana*, dieser Hurensohn, wird sich die Finger danach lecken. Der wird dir unter die Fußsohlen gehen, dieser *testa di cazzo*, dieser Schwanzkopf. Du sitzt mit deiner Geschichte am längeren Hebel. Lass dir einen ordentlichen Preis machen und dich bloß nicht runterhandeln!«

»Hm«, sagte Wieneke.

»Was, hm?«, fragte Francesca.

Wieneke blickte in die Ferne, auf die Berge, die sich in der Dämmerung schwarz vom Himmel abhoben, auf notdürftig gestützte, verfallene Mauern rings herum, auf Häuser, die unkontrolliert wucherten wie Geschwüre – und sagte: »Daraus wird nichts.«

»Was ist denn mit dir los?«, fragte Francesca. »Seit Monaten machst du nichts anders, als dich in diese Geschichte zu verbeißen, und jetzt, wo du alles hast, wo sich endlich alles fügt, willst du aufgeben?«

»Hast du denn immer noch nicht begriffen? Das Mafiasöhnchen hat mir das Ordnungsamt auf den Hals gehetzt, damit sie die Blumenkohl-Bar dichtmachen. Er hat mich verklagt – und den Anwalt muss ich selbst bezahlen, weil sich die vom *Morgen* schon tot stellen, wenn sie das Wort Mafia nur hören. Und bei *FAKT* wollen sie keine Mafiageschichten, sondern Kinderpornos mit Rolex. Meinst du, ich wäre so bescheuert, mich noch mal zum Affen zu machen?«

»*Si 'na cos'inutuli*«, sagte Francesca.

Und das verstand sogar Wieneke, obwohl es Sizilianisch war: Du bist nutzlos. Einen größeren Vorwurf konnte man in Sizilien kaum machen, höchstens noch »*Sei nessuno mischiato con niente*«: Du bist ein Niemand, vermischt mit nichts – die größte Kränkung, die man einem Sizilianer zufügen konnte.

Demiana schwieg betreten.

»Ich verstehe dich ja, Francesca«, sagte Wieneke, um zu retten, was noch zu retten war. »Aber im Journalismus …«

»Oh, jetzt kommt wieder eine kleine Lektion. Vielleicht zum Thema Fakenews?«

»Wenn ich darüber schreibe, werde ich sofort auf der Stelle verklagt.«

»Aber du hast doch die Dokumente.«

»Die kümmern sich einen Scheißdreck um die Dokumente. Das sind Ermittlungsunterlagen, mehr nicht.«

»Und ein Urteil. Über Don Vito.«

»Ja, aber in dem Urteil über Don Vito steht nichts über den Mord an Kampmann, kapierst du das immer noch nicht?«

»Ja, okay, aber wenn der Mörder von Kampmann schon verurteilt wäre, wäre das ja auch keine Enthüllungsgeschichte mehr, sondern eine Gerichtsreportage.«

»Du willst das nicht verstehen.«

»Nein, will ich nicht. Das ist doch völlig unlogisch.«

»Unlogisch oder nicht, so läuft das eben in Deutschland.«

»Dann schreib ich die Geschichte.«

»Du?«

»Ja, ich.«

»Und wie soll das gehen?«

43

Francesca saß im Lichtkegel einer der tränenreichen italienischen Familientalkshows mit Fernsehballetteinlagen, die weltweit ausgestorben waren und nur in Italien überlebt hatten.

Wieneke reichte ihr das Smartphone mit dem Video zurück. Die wievielte Talkshow war das? Die fünfte oder die siebte?

»Die sechste. Die Moderatoren stellen immer dieselben Fragen«, sagte Francesca und zwängte ihr Smartphone in ihre winzige, mit Perlen bestickte Abendtasche.

»Wie findest du mein Kleid, Wiwi? Du hast noch gar nichts gesagt.«

»Super«, antwortete Wieneke, was nicht besonders überzeugend klang, eher so ein Piepsen, wie bei einer Maus, weshalb er sich räusperte und hinzufügte: »Nee, steht dir echt gut.« Und er meinte das ernst, in diesem schwarzen Tüllkleidchen mit der Lederjacke dazu sah sie genauso aus, wie man sich in Deutschland eine mutige italienische Reporterin vorstellte, Tüll und Leder, die richtige Mischung aus Courage und Weiblichkeit.

Francesca hatte die Geschichte noch etwas aufgepeppt, hier und da hatte es mehr *gemenschelt* als nötig, am Ende war das aber offenbar genau der richtige Ton für die Italiener, denn als Francesca den Artikel einem ihrer bärtigen Antimafia-Buddies gab, hatte er sie an die italienische Tageszeitung *Il Fatto Quotidiano* vermittelt.

Und seitdem war die Hölle los: Talkshows, Candystorms,

Francesca-Hashtags und »Francesca forever«-Facebook-gruppen – für eine Geschichte, die ihr erst dreihundert Euro Verdienst, dann Polizeischutz und zwei Verleumdungskla-gen mit Schadensersatzforderungen von mehr als einer hal-ben Million Euro eingebracht hatte – zu denen die Italiener Francesca beglückwünschten, weil eine Verleumdungskla-ge von einem Mafioso in Italien so etwas war wie ein Ehren-titel: Francescas Telefon hörte nicht mehr auf zu klingeln, weil sich halb Italien mit ihr solidarisch erklärte.

Und nachdem sie wegen ihrer furchtlosen Reportage in Italien rauf und runter gefeiert worden war, hatte man sie auch in Deutschland entdeckt. Und für den Medienpreis nominiert, der ihr an diesem Abend in Hamburger Rathaus verliehen werden sollte. Wieneke hatte sich erst geweigert, sie zu begleiten, aber dann war Francesca in Tränen aus-gebrochen, und gegen weinende Italienerinnen war Wiene-ke wehrlos.

»Du siehst auch super aus, Wiwi«, sagte Francesca und zuppelte etwas an seiner Krawatte herum. Den Anzug hatte er bei Zara gekauft, hundertsiebzig Euro. Gerade richtig, um damit aufs Schafott zu steigen.

Francesca hakte sich bei Wieneke unter und betrat den Saal. Glitt unter dem Glanz der Lüster über das Parkett, vorbei an Chefredakteuren, Auslandschefs, Herausgebern, Starautoren, die Francesca freundlich zunickten. Nahezu die gesamte Medienkapitale stand im Festsaal an kleinen, roten Stehtischen bereit, um Francesca Longo für ihren Mut zu feiern.

Wolfgang W. Wieneke war einfach nur etwas an ihrem Arm.

Die Laudatio hielt *er.*

Als Wieneke sah, wie *er* das Rednerpult betrat (schwar-zer Anzug, schwarze Fliege, schütteres und frisch getöntes *samtige-Kirsche*-Haar) und hörte, wie *er* seine Rede mit den Worten begann: »Ich stehe hier, weil ein Abend wie dieser dazu beiträgt, Francesca Longos Leben in ihrer Heimat wieder ein Stück sicherer zu machen«, schloss Wieneke die Augen und versuchte sich den Schriftzug »Ich bin ganz ruhig, nichts kann mich stören« vorzustellen, so wie er das bei dem Kurs *Autogenes Training für Anfänger* gelernt hatte, zu dem ihm der Betriebsarzt nach seinem ersten Hörsturz geraten hatte.

»Es ist ein großartiges Zeichen der Solidarität, das Francesca Longo hier in Hamburg erlebt – durch die Anwesenheit von Ihnen allen und durch die Verleihung dieses Preises«, hörte Wieneke und konzentrierte sich auf sein rechtes Bein, wobei er dreimal den Satz *Meine Arme und meine Beine sind ganz schwer* wiederholte, gefolgt von *Mein Atem fließt ruhig und gleichmäßig.*

Er spürte, wie sein Körper ihn langsam nach unten zog.

Endlich.

»Demokratie erfordert leider viel zu oft auch die Furchtlosigkeit engagierter Journalistinnen und Journalisten, engagierter Autorinnen und Autoren«, hörte Wieneke. Er stellte sich vor, an einem Lagerfeuer zu sitzen und wiederholte sechsmal den Satz *Mein linkes Bein ist ganz warm.*

»Sie, liebe Frau Longo, verkörpern diesen Mut wie kaum jemand anderes. Das macht Sie zu einem leuchtenden Beispiel, und dafür gebühren Ihnen unser aller Dank und Respekt.«

Tillmann überreichte Francesca einen Strauß Blumen (mit kleinen Kohlköpfen) und sagte zu Wieneke: »Ich kann Ihnen zu Ihrer Freundin nur gratulieren! Eine Oriana Fallaci 2.0: Journalismus in moderner, verbesserter und weiblicher Version, grandios!«

Erschreckt vom Applaus, wachte Wieneke auf.

Gott sei Dank.

War nur ein Traum.

Scheißtraum.

44

Ryanair sei Dank.
Aber es war trotzdem komisch. Sie fühlte sich wie hingebeamt, von Palermo nach Berlin. Wie ein Indianer, der sich erst mal hinsetzen musste, weil seine Seele noch nicht mitgekommen war. Als Serena in Tegel ins Taxi stieg, dachte sie daran, wie sie als Studentin nachts mit ihrem Auto in Berlin herumgefahren war, weit kam man nie, irgendwann stieß man immer an die Mauer. Wie ein Käfer unter einem Glassturz.

Ein Jahr hatte sie in Berlin studiert. Und in der Hermannstraße gewohnt, in einer Wohnung mit Blick auf eine Brandmauer aus dem Zweiten Weltkrieg. Unten im Haus war eine Pizzeria gewesen, die von Mafiosi betrieben wurde. Einmal hatte sie dort gegessen und so getan, als sei sie Deutsche. Am Ende hatte ihr der Besitzer einen Sambuca ausgegeben.

Tegeler Weg, Otto-Suhr-Allee, Hardenbergstraße, Joachimsthalerstraße, Kantstraße, Fasanenstraße. Sie war stolz darauf, etwas wiederzuerkennen. Sie konnte zwar nicht links von rechts unterscheiden, aber auf ihr Orientierungsvermögen hatte sie sich immer etwas eingebildet. Der alte Westen war ihr vertraut, der Osten dagegen fremd, das Regierungsviertel zu monumental und dieser Fahnentick etwas gewöhnungsbedürftig.

Sie hatte dem Herzchirurgen gesagt, dass sie ein Hotel im Westen vorziehen würde, das Hotel Savoy. Hier hatte sie einmal ein Wochenende mit einem Mann verbracht. Die

Liebe ihres Lebens. Jetzt hatte sie auf getrennten Zimmern bestanden.

Als sie eincheckte, fiel ihr Blick auf einen Fernseher, auf dem ein Nachrichtensender lief. Sie kniff die Augen zusammen und erkannte Michael Maier, den Europapolitiker. Zusammen mit seiner Frau und zwei kleinen, blonden Söhnen.

Er kandidiere wieder für den Einzug ins Europaparlament, sagte er.

»Mich zurücklehnen ist nicht meine Art. Und gerade jetzt ist mir nicht danach, kampflos aufzugeben. Unsere freie Gesellschaft wird gerade massiv von rechts angegriffen. Dagegen hilft nur Haltung zeigen.«

Er hielt seine beiden kleinen Söhne an den Händen.

Epilog

Nach dem Erscheinen von Francescas Story in Italien wurde Jerry Sutera gezwungen, die Ermittlungen im Mordfall Gregor Kampmann wiederaufzunehmen.

Die Witwe von Alfonso Boncore wurde in das Zeugenschutzprogramm aufgenommen und lebt an einem unbekannten Ort in Norditalien.

Der Nigerianer wurde wegen Mordes zu lebenslanger Haft verurteilt und nach Nigeria ausgeliefert. Noch in der Haft trägt er Spangenschuhe in leuchtendem Rot.

Antonio Romeo, Dino Greco und Don Rosario wurden freigesprochen – sowohl von der Anklage der Mafiazugehörigkeit als auch vom Verdacht, Auftraggeber zweier Morde zu sein.

Don Vito verbüßt seine Strafe als Hausarrest in einem Kloster in Umbrien.

Wolfgang W. Wieneke verlor seinen Prozess gegen Dino Greco in erster und zweiter Instanz. Sein Anwalt kündigte an, auf eigene Kosten bis zum Bundesgerichtshof weiterzuklagen.

Wieneke überlegt sich, über all das irgendwann einen Roman zu schreiben.

In Erinnerung an Giovanni Spampinato
(1946–1972)

Der junge Reporter der sizilianischen Zeitung *Ora* schrieb über die Verbindung zwischen Rechtsextremisten und der Mafia. Als er versuchte, den Mord an einem Unternehmer aufzuklären, führte ihn eine Spur zum Sohn des Gerichtspräsidenten. Giovanni Spampinato bezahlte dafür mit dem Leben.

Er wurde 25 Jahre alt.